HEYNE <

Das Buch

Verloren.

Dieses eine Wort beschreibt mein aktuelles Leben am besten. Ich habe mit meinem Team die Saison-Endspiele verloren, und jetzt geben die Spieler und der Trainer mir die Schuld. Ich habe die letzten beiden Monate verloren, weil ich wie der totale Loser in meiner Verzweiflung versunken bin. Und auch die Einzige, die mir je etwas bedeutet hat, habe ich verloren – vor lauter Angst, das Zusammensein mit mir könnte sie kaputt machen.

Aber jetzt wird mir klar, dass ich völlig verloren bin, wo sie nicht mehr da ist. Sie ist ein Teil meines Lebens … und obwohl sie so tut, als würde sich ihre Welt ohne mich weiterdrehen, denkt sie noch genauso oft an mich wie ich an sie. Das weiß ich. Sie ist schön, süß – und so verdammt verletzlich, dass ich nichts mehr will, als ihr zu helfen. Für sie da zu sein. *Sie zu lieben.*

Die Autorin

Die *New York Times*-, *USA Today*- und internationale Bestseller-Autorin Monica Murphy stammt aus Kalifornien. Sie lebt dort im Hügelvorland unterhalb Yosemites, zusammen mit ihrem Ehemann und den drei Kindern.

Lieferbare Titel

TOGETHER FOREVER – Total verliebt, TOGETHER FOREVER – Zweite Chancen, TOGETHER FOREVER – Verletzte Gefühle

Sisters in Love: Violet – So hot, Rose – So wild, Lily – So sexy

Fair Game: Jade & Shep, Lucy & Gabriel

Monica Murphy

TOGETHER FOREVER

Zweite Chancen

Roman

Aus dem Amerikanischen von
Evelin Sudakowa-Blasberg

WILHELM HEYNE VERLAG
MÜNCHEN

Die Originalausgabe erschien 2013 unter dem Titel
Second Chance Boyfriend bei Bantam Books.

MIX
Papier aus verantwortungsvollen Quellen
FSC® C014496
FSC
www.fsc.org

Verlagsgruppe Random House FSC® N001967

3. Auflage
Taschenbucherstausgabe 07/2015

Neumarkter Straße 28, 81673 München
Printed in Germany
Redaktion: Lisa Scheiber
Umschlaggestaltung: Zero Werbeagentur GmbH, München.
unter Verwendung von plainpicture/Fancy Images
Satz: Buch-Werkstatt GmbH, Bad Aibling
Druck und Bindung: GGP Media GmbH, Pößneck

ISBN 978-3-453-41854-7
www.heyne.de

Meiner Familie, die es gelassen erträgt,
dass ich ständig vor dem Computer sitze –
danke für eure Liebe und Unterstützung.
Ihr bedeutet mir alles.

*»Du kannst die Augen vor den Dingen verschließen,
die du nicht sehen willst, aber du kannst dein Herz
nicht vor den Dingen verschließen,
die du nicht fühlen willst.«*

– Johnny Depp

PROLOG

Hast du jemals etwas so unfassbar Dummes getan, dass Schuldgefühle und Reue wie eine dunkle, schwere Wolke über dir hängen? Dir dein Urteilsvermögen vernebeln und an deiner Seele nagen, bis du nichts anderes mehr sehen, hören oder denken kannst?

Auf mich trifft das zu. Ich habe eine Menge Dinge angestellt, die ich bereue, die mir Schuldgefühle bereiten. Doch am allerschlimmsten ist das, was ich gestern getan habe.

Ich habe das Mädchen, das ich liebe, nackt in seinem Bett zurückgelassen. Wie irgend so ein Macho-Arschloch, jemand, der ein Mädchen benutzt, Sex mit ihm hat und danach abhaut – genauso bin ich. In diesen Typen habe ich mich verwandelt.

Doch ich bin nicht wirklich dieser Typ. Ich liebe das Mädchen, das ich nackt in seinem Bett zurückgelassen habe. Nur verdiene ich sie nicht.

Und das weiß ich.

KAPITEL 1

Manchmal musst du dich allein durchbeißen,
nur um sicherzugehen, dass du es noch kannst.

– Unbekannt

Fable

Zwei Monate. Seit zwei gottverdammten Monaten habe ich ihn weder gesehen noch von ihm gehört. Ich meine, wer tut einem anderen Menschen so etwas an? Wer bringt es fertig, mit einer anderen Person die intensivste Woche seines Lebens zu verbringen und ihr seine intimsten Gedanken, seine verrücktesten und dunkelsten Geheimnisse anzuvertrauen, Sex mit ihr zu haben – und wir reden hier von sensationellem, welterschütterndem Sex –, ihr einen Zettel zu schreiben, auf dem »Ich liebe dich« steht, und sich dann vom Acker zu machen? Ich kann dir sagen, wer so etwas fertigbringt.

Drew, *dem-ich-einen-Tritt-in-die-Eier-verpasse-wenn-ich-ihn-das-nächste-Mal-sehe,* Callahan.

Aber das Leben geht weiter. Das rede ich mir jedenfalls ein. Die Zeit bleibt nicht stehen, nur weil mein Herz stillsteht, und ich habe eine Menge Verpflichtungen. Mit den dreitausend Dollar, die ich dafür bekommen habe, dass ich eine Woche lang die Freundin dieses Vollidioten gespielt habe, bin ich sehr gut über die Runden gekommen. Ich habe sogar noch etwas Geld auf meinem Sparkonto. Ich habe meinem Bruder Owen ein paar richtig coole Weihnachtsgeschenke gekauft. Und für meine Mom habe ich auch ein Weihnachtsgeschenk besorgt.

Sie hatte weder für meinen Bruder noch für mich etwas. Nicht mal eine winzige Kleinigkeit. Owen hat mir eine Schale geschenkt, die er in der Schule im Keramikkurs angefertigt hat. Er war so stolz, als er sie mir überreichte. Und auch ein wenig verlegen, vor allem, als ich sein Werk in den höchsten Tönen lobte. Er hatte die Schale in glänzendes Weihnachtspapier gehüllt, so richtig mit Schleife und allem. Ich war hin und weg, dass er sich tatsächlich die Mühe gemacht hatte, selbst etwas für mich zu machen. Die Schale steht nun auf meiner Kommode, und ich bewahre meine Ohrringe darin auf.

Wenigstens einem Menschen bin ich nicht scheißegal.

Meiner Mom hat er nichts geschenkt. Was mich – boshafte Hexe, die ich bin – maßlos gefreut hat.

Der Januar ist angeblich eine Zeit der Genesung. Ein neues Jahr, neue Ziele, Vorsätze, als was immer man es bezeichnen will, wenn sich ein Neuland an hoffnungsvollen Möglichkeiten vor einem erstreckt. Ich habe mein Bestes versucht, dem Jahreswechsel positiv zu begegnen, aber ich musste weinen. Die Uhr schlug zwölf, ich war mutterseelenallein, und die Tränen strömten mir über das Gesicht, während ich im TV den Ballgästen beim Anstoßen zuschaute. Ein bemitleidenswertes, einsames Mädchen, das in sein Sweatshirt heult und den Jungen vermisst, den es liebt.

Der Monat ist bald vorbei, und das ist gut so. Doch gestern Abend überfiel mich schlagartig die Erkenntnis: Statt jeden einzelnen Tag, der mir bevorsteht, zu fürchten, sollte ich ihn lieber auskosten. Ich sollte herausfinden, was ich mit meinem Leben anstellen möchte, und es dann auch in die Tat umsetzen. Wenn ich könnte, würde ich woanders hingehen, aber ich kann Owen nicht im Stich lassen. Ich habe keine Ahnung, wie es ihm ohne mich ergehen würde, und dieses Risiko will ich gar nicht erst eingehen.

Also bleibe ich hier. Und gelobe, das Beste aus meinem Leben zu machen. Ich habe es satt, unglücklich zu sein.

Ich habe es satt, mich selbst zu bedauern. Ich habe es satt, dass ich meine Mutter ständig schütteln möchte, um ihr klarzumachen, dass sie Kinder hat, um die sie sich kümmern sollte. Oh, und dass sie sich endlich einen Job suchen sollte. Den ganzen Tag zu pennen und die Nächte mit Larry, dem Loser, durchzufeiern, ist da nicht gerade hilfreich.

Und ich habe es satt, den Verlust eines schönen und ziemlich verkorksten Typen zu beklagen, der sich unentwegt in meine Gedanken stiehlt.

Ja, das habe ich am allermeisten satt.

Energisch schiebe ich die trüben Gedanken beiseite und gehe zu dem Tisch hinüber, an dem ein Gast darauf wartet, dass ich seine Bestellung aufnehme. Er ist vor ein paar Minuten gekommen, ein großer Mann, der sich schnell bewegte und zu gut gekleidet war für einen Donnerstagnachmittagsausflug ins La Salle's. Das Lokal brummt vor allem abends, wenn es voll mit College-Studenten ist, die sich bis zur Bewusstlosigkeit besaufen. Aber tagsüber? Hauptsächlich Penner, die keinen Platz haben, an den sie sonst gehen könnten, und hin und wieder jemand zum Mittagessen. Die Burger sind ganz annehmbar und entsprechend beliebt.

»Was darf es sein?«, frage ich, als ich vor dem Tisch stehen bleibe und mit gesenktem Kopf meinen Bestellblock zücke.

»Wie wäre es mit ein wenig Beachtung?«

Seine Antwort – mit tiefer samtiger Stimme gesprochen – lässt mich von meinem Block aufblicken.

Mitten hinein in die blausten Augen, die ich jemals gesehen habe. Blauer als Drews, wenn das überhaupt möglich ist.

»Ähm, Verzeihung.« Ich schenke ihm ein zaghaftes Lächeln. Er macht mich sofort nervös. Er ist *viiiiel* zu attraktiv. Absolut atemberaubend, mit dunkelblondem Haar, das ihm in die Stirn fällt, und klassischen, ebenmäßigen Zügen. Kräftige Kinnpartie, markante Wangenknochen, gerade Nase – er könnte einer Reklametafel entsprungen sein. »Haben Sie sich schon für etwas entschieden?«

Er lächelt, enthüllt gerade weiße Zähne, und ich presse die Lippen zusammen, damit mir der Mund nicht offen stehen bleibt. Ich wusste nicht, dass Männer derart attraktiv sein können. Ich meine, Drew sieht superklasse aus – das muss ich ihm zugestehen, obwohl ich wütend auf ihn bin. Aber dieser Typ … er stellt alle anderen Männer in den Schatten. Sein Gesicht ist so verdammt perfekt.

»Ich nehme ein Pale Ale.« Mit dem Kinn deutet er auf die schmuddelige Speisekarte, die vor ihm auf dem Tisch liegt. »Können Sie irgendwas aus der Vorspeisenkarte empfehlen?«

Das kann nicht sein Ernst sein. Mal abgesehen von den Burgern würde ich diesem Bild von einem Mann nichts empfehlen, was im La Salle's angeboten wird. Es könnte seine Schönheit beflecken, was der Himmel verhüten möge! »Worauf haben Sie denn Appetit?«, frage ich mit matter Stimme.

Er hebt eine Braue an, nimmt die Speisekarte zur Hand, überfliegt sie und sieht mich dann an. »Nachos mit Rinderhack?«

Ich schüttle den Kopf. »Das Fleisch ist nur selten gut durch.« Meistens kommt es mit einem rosa Stich auf den Teller. Ekelhaft.

»Überbackene Ofenkartoffeln?« Er schüttelt sich leicht.

Ich schüttle mich ebenfalls. »Zu sehr Neunzigerjahre, finden Sie nicht?«

»Was ist mit den scharfen Hähnchenflügeln?«

»Wenn Sie sich den Mund verbrennen wollen. Hören Sie …« Rasch sehe ich mich um, um mich zu vergewissern, dass niemand – zum Beispiel mein Boss – in der Nähe ist. »Wenn Sie etwas essen wollen, schlage ich das Café ein Stück die Straße hinunter vor. Die haben dort klasse Sandwiches.«

Er lacht und schüttelt den Kopf. Der volle, vibrierende Klang spült über mich hinweg, wärmt meine Haut, was sogleich eine hohe Dosis an Argwohn in mir erweckt. Normalerweise reagiere ich auf Männer nicht so. Der Einzige, der ebenfalls diese Art von Reaktion in mir hervorrufen konnte, war Drew, und der ist nicht da. Warum bin ich dann immer noch so besessen von ihm?

Vielleicht weil du immer noch wie eine arme, zwanghafte Irre in ihn verliebt bist?

Ich schiebe die nörgelnde leise Stimme, die sich immer zu den unpassendsten Gelegenheiten meldet, in den hintersten Winkel meines Kopfes.

»Ihre Ehrlichkeit gefällt mir«, sagt der Mann, während sein kühler blauer Blick über mich hinweggleitet. »Dann nehme ich nur das Bier.«

»Kluge Wahl.« Ich nicke. »Bin gleich wieder da.«

Ich gehe nach hinten, schlüpfe hinter die Bar, schnappe mir eine Flasche Pale Ale, blicke auf und ertappe den Typen dabei, wie er mich anstarrt. Und er wendet den Blick auch nicht ab, was mich ziemlich irritiert. Er beobachtet mich nicht wie so ein Perverser, einfach nur sehr … aufmerksam.

Es nervt.

Ich verspüre einen Anflug von Wut. Trage ich ein unsichtbares Schild um den Hals? Eines, auf dem steht: *Hey, ich bin leicht zu haben?* Denn das bin ich nicht. Okay, ich habe ein paar Fehler gemacht, an den falschen Orten nach Anerkennung gesucht, aber ich ziehe mich nun wirklich nicht so an, dass mir die Titten oder der Arsch heraushängen. Ich wackle nicht übertrieben mit den Hüften oder recke die Brust nach vorn, wie ich es bei vielen Mädels sehe.

Warum mustert mich dann jeder Typ, dem ich begegne, so unverfroren, als wäre ich ein Stück Fleisch?

Mit der festen Absicht, diesen Scheiß nicht länger mitzumachen, gehe ich an seinen Tisch zurück und knalle das Bier mit einem lauten *Klonk* vor ihn hin. Ich will gerade wieder wortlos verschwinden – Scheiß auf das Trinkgeld –, als der Typ plötzlich fragt: »Wie heißen Sie?«

Ich werfe ihm über die Schulter hinweg einen Blick zu. »Was geht Sie das an?« Oh, ich bin so eine dumme Tusse! Riskiere es glatt, dass der Typ sauer wird und ich gefeuert werde. Ich weiß nicht, was mit mir nicht stimmt.

Ich bin fast so schlimm wie meine Mom. Sie hat ihren Job wegen ihrer Sauferei und ihrem unmöglichen Benehmen verloren. Zumindest falle ich nur durch schlechtes Benehmen auf.

Könnte ich mich selbst in den Hintern treten, würde ich das jetzt tun.

Er lächelt und zuckt die Achseln, als würde ihn meine unverschämte Bemerkung nicht tangieren. »Ich bin neugierig.«

Langsam drehe ich mich ganz zu ihm um und mustere ihn genauso intensiv wie er mich. Die langen Finger seiner rechten Hand sind um den Flaschenhals geschlungen, sein anderer Arm liegt auf der zerkratzten, vernarbten Tischplatte. Er wirkt entspannt und locker, und langsam schmilzt meine Abwehr.

»Ich heiße Fable«, gestehe ich und bereite mich schon

einmal innerlich auf die Reaktion vor. Seit ich denken kann, habe ich wegen meines Namens endlose Witze und blöde Sprüche über mich ergehen lassen müssen.

Doch er zieht mich nicht auf. Seine Miene bleibt neutral. »Freut mich, Sie kennenzulernen, Fable. Ich heiße Colin.«

Ich nicke, weiß nicht, was ich noch sagen soll. Er wirkt auf mich beruhigend und beunruhigend zugleich, sodass ich total verwirrt bin. Und er passt definitiv nicht in dieses Lokal. Er ist zu gut angezogen und strahlt eine Autorität aus, die an Dominanz grenzt, als würde er über den Dingen stehen – was vermutlich zutrifft. Er verströmt den Geruch von Klasse und Geld.

Doch er benimmt sich nicht wie ein Arschloch, und das könnte er, so unhöflich, wie ich ihn behandelt habe. Er führt die Bierflasche an die Lippen, trinkt einen Schluck, und ich sehe ihm unverblümt dabei zu. Er ist attraktiv. Er ist arrogant. Und er bedeutet Ärger.

Ich will nichts mit ihm zu tun haben.

»So, Fable«, sagt er, als er die Hälfte der Flasche hinuntergekippt hat. »Darf ich Sie etwas fragen?«

Ich scharre mit den Füßen und werfe einen Blick zur Bar hinüber. Niemand schenkt uns Beachtung. Ich könnte vermutlich eine Viertelstunde hier stehen bleiben und mit Colin, dem mysteriösen Gast, plaudern, ohne dass irgendjemand protestieren würde. »Sicher.«

»Warum arbeitet eine Frau wie Sie in so einem Scheißladen?«

»Warum trinkt ein Mann wie Sie in so einem Scheißladen ein Bier?«, pariere ich und bin für einen kurzen Moment verletzt. Doch dann dämmert es mir … er macht mir ein Kompliment. Und er spricht von mir als Frau. Das tut sonst niemand. Nicht einmal ich.

Er hebt sein Bier, als wollte er mir zuprosten. »Touché. Würde es Sie überraschen, wenn ich sage, dass ich wegen Ihnen hier bin?«

Überraschen? Eher beängstigen. »Ich kenne Sie ja gar nicht. Wieso sollten Sie wegen mir hier sein?«

»Ich muss das wohl anders formulieren. Also, ich kam hierher, in der Hoffnung, ich würde jemanden finden, den ich mir schnappen kann.« Angesichts meiner irritierten Miene lacht er. »Ich habe ein neues Restaurant in der Innenstadt eröffnet. The District. Schon mal davon gehört?«

Ja, hatte ich. So ein nobler Schuppen, der auf die reichen College-Kids abzielt, die unendlich viel Geld zur Verfügung haben, das sie zum Essen, Trinken und Feiern ausgeben können. Also nicht meine Kragenweite. »Ja, klar.«

»Waren Sie schon einmal dort?«

Langsam schüttle ich den Kopf. »Nein.«

Er lehnt sich zurück und sieht mich an, nimmt mich mit zusammengekniffenen Augen ins Visier. Jetzt taxiert er mich wirklich, und ich merke, wie meine Wangen vor Verlegenheit zu glühen beginnen. Was für ein Idiot.

Ich hatte schon immer eine Schwäche für Idioten.

»Begleiten Sie mich heute Abend in mein Restaurant. Ich werde Sie herumführen.« Sein Mund krümmt sich zu einem ziemlich netten Lächeln, und ich gerate in Versuchung.

Doch ich habe den Männern abgeschworen, deshalb

ist dies eine schlechte Idee. »Danke, aber ich bin nicht interessiert.«

»Ich versuche nicht, Sie um ein Date zu bitten, Fable«, sagt er, die Stimme gesenkt, die Augen funkelnd. Ich trete einen Schritt zurück, werfe einen Blick durch das Lokal. Ich muss weg von diesem Typen. Doch seine nächsten Worte führen dazu, dass ich wie angewurzelt stehen bleibe. »Ich versuche, Ihnen einen Job anzubieten.«

Drew

»Reden wir über Fable.«

Sofort spanne ich mich an, nicke jedoch. Bemühe mich um eine unbeteiligte Miene, als würde mich unser neues Thema kalt lassen. »Was wollen Sie wissen?«

Meine Therapeutin beobachtet mich, ihr Blick ist wachsam und aufmerksam. »Den Namen zu hören berührt Sie immer noch.«

»Das stimmt nicht«, lüge ich. Ich versuche mein Bestes, gelassen zu erscheinen, doch in meinem Inneren krampft sich alles zusammen. Es macht mir Angst, Fables Namen zu hören, und gleichzeitig lechze ich danach. Ich möchte sie sehen. Ich *mus*s sie sehen.

Doch ich schaffe es einfach nicht, zu ihr zu gehen. Und sie hat mich eindeutig schon abgeschrieben. Ich verdiene es nicht anders. Schließlich habe ich als Erster aufgegeben, oder?

Besser gesagt, du hast dich selbst aufgegeben.

»Sie brauchen mich nicht anzulügen, Drew. Es ist in Ordnung, wenn es immer noch schwierig für Sie ist.«

Dr. Sheila Harris hält inne, tippt mit dem Zeigefinger an ihr Kinn. »Haben Sie schon einmal daran gedacht, ob Sie nicht versuchen sollten, Fable wiederzusehen?«

Ich schüttle den Kopf. Ich denke jeden Tag daran, jede Minute meines Lebens, doch diese Gedanken sind sinnlos. »Sie hasst mich.«

»Das wissen Sie nicht.«

»Ich weiß, dass *ich* mich an ihrer Stelle hassen würde. Ich habe mich abgeschottet, sie zurückgestoßen, wie ich es immer tue. Unentwegt hat sie mich gebeten, es nicht zu tun. Hat mir versprochen, für mich da zu sein, egal was passiert.« Trotzdem habe ich sie verlassen. Und nur ein paar dumme Zeilen hinterlegt, für die ich viel zu lange brauchte und die eine geheime Botschaft enthielten, die mein kluges, schönes Mädchen sofort herauslas.

Aber sie ist nicht mein Mädchen. Ich kann keinen Anspruch auf sie erheben. Ich habe sie abgewiesen. Und nun …

Habe ich sie verloren.

»Warum haben Sie sie zurückgestoßen? Das haben Sie mir nie erzählt.«

Meine Psychotherapeutin liebt es, unangenehme Fragen zu stellen, das ist ihr Job. Ich hasse es nach wie vor, darauf zu antworten. »Das ist die einzige Art, die ich kenne, Probleme zu bewältigen«, gestehe ich. Die Wahrheit schlägt mir tagtäglich ins Gesicht. Ich laufe immer weg.

Das ist so viel leichter.

Ich habe Dr. Harris aus eigenem Antrieb aufgesucht. Niemand hat mich dazu gedrängt. Nach unserer Rückkehr aus Carmel, nachdem ich mich sang- und klanglos aus Fables Leben verabschiedet und ihr nur diese beknackten Zeilen hinterlassen hatte, habe ich mich mehr denn je in mich zurückgezogen. Ich habe als Spieler versagt. Ich habe meine Zensuren verbockt. Die Winterferien kamen, und ich bin weggelaufen. Bin tatsächlich zu einer einsamen Hütte mitten im Wald gelaufen, die ich von einem netten alten Paar am Lake Tahoe gemietet hatte.

Mein Plan? Winterschlaf halten wie ein Bär. Mein Telefon abschalten, mich verkriechen, meine scheiß Probleme lösen. Doch ich hatte nicht vorhergesehen, wie hart es sein würde, allein mit meinen Gedanken zu sein. Meine Erinnerungen, die schönen wie die schlimmen, verfolgten mich. Ich dachte an die Bombe, die meine Stiefmutter Adele hatte platzen lassen. Ich dachte an meinen Dad und wie sehr die Wahrheit – sollte es die Wahrheit sein – ihn verletzen würde. Ich dachte an meine kleine Schwester Vanessa und daran, wie sie gestorben war. Und dass sie vielleicht gar nicht meine Schwester war …

Aber vor allem dachte ich an Fable. Wie wütend sie gewesen war, als ich auf ihrer Türschwelle auftauchte, und wie sie mich dann trotzdem hereingelassen hatte. Wie ich sie berührte, wie sie mich berührte und wie sie meine selbst errichteten Mauern zum Einsturz brachte und mein wahres Ich sah. Ich ließ sie herein. Ich *wollte* sie hereinlassen.

Und dann verließ ich sie. Mit ein paar Zeilen, die im Grunde überflüssig waren, weil sie alles, alles versucht hatte, um mich zu retten, und ich das nicht zuließ. Sie schickte mir genau zwei SMS. Die zweite überraschte mich, da ich dachte, Fable sei stur und würde aufgeben, wenn ich auf die erste Nachricht nicht antworte.

Wie hätte ich darauf auch antworten sollen? Alles, was sie sagte, war richtig. Und alles, was ich gesagt hätte, wäre falsch gewesen. Also war es besser, nicht zu antworten.

Sie hat mir auch eine Nachricht auf die Mailbox gesprochen. Ich habe sie immer noch. Manchmal, wenn es mir richtig beschissen geht, spiele ich sie ab. Lausche ihrer sanften, tränenweichen Stimme, den unglaublichen Worten, die sie zu mir sagt. Und wenn die Nachricht dann endet, tut mir tatsächlich das Herz weh.

Ihrer Stimme zu lauschen ist eine Folter, doch ich schaffe es auch nicht, die Nachricht zu löschen. Zu wissen, dass es sie gibt, dass Fable für eine letzte Minute lang wirklich etwas an mir lag, ist besser als diese Worte und ihre Stimme zu löschen und so zu tun, als existierte sie nicht.

»Ich hoffe, ich kann Ihnen dabei helfen. Bei Ihren Bewältigungsstrategien, meine ich«, sagt Dr. Harris und reißt mich aus meinen Gedanken. »Ich weiß, wie viel Fable Ihnen bedeutet. Und ich hoffe, Sie werden irgendwann zu ihr gehen und ihr sagen, dass es Ihnen leidtut.«

»Und was, wenn es mir nicht leidtut?« Ich stoße die Worte hervor, doch sie sind bedeutungslos. Es tut mir so leid, dass ich gar nicht weiß, wo ich anfangen sollte, um zu erklären, warum ich mich wie ein Arschloch verhalte.

»Dann ist das ein weiteres Thema, das wir uns näher anschauen werden«, sagt sie freundlich.

Auf diese Weise geht es eine Viertelstunde weiter, und dann kann ich endlich entfliehen, spaziere hinaus in den kalten, klaren Winternachmittag. Die Sonne ist trotz der Temperatur warm auf meiner Haut, und ich eile den Gehweg hinunter zu der Stelle, wo ich meinen Pick-up geparkt habe. Dr. Harris' Praxis befindet sich in einem unscheinbaren Gebäude in der Innenstadt, und ich hoffe inständig, dass ich niemandem begegne, den ich kenne. Der College-Campus ist nur ein paar Blocks entfernt, und in den kleinen Läden und Cafés entlang der Straße hängen jede Menge Studenten herum.

Es ist nicht so, dass ich wahnsinnig viele Freunde hätte, trotzdem bildet sich jeder ein, dass er mich kennt. Doch niemand kennt mich wirklich. Mit Ausnahme einer Person.

»Hey, Callahan, warte!«

Ich bleibe stehen, blicke mich um und sehe einen meiner Teamkameraden, der mit einem tölpelhaften, breiten Grinsen im Gesicht auf mich zurennt. Jace Hendrix ist eine Nervensäge, aber im Großen und Ganzen ein anständiger Kerl. Er hat mich nie dumm angemacht, doch das hat kaum einer aus dem Team. »Hey.« Ich winke ihm kurz zu, schiebe die Hände wieder in die Jackentaschen und warte, bis er vor mir stehen bleibt.

»Lange nicht gesehen«, sagt Jace. »Nach dieser letzten Katastrophe von einem Spiel bist du irgendwie abgetaucht.«

Ich zucke zusammen. Diese letzte Katastrophe von einem Spiel war einzig und allein meine Schuld gewesen. »Ich habe mich deswegen ziemlich beschissen gefühlt«, gestehe ich.

Wow, ich kann nicht glauben, dass ich mich gerade

zu meinen Fehlern bekannt habe, doch Jake wirkt unbeeindruckt. »Yep, wir auch, Mann. Hey, was hast du am Wochenende vor?«

Die Art, wie Jace meine Äußerung abtut – Herrgott, wie er mir beipflichtet –, haut mich um. »Was geht ab?«

»Logan hat Geburtstag. Wir wollen in dem neuen Restaurant feiern, das ein paar Blocks weiter eröffnet hat. Hast du davon gehört?« Jace wirkt aufgeregt, er tänzelt tatsächlich auf der Stelle, und ich frage mich, was zum Teufel mit ihm los ist.

»Kann sein.« Ich zucke die Achseln. Was interessiert mich das? Eine Party ist das Letzte, wonach mir zumute ist.

Doch dann klingen mir Dr. Harris' Worte wieder im Ohr. Dass ich mehr aus mir herausgehen, mich wie ein normaler Mensch verhalten soll.

»Jedenfalls findet die Feier dort statt. Wir haben einen Raum für uns. Ich war noch nicht dort, aber soweit ich gehört habe, sind die Kellnerinnen allesamt sehr hübsch, die Drinks gut und stark, und es gibt dieses Nebenzimmer, das Logans Eltern angemietet haben. Angeblich sollen sogar Stripperinnen auftreten. Logan wird einundzwanzig, da soll für ihn so richtig die Post abgehen.« Jace wackelt mit den Augenbrauen.

»Klingt super«, lüge ich. Es klingt grässlich. Aber ich muss hingehen. Mich zumindest kurz dort blicken lassen. Dann kann ich meiner Therapeutin davon erzählen. Und sie kann mir für meine Heldentat einen Orden verleihen.

»Du kommst?« Jace wirkt geschockt, und ich weiß auch, warum. Ich unternehme selten etwas mit den

Jungs, und in den letzten Monaten war ich völlig abgetaucht.

»Ich werde da sein.« Ich nicke, habe keine Ahnung, wie ich die Energie aufbringen soll, auf diese Party zu gehen, aber ich muss es tun.

»Echt? Super! Die Jungs werden staunen, wenn ich es ihnen erzähle. Wir haben dich vermisst. Du warst eine ganze Weile verschwunden, und wir wissen ja alle, wie sehr du an den letzten Spielen zu knabbern hattest. Ging uns allen so.« Jace hat eine feierliche Miene aufgesetzt, und einen Moment lang frage ich mich, ob er mich verarscht.

Doch dann merke ich, dass er es ernst meint. Komisch, dass ich die volle Verantwortung für diese letzten Niederlagen übernommen habe, obwohl mir hätte klar sein müssen, dass jeder Einzelne aus meinem Team sich genauso verantwortlich fühlte.

»Sag den Jungs, dass ich mich auf sie freue.« Die Worte gehen mir leicht über die Lippen, weil sie die Wahrheit sind. Ich muss aufhören, mich in meinem Unglück zu suhlen. Muss aufhören, mir über meinen Dad und diese Schlampe von Stiefmutter Gedanken zu machen und über das kleine Mädchen, das starb, weil ich zu beschäftigt damit war, mit seiner Mom zu streiten und ihr zu sagen, sie solle ihre Pfoten gefälligst bei sich behalten.

Eine der Sachen, die ich am meisten bedaure, ist die, dass ich Fable nie wirklich erklärt habe, was an jenem Tag geschah. Ich weiß, sie nimmt an, ich sei weg gewesen, um mit Adele zu vögeln. Ich würde das an ihrer Stelle auch denken. Doch es war der Tag, als ich Adele mitteilte: Nie wieder. Was immer sie versuchen würde, ich sei nicht interessiert. Es sei vorbei. Es war der Tag, an dem ich mich befreite.

Und der Tag, an dem ich ein Gefangener meiner eigenen Schuld wurde.

Für immer.

»Bis dann, Drew.« Jace winkt, dreht sich um und entfernt sich mit einem vergnügten Pfeifen. Ich bleibe wie angewurzelt stehen, schaue ihm nach, bis er nur noch ein verschwommener Fleck in der Ferne ist, und wünsche mir sehnlich, ich könnte ebenso unbeschwert sein. Dass meine größten Sorgen meine Zensuren wären und welches Mädchen ich als Nächstes rumkriegen könnte und wie wohl die große Party werden würde, die in wenigen Tagen stieg.

Vielleicht, nur vielleicht, könnte ich mich eine kleine Weile mit alltäglichem Kram ablenken. Mir vormachen, es würde nichts zählen außer Freunden, Schule und Party. Dr. Harris meint, ich könne keine Fortschritte machen, solange ich mich nicht der Vergangenheit stelle.

Aber was zum Teufel weiß sie schon darüber?

KAPITEL 2

Sie ist innerlich völlig zerbrochen,
doch das wird niemand jemals bemerken.

– Unbekannt

Fable

»Hm.« Owen schlürft den XXL-Softdrink, den ich ihm an der Tankstelle gekauft habe, als wir angehalten haben, um die Schrottkiste unserer Mom aufzutanken. »Kann ich in dem Laden, wo du arbeitest, umsonst essen?«

Ich schüttle den Kopf. »Zu vornehm. Kinder sind dort nicht wirklich willkommen.« Die Untertreibung des Jahres. Das Restaurant ist definitiv nicht kinderfreundlich. In der Tat ist es auch nicht wirklich Fable-freundlich, doch ich bin bereit, ihm eine Chance zu geben. Colin behauptet, ich könne massenhaft Kohle durch

Trinkgelder verdienen, aber ich bin mir nicht sicher, ob ich ihm das abnehme.

Meine Gedanken wandern zu Colin. Das Restaurant gehört ihm, weil sein reicher Daddy es ihm geschenkt hat – als Spielzeug. Das habe ich von ihm erfahren, als wir das erste Mal dort waren. Er ist nett. Er ist attraktiv. Er ist charmant.

Abgesehen von ein wenig Geplauder zwischen einer Angestellten und ihrem Boss gehe ich ihm möglichst aus dem Weg. Ich bin auf sein Angebot zurückgekommen, obwohl es fast zu gut klingt, um wahr zu sein.

Das Witzige ist, dass ich im La Salle's noch nicht gekündigt habe. Aber indem ich mir diesen Job warmhalte, bis ich sicher weiß, dass der neue Job sich lohnt, riskiere ich keinen Verdienstausfall.

Denn am Allerwichtigsten ist es, dass regelmäßig Geld reinkommt. Unsere Mom tut nichts, um das sicherzustellen.

Owen plustert sich auf, zieht eine empörte Miene. »Spinnst du? Ich bin doch kein Kind. Scheiße noch mal, ich bin vierzehn Jahre alt!«

Ich gebe ihm einen Klaps auf den Arm, und er jault auf. »Keine Schimpfwörter!«, warne ich, denn er muss lernen, seine freche Klappe im Zaum zu halten. Und seit wann ist die offizielle Volljährigkeit um vier Jahre herabgesetzt worden? In seinen Träumen vielleicht.

»Ach, komm, Fab, kannst du mich nicht reinschmuggeln?« Owen schüttelt den Kopf, zeigt unverhohlen seinen Ärger. »Ich habe gehört, die Mädels, die dort abhängen, sind ziemlich scharf.«

Ich habe keinen Bock, mir anzuhören, wie mein kleiner Bruder über scharfe Mädels und was auch immer redet. Es ist schon schlimm genug, dass ich, als ich vor einigen Tagen die Wäsche machte, in seiner Jeanshose ein Tütchen mit Gras gefunden habe. Ich habe es meiner Mom gezeigt, und sie zuckte erst die Achseln und forderte mich dann auf, ihr das Tütchen zu geben.

Sie öffnete das Tütchen, schnupperte hinein und verkündete, das Gras sei von hervorragender Qualität. Ich weiß, dass sie es später zu Larry mitgenommen hat und die beiden sich vermutlich total zugekifft haben. Ich fasse es einfach nicht. Wie konnte ich so normal und solide werden, wenn meine Mutter so ein … Kind ist?

Dir blieb keine andere Wahl.

Das ist die traurige Wahrheit, oder?

»Pass auf, das Essen, das dort serviert wird, kostet pro Gericht um die fünfzig Piepen. Es ist für Paare und so. Und es gibt eine Bar. Nach zehn ist der Laden für Leute unter einundzwanzig gesperrt«, erkläre ich. Es ist tatsächlich das schönste, eleganteste Restaurant, das ich je gesehen, geschweige denn, in dem ich je gearbeitet habe. Es ist total durchorganisiert, alles und jeder hat seinen festen Platz. Das Personal ist allerdings nicht sonderlich freundlich. Eher arrogant. Ich bin mir sicher, sie ziehen über mich her, lästern hinter meinem Rücken über die White-Trash-Schlampe, die sich erdreistet, in ihren elitären Reihen zu arbeiten.

Egal. Mich interessieren einzig die Trinkgelder. Und die Tatsache, dass Colin an mich glaubt. Es ist lange her, dass jemand an mich geglaubt hat. Ich dachte, Drew würde das tun, doch je länger er aus meinem Leben verschwunden ist, desto mehr erkenne ich, dass alles eine

Täuschung war. Wir haben uns etwas zu sehr in unsere Fantasien verstrickt.

»Kannst du mir nicht mal Reste mitbringen?« Owens Frage reißt mich aus meinen Gedanken, und als ich ihm einen Blick zuwerfe, sehe ich das Grinsen in seinem Gesicht.

Er wird von Jahr zu Jahr hübscher. Ich habe keine Ahnung, ob er eine Freundin hat oder nicht, aber ich hoffe sehr, dass er noch eine Weile von diesem ganzen Kram verschont bleibt. Beziehungen bringen nichts als Probleme mit sich.

»Du bist echt krass drauf.« Ich verdrehe die Augen. Aus dem La Salle's habe ich ihm immer Burger mitgebracht. Wie sich nun zeigt, habe ich ihn total verwöhnt.

»Also Mom wird mich bestimmt nicht durchfüttern, das ist eine gottverdammte Tatsache. 'Tschuldigung«, stößt er hervor, als er meinen strengen Blick ob dieser Gotteslästerung bemerkt. »Ich komme mir nur langsam ziemlich blöd vor, weil ich ständig bei Wade herumhänge. Seine Mom muss schon tierisch genervt von mir sein.«

Schuldgefühle durchströmen mich. Ich brauche diesen Job. Ich brauche beide Jobs, und das bedeutet, ich kann für Owen nicht da sein. Ihm Essen kochen, seine Hausaufgaben überwachen, ihn zwingen, seinen Saustall von Zimmer aufzuräumen. Die Wohnung verfügt über drei Schlafzimmer, eine Seltenheit, aber in einer College-Stadt sehr gefragt, und die Miete wird immer teurer. Nachdem meine Mom so gut wie nie da ist und meistens nur Owen und ich dort wohnen, spiele ich mit dem Gedanken, eine andere Wohnung zu suchen. Nur für Owen und mich.

Wenn ich das Mom erzähle, wird sie stinksauer sein. Es spielt keine Rolle, dass sie den Großteil ihrer Zeit mit Larry verbringt. Es spielt keine Rolle, dass sie kaum da ist und keinen Job hat und sich die Miete nicht leisten kann. Sie wird trotzdem wütend sein und es persönlich nehmen, als wollten Owen und ich sie rausdrängen.

Irgendwie will ich das auch. Ich will sie nicht mehr bei uns haben. Ich will mich nicht mehr mit unnötigen Dramen befassen. Denn das ist meine Mom. Ein einziges Drama.

Mein Handy piepst, weist darauf hin, dass ich eine SMS erhalten habe, und ich schaue nach und sehe, dass die Nachricht von meinem Boss ist. Als ich sie lese, überfällt mich ein ungutes Gefühl.

Was machen Sie gerade?

Ich tippe die brave Angestellten-Antwort ein.

Mach mich für die Arbeit fertig.

Hey, das ist die Wahrheit.

Bin in der Gegend. Kann Sie abholen und mitnehmen.

Ich starre etwas zu lange auf diese Nachricht, ignoriere Owen, der darüber meckert, dass er sich selbst etwas zu essen machen muss. Was zum Teufel will Colin? Was hat er in dieser abgefuckten Gegend zu tun? Es ergibt keinen Sinn. Es sei denn, er ist eigens wegen mir hier …

Ich muss erst in einer Stunde dort sein, antworte ich.

Ich zahle Ihnen die Überstunde. Okay?

Seufzend tippe ich meine Antwort ein: *Geben Sie mir fünf Minuten.*

»Ich muss los«, sage ich zu Owen, während ich in mein Zimmer eile. Ich bin noch nicht in meiner Arbeitsuniform, falls man das überhaupt als solche bezeichnen kann. Alle Kellnerinnen müssen die gewagtesten Outfits tragen, dir mir je untergekommen sind. Es gibt mindestens vier verschiedene Outfits, und die sind sexy wie nur was, also knalleng oder tief ausgeschnitten. Es hat was mit Sexappeal zu tun. Wir sehen nicht nuttig aus oder so, aber wenn ich mich zu weit vorbeuge, gewähre ich jedem einen Blick auf meinen Po. Unter den Kleidern tragen wir knappe Boy-Panties.

Als ich mir meine Uniform vom Kleiderbügel schnappe, bemerke ich Owen, der nervös zappelnd in der Tür steht. »Was gibt's?«, frage ich ihn.

Er druckst ein wenig herum. »Was hältst du davon, wenn ich mir ein Tattoo stechen lasse?«

Einen Moment wird mir schwindlig. Oh, mein Gott, woher hat er diesen Scheiß? »Erstens, du bist erst vierzehn, du darfst dir also ohne Zustimmung eines Erwachsenen kein Tattoo stechen lassen. Zweitens, du bist erst vierzehn. Welches Tattoo würdest du denn für immer auf deiner Haut haben wollen?«

»Keine Ahnung.« Er zuckt die Achseln. »Ich dachte einfach, ein Tattoo wäre cool. Ich meine, du hast dir gerade erst eines machen lassen, warum kann ich das nicht auch?«

»Vielleicht weil ich erwachsen bin und du nicht?« Ein paar Wochen vor Weihnachten, als ich noch glaubte, Drew und ich hätten eine Chance, habe ich mir eines stechen lassen. Das bekloppteste Tattoo, das man sich vorstellen kann. Ich dachte, wenn ich das tue, wenn ich einen Teil von ihm, wie winzig auch immer, unauslöschlich in meine Haut ritzen lasse, könnte ich ihn irgendwie an mich binden.

Hat nicht funktioniert. Und jetzt muss ich mit dem Ding leben. Gott sei Dank ist es klein. Ich könnte es wahrscheinlich unkenntlich machen lassen, wenn ich wollte.

Im Moment will ich das nicht.

»Wenn du die Initialen von irgendeinem Typen auf deiner Haut verewigst, ist das cool, aber wenn ich mir ein Kunstwerk auf den Rücken tätowieren lassen will, einen Drachen oder so, ist das alberner Kinderkram. Echt unfair.« Er schüttelt den Kopf, sein straßenköterblondes Haar fällt ihm in die Augen, und ich würde ihm am liebsten eine knallen.

Gleichzeitig will ich ihn in die Arme nehmen und fragen, wo der süße, unkomplizierte Junge von vor nicht einmal einem Jahr geblieben ist. Denn hier ist er nicht mehr.

»Das ist etwas anderes.« Ich wende mich von ihm ab, ziehe das Outfit vom Kleiderbügel. »Ich muss mich umziehen, also raus mit dir.«

»Wer ist der Typ überhaupt? Das hast du mir nie erzählt.«

»Er ist unwichtig.« Die Worte tropfen wie flüssiges Blei von meinen Lippen. Er war definitiv nicht unwichtig. Für eine kurze Zeit, der intensivsten Zeit meines Lebens, war er alles für mich.

»So unwichtig kann er nicht sein. Er hat dir das Herz gebrochen.« Owens Stimme bebt vor Hass. »Wenn ich je herausfinde, wer er ist, verpasse ich ihm eine Abreibung.«

Ich lächle, kann nicht anders. Sein Bestreben, mich zu beschützen, ist … herzzerreißend. Wir sind ein Team, Owen und ich. Wir haben nur uns.

Ich schlüpfe aus der Wohnung, weil ich nicht möchte, dass Colin an meine Tür klopft und Owen kennenlernt. Oder schlimmer noch, unsere schäbige Wohnung von innen sieht. Wo immer Colin wohnt, ich wette, es ist umwerfend. Wenn sein Haus nur halb so beeindruckend wie sein Restaurant ist, dann *muss* es umwerfend sein.

Kaum bin ich die Stufen hinuntergestiegen, fährt er in einem glänzenden schwarzen Mercedes vor, mit schnurrendem Motor, der Wagen so neu, dass er noch keine Nummernschilder hat. Ich trete einen Schritt zurück, als er die Tür öffnet und aus dem Wagen steigt, ein blonder Gott mit einem hinreißenden Lächeln und funkelnden blauen Augen.

Er geht um den Wagen herum und öffnet mit einer schwungvollen Bewegung die Beifahrertür. »Ihre Kutsche steht bereit.«

Ich zögere. Ist es ein Fehler, in seinen Wagen zu steigen? Ich habe keine Angst vor Colin, doch ich habe Angst vor der Situation, in die ich mich selbst bringen könnte. Er ist ein Charmeur, aber ich habe beobachtet, dass er mit nahezu jeder seiner Kellnerinnen flirtet – und mit den weiblichen Gästen. Allerdings überschreitet er nie seine Grenzen; er ist immer höflich und weiß, wann es genug ist.

Sende ich ihm widersprüchliche Signale, indem ich ihm erlaube, mich zur Arbeit abzuholen? Und er war ganz zufällig in der Nähe und dachte bei sich, dass er mich dann ja gleich mitnehmen könnte? Das glaube ich nicht.

Nicht eine Sekunde lang.

»Sind Sie extra hergekommen, um mich abzuholen?«,

frage ich ihn, sobald er wieder im Wagen sitzt und die Tür zuschlägt.

Er wendet sich mir zu, unsere Gesichter sind viel zu nah zusammen. Der Wagen ist nett, aber klein, und die Situation ist ziemlich intim. Er riecht nach teurem Rasierwasser und Leder, und mir schießt blitzartig durch den Kopf, ob ich für diesen Typen tatsächlich etwas empfinden könnte.

Genauso blitzartig wird mir klar, dass ich das nicht könnte. Mein Herz ist immer noch um jemand anderen verknotet und verheddert. Um jemanden, der nicht real ist.

»Sie sind ganz schön direkt, was?«, fragt Colin, seine Augen glimmen im Halbdunkel des Wagens.

»Immer noch besser, als einen Haufen Lügen zu verbreiten, oder?« Ich hebe eine Braue.

Lachend schüttelt er den Kopf und legt einen Gang ein. »Okay. Ich war tatsächlich in der Gegend, Fable. Mir fiel ein, dass Sie hier wohnen, also habe ich Ihnen eine SMS geschrieben. Ich weiß, dass Sie nicht immer ein Auto zur Verfügung haben.«

Obwohl ich erst drei Schichten in seinem Restaurant gearbeitet habe, weiß er schon erstaunlich viel über mich. Deutet das auf einen guten Boss hin oder auf einen Psycho? »Heute hätte ich den Wagen meiner Mutter nehmen können.«

Er fährt aus dem Parkplatz und biegt auf die Straße ab, die Hand locker auf dem Lenkrad, den anderen Arm auf der Mittelkonsole. Er strahlt Lässigkeit aus. Nein, eher etwas Unangestrengtes. Er erweckt den Eindruck, als könnte er alles kriegen, was er sich vom Leben wünscht, und hätte obendrein jedes Fitzelchen davon absolut verdient.

Ich beneide ihn darum. Es ist ein Selbstvertrauen, das ich mir für mich niemals erhoffen könnte.

»Soll ich zurückfahren, damit Sie das Auto Ihrer Mutter nehmen können?« In seiner tiefen Stimme schwingt Belustigung mit. Er muss mich für eine Witzfigur halten.

»Nein.« Ich seufze. Was soll das Ganze? »Allerdings weiß ich nicht, wie ich nach der Arbeit zurückkomme.«

»Ich werde Sie fahren.«

Ich spare mir die Mühe, ihm zu antworten.

Schweigend fahren wir weiter, ich sitze still da, zupfe an meiner Nagelhaut. Meine Hände sind trocken, meine Nagelhaut rissig, und ich denke an meine Arbeitskolleginnen, die perfekt manikürte Hände und pediküre Füße haben. Ich hingegen sehe aus wie das immer noch leicht ramponierte Aschenputtel, das endlich aus dem Kellerloch herausgezogen wurde und nun inmitten der glitzernden, wunderschönen Prinzessinnen arbeiten soll. Ich glitzere vielleicht auch, aber reibt man ein wenig an mir, schimmert der Schmutz durch.

Ich fühle mich … minderwertig, wenn ich in meinem neuen Job arbeite. Und das mag ich nicht.

»Schlechte Angewohnheit«, sagt Colin, durchbricht die lastende Stille. »Sie sollten sich die Nägel machen lassen.«

Okay, das macht mich jetzt echt sauer. Er ist taktlos und unverschämt. »Das kann ich mir nicht leisten.«

»Ich übernehme die Rechnung.«

»Nein, verdammt noch mal!«, fauche ich. Sein Angebot bringt mich noch mehr in Rage.

Colin ignoriert mich. »Und wenn Sie schon einmal dort sind, können Sie das auch gleich mit einem Friseurbesuch verbinden. Natürlich auf meine Kosten. Ihr Haar ist zu stark blondiert und sieht kaputt aus.«

Ich fasse es nicht! Der Typ ist so ein Arschloch! Warum habe ich eingewilligt, für ihn zu arbeiten? Oh, ja, klar, die Kohle. Die Gier wird mich verderben, das weiß ich. Sie hat mich bereits zu zwei saudummen Entscheidungen verleitet. »Für wen halten Sie sich? Für die Modepolizei?«

»Nein, aber ich bin Ihr Boss, und im District sollen bestimmte Kriterien eingehalten werden.«

»Warum haben Sie mich dann eingestellt? Sie wussten doch, was Sie kriegen.«

»Ich habe Ihr Potenzial gesehen«, sagt er weich. »Und Sie, Fable? Sehen Sie es auch?«

Darauf kann ich nicht antworten. Denn die Wahrheit ist nicht die, die er hören will.

Nein.

Drew

Ich sitze in der Vorlesung, obwohl ich keine Lust darauf habe. Als ich das Herbstsemester so grandios vergeigt hatte, war mir leichter zumute. Warum riskieren, dass ich erneut der Verlockung erliege, die Kurse zu verpatzen oder sausen zu lassen? Um den Anschluss wiederzukriegen, werde ich in den Sommerferien ein paar zusätzliche Kurse belegen müssen, doch das ist mir egal. Was sollte ich sonst tun?

Nach Hause fahren jedenfalls nicht, soviel ist sicher.

Zumindest fühle ich mich, wenn ich auf dem Campus bin, einigermaßen normal. Ich muss nicht ständig an Dad und Adele denken und an das, was sie mir erzählt hat. Ich habe nicht mehr mit ihr gesprochen seit dem einen Mal, als ich sie anrief und dazu brachte, mir alles zu erzählen. Mit meinem Dad hatte ich auch kaum Kontakt. Er weiß, dass mit mir etwas nicht stimmt, doch er dringt nicht in mich. Und ich weiß, dass mit ihm etwas nicht stimmt, dringe aber auch nicht in ihn. Wozu auch? Will ich wirklich herausfinden, was los ist?

Nein.

Ich bewege mich wie ein Roboter durch die Tage, schalte mich ein und aus. Je länger ich allein bin, desto mehr geht mir im Kopf herum. Der Gedanke, dass ich Jace versprochen habe, am Samstag auf Logans Geburtstagsparty zu kommen, erfüllt mich mit Panik. Doch es muss sein. Dr. Harris meinte, ich müsse mich wieder wie ein normaler Mensch benehmen, und sie hat recht.

Dennoch macht es mir eine Scheißangst.

Ich bin in meinem Kommunikationsseminar, das rappelvoll ist, und da ist dieses Mädchen, neben dem ich jeden Tag sitze. Sie ist zierlich, ihr Haar ist lang und blond, und sie erinnert mich so sehr an Fable, dass es fast wehtut.

Aber ich bin ein Masochist. Ich sitze gern neben ihr. Bilde mir ein, sie sei jemand anders, halte den Atem an, wenn sie den Kopf in meine Richtung dreht, bin immer auf die wunderbare Überraschung gefasst, dass es tatsächlich Fable ist, die neben mir sitzt.

Ich muss immer aufs Neue die Enttäuschung hinunterschlucken, wenn die Wahrheit offenbar wird. Sie ist nicht die, die ich mir erträumt habe. Kein anderes Mädchen wird das jemals sein.

Der Professor leiert seinen Text herunter, aber ich höre nicht zu. Ich ziehe ein Blatt Papier heraus und beginne zu schreiben. Ein Gedicht an eine gewisse Person, den ich ihr nie geben werde. Doch ich muss mir meine Gefühle von der Seele schreiben, sonst platze ich. Sobald mein Stift auf das Blatt trifft, fließen die Wörter einfach heraus, und ich habe keine Kontrolle über sie.

Mag sein, dass es ein Fehler war zu gehen.
Aber wie kann ich ihn je wiedergutmachen?
Reue erfüllt mich mit jedem neuen Tag,
Staut sich wie ein Meer aus Schmerz in mir, und ich
Hasse mich dafür, dass ich dich so
Maßlos vermisse. Dir wehtue.
Aber du sollst wissen, ich verlange,
Lechze nach dir,
Liebe dich, ganz gleich
Ob wir uns jemals wiedersehen.
Wir gehören zusammen.

Ich starre auf mein bescheuertes kleines Gedicht, das das Mädchen, das ich liebe, niemals lesen wird. Ich zeichne kleine Schnörkel drumherum. Ein Schreibschrift-F, wie ich es in der Grundschule gelernt habe. Die Initiale ihres Vornamens. Fable. Eine Fabel. Eine Geschichte. Ein Mythos. Ein Märchen. Sie ist meine Geschichte. Ich möchte für sie leben und atmen und sterben, und sie hat keine

Ahnung davon, wie sehr sie meine Gedanken beschäftigt. Bis hin zu dem Punkt, wo ich an nichts anderes mehr denke. Ich sitze lieber im Kurs und schreibe für sie Liebesgedichte mit geheimen Botschaften, als mich damit zu befassen, was in meinem Leben wirklich passiert.

Ich bin wirklich total am Arsch.

Für ein Mädchen, so
Allerliebst, dass es nur das
Beste verdient. Keine
Lügen mehr. Sie ist mein
Ein und Alles.

Aber mir fehlt der Mut, ihr das zu sagen. Ich starre auf diese neuen Zeilen, die ich für sie geschrieben habe, und Ekel überfällt mich. Ich bin nicht gut genug für sie. Bin nicht mal Manns genug, ihr meine Gefühle offen darzulegen.

»Bist du Schriftsteller?«

Als ich aufblicke, sehe ich meine Pseudo-Fable, die mich anlächelt, und ich runzle die Stirn. Ihr Gesicht stimmt überhaupt nicht. Sie hat braune Augen. Und sie ist nicht so hübsch, obwohl sie recht attraktiv ist. Ich weiß nicht, wie ich auf den Gedanken kommen konnte, sie sähe wie Fable aus. »Was hast du gesagt?«, frage ich.

Sie deutet mit dem Kinn auf mein vollgekritzeltes Blatt Papier. »Die Vorlesung scheint dich nicht zu interessieren. Schreibst du ein Gedicht? Es sieht ganz danach aus.«

Während ich die Hand auf das Blatt lege, um die Worte vor ihrem suchenden Blick zu verbergen, mustere ich ihr Gesicht, bemühe mich nach Kräften, es mehr wie Fables Gesicht aussehen zu lassen. Aber es gelingt mir nicht. Und ich hasse sie dafür. »Ich mache mir Notizen.«

Sie lächelt. »Keine Bange. Ich werde es schon nicht rumerzählen.«

»Aber es stimmt«, beharre ich trotzig, weil diese Worte für niemand anderen bestimmt sind. Nur für mich und das Mädchen, das sie niemals lesen wird.

»Du musst nicht gleich ausflippen«, flüstert sie. Mit schmalen Augen taxiert sie mich, als könnte sie in mich hineinsehen, durch mich hindurch, und ich bin kurz davor, die Flucht zu ergreifen. »Oder dich verteidigen.«

Ich sage nichts. Wie kann ich mich verteidigen, wenn sie die Wahrheit sagt?

»Hey, bist du nicht Drew Callahan?« Sie neigt den Kopf zur Seite, betrachtet mich mit jähem Interesse. »Der supertolle, allseits gefeierte Quarterback?«

Ihre Stimme trieft vor Sarkasmus. Ich habe die ganze Schule enttäuscht, als am Ende der Saison eine spektakuläre Niederlage nach der anderen folgte. Ich bin zusammengebrochen, und alle wissen das. Verachtung strömt aus dem Blick und der Haltung des Mädchens, schlägt mir wie eine Welle entgegen, und ich weiß, dass sie mich für eine Witzfigur hält.

Blindlings ergreife ich den vor meinen Füßen liegenden Rucksack, schiebe das Blatt Papier und mein Buch hinein. Dann stehe ich auf und werfe mir den Rucksack über die Schulter. »Den gibt es nicht mehr«, murmle ich, ehe ich die Flucht antrete. Mitten in der Vorlesung.

Doch das ist mir scheißegal. Ich gehe einfach los. Bis ich endlich draußen bin und die scharfe, kalte Luft einatme, die Sonne auf mich herabscheint und Leute mich anrempeln, als ich mich durch die Menge schiebe. Ich höre, wie jemand meinen Namen ruft, aber ich ignoriere es. Alle möglichen Leute scheinen mich zu kennen, nur kenne ich sie nicht.

Das ist mein beschissenes Los, ganz gleich, wie sehr ich mich dagegen sträube.

Mein Handy vibriert in meiner Jeansjacke, und als ich es heraushole, sehe ich, dass es mein Dad ist. Normalerweise lasse ich einfach die Mailbox rangehen, aber aus irgendeinem masochistischen Grund bin ich in der Stimmung, mit ihm zu sprechen. Also nehme ich den Anruf an.

»Drew.« Er klingt überrascht.

»Was gibt's?« Mein beiläufiger Ton hört sich täuschend echt an. Ich hätte Schauspieler werden sollen. Im Vortäuschen bin ich so verdammt gut, es ist unglaublich.

»Ähm, ich würde dich gern besuchen.« Er räuspert sich, und sogar durch das Telefon hindurch kann ich spüren, wie unbehaglich er sich fühlt. »Es gibt ein paar … Dinge, über die ich mit dir sprechen muss.«

Mein Magen krampft sich zusammen, und mir wird speiübel. Er klingt ernst. Beängstigend ernst. »Zum Beispiel?«

»Das würde ich dir gern persönlich mitteilen, aber … ach, ich kann es dir genauso gut jetzt erzählen.« Er holt tief Luft. Ich auch. »Adele und ich, wir lassen uns scheiden.«

Ich habe das Gefühl, als hätte ich einen Schlag auf den Kopf erhalten und kleine Vögel würden, wie in einem

Cartoon, zwitschernd um mich herumflattern. Rasch blicke ich mich um, entdecke eine Bank und lasse mich darauf sinken. Mein Rucksack stößt mir in die Seite, und ich zucke zusammen. »Was? Warum?«

»Das würde ich dir lieber persönlich erläutern. Hast du dieses Wochenende Zeit?«

»Klar.« Dann fällt mir Logans Party ein. »Na ja, am Samstag habe ich eigentlich etwas vor, aber das kann ich absagen.«

»Ich möchte deine Pläne nicht durcheinanderbringen.« Normalerweise schert sich Dad einen Dreck um meine Pläne, deshalb ist sein Einwand irritierend. Er ist nicht er selbst. Macht ihm die Scheidung zu schaffen? Findet er sie gut oder schlecht? Natürlich gebe ich automatisch Adele die Schuld.

»Nein, das ist kein Problem, Dad. Ehrlich. Es ist nur eine blöde Party.« Dr. Harris wird das nicht gefallen, doch das ist mir egal. Ich muss für meinen Dad da sein. Vor allem, wenn er nun endlich mit Adele Schluss machen wird.

Ich sollte mich nicht freuen. Ich sollte Mitgefühl mit ihm haben. Doch es ist der richtige Schritt. Sie ist ein krankes, bösartiges Miststück, und ich will, dass sie sich aus meinem Leben verpisst. Und aus dem Leben meines Dad. Außerdem möchte ich – und das ist ein ganz und gar egoistischer Wunsch –, dass unser Geheimnis gewahrt bleibt.

Ich weiß nicht einmal, ob ihr Geheimnis die Wahrheit ist. Und das macht mir am meisten Angst. Was ist real, was nicht? Ich bin mir da nicht mehr sicher.

»Was hältst du davon, wenn ich am Freitag komme,

über Nacht bleibe und am Samstag zurückfahre? Dann hast du den Samstagabend für dich«, schlägt Dad vor.

»Wenn du willst, kannst du gern das ganze Wochenende bleiben.« Ja, das wäre schön. Ich vermisse ihn. Wir haben uns früher sehr nahegestanden. Bevor ich fünfzehn wurde und meine Stiefmutter meinte, ich sähe weit interessanter aus, als mein Dad je ausgesehen hat.

Du bist so erwachsen geworden, Andrew. Wie hübsch du bist, so groß und stark …

Ich schließe die Augen, verbanne ihre lockende Stimme aus meinem Hirn.

»Lassen wir es auf uns zukommen«, sagt mein Dad.

Mehr kann ich nicht verlangen, also stimme ich zu. Als ich das Gespräch beende, fühle ich mich etwas besser. Ich bin nicht mehr so benommen und empfinde ausnahmsweise etwas Hoffnung.

An dieses Gefühl klammere ich mich den ganzen restlichen Tag über.

KAPITEL 3

Für den Fall, dass jemals ein Tag kommt,
an dem wir nicht zusammen sein können,
sollst du mich in deinem Herzen bewahren,
dann werde ich immer bei dir sein.

– Pu der Bär

Drew

Mein Dad taucht am Freitag gegen Mittag auf, und wir gehen zum Essen in eines der beliebten Cafés in der Innenstadt, das voll mit Studenten und Angestellten der nahe gelegenen Firmen ist, die hier ihre Mittagspause verbringen. Das Café ist klein und gut besucht, und man sitzt an winzigen runden Tischen. Weil wir beide gleich groß sind, stoßen unsere Knie immer wieder aneinander, und das ist mir unglaublich unangenehm. Abgesehen von etwas Small Talk rede ich nicht viel, denn schließlich ist er derjenige mit den großen Neuigkeiten.

Streichen wir das. Ich bin derjenige mit den großen Neuigkeiten, doch diese spezielle Bombe werde ich niemals platzen lassen. Es könnte ihn für das ganze Leben zeichnen. Unsere Beziehung für immer ruinieren.

Dieses Risiko werde ich nicht eingehen.

Nachdem die Kellnerin unser Mittagessen serviert hat, kommt er schließlich zur Sache.

»Gestern habe ich die Scheidung eingereicht. Adele wird die Unterlagen irgendwann nächste Woche erhalten.«

Ich hebe den Kopf, um Dads Blick zu begegnen, und stelle fest, dass er mich scharf mustert. Als hätte er alles herausgefunden. Einen Moment habe ich Angst, es könnte tatsächlich so sein. Doch dann schiebt er die Gabel in den Salat, den er als Beilage zu seinem Sandwich bestellt hat, und isst. Als wäre das, was er soeben gesagt hat, nicht weiter wichtig.

»Wo ist sie?«, frage ich, nachdem ich heruntergeschluckt habe. Ich bringe es nicht über mich, ihren Namen auszusprechen.

Fable würde das gefallen. Hätte sie die Gelegenheit, sie würde dieser Schlampe die Augen auskratzen.

»Sie ist noch im Haus. Ich habe sie aufgefordert zu gehen, doch sie weigert sich.« Dad tupft sich mit der Serviette über den Mundwinkel. »Keine Ahnung, wie ich damit umgehen soll. Ich kann sie ja nicht rausschmeißen – noch nicht. Wo soll sie denn hin? Und immerhin war sie die Mutter meines Kindes.«

Wer weiß? Ich schlucke. »Wo wirst du hingehen?«

Er zuckt die Achseln. »Im Moment wohne ich im Hotel. Egal, sie wird sich früher oder später selbst zu Fall bringen. Ich habe da einen Plan.«

Mir vergeht der Appetit. Ich glaube nicht, dass ich es aushalten kann, wenn hier schmutzige Wäsche gewaschen wird und man mich in den Scheidungskrieg hineinzieht. »Und der wäre?«

Er sieht mir direkt in die Augen, und ich krümme mich fast unter seinem scharfen Blick. »Sie hat ein Verhältnis. Das weiß ich, das fühle ich, aber ich habe keinen Beweis.«

Mir dreht sich der Magen um. Wenn das irgendwas mit ihr und mir zu tun haben sollte, weiß ich nicht, was ich tun werde. Gott, das ist so lange her! Die gegenwärtigen Eheprobleme können doch unmöglich etwas mit mir zu tun haben. »Was glaubst du, mit wem sie dich betrügt?«

»Da bin ich mir nicht sicher. Das läuft erst seit ein paar Monaten, aber ich weiß, dass sie einen anderen hat. Und ich glaube nicht, dass sie so etwas zum ersten Mal macht.«

Scheiße. Mein Dad hat recht. Das ist nicht das erste Mal. Ich habe seit Jahren nichts mehr mit ihr gehabt, deshalb bin ich mir sicher, dass ich nicht der Einzige war. Eher der Erste in einer langen Reihe von Typen. Sie nährt sich von Aufmerksamkeit. Braucht sie so dringend wie die Luft zum Atmen.

»Das tut mir leid, Dad.« Das stimmt wirklich. Es tut mir leid, dass er das durchmachen und sich mit einer bösen, betrügerischen, unmoralischen Schlampe von Ehefrau herumschlagen muss. Er hat keine Ahnung, wie viel Schaden sie in seiner Familie angerichtet hat. Mein Dad bekommt nichts mit. Er hat gewiss seine Fehler und Macken – wer hat das nicht –, doch so etwas hätte ich ihm nicht gewünscht.

Aber er hat sie gewählt. Jetzt muss er mit den Konsequenzen klarkommen.

»Ach, das braucht dir nicht leidzutun.« Mit einer kurzen Handbewegung tut er meine Sorgen ab. »Sie ist eine dumme Schnalle, deren Chancen allmählich schwinden. Wen immer sie fickt, ich glaube, er arbeitet im Country Club.«

Sie gibt sich mit dem gemeinen Volk ab. Großartig. Das muss Dad gefallen.

»Und ich glaube, er ist jung«, fährt er fort. »Sie kleidet sich, als wäre sie zwanzig, und hört Musik, auf die nur pubertierende Mädchen abfahren. Vor einigen Wochen habe ich sie ertappt, wie sie in einem Justin-Bieber-Shirt zur Musik irgendeiner Boygroup ihre Gymnastik machte. Sie ist verdammt noch mal zu alt, um so einen Scheiß anzuziehen. Welche Frau in ihrem Alter tut so etwas?«

Mir ist nach Lachen zumute, doch ich unterdrücke es. Ich bin nicht über die Empörung meines Dad belustigt, sondern vielmehr über Adeles Verzweiflung und die Tatsache, dass sie offenbar junge Lover bevorzugt. Darüber kann ich entweder lachen oder total in Rage geraten. Sie ist widerlich. »Woher weißt du, dass sie ein Verhältnis hat?«

»Ich bin mir nicht hundert Prozent sicher, aber ich habe einen Privatdetektiv engagiert. Der verfolgt sie jetzt. Findet all ihre schlüpfrigen kleinen Geheimnisse heraus. Die Schlampe hat keine Chance.«

Und ich auch nicht, sollte der Schnüffler das schlüpfrige Geheimnis herausfinden, das ich mit Adele teile. »Ich hoffe, du schadest dir damit nicht selbst.«

»Wie denn? Ich bin nicht derjenige, der hier fremdgegangen ist. Das ist sie. Ich war ihr immer treu.«

Tief in mir regt sich mein guter Freund, das schlechte Gewissen, und ich schiebe meinen Teller weg. Das ist das Letzte, was ich hören will. Mir wäre fast lieber, mein Dad würde zugeben, er habe Adele ebenfalls betrogen. »Echt, Dad? Du kannst mir gegenüber ruhig ehrlich sein. Ich würde es bestimmt nicht weitererzählen.«

»Es stimmt.« Sein Ausdruck ist hart; seine Augen, so blau wie meine, sind kalt. »Ich habe sie geliebt. Und tief im Inneren liebe ich sie noch immer. Allerdings frage ich mich nun, ob sie mich jemals geliebt hat. Wie lange ist sie mir schon untreu? Wer ist alles darin involviert? Wie weit gehen ihre Lügen?« Er schüttelt den Kopf, sein Abscheu ist ihm deutlich anzusehen. »Sie hat mich hintergangen. Mich vor unseren Freunden zum Idioten gemacht. Denn soweit ich weiß, hat sie ihren jungen Lover offen zur Schau gestellt, wenn ich beruflich unterwegs war.«

»Es hört sich an, als wolltest du dich an ihr rächen.« Ich weiß nicht, wie ich reagieren soll. Weiß nicht, was ich sagen soll. Seine Worte machen mir Angst. Er könnte Adele so in die Enge treiben, dass sie Dinge eingesteht, die sie niemals beichten dürfte. Ich weiß nicht, ob ich meinen Dad jemals so erlebt habe.

»Vielleicht will ich das tatsächlich.« Er lacht, doch es ist ein zorniger Laut, als wäre er gewaltsam seiner Kehle entrissen worden. »Ja, vielleicht will ich, dass sie leidet. Wie eine dumme Schlampe dasteht. Ich habe ihr alles gegeben. Als wir uns kennenlernten, war sie perfekt. Schön, witzig, zuvorkommend und unglaublich gut im Bett.«

Ich ziehe eine Grimasse. Das will ich nun echt nicht hören. »So genau will ich das gar nicht wissen.«

»Komm schon, Drew. Du bist erwachsen. So eine Bemerkung sollte dich nicht aus der Fassung bringen.« Nachdenklich mustert er mich. »Wo wir gerade dabei sind, du hast deine kleine Freundin gar nicht erwähnt. Seid ihr noch zusammen?«

Bei der Erinnerung an Fable spannt sich alles in mir an. »Wir haben uns getrennt.« Eigentlich nicht, aber streng genommen waren wir nie zusammen, was soll ich also dazu sagen?

»Wie schade.« Sein Ton ist total unaufrichtig. »Aber sie wäre sowieso nichts für dich gewesen.«

»Was zum Teufel soll das denn bedeuten?«, knurre ich und balle die Hände zu Fäusten.

»Du weiß genau, was ich meine. Sie ist die Sorte Mädchen, die man mal so nebenbei vögelt, aber nicht die, mit der man sein Leben teilt.«

Ich springe so abrupt auf, dass mein Stuhl gegen die hinter mir sitzende Person stößt. Aufgebracht funkle ich meinen Vater an, sehe nur noch rot. »Du hast keine Ahnung, wovon du redest. Fable ist einer der wunderbarsten Menschen, die ich kenne. Sie ist loyal, freundlich, süß …«

Dad sieht mich an, in seinem Blick liegt Verachtung. Ich mache eine Szene, und das gefällt ihm nicht. Aber das ist mir scheißegal. »Wenn sie so toll ist, warum bist du dann nicht mehr mit ihr zusammen?«

Die Wahrheit geht mir mühelos über die Lippen. »Weil ich nicht gut genug für sie bin.«

Ohne ein weiteres Wort verlasse ich das Café.

Fable

»Du siehst anders aus.«

Als ich über mein frisch gefärbtes Haar streiche, bemerke ich wieder meine frisch lackierten Fingernägel. Sie sind rot, so leuchtend rot wie die Farbe auf meinen Lippen, und ich komme mir tatsächlich wie eine andere Person vor. Doch ich möchte gleichgültig erscheinen. Als wäre so etwas für mich normal. Als wäre es normal, dass ein attraktiver Mann, der zufällig mein Boss ist, mich am späten Nachmittag ohne Termin in einen bekannten, teuren Friseursalon entführt und für meine Rundumerneuerung bezahlt. Die ganze Zeit über stand er mit diesem zufriedenen Grinsen im Gesicht daneben, als wäre er allein für meine Verwandlung verantwortlich.

Was ja irgendwie auch zutrifft.

Ich sollte gekränkt sein. Letztendlich impliziert Colins Einladung in den Friseursalon, dass ich nicht gut genug aussehe, um für ihn zu arbeiten. Dass ich eine Veränderung benötige – zumindest äußerlich.

Aber insgeheim empfinde ich seine Aufmerksamkeit auch als schmeichelhaft. Mir schenkt sonst niemand Beachtung. Alle erwarten von mir einfach nur, dass ich funktioniere. Meine Mom, mein Bruder, mein Exboss im La Salle's – ach ja, heute Morgen habe ich endlich gekündigt.

Drew hatte mir für kurze Zeit sein Interesse zugewandt, doch er ist zu verstrickt in seine eigenen Probleme, um sich meiner Probleme anzunehmen.

Ich vermisse ihn. Ich hasse es, dass ich ihn vermisse, aber es ist nun mal so. Komisch, dass jemand, der nur für kurze Zeit ein Teil deines Lebens ist, einen so bleibenden Eindruck hinterlassen kann. Er hat sich unauslöschlich in mein Herz geprägt, und seine Initialen sind unauslöschlich in meine Haut geprägt.

Es ist dumm, sich nach einem Mann zu sehnen, der sich nicht nach dir sehnt.

»Dein Haar – das Blond ist dunkler.« Jennifer lächelt mich an, nickt beifällig. »Gefällt mir. Steht dir besser so.«

Colin ist ein großartiger Boss, doch er beschäftigt in seinem Restaurant einen Haufen Zicken. Allmählich erkenne ich, warum die Mädchen so zickig sind – wir stehen alle in Konkurrenz, und zwar nicht nur darum, wer im District die begehrteste Kellnerin ist und am Ende des Abends das meiste Trinkgeld einsackt, sondern auch darum, wer in Colins Augen die begehrteste Kellnerin ist. Was beides, wenn ich es mir recht überlege, total krank ist.

Also verbanne ich diese Erkenntnis aus meinem Hirn, denn im Verdrängen bin ich unübertroffen.

Jennifer hat sich mir gegenüber bisher am nettesten verhalten, doch bis ich auftauchte, ist sie die Neue gewesen, also ist sie wahrscheinlich dankbar, dass die anderen in mir ein neues Hassobjekt gefunden haben. Sie ist eine exotische, fast geheimnisvoll wirkende Schönheit, was in kuriosem Gegensatz zu ihrem Allerweltsnamen steht. Sie hat langes, absolut glattes schwarzes Haar, große dunkelbraune Augen, einen olivfarbenen Teint, und sie ist so unfassbar groß, dass ich einen steifen Nacken kriege, wenn ich zu lange zu ihr hinaufsehe.

Sie ist alles, was ich nicht bin. Wir sind in jeder Hinsicht komplette Gegensätze.

»Hat Colin dich zum Friseur geschleppt?«, fragt sie, als wir für den Abend die Tische decken. Ich verteile das Besteck, während sie die frisch polierten Gläser hinstellt, und ich bin von ihrer Frage nun derart überrumpelt, dass mir für einen Moment der Mund offen stehen bleibt. Lang genug, dass sie fortfahren kann.

»Du kannst es ruhig zugeben, das ist okay. Als ich anfing, hat er mir auch einen neuen Haarschnitt und eine kleine Verschönerung zukommen lassen.« Sie lächelt, ihre Wangen schimmern rosig. »Colin mag es, heimatlose Mädchen aufzusammeln und sich um sie zu kümmern. ›Um euer Potenzial aus euch herauszuholen‹, wie er es mir gegenüber ausgedrückt hat.«

Ihre Worte führen dazu, dass ich mich etwas weniger auserkoren fühle, und ich würde mich dafür am liebsten ohrfeigen. »Findest du das nicht ziemlich …«

»Schräg?«, beendet sie meinen Satz mit einem wehmütigen Lächeln.

»Ja.« Ich habe den Tisch fertig gedeckt und sehe zu, wie Jennifer das letzte Wasserglas sorgsam abstellt und zurechtrückt. Die Leinentischdecke ist makellos weiß und glatt, und in der Mitte steht eine schimmernde Silberschale mit frischen bunten Frühlingsblumen. Die lebhaften Farbtupfer in Pink, Lavendelblau und Weiß verleihen der ansonsten nüchternen Farbgebung einen Hauch von edlem Glamour.

Das gilt für das ganze Restaurant. Sexy, aber von zurückhaltender Eleganz. Kein Wunder, dass all die schönen Menschen so gern hier verkehren.

»Colin gefällt sich in der Rolle des strahlenden, edlen Ritters. Der aus dem Nichts auftaucht, die armen Mädchen rettet und ihnen ein neues Leben schenkt«, erklärt Jennifer.

Ich runzle die Stirn. In meinem Leben brauche ich weiß Gott niemanden mit Helfersyndrom. Bei Drew hatte ich die edle Retterin spielen wollen, und was ist dabei herausgekommen?

Mist, warum kehren meine Gedanken immer wieder zu ihm zurück? Ich muss ihn loslassen, ein für alle Mal. »Das ist lächerlich«, sage ich.

Jennifer zuckt die Achseln. »Aber es ist die Wahrheit. Wo hast du vorher gearbeitet? Bei mir war es eine abgefuckte Bar am Stadtrand, wo die Gäste mich ständig betatscht haben. Ich habe es gehasst. Und vor einem Monat tauchte Colin dort auf, makellos, golden, schimmernd. Er flehte mich förmlich an, für ihn zu arbeiten, aber ich traute ihm nicht.« Ihre Augen werden noch dunkler, verschließen Geheimnisse vor mir, da bin ich mir sicher. »Es war kurz vor Weihnachten, und ich war ziemlich kaputt und einsam. Er nahm mich auf, und seitdem habe ich nie mehr zurückgeblickt.«

»Nahm dich auf – was meinst du damit?«

»Ich wohne in seinem Haus.« Sie weicht meinem Blick aus. »Ich bin nicht die Erste. Und werde auch nicht die Letzte sein.«

Wow. Er ist wie der Rattenfänger von Hameln, und wir alle folgen ihm wie ein Haufen hypnotisierter Ratten. Ich komme mir total dämlich vor, weil ich gedacht hatte, die Aufmerksamkeit, die er mir schenkt, sei etwas Besonderes. Etwas Ungewöhnliches. Doch ich bin nur ein weiterer Name in einer langen Liste von Mädchen, die hier arbeiten und die er unter seine Fittiche genommen hat.

Skeptisch, wie ich nun mal bin, drängt sich mir die Frage auf, ob er womöglich irgendwelche Hintergedanken hat.

»Um neun findet eine Privatfeier statt.« Tenerria kommt in den Speisesaal, ihr Gebaren ist durch und durch geschäftlich. Sie ist die Schichtleiterin, hat mit Colin schon in seinen früheren Restaurants zusammengearbeitet. Er hat sie mitgebracht, damit sie ihm bei der Eröffnung des District behilflich ist, und ich weiß nicht, ob sie dauerhaft hier arbeitet oder irgendwann wieder geht. Ich habe einen Riesenrespekt vor T, wie alle sie nennen, doch sie macht mir auch eine Scheißangst. »Angemeldet sind fünfzehn College-Footballspieler, die einen einundzwanzigsten Geburtstag feiern, also macht euch auf was gefasst. Vermutlich wird es nicht bei fünfzehn Gästen bleiben.«

Mir sinkt das Herz in die Kniekehlen. *Footballspieler.* Könnte Drew einer der Gäste des heutigen Abends sein? Er ist nicht gerade gesellig, und neulich kam mir zu Ohren, dass er die Stadt verlassen hat – die Gerüchteküche in diesem Kaff ist äußerst rege. Doch ich schenke Gerüchten nicht allzu viel Beachtung. Normalerweise sind sie nichts als Lügen.

»Heute Abend werde ich dich den Wölfen zum Fraß vorwerfen, Fable«, fährt T fort, ein Lächeln um ihre knallroten Lippen. Wir sind alle in die neue »Uniform« gekleidet, die Colin uns vorhin überreicht hat: schwarze Shorts, weißes Spitzentop mit schwarzem BH darunter. Dazu trage ich schwarze High Heels, auf denen ich gefährlich schwanke. Colin hat uns sogar den gleichen Lippenstift verordnet, damit wir perfekt zusammenpassen. »Du wirst mit Jen auf der Privatfeier arbeiten. Wir haben einen zusätzlichen Barkeeper, ihr seid also ausreichend besetzt.«

Vor Nervosität beginnt mein Magen zu flattern. »Okay«, sage ich matt. Wenn ich von Footballspielern umringt bin, werde ich zwangsläufig an Drew denken. Außerdem werden die Jungs mich vermutlich blöd anquatschen, weil ich – puh, ich schäme mich, es zu sagen – mit einigen etwas hatte. Nicht richtig, eher Knutsch-Fummel-Aktionen, aber trotzdem. Das passierte, als mein Selbstwertgefühl total ramponiert war, und ich glaubte, die Aufmerksamkeit der Footballspieler sei die einzige Art von Beachtung, die ich verdiente. Das ist so peinlich! Ich hoffe, sie machen keine groben Bemerkungen.

Und mehr als alles hoffe ich, dass Drew nicht dabei ist.

Okay, das war gelogen. Ein winzig kleiner Teil von mir hofft, dass Drew kommt. Auch wenn ich keine Ahnung habe, was ich zu ihm sagen sollte.

Schönen Dank, Arschloch, dass du auf meinen Gefühlen herumgetrampelt bist!

Hmmm, ja, das würde sicher gut kommen.

»Wie findet ihr die neuen Klamotten?«, fragt T.

Ich blicke an mir hinunter. Die Shorts sind extrem knapp, aber wenigstens habe ich kein Kleid an, bei dem ich immer fürchten muss, dass beim Bücken mein Hintern heraushängt. Das Spitzentop ist definitiv durchsichtig, aber trotzdem habe ich nicht das Gefühl, meine Brüste offen zur Schau zu stellen. Ich habe immer Angst, ich könnte frieren, aber bei dem vielen Herumgerenne besteht da keine Gefahr. »Mir gefallen sie.«

»Mir auch«, wirft Jennifer ein und stellt sich neben mich. »Ich mag die Shorts lieber als die Kleider. Irgendwie kann ich mich darin besser bewegen.«

»Geht mir genauso.« Zustimmend nicke ich. »Warum hat er für uns neue Klamotten ausgewählt? Und sogar für alle den gleichen Lippenstift?« Als ich die Frage laut ausspreche, wird mir erst richtig klar, wie absurd das Ganze ist.

Ich meine, wer macht so etwas?

»Es gefällt ihm, wenn wir alle gleich, aber dennoch unterschiedlich aussehen. Das verleiht dem Outfit etwas von unserer Persönlichkeit, versteht ihr?« T blickt von mir zu Jennifer und wieder zu mir zurück. »Ich weiß, ihr habt diese Klamotten gerade erst bekommen, aber wenn ihr sie das nächste Mal tragen sollt, dann peppt sie mit persönlichen Accessoires auf, damit es weniger nach Uniform aussieht. Individueller.«

»Und was, wenn ich mir das nicht leisten kann?« Ich muss das fragen. Meistens bin ich nämlich total pleite. Die größte Extravaganz, die ich mir geleistet habe, ist das verfluchte Tattoo mit den Initialen des Mannes, der mich verlassen hat. Die teuren Schuhe, die ich anhabe?

Ein Geschenk von Drew. Dieselben Schuhe, die ich bei diesem absurden Country Club Dinner getragen habe, als Drew mich das erste Mal küsste.

Allein die Erinnerung daran, wie seine Lippen meine Lippen berührten, erfüllt mich mit einem bebenden Schauer.

»Herrgott, Fable, du kannst doch in einen dieser Billigläden gehen und dir für drei Dollar eine Kette kaufen.« Kopfschüttelnd entfernt sich T. »Macht die Tische fertig. In einer Viertelstunde ist Einlass.«

Rasch decken Jen und ich die restlichen Tische, polieren Gläser, entzünden Kerzen und fegen den Holzboden. Colin kommt herein, murmelt Jen ein paar Worte zu, die ich leider nicht hören kann, ehe er mich ansieht und auf mich zugeht.

»Viel besser«, sagt er und bleibt, die Arme vor der Brust verschränkt, direkt vor mir stehen. Er trägt ein schwarzes T-Shirt, das sich über seine breiten Schultern und die muskulöse Brust spannt, und eine schwarze Hose. Die dunkle Kleidung betont sein goldenes Haar, die golden schimmernde Haut und die hellblauen Augen nur noch mehr.

Igitt! Ich hasse es, dass mir das auffällt. Und ich hasse seine besitzergreifende Art. Dennoch freue ich mich insgeheim über das anerkennende Funkeln in seinen Augen. Fast spüre ich den Wunsch, mich stolz in die Brust zu werfen wie ein artiges kleines Mädchen, das für seine Mühen gelobt wird.

Ganz schön krank und verkorkst, ich weiß.

»Sie haben die Verwandlung gestern doch selbst miterlebt.« Es hat Stunden gedauert. Wir sind erst nach neun aus dem Salon gekommen. Zum Glück war ich nicht für die Abendschicht eingetragen, und er als Boss kann sowieso kommen und gehen, wie es ihm beliebt. Er hat mich sogar nach Hause gefahren. Und jetzt tut er so, als hätte er das Endresultat noch gar nicht gesehen.

Komisch.

»Stimmt. Ich war dabei. Aber es ist anders, Sie heute Abend hier zu sehen. In Ihrem Element.« Er deutet mit dem Kinn auf mich. »Gefällt Ihnen die neue Uniform?«

Offenbar war das heute das angesagteste Thema. »Bisschen durchsichtig, aber doch, ja, gefällt mir.«

»Freut mich.« Bevor er geht, drückt er kurz meinen Arm. »Hübsche Schuhe«, ruft er mir über die Schulter hinweg zu.

Ein kleines Lächeln umspielt meine Mundwinkel, und als ich aufblicke, ertappe ich Jennifer dabei, wie sie mich aus schmalen Augen beobachtet. Ehe ich etwas sagen kann, dreht sie sich um und geht, und ich betrachte ihren entschwindenden Rücken und frage mich, was hier gespielt wird.

Frage mich, auf welche seltsame kleine Dreiecksbeziehung ich mich da womöglich eingelassen habe.

KAPITEL 4

Ich hasse die Vorstellung,
dass irgendein anderer dich hat.

– Drew Callahan

Drew

Sie johlen und brüllen meinen Namen, sobald ich das Nebenzimmer des District betrete. Obwohl es erst zehn ist, sind meine Teamkollegen schon stockbesoffen. Ich erkenne es an ihren verwaschenen Blicken und den roten Gesichtern, höre es in ihren zu lauten Stimmen.

Aber hey, wenigstens freuen sie sich, mich zu sehen. Ich dachte, ich sei der Feind. Das Arschloch, das ihre Chancen beim Pokalspiel versaut hat. Wir waren nah dran, so nah, dass jeder Einzelne von uns bereits den schimmernden Glanz des bevorstehenden Siegs spüren konnte.

Dann lernte ich ein Mädchen kennen, wir fuhren zusammen zu mir nach Hause, und ich ließ mich von allem, was dort passierte, komplett aus der Bahn werfen. *Saudumm.*

Logan kommt zu mir und verpasst mir eine schulterklopfende Umarmung. Er stinkt nach Alkohol, und ich ziehe mich zurück, schrecke hoch, als Jace plötzlich neben mir auftaucht, mir ein Bier in die Hand drückt und sagt, ich solle es auf ex austrinken.

Pflichtbewusst tue ich, was man von mir verlangt, bereit, mich wenigstens für einige wenige Stunden wegzuschießen. Der Besuch meines Dads war von dem Moment an verpatzt, als er Fable beleidigte. Verrückt, wenn man bedenkt, dass wir gar nicht mehr zusammen sind, doch ich konnte nicht einfach die Klappe halten und zulassen, dass er üblen Scheiß über sie erzählt. In Wahrheit ist sie ein besserer Mensch als wir alle, und ich wollte nicht, dass er sie durch den Dreck zieht, selbst wenn er das nur mir gegenüber tat.

Nach diesem Fiasko von einem Mittagessen war er nur noch mit Adele beschäftigt, die ihn anrief, ihm SMS schickte, ihn wieder anrief. Ich wollte mit dem ganzen Scheiß nichts zu tun haben, also hielt ich mich fern. Was zur Folge hatte, dass wir uns während seines Besuchs so gut wie nie sahen, bis er mir heute früh mitteilte, er müsse nach Hause zurück und sich um seine »Geschäfte« kümmern.

Blödsinn. »Geschäfte« war gleichbedeutend mit Adele. Ich sagte nichts dazu, nickte nur und ließ ihn ziehen. Versprach ihm, dass wir uns ganz bald wieder treffen würden.

Na ja. Ich glaube nicht, dass diese glückliche Wiedervereinigung in absehbarer Zeit stattfinden wird.

»Du hast dich versteckt«, sagt Logan, während er sich, einen Drink in der Hand, neben mich setzt. Sein Kopf baumelt hin und her, er kann ihn nicht aufrecht halten, und ich schüttle lachend den Kopf und nippe an meinem Bier. Sierra Nevada, das angesagteste Bier in der Stadt – es ist so ungefähr das einzige Bier, das ich trinken kann. Die anderen schmecken wie Spülwasser.

»Ich war da«, sage ich achselzuckend. »Bin abgetaucht. Habe weniger Kurse in diesem Semester belegt. Ich brauchte eine Pause.«

»Verstehe, Mann. Verstehe. Und hey, lass dich vom Coach nicht schwach anreden. Unsere spektakulären Niederlagen am Ende der Saison waren nicht dein Fehler.« Logans Miene wird ernst. Jedenfalls so ernst, wie es in seinem betrunkenen Zustand möglich ist. »Wir haben es alle irgendwie vermasselt.«

Ich trinke einen größeren Schluck Bier. Das brauche ich, da das Gespräch in eine gefährliche Richtung abgedriftet ist. »Siehst du das wirklich so?« Ich frage mich, ob er mir nur einen Bären aufbindet.

»Absolut.« Er nickt eifrig, sein Kopf baumelt immer noch hin und her. »Ich freue mich, dass du hier bist, Mann. Du gehst nie mit uns aus. Irgendwie fühle ich mich, na ja, geehrt und so, weil du auf meine Geburtstagsparty kommst und, ach, Scheiße, du weißt schon. Nicht jeden Tag wird so ein Idiot wie ich einundzwanzig.«

Wir lachen beide. »Du hast recht. Du bist ein totaler Idiot.« Eigentlich nicht. Logan ist ein anständiger Kerl.

Abgesehen davon, konnte ich nicht länger zu Hause herumsitzen und grübeln. Ich wäre verrückt geworden.

Logan grinst. »Du solltest öfter mit uns abhängen. Warte, bis du die beiden Kellnerinnen siehst, die uns bedienen. Verdammt scharfe Weiber. Die eine kennen wir schon, so ein blondes Groupie mit einem Wahnsinnsarsch. Die andere ist riesig, groß und dunkel. Sieht aus wie ein verdammtes Model.«

Bei der Beschreibung der Blonden beschleicht mich ein unangenehmes Gefühl, aber ich schiebe es beiseite. Wie groß ist die Chance? In der Stadt gibt es jede Menge blonder Footballgroupies. »Also süße Mädels?« Ich täusche Interesse vor.

»Süß beschreibt die beiden nicht annähernd. Sie sind total unterschiedlich und total heiß.« Logan legt den Kopf so weit nach hinten, dass er auf die Stuhllehne stößt. »Ich muss ficken«, sagt er, den Blick an die Decke geheftet. »Schließlich habe ich noch keinen Sex als Einundzwanzigjähriger gehabt. Ich finde, der heutige Abend verlangt nach einer geilen Nummer.«

»Es wundert mich, dass keine Mädchen da sind.« Meine Teamkollegen sind für ihre wilden Partys mit halb nackten, willigen Mädchen bekannt. Das ist mit ein Grund, weshalb ich da nie hingehe – halbnackte Frauen, die mich anbaggern, ängstigen mich zu Tode.

Sie flößen mir ein unbehagliches Gefühl ein, weil sie immer, immer etwas von mir wollen, das ich ihnen nicht geben kann. Wie zum Beispiel meine Aufmerksamkeit. Meine Zeit. Scheiß drauf. Es gibt nur eine halb nackte Frau, die ich sofort mit offenen Armen willkommen heißen würde, wenn sie zu mir käme.

Und diese Frau hasst mich.

»Ach, die Mädels kommen später.« Logan grinst und schließt die Augen. »Vielmehr werden wir zu ihnen gehen. Versprich mir, dass du mitkommst.«

»Hmm ...« Hört sich grauenvoll an.

Logan öffnet die Augen einen Spalt weit. »Versprich es mir. Sonst fange ich an zu schreien und mache eine Szene.«

»Okay, okay, ich komme mit.« Ich habe keine Ahnung, worauf ich mich gerade eingelassen habe, doch nach Logans breitem Grinsen zu urteilen, kann es nichts Gutes sein. Abgesehen davon könnte ich sagen, was ich will, er würde in jedem Fall herumbrüllen und eine Szene machen.

Ein großes, dunkelhaariges Mädchen betritt den Raum, ein Lächeln um die vollen roten Lippen, und teilt Drinks aus, die sie auf einem Tablett balanciert. Als ihr Tablett leer ist, kommt sie auf mich zu, sieht mich mit ihren dunkelbraunen Augen an. »Ah, ein neues Gesicht. Wie ich sehe, hast du schon ein Bier, aber vielleicht hast du noch einen anderen Wunsch? Etwas zu essen, einen Drink?«

»Bring ihm einen Kurzen«, sagt Logan mit lallender Stimme. »Tequila. Patrón.«

Erwartungsvoll sieht sie mich an, spricht aber mit Logan. »Nur einen Kurzen, Geburtstagskind?«

»Eine ganze Runde. Acht Glas.«

Geht's noch? »Ich werde mir jetzt keine Schnäpse mit dir reinziehen. Geburtstag hin oder her.«

»Sei nicht so eine Spaßbremse.« Logan hebt die Hand. »Acht Patrón, schöne Frau. Hey, hast du später schon was vor? Magst du mitkommen, wenn wir woanders weiterfeiern?«

Sie lacht und schüttelt den Kopf. »Tut mir leid, ich arbeite bis eins. Trotzdem danke für die Einladung.« Erneut richtet sie den Blick auf mich. »Vielleicht noch ein Bier?«

»Klar«, erwidere ich achselzuckend. Ich werde einen Kurzen und ein zweites Bier trinken, und das war's dann. Betrunken sein bedeutet, die Kontrolle zu verlieren, und das mag ich nicht.

Sie dreht sich um, bahnt sich einen Weg durch das Getümmel und erntet mehr als nur ein paar anerkennende Blicke und leise Pfiffe. Kaum ist sie gegangen, beginnen alle über sie zu reden. Über ihren Arsch, ihre Titten, ihr hübsches Gesicht.

»Ihr Mund ist wie geschaffen zum Schwanzlutschen«, sagt Jace mit der Autorität eines Experten.

Ich nicke zustimmend und fühle mich deswegen wie ein Arschloch. Steck eine Gruppe Jungs zusammen, füll sie mit Alkohol ab, und wir verwandeln uns in totale Vollidioten.

»Warte, bis du die andere siehst«, meldet sich Logan zu Wort. »Ich meine, apropos Mund, wie geschaffen zum Schwanzlutschen. Soweit ich weiß, hat sie genau das und noch mehr mit ein paar gottverdammten Glückspilzen gemacht, die heute Abend hier sind.«

Gelächter hallt durch den Raum. Logan hat laut genug gesprochen, und ich weiß Bescheid. Weiß ohne jeden Zweifel, dass sie über Fable reden. Sie hat es mir erzählt, als wir zusammen waren. Dass sie mit einigen meiner Teamkollegen herumgemacht habe, aber nie zu weit gegangen sei.

Hatte sie gelogen? Versucht, das Gesicht zu wahren, um nicht als Schlampe dazustehen? Ich halte sie jedenfalls nicht für eine Schlampe.

Du hast sie für eine Schlampe gehalten, als du sie angeheuert hast, damit sie sich als deine Freundin ausgibt. Genau aus dem Grund hast du sie ja ausgewählt.

Ich schiebe die nervtötende Stimme in meinem Kopf beiseite und trinke mein Bier aus. Der Alkohol zeigt bereits seine magische Wirkung, strömt durch meine Venen, summt in meinem Kopf. Die Große, Dunkle, Hübsche taucht relativ rasch wieder auf, überreicht mir lächelnd ein frisches Bier, ehe sie die acht Glas Patrón mit einer schwungvollen Handbewegung vor Logan aufstellt.

Sogleich nimmt er ein randvolles Schnapsglas und prostet mir zu. »Los, Callahan.«

Ich schnappe mir ein Glas, einige andere Jungs tun es mir nach, und wir lassen die Gläser klingen und Logan hochleben, ehe wir gleichzeitig den Tequila auf ex hinunterkippen. Der Alkohol brennt mir in der Kehle, und ich ziehe eine Grimasse und lache, als Logan mir ein neues Glas in die Hand drückt, das ich ebenfalls hinunterkippe.

Binnen Minuten ist jede Trübsal verflogen. Scheiß auf meine Probleme, es geht mir gut. Ich habe drei Kurze und zwei Bier intus, und nichts kann mich treffen. Absolut nichts.

Bis plötzlich das Mädchen, das ich mehr als jeden anderen Menschen auf der Welt liebe, in den Raum schreitet und ganz und gar aussieht wie meine zu Leben erwachte Fantasie.

Fable

Wieder und wieder sage ich mir, dass Drew bestimmt nicht da sein wird. Und dann betrete ich das Nebenzimmer, in dem die Party stattfindet, um Jen abzulösen, damit sie eine Pause machen kann, und da ist er.

Atemberaubend attraktiv, so geschockt dreinblickend, wie ich mich fühle … und betrunken.

Ich sehe es in seinen Augen, seiner Miene, an der tollpatschigen Art, wie er aufspringt, als wollte er auf mich zugehen. Doch dann scheint er sich zu besinnen, sich darin zu erinnern, wo er ist. Er setzt sich wieder auf den Stuhl, lacht über irgendetwas, das der Typ neben ihm sagt, aber er lässt mich nicht eine Sekunde aus den Augen.

Ich möchte zu ihm laufen. Ich möchte vor ihm weglaufen. Heilige Scheiße, diese Situation ist so ganz anders als die Vorstellungen, die ich von einem Wiedersehen mit ihm hatte!

»Du siehst gut aus, Fable.« Einer der älteren Footballspieler – heißt er Tad? Ty? – beäugt mich, den Mund zu einem wissenden Feixen verzogen.

Wissend, weil, ja, er ist ein beschämender Teil meiner Vergangenheit. Als ich gerade mit der High School fertig und so eifrig darauf bedacht war zu gefallen, schaute ich der Mannschaft oft beim Training zu, harrte in der schlimmsten Sommerhitze in meinen knappen Shorts und dem dünnen Tanktop geduldig am Rand des Spielfelds aus. Irgendwann fragte mich dann Tad, Ty, wie immer er heißen mag, ob wir uns mal treffen könnten, was ich bejahte, und das Ganze endete damit, dass ich ihm bei unserem ersten und letzten Date im Auto einen Blowjob gab.

Nicht unbedingt etwas, worauf ich stolz bin. Aber damals genoss ich die Aufmerksamkeit, die er mir schenkte. Ich war so bedürftig, so naiv.

Natürlich hat dieser Volltrottel nie mehr angerufen. Ich wäre sowieso nicht mehr mit ihm ausgegangen. Ein peinlicher Blowjob war mehr als genug, vielen Dank auch.

»Danke.« Ich lächle, tue so, als würde ich ihn nicht erkennen. »Möchtest du etwas bestellen?«

»Ja.« Er kommt näher. Er ist groß und breit, ein einziges Muskelpaket. Sein dunkles Haar ist kurz geschoren, und in seinem Blick liegt ein fieser Ausdruck. Ich trete zurück, doch er packt mich am Arm, zieht mich eng an sich. Den Kopf gesenkt, legt er die Lippen an mein Ohr und sagt: »Wie wäre es, wenn du mir später einen bläst?«

Ich reiße mich los, bin so wütend, dass ich am ganzen Körper zittere. »Fick dich«, murmle ich und wende mich ab, sein dreckiges Lachen folgt mir, als ich mich durch das Gewühl aus athletisch gebauten Kerlen schiebe, die den Raum bevölkern.

Und die ganze Zeit über bemühe ich mich nach Kräften, Drew aus dem Weg zu gehen. Ich spüre seinen Blick auf mir. Ich weiß, er sieht mich, beobachtet mich, und ich will mich ihm nicht nähern. Was sollte ich sagen? Wie sollte ich mich verhalten? Einerseits würde ich mich ihm am liebsten in die Arme werfen, andererseits würde ich ihm gern einen linken Haken in sein perfekt geschnittenes Kinn verpassen.

Erst bittet er mich, ich solle ihn retten, und dann gibt er mir den Laufpass. Teilt mir in einem Brief mit, dass er mich liebt, und antwortet nicht auf meine Anrufe oder SMS. Er ist ein Idiot.

Er ist ein Arschloch.

Ich bin in ein idiotisches Arschloch verliebt, und verdammt, das einzugestehen fällt mir echt schwer.

Ich reiße mich zusammen, nehme Bestellungen entgegen, räume leere Gläser und Flaschen ab und halte da und dort ein Schwätzchen in der Hoffnung, es so nicht in die linke hintere Ecke zu schaffen. Minuten später flüchte ich schließlich aus dem stickigen Raum, lehne mich einige Sekunden gegen die Wand und schnappe nach Luft.

Damit habe ich nicht gerechnet, und doch hat ein Teil von mir genau damit gerechnet. Ich dachte, ich könnte damit umgehen, ihn zu sehen, aber ich kann es nicht.

Die Situation, in der ich mich befinde, ist total hoffnungslos. Ich bin wütend, weil er nicht auf mich zugekommen ist, und ich bin dankbar, dass er es nicht getan hat. Wahrscheinlich hätte ich irgendetwas richtig Dummes gemacht. Ihn beispielsweise gefragt, warum.

All diese Dinge gehen mir durch den Kopf, als ich kurz darauf an der Bar stehe und auf meine Bestellungen warte. Warum hat er mich verlassen? Warum hat er nie zurückgerufen? Warum hat er meine SMS nie beantwortet? Das wäre wirklich das Mindeste gewesen, was er hätte tun können. Mir einfach ein simples *Es ist aus* schicken. Ich hätte ihn gehen lassen. Natürlich wäre ich verletzt, zornig und traurig gewesen, doch damit hätte ich umgehen können.

Es wäre jedenfalls besser gewesen als die Art, wie er sich tatsächlich verhalten hat. Dieses Arschloch.

Warum, Arschloch? Es wäre lustig, ihm diese Frage an den Kopf zu werfen. Aber wie ich Drew kenne, würde er die Flucht ergreifen.

Darin ist er echt gut. Wegrennen.

Ich kehre mit meinem Tablett voller Drinks in den Nebenraum zurück, bin so nervös, dass mir die Knie zittern. Die Jungs sind jetzt noch wilder drauf als vor wenigen Minuten, machen mir eine Menge Ärger, brüllen obszönes Zeug, schreien durcheinander. Die Rechnung wird immer höher; Logans Eltern haben die Party organisiert, steinreiche Leute, die in Marin County leben, und ich wette, sie werden heute in wenigen Stunden soviel verbraten, wie ich in zwei Monaten verdiene.

Verrückt.

»So, Fable.« Schon wieder Ty. Ich habe gehört, wie ihn jemand Ty gerufen hat, nicht Tad. Der Gute hat einen solchen Eindruck bei mir hinterlassen, dass ich mich nicht mal mehr an seinen Namen erinnere. »Ich habe Logan versprochen, dass du ihm ein ganz spezielles Geburtstagsgeschenk machen wirst.«

Ich verdrehe die Augen, schenke dem Geburtstagskind jedoch ein süßes Lächeln. Ich werde ihn bestimmt nicht beleidigen. Seine Eltern geben die dicke Kohle aus, also kann er mit seinen Sportkumpeln feiern und saufen, wie er will. »Gib keine Versprechen, die du nicht halten kannst, Ty.«

Logan lacht, lässt mich nicht einen Moment aus den Augen. Er schwankt hin und her, seine Augen sind blutunterlaufen, und ich weiß, er ist hackevoll. Nicht weiter überraschend, da er gerade einundzwanzig geworden ist. In diesen Kreisen ist es ein Ritual, sich auf einer Feier zum einundzwanzigsten Geburtstag ordentlich zu besaufen.

»Ich habe ihm gesagt, ich könne eigens für ihn einen Blowjob organisieren.« Tys Lächeln dringt nicht zu seinen Augen vor. »Von dir.«

Mein Lächeln schwindet, macht einer finsteren Miene Platz. Am liebsten würde ich diesem Arschloch in seine selbstgefällige Fresse schlagen, aber ich beherrsche mich. Ich arbeite erst seit einer Woche hier. Ich kann mir das nicht vermasseln. Das Gehalt ist zu gut. Und das Lokal ist deutlich vornehmer als das La Salle's.

Und trotzdem voller betrunkener Knallköpfe. Ich entkomme ihnen nicht, sosehr ich mich auch anstrenge.

»Sehr witzig«, sage ich in dem Versuch, den Ball flach zu halten. Ich wende mich von den beiden ab, um weitere abgestellte Gläser und Flaschen einzusammeln, doch Ty packt mich am Arm. Schon wieder. Hält mich fest.

Über die Schulter hinweg funkle ich ihn an und zerre an meinem Arm. »Lass mich los!«

»Sag, dass du es machst.« Sein Ton ist bestimmt, sein Blick kalt. »Sag, dass du Logan einen bläst. Es ist sein Geburtstag. Ein Blowjob ist das Mindeste, was du ihm schenken kannst.«

»Nein.« Ich versuche, mich loszureißen, doch sein Griff ist wie ein Schraubstock. »Nimm deine Hände von mir weg.«

»Erst wenn du schwörst, dass du ihm einen lutscht. Na, komm schon. Schließlich hast du es fast dem ganzen Team besorgt.« Er tritt näher, sein Ton ist fest. »Sag es, Fable. Sag, dass du es machst.«

Meine Knie zucken. Ich möchte sie dem Kerl in die Eier rammen. Ich fasse es nicht, dass er so mit mir spricht. Mich ansieht, als wollte er mich fertigmachen. Was für ein perverses Arschloch.

»Ty, lass sie gehen«, sagt Logan mit kleinlauter Stimme.

»Klappe!« Ty fixiert mich unablässig, zieht mich sogar näher zu sich heran, obwohl ich mich mit den Füßen dagegenstemme, ins Stolpern gerate. Die Nähe dieses Typen ist mir extrem unangenehm. Macht, dass ich eine Gänsehaut bekomme. »Hör auf, das brave kleine Mädchen zu spielen, Fable. Mit Niederknien und Schwanzlutschen kennst du dich doch bestens aus, stimmt's?«

Seine Worte sind wirklich beleidigend, und ich öffne schon den Mund, um ihm die Meinung zu geigen, als sich mir plötzlich sämtliche Haare aufstellen. Ich nehme überdeutlich wahr, dass jemand hinter mir steht. Kann seine Wärme, seine Kraft fühlen. Ihn riechen. Sauber und frisch und so köstlich … Drew.

»Lass sie los, Ty, bevor ich dir jeden Scheißknochen im Leib breche.« Seine Stimme ist leise, drohend. Wenn er mit mir in diesem Ton spräche, würde ich mich nicht mit ihm anlegen. Vor Zorn vibriert seine tiefe Stimme, und ein Schauer jagt mir über den Rücken. »Bring der Dame etwas mehr Respekt entgegen.«

Mit einem leichten Schubs lässt Ty mich los. Er schüttelt den Kopf und lacht, doch es klingt nicht belustigt. Eher angepisst. »Als wäre die Nutte eine Dame. Und seit wann machst du dir überhaupt um Weiber Gedanken? Ich habe mich immer gefragt, ob du nicht eher auf Schwänze stehst.«

»Sei kein Arschloch«, beginnt Logan, und Ty starrt ihn finster an.

Ich schnappe keuchend nach Luft, und mein ganzer Körper prickelt, als Drew die Hand auf meinen unteren Rücken legt, um mich aus dem Weg zu schieben.

Und sich direkt auf Ty zu stürzen.

»Drew, nicht!«, schreie ich, während ich zurückspringe. Gerade noch hatten alle eine Menge Spaß, und nun kippt die Stimmung von einer Sekunde auf die nächste.

Alle rennen auf Drew und Ty zu, die sich beide bemühen, den ersten Treffer zu landen. Ich kriege eine Gürtelschlaufe von Drews Jeans zu fassen und ziehe daran, schreie ihn an, er solle aufhören, und schließlich sieht er auf, seine schönen – und wild funkelnden – Augen begegnen meinem Blick.

»Hör auf!«, wiederhole ich, verzweifelt um einen ruhigen Ton bemüht. »Bitte. Bevor du Probleme kriegst.«

Er schiebt Ty weg und richtet sich auf, wischt sich mit dem Handrücken über den Mundwinkel. Unsere Blicke treffen sich erneut, sein Körper vibriert vor Zorn, und ich schlucke hart, bemühe mich nach Kräften, die Fassung zu bewahren.

Aber Drew Callahan ist so verdammt scharf, wenn er wütend ist.

»Er hat dich als Nutte bezeichnet«, murmelt er, und sein Blick versprüht Funken. So zornig habe ich ihn, glaube ich, noch nie erlebt.

»Eine Menge Jungs bezeichnen mich als Nutte«, sage ich mit vor Scham brennenden Wangen. Es ist die Wahrheit, und ich hasse es, aber ich habe das nur mir selbst zuzuschreiben – wie man sich bettet, so liegt man.

»Ich werde das, verdammt noch mal, nicht dulden, Fable.« Ihn meinen Namen sagen zu hören erfüllt mich mit wilder Freude, verursacht mir weiche Knie. Ich habe ihn so schrecklich vermisst, und die Tatsache, dass er nun hier vor mir steht, macht mich trotz der beschissenen Umstände so unfassbar glücklich, dass mir die Tränen in die Augen schießen.

Ich blinzle sie weg, komme mir maßlos dumm vor.

»Ich brauche keinen edlen Ritter.« Witzig, das ist heute Abend die zweite Anspielung auf edle Ritter. Außerdem lüge ich. Ich brauche sehr wohl jemanden, der mich rettet. Und nach wie vor wünsche ich mir, dass er es wäre.

Drew.

»Klar. Natürlich brauchst du das nicht. Du bist stärker als wir alle, was? Und eindeutig stärker als ich.« Er dreht sich um und lässt mich ohne ein weiteres Wort zurück. Fassungslos starre ich ihm nach, frage mich, was zum Teufel ihn zu dieser Bemerkung provoziert haben könnte. Was habe ich getan, um mir seinen Zorn zuzuziehen? Hat nicht *er* mit *mir* Schluss gemacht?

Ich weigere mich, Schuldgefühle zu haben. Ich weigere mich, ihm hinterherzulaufen und nach dem Warum zu fragen. Ihn zu fragen, ob es ihm gut geht. Ihn zu fragen, ob er noch mit diesem Miststück redet, das ihm so übel mitgespielt hat.

Wütend schnappe ich mir mein leeres Tablett, sammle Bierflaschen ein und staple sie übereinander, bis sie hin und her rollen und gegeneinanderklirren. Endlich kommt Jen herein, sie hat keine Ahnung von dem Spektakel, das nur Minuten vorher stattgefunden hat, und ich lächle erleichtert, als sie auf mich zukommt.

»Warum ist es hier drinnen so still?«, fragt sie.

»Zwei Typen hätten beinahe eine Schlägerei angefangen.« Ich erwähne nicht, dass es bei der Schlägerei um mich ging.

Jen verdreht die Augen und hilft mir beim Abräumen der Tische. »Typisch. Steck eine Horde testosterongeladener Kerle in einen Raum, und du kannst zusehen, wie sie sich auf die Brust klopfen und aufplustern, bis feststeht, wer der Stärkste ist.«

Ich antworte nicht. Ich fahre mit dem Abräumen fort und stakse dann aus dem Raum und weiter zur Bar, wo ich alles in den Mülleimer kippe. Erneut klirren die Flaschen mit einem extrem befriedigenden Geräusch gegeneinander. Vor Ärger würde ich am liebsten jedem ins Gesicht springen, der es wagt, in meine Richtung zu blicken.

Scheiße! Ich giere nach einer Kippe.

»Was ist dein Problem?« T taucht aus dem Nichts auf, erschreckt mich.

»Ähm …« Ich weiß nicht, was ich sagen soll. Will nicht meckern aus Angst, es könnte der Eindruck entstehen, ich sei mit dem Job überfordert. Will ihr aber auch nicht erzählen, was passiert ist, da sie mich fragen könnte, warum die beiden Jungs sich prügeln wollten und was ich damit zu tun hatte.

Also zucke ich stattdessen die Achsel. »Männer nerven einfach.«

Okay. Das kommt der Wahrheit sehr nahe.

Ihre Miene verändert sich, nimmt einen mitfühlenden Ausdruck an. »Und wie! Pass auf. Entspann dich ein paar Minuten und komm wieder runter. Du siehst aus, als könntest du eine Kippe brauchen.«

»Aber ich habe gerade erst eine Pause –«

»Ich springe für dich ein. Du hast fünf Minuten.« T lächelt, tätschelt meinen Arm und macht sich auf den Weg in den Festsaal.

Und ich flitze nach draußen, um endlich die dringend benötigte Zigarette zu rauchen.

KAPITEL 5

Keine deiner Narben kann mich dazu bewegen,
dich weniger zu lieben.

– Unbekannt

Drew

Sie ist weg. In der einen Minute war sie noch im selben verdammten Raum wie ich, atmete dieselbe Luft, und dann musste Ty Webster sich wie ein widerliches Schwein benehmen und sie beleidigen. Allein der Anblick des Mädchens, das ich so lange nicht gesehen hatte, hat mir den Atem geraubt.

Also habe ich getan, was jeder Typ tun würde, um sein Mädchen zu verteidigen. Ich bin auf Ty losgegangen. War bereit, die Scheiße aus ihm herauszuprügeln, bis meine Teamkollegen angerannt kamen, um uns zu trennen. Und Fable. Starrte mich an, packte mich und versuchte, mich von ihm wegzuziehen. Ich ließ sie gewähren. Sah ihr in die Augen und lauschte ihrem leisen Flehen. Nur ihr zuliebe habe ich von Ty abgelassen.

Ich hätte Ty auch für sie vermöbelt. Obwohl sie eigentlich gar nicht mehr mein Mädchen ist.

Und wessen Schuld ist das?

»Alter, du musst dich bei Ty entschuldigen.« Logan steht vor mir, wirkt etwas nüchterner als vorhin. Ich vermute mal, der Streit hat viele von uns ernüchtert. »Ich halte es nicht aus, wenn meine Freunde an meinem Geburtstag Krach haben.«

»Sag ihm, er soll sich bei Fable entschuldigen, dann können wir weiterreden.« Ich schüttle den Kopf, der Alkoholnebel ist weg. Was Kacke ist, weil er mir half, alles zu vergessen, zumindest für eine kleine Weile.

Aber dann musste sie ins Nebenzimmer kommen. Schön und sexy und alles, was ich mir jemals gewünscht habe. Doch irgendetwas an ihrem Äußeren war einen Tick anders. Sie sah aus wie meine Fable, und trotzdem … sah sie nicht so aus.

»Wer zum Teufel ist Fable?« Logan runzelt die Stirn.

»Die Kellnerin, die er Nutte genannt hat.« Ich bin so sauer, dass ich das Wort kaum herausbekomme.

Logan seufzt. »Du weißt, wie er ist. Mädchen bedeuten ihm einen Scheißdreck.«

»Kann sein, trotzdem muss er lernen, sie zu respektieren.« Ehe ich der Versuchung erliege, zurückzugehen und zu beenden, was ich begonnen habe, verlasse ich den Raum und gehe einen schmalen Gang hinunter, wo ich eine Hintertür erspähe, die nach draußen führt.

Ich muss runterkommen. Mich beruhigen. Oder einfach abhauen.

Wahrscheinlich bin ich hier sowieso nicht mehr erwünscht. Ich wollte mich mit einem Teamkameraden wegen eines Mädchens prügeln, das alle als Nutte ansehen, und so etwas geht gar nicht. Kumpel vor Weibern und dieser ganze Bocksmist.

Auch wenn wir eigentlich nicht mehr zusammen sind, Fable wird für mich immer an erster Stelle stehen.

Ich stoße die Tür auf und finde mich in einer engen Gasse wieder. Der unmissverständliche Geruch nach Zigarettenqualm liegt in der Luft, und ich blicke nach rechts und sehe sie. Fable. Sie sitzt auf dem Rand einer riesigen umgedrehten Plastikkiste und saugt an einem Krebsstängel, als wäre es ihre letzte Rettung.

»Du weißt doch, Rauchen ist tödlich.« Das habe ich an jenem Abend bei dem Dinner im Country Club zu ihr gesagt. An dem Abend, als ich sie das erste Mal küsste, das erste Mal erfuhr, wie sie schmeckt, wie sie sich anfühlt, das erste Mal die atemlosen kleinen Laute hörte, die sie von sich gibt, wenn sie erregt ist.

Sie schenkt mir einen vernichtenden Blick, bläst den Rauch in meine Richtung. »Dann solltest du besser gehen, damit du meine krebsverseuchte Luft nicht einatmen musst.«

Wie gelähmt bleibe ich stehen. Wage es nicht, mich ihr zu nähern, aus Angst, sie würde sagen, ich solle mich verpissen, was ich ja auch verdient hätte. »Ich bin froh, dass wir uns hier begegnen. Ich wollte nämlich mit dir reden.«

»Ach?« Sie zieht eine Braue hoch, hält die Zigarette

nachlässig zwischen den Fingern. »Was gibt es da noch zu reden? Ich meine, da ich nichts mehr von dir gehört habe, ist die Botschaft doch klar.«

»Du hast recht. Das war eine beschissene Aktion. Ich verdiene es absolut, dass du auf mich wütend bist.« Ich hole tief Luft. »Hör zu, ich weiß, dass ich einen Fehler gemacht habe. Ich hätte nicht einfach gehen dürfen.«

»Du bist nicht nur einfach gegangen. Du hast über zwei Monate lang nichts von dir hören lassen. Wahrscheinlich würde das auch andauern, wenn du mir heute Abend nicht zufällig begegnet wärst. Hattest du vor, mir für immer aus dem Weg zu gehen?« Sie beugt sich vor und drückt die Zigarette in dem Aschenbecher neben ihren Füßen aus.

Ich starre Fable an, überwältigt davon, ihr nach der langen Zeit plötzlich gegenüberzustehen. Sie ist wütend auf mich, aber so schön, so ... *Gott!* Mir fehlen die Worte. Sie zu sehen ist so, als würden Millionen Stromstöße durch mein System jagen, die mich sowohl lähmen als auch zum Handeln antreiben. Ich bin ... erschüttert.

Ich weiß nur, dass ich sie brauche. Jetzt mehr denn je. »Ich weiß nicht, was ich vorhatte«, sage ich schließlich.

»Typisch. Ich komme mir wie eine Puppe vor, eine dumme, kleine Puppe, die vergessen im Regal liegt. Ab und dann will mich jemand, du oder sonst wer, aus dem Regal nehmen und ein bisschen mit mir spielen. Gerade lange genug, um in mir die Hoffnung zu erwecken, dass diesem Jemand tatsächlich etwas an mir liegt. Aber dann lande ich wieder im Regal und werde vergessen. Als würde ich nicht existieren.« Sie legt den Kopf in den Nacken und blickt in den dunklen Himmel empor. »Meine Mom hatte einen guten Riecher, als sie mich Fable nannte, was? Ich bin für niemanden real.«

»Für mich bist du real«, flüstere ich. So verdammt real, dass es wehtut, sie nicht zu berühren.

Ich sehne mich so sehr danach, sie in den Armen zu halten, dass ich es kaum aushalte.

Sie steht da und verschränkt die Arme vor der Brust, presst ihre Brüste in dem supersexy schwarzen BH, der durch ihr dünnes weißes Spitzentop hindurchschimmert, nach oben. Ihr Outfit macht mich verrückt. Einerseits will ich ihr die Sachen vom Leib reißen, andererseits möchte ich ihr einen Mantel überwerfen, damit kein anderer Typ sie so sehen kann. »Ich kann das nicht, Drew. Ich kann nicht so tun, als wäre es keine große Sache, dich nach so langer Zeit wiederzusehen, wenn es mir in Wahrheit das Herz zerreißt.« Sie lacht kurz auf, doch es klingt bitter. »Wir sollten uns lieber voneinander fernhalten. Dich zu sehen tut einfach zu weh.«

Mein Herzschlag setzt aus. Komplett. Ich kann nicht glauben, dass sie das sagt. Gegen die aufsteigende Panik ankämpfend, trete ich einen Schritt näher. »Fable ...«

Sie weicht zurück, wirkt verängstigt, als fühlte sie sich in die Ecke gedrängt, und ich komme mir wie ein Arschloch vor. »Du solltest gehen.«

Ich mache einen weiteren Schritt auf sie zu, und sie weicht abermals zurück, stößt gegen die hinter ihr aufragende Hausmauer. Sie sitzt in der Falle, das weiß sie, und ich habe nur den einen Gedanken: Gott sei Dank kann sie jetzt nicht vor mir weglaufen. »Du willst doch gar nicht, dass ich gehe.«

»Will ich wohl.« Sie nickt, ihr Gesichtsausdruck ist entschlossen, aber ihre Stimme ist matt.

Ich trete ganz nah an sie heran. Ihre Wärme, ihr Geruch umfangen mich, berauschen mich, und ich stütze die Hände über ihrem Kopf an der Mauer ab, sodass sie zwischen meinen Armen gefangen ist. Und als ich auf ihr hübsches, wütendes, mir zugewandtes Gesicht hinunterblicke, kann ich nur denken, wie gern ich sie küssen und diesen knallroten Lippenstift verschmieren würde. »Wie lange arbeitest du?« Meine Stimme ist leise, meine Gedanken sind … schmutzig. Ich möchte sie bei mir zu Hause haben. Nackt. In meinem Bett. Unmöglich, wenn man bedenkt, wie achtlos ich diese zart aufkeimende Sache zwischen uns zerstört habe, trotzdem habe ich die Hoffnung, alles wieder zum Guten wenden zu können.

Das Zittern in ihrem Körper ist ein Hinweis, dass sie noch nicht über mich hinweggekommen ist. Die Art, wie sie mich mit all dieser aufgestauten Sehnsucht im Blick ansieht, verrät mir, dass ich nach wie vor eine Chance habe.

»Zu lang, um dich anschließend noch zu treffen.« Sie versucht, mich wegzuschieben, legt die schlanken Hände auf meine Brust, und ich schnappe keuchend nach Luft, als hätte sie mich verbrannt.

Und, *oh Mann!* Genau so fühlt es sich an. Als würde sie mir mit ihren Händen ein Brandmal setzen. Mit einer einzigen Berührung ihren Anspruch geltend machen.

Sie hat keine Ahnung, dass ich seit Monaten nur ihr gehöre.

Ohne nachzudenken, beuge ich mich vor, meine Lippen bewegen sich wie von selbst zu ihrem Mund, aber in der letzten Sekunde dreht sie den Kopf zur Seite, und mein Kuss landet auf ihrer Wange. Sie zittert, aus ihren geöffneten Lippen dringen kleine, bebende Atemzüge, und ich schließe die Augen, bemühe mich, meinen wild klopfenden Herzschlag zu beruhigen. »Ich habe es ganz schön vermasselt, was?«, flüstere ich, die Lippen an ihrer Wange.

Fable nickt, holt tief Luft und nimmt die Hände von meiner Brust. »Kann man so sagen.«

»Was kann ich tun, um es wiedergutzumachen?« Ich muss es wissen. Darf sie nicht in dem Glauben lassen, es sei vorbei zwischen uns.

Sie hält ihr Gesicht weiterhin abgewandt, als hätte sie Angst, mir in die Augen zu sehen. »Es ist zu spät. Du kannst nichts mehr tun. Es ist …«, sie schluckt, »… aus.«

Ich nehme die Hand von der Mauer, lege sie an Fables Wange und zwinge sie, mich anzusehen. Ihre großen verängstigten Augen begegnen meinem Blick, und für einen Moment bin ich verloren. Es ist, als wäre die Zeit zurückgedreht worden und wir wären wieder im Gästehaus meiner Eltern und drauf und dran, uns auf etwas Großes einzulassen. Etwas Ernstes. Wir waren uns nah. Doch ich war so ein verdammter Feigling, ließ zu, dass sie mir entgleitet, und jetzt sieh sie dir an!

Sie ist … anders. Ihr ganzes Leben hat sich binnen Wochen verändert. Und ich war nicht dabei. Sie hat sich weiterentwickelt, während ich immer noch auf der Stelle trete.

Diese Erkenntnis ist erschütternd.

»Ich muss wieder an die Arbeit«, flüstert sie. »Du solltest zu deinen Freunden zurückgehen.«

Ich streichle ihr Gesicht, folge mit den Fingern ihrer fein geformten Kieferpartie. Sie schließt die Augen. Ich beobachte, wie ihre Kehle sich beim Schlucken leicht bewegt, und beuge den Kopf hinunter, kann diesmal jene Verbindung herbeiführen, nach der ich mich so verzweifelt sehne. Mein Mund auf ihrem Mund, atme ich ihren Atem, schmecke ich ihre Lippen, die darin enthaltene süße, geheimnisvolle Tiefe. Sogleich öffnet sie den Mund, und ich nutze das aus, schiebe meine Zunge hinein, lasse sie mit ihrer Zunge verschmelzen.

Ein Stöhnen entringt sich mir, und sie bricht den Kuss ab, unsere Augen öffnen sich gleichzeitig, und wir sehen einander wortlos an, bis sie den Blick wieder zu meinem Mund senkt. Ich weiß, was sie will.

Ich will es auch.

Wir können einander nicht widerstehen. Dieser Moment ist der Beweis dafür. Ich muss etwas tun, etwas sagen, um unsere Verbindung aufrechtzuerhalten.

Ich brauche sie. Und sie braucht mich. Das weiß ich.

»Fable? Alles in Ordnung?«

Beide drehen wir uns um. Wenige Meter entfernt steht ein Typ, groß und einschüchternd, ganz in Schwarz gekleidet, und mustert mich mit schmalen Augen. Er sieht aus, als wolle er sich mit mir anlegen.

Ganz toll. Nach dieser Unterbrechung beruht dieser Wunsch durchaus auf Gegenseitigkeit.

»Ja, alles bestens. Ich wollte gerade wieder reingehen.« Sie schiebt mich zur Seite, und ich trete zurück, lasse sie entkommen. Einfach so.

Ohne mir noch einen Blick zu schenken, kehrt Fable ins Restaurant zurück, überlässt den Typen und mich uns selbst. Finster sehen wir uns an, taxieren einander prüfend. Er ist älter als ich, mindestens Ende zwanzig, und kräftig.

Aber ich bin größer. Und breiter. Ich könnte ihn, wenn es sein muss, besiegen.

Dass ich so etwas überhaupt denke, ist total lächerlich.

»Wer, zum Teufel, bist du denn?«, fragt er. Seine Stimme ist ruhig, aber mit Stahl durchzogen.

»Dasselbe könnte ich dich fragen«, gebe ich zurück.

Er verschränkt die Arme vor der Brust. »Ich bin ihr Boss.«

Scheiße! Ich will ihr auf keinen Fall ihren Job vermasseln. Es ist ein guter Laden, wesentlich besser als das La Salle's, und ich wette, sie arbeitet hier tausend Mal lieber. Und verdient mehr Geld. »Und ich bin ihr Freund.«

Er zieht die Brauen hoch, lacht kurz auf. »Tatsächlich? Komisch, dass sie dich nicht erwähnt hat, als wir gestern Abend zusammen waren.«

Ich bin über das, was dieses Arschloch sagt, so verdammt geschockt, dass ich meine Stimme erst wiederfinde, als er schon weg ist.

Fable

Schnellen Schritts mache ich mich auf den Weg ins Nebenzimmer. Ich bin froh, dass Drew mir nicht folgt. Oder gar Colin. Ich wünschte, ich könnte mich in der

Toilette verbarrikadieren, um meine Gedanken zu ordnen, tief durchzuatmen, was auch immer, doch ich muss zurück und Jen helfen. Es wäre nicht fair, Ts Hilfe noch länger in Anspruch zu nehmen und sie von ihren eigentlichen Aufgaben abzuhalten.

Doch ich kann nicht aufhören zu zittern. Wenn ich tief einatme, kann ich ihn riechen. Drews vertrauter, sauberer Geruch haftet an meiner Haut und an meiner Kleidung. Ich presse die Lippen zusammen, lecke mit der Zunge darüber.

Gott, ich kann ihn immer noch schmecken. Er ist überall auf mir, in mir, und ich weiß nicht, ob ich das aushalte. Die Worte, die er sagte, wie mein Körper reagierte, als er mich berührte, mich küsste …

Ich will ihn. Aber das darf ich nicht. Wegen ihm habe ich die Hölle durchlebt, und trotzdem genügen ein Blick und ein paar geflüsterte Worte von ihm, und ich bin verloren.

Drew Callahan ist meine große Schwäche. Wie eine Droge, von der ich nicht genug kriegen kann. Ich bin süchtig nach ihm und, ganz offen gestanden, rechne ich nicht damit, diese spezielle Sucht in naher Zukunft loszuwerden.

Als ich in den Raum schlüpfe, sehe ich Jen, die allein in der Ecke nahe der Tür steht. T muss bereits gegangen sein, und sogleich fühle ich mich mies.

»Bist du okay?«, fragt sie leise, als ich mich ihr nähere.

Jens Frage reißt mich aus meinen Drew-umnebelten Gedanken, und ich schenke ihr ein beruhigendes Lächeln. »Alles in Ordnung. Ich bin nur … müde.«

»Die Jungs brechen auf.« Sie mustert mich, ihr dunkler Blick ist besorgt. »Ich habe gehört, was sie gesagt haben. Das sind Arschlöcher, Fable. Kümmere dich nicht um die.«

Na, toll. Sie haben sich also weiterhin darüber ausgelassen, was für eine Schlampe ich bin. Und das vor meiner neuen Arbeitskollegin und potenziellen Freundin. »Vielleicht sagen sie ja die Wahrheit.« Ich straffe die Schultern, richte mich kerzengerade auf. Gebe mich kämpferisch, was mir wahrscheinlich kläglich misslingt.

»Mir egal.« Jen zuckt die Achseln. »Es steht mir nicht zu, mir ein Urteil anzumaßen.«

Ich glaube, ich könnte dieses Mädchen gernhaben. Könnte mich sogar richtig mit ihr anfreunden, und ich kann mich nicht erinnern, wann ich zuletzt eine enge Freundin hatte.

Wir sehen zu, wie die Jungs gemächlich aus dem Raum schlendern; die meisten bedenken uns im Vorbeigehen mit lüsternen Blicken. Das Geburtstagskind ist der Einzige, der eine halbwegs entschuldigende Miene aufsetzt, als er auf uns zukommt und Jen und mir gleichzeitig jeweils eine Hundertdollarnote in die Hand drückt.

Okay. Das versöhnt mich ein wenig mit diesem schrecklichen Abend. Aber nur gerade so.

»Wir feiern woanders weiter. Hier ist es ja total öde.« Ty bleibt direkt vor mir stehen, bläst mir seinen Bieratem ins Gesicht. Angewidert rümpfe ich die Nase. »Magst du mitkommen? Zusammen mit deiner Freundin? Ihr werdet eine Menge Spaß mit uns haben, versprochen.«

»Verpiss dich, Blödmann«, murmelt Jen, worauf Ty verdutzt zusammenzuckt.

Und ich auch.

Grinsend deute ich mit dem Kopf in Jens Richtung. »Du hast gehört, was sie gesagt hat. Schönen Abend noch.«

Einen endlos währenden Moment starrt er uns finster und mit bebenden Nasenflügeln an, ehe er hinausstürmt und Jen und mich allein zurücklässt.

»Was für ein Arschloch!«, sagt Jen kopfschüttelnd. »Er ist so unglaublich …«

»Unverschämt? Dreist?«

»Ja, ein echter Kotzbrocken. Was für eine Verschwendung.«

»Wie meinst du das?« Zusammen mit Jen beginne ich mit den Aufräumarbeiten.

»Er sieht nicht schlecht aus. Schade um das hübsche Gesicht.« Sie zuckt die Achseln. »Meiner Erfahrung nach sind die größten Arschlöcher in der Regel die Typen, die richtig gut aussehen.«

Da ist was dran.

Colin kommt herein, und als er mich sieht, leuchten seine Augen auf, als hätte er tagelang nach mir gesucht. »Wer ist der Kerl, mit dem du dich unterhalten hast?« Wir duzen uns inzwischen, da sich hier das gesamte Personal duzt.

Ich bin verblüfft über seine Frage, seinen Tonfall. »Wieso ist das wichtig?«, frage ich vorsichtig.

Aus den Augenwinkeln nehme ich wahr, dass Jen uns beobachtet. Ich habe wirklich keine Lust, dieses Gespräch mit ihr als Zeugin zu führen.

»Jen, würdest du uns bitte ein paar Minuten allein lassen? Du kannst ja solange an der Bar aushelfen«, schlägt Colin vor, ohne den Blick auch nur eine Sekunde von mir zu lösen.

Wortlos geht sie hinaus, und wir sind allein. Die Geräusche aus dem Restaurant nehmen ab, und ich trete nervös von einem Fuß auf den anderen, warte auf das Fallen des Henkerbeils. Er wird mich feuern. Genau heute, an dem Tag, als ich mich endlich sicher genug fühlte, um im La Salle's zu kündigen.

Aber mit etwas Bitten und Betteln würde ich meinen alten Job bestimmt zurückbekommen.

»Ich mag es nicht, dass die Freunde meiner weiblichen Angestellten in meinem Restaurant besitzergreifend um sie herumschwänzeln«, sagt Colin.

Seine Worte erschrecken mich zu Tode. »Freunde? Wen meinst du damit?«

»Der Typ, mit dem ich dich draußen erwischt habe. Er sagte, er sei dein Freund.«

Ich öffne den Mund, doch es kommt kein Laut hervor. Da Tys gemeines Verhalten immer noch in mir nachhallt, dachte ich zunächst, Colin würde auf *ihn* anspielen. Doch er bezog sich auf die Szene, die er draußen beobachtet hatte, als Drew mich in den Armen hielt, mich küsste. »Er ist nicht mehr mein Freund«, sage ich, denn wie ich die Sache sehe, sind wir nicht mehr zusammen. Sind es eigentlich niemals gewesen.

Trotzdem behauptet Drew, er sei mein Freund? Das ... wundert mich.

»Tja, vielleicht solltest du ihm das mal verdeutlichen. Als ich vorhin nachgeschaut habe, lungerte er immer noch draußen herum. Fast so, als würde er auf dich warten.« Die Empörung ist ihm deutlich ins Gesicht geschrieben. Er will in seinem Restaurant nicht mit meinen privaten Problemen belästigt werden. Das kann ich ihm auch nicht verdenken.

Ich fühle mich wie ein totaler Versager.

»Tut mir leid. Soll ich nachsehen, ob er noch da ist? Falls ja, kann ich ihn wegschicken.« Was für eine schwache Ausrede. In Wahrheit will ich nur noch einmal einen Blick auf ihn erhaschen.

»Wie auch immer, sieh zu, dass du ihn loswirst!« Colin deutet zur Tür.

Ich setze mich in Bewegung, doch bevor ich den Raum verlassen kann, hält er mich am Arm fest. »Wenn das zu einem Problem wird, wirst *du* ein Problem kriegen. Das ist dir doch klar, oder?«

Ich nicke, würde vor lauter Verlegenheit am liebsten die Flucht ergreifen. Doch ich sehe Colin erhobenen Hauptes an, begegne seinem Blick. Er soll wissen, dass ich nicht willens bin, wegen irgendwelcher Typen meinen Job zu riskieren. Das sind sie einfach nicht wert. »Ja, sicher. Tut mir leid. Wird nicht wieder vorkommen.«

»Das wäre auch ratsam.« Seine Stimme wird freundlicher, sein Griff lockerer, und dann lässt er meinen Arm langsam wieder los. »Ich mag dich, Fable. Ich will dich nicht wegen deiner privaten Probleme verlieren.«

Autsch. Seine Offenheit tut weh, doch ich muss mich der Tatsache stellen, dass ich heute Abend einigen Ärger verursacht habe. Wegen mir wäre es beinahe zu einer Schlägerei gekommen. Okay, die Jungs waren betrunken, aber sie haben sich wegen mir in die Haare bekommen. Meine zweifelhafte – und nicht so zweifelhafte – Vergangenheit holt mich ein und beeinflusst meine Zukunft.

Ich eile den schmalen Flur hinunter, der zur Hintertür führt, stoße die Tür auf und stürze in die Gasse hinaus, die menschenleer vor mir liegt.

Drew ist gegangen.

Als ich zum Parkplatz hinüberblicke, sehe ich ihn zusammen mit den anderen Idioten. Aus irgendeinem bescheuerten Grund fühle ich mich verraten. Eigentlich mag er diese Typen gar nicht. Hat sich der Truppe nie zugehörig gefühlt – das hat er mir im Verlauf unserer gemeinsam verbrachten Woche gestanden.

Was soll das jetzt also? Warum ist er mit ihnen zusammen? Ungläubig beobachte ich, wie er in den Wagen eines Typen einsteigt und seinen Pick-up auf dem Parkplatz stehen lässt. Er geht tatsächlich mit ihnen mit. Ich bin fassungslos.

Wütend.

Ohne nachzudenken, stapfe ich ins Restaurant zurück und mache mich auf die Suche nach Colin. Ich entdecke ihn im Empfangsbereich und gehe zu ihm, tippe ihm auf die Schulter, damit er sich zu mir umdreht.

»Das Problem ist erledigt«, sage ich mit mehr Bestimmtheit, als ich tatsächlich empfinde. Ich lüge Colin an, weil ich mit Drew gar nicht gesprochen habe, dennoch bin ich von der Wahrheit nicht allzu weit entfernt. Ausgeschlossen, dass Drew noch einmal hierherkommt und mich nervt.

Das werde ich nicht zulassen.

»Du hast mit ihm geredet.« Er zieht die Braue hoch, sieht mich skeptisch an.

Ich nicke. »Ich habe ihm gesagt, er soll sich hier nicht mehr blicken lassen. Dass wir keinen Ärger haben wollen.«

Colin mustert mich nachdenklich. Sieht mich an, als glaubte er mir kein Wort. Zu Recht. »Wenn er noch einmal hierherkommt, wird das Konsequenzen haben. Für dich und für ihn.«

»Alles klar.« Ich schlucke hart.

»In meinem Restaurant will ich keinen Ärger haben. Ich dulde weder Liebschaften unter meinen Angestellten noch dass sich eifersüchtige Freunde oder Freundinnen hier herumtreiben und darauf lauern, ihre Angebeteten bei einem flirtenden Blick oder was auch immer zu ertappen. Auf diesen Scheiß habe ich keine Lust. Das solltest du bedenken, wenn du hier arbeiten willst, Fable. Sicher, ich kann dir nicht vorschreiben, was du in deiner Freizeit treibst, aber in deiner Arbeitszeit? Meiner Zeit? Da erwarte ich, dass du dich an meine Regeln hältst.«

Was für ein Despot. Seine Worte und seine Haltung verblüffen mich. Normalerweise wirkt er extrem lässig. »Schon kapiert. Tut mir leid. Wird nicht wieder passieren.«

Colin nickt und geht hinaus, lässt mich allein zurück. Ich kann fast garantieren, dass es nicht noch einmal passieren wird, weil ich von Drew so angepisst bin, dass ich ihn nie wiedersehen will.

Er hat sich diesen Idioten angeschlossen. Ist abgehauen, um Spaß zu haben und irgendwelche blöden Sachen zu machen, wie sie einer Horde geiler, betrunkener Trottel an einem Samstagabend eben so einfallen. Wahrscheinlich weitersaufen und flirten und irgendwelchen Mist bauen.

Tränen brennen in meinen Augen, und ich blinzle sie weg. Er ist nicht mein Eigentum. Ich habe ihm erst Minuten zuvor eine deutliche Abfuhr erteilt. Ihm einen gottverdammten Freifahrschein gegeben, zu tun, was immer ihm beliebt.

Warum bin ich dann so traurig? Warum habe ich das Gefühl, er würde immer noch irgendwie zu mir gehören?

KAPITEL 6

Gib nicht auf,
nur weil die Zeiten schwer sind.

– Fable Maguire

Drew

Sie schleppten mich in einen Stripclub am Stadtrand, ein unscheinbares kleines Gebäude mit auffälligem, grell blinkendem Neonschild in der ansonsten dunklen, kalten Nacht. Der Laden heißt Gold Diggers. Ich hatte schon davon gehört, war aber noch nie dort gewesen.

Normalerweise hätte ich protestiert, mich irgendwie abgeseilt oder so. Doch als Jake fragte, ob ich bei ihm mitfahren wolle, willigte ich sofort ein. Es war auch nicht gerade hilfreich, dass ich wegen dem, was Fables verdammter Boss gesagt hatte, noch völlig durch den Wind war.

Ihr Boss. Sie treibt es mit ihrem Boss. Ich fasse es nicht. Ich bin immer noch niedergeschlagen. Spüre die Art von Verzweiflung, die einen in die Knie zwingt. Ich weiß nicht, was ich davon halten soll. Ich kann nicht darüber nachdenken. Es tut viel zu weh.

Also bin ich gegangen. Rannte vor meinen Problemen weg, wie es so meine Art ist. Witzigerweise habe ich diesmal die Gesellschaft anderer Leute gesucht. Jungs, die ich kenne und die ich gern als Freunde betrachten würde. Ich frage mich, ob meine Therapeutin stolz auf mich sein würde, weil ich mich ausnahmsweise nicht völlig in mich zurückgezogen habe.

Ich bin definitiv betrunkener als zu dem Zeitpunkt, als wir hier ankamen, und ich bin immer noch wütend – auf Ty, weil er Fable beleidigt hat. Auf Fable, weil sie mich weggestoßen hat. Ich kann nicht gewinnen. Der Versuch, ihr aus dem Weg zu gehen, hat mich geradewegs zu ihr hingeführt. Es war unvermeidlich, dass wir uns wiedersehen. Aber wie hätte ich auf den Schock gefasst sein können, der mich überfiel, als sie vor mir stand und so schön aussah? Es hat mich so wütend gemacht, dass ich geglaubt hatte, sie sei immer noch die Meine, wo sie doch schon längst neue Wege beschritten hatte.

Schmerz überflutet mich, und ich ergebe mich ihm, sauge die fast physische Emotion genauso in mich auf wie mein Körper den Alkohol. Ich hasse es, mich derart von meinen Emotionen beherrschen zu lassen. Normalerweise bin ich gegen solche Zustände immun. Nach allem, was ich in der Vergangenheit erlitten habe, fällt es mir leicht, Mauern zu errichten und so zu tun, als wäre alles in Ordnung – oder vielmehr, als wäre mir alles egal.

Aber *sie* ist mir nicht egal. Oder war mir nicht egal.

Also schmolle ich wie ein Kleinkind, als ich die halb nackten Frauen betrachte, die auf einer Bühne die Hüften kreisen lassen, ihre Körper schamlos zur Schau gestellt, ihre Mienen gelangweilt, als hätten sie das alles schon eine Million Mal gemacht und hassten es zutiefst, was wahrscheinlich auch der Wahrheit entspricht. Der Club ist gerammelt voll, wir sind hier vermutlich die Jüngsten, und das Bier fließt in Strömen.

Es fließt meine Kehle hinunter, so schnell ich trinken kann.

»Und? Amüsierst du dich?« Logan stupst mich an, das anzügliche Grinsen in seinem Gesicht ist etwas verwackelt. Er ist betrunkener als ich – was ihm auch zusteht, da es seine Feier ist. Warum soll ich mich nicht genauso besaufen? Ich habe nichts zu verlieren und jede Menge Kummer zum Hinunterspülen.

Gott! Was bin ich nur für ein Jammerlappen geworden.

Ich zucke die Achseln. »Das Bier ist gut.«

Logan lacht. »Das Bier ist scheiße. Die Weiber sind gut. Klasse Körper.« Er neigt den Kopf in Richtung eines dunkelhäutigen Mädchens, das ungefähr fünf Meter von uns entfernt tanzt. »Ty organisiert für mich einen Lapdance mit ihr.«

Als ich Tys Namen höre, ziehe ich ein finsteres Gesicht. Wir haben die ganze Zeit möglichst weit voneinander entfernt gesessen, ohne jede Interaktion oder was auch immer. Wahrscheinlich ist es so am besten, denn wenn er mir noch einmal in die Quere kommt, werde ich ihm womöglich eine verpassen.

Ihn verprügeln, bis kein Knochen mehr in ihm heil ist. Erst dann würde ich einen Hauch von Genugtuung verspüren. Auch wenn mir nicht ganz klar ist, warum ich Fable noch verteidigen will, obwohl sie mit einem anderen Kerl fickt, während ich ihr nach wie vor nachtrauere.

Scheiße.

»Er kann bestimmt auch für dich einen Lapdance klarmachen«, fährt Logan fort.

»Nein, danke. Kein Bedarf.« Ich schüttle den Kopf und kippe mein restliches Bier mit einem Schluck hinunter. Mir ist warm. In meinem Kopf dreht sich alles. Ich verliere definitiv die Kontrolle, und ausnahmsweise ist mir das piepegal.

»Wenn du so dagegen bist, will ich dir erst recht einen spendieren.«

Ich drehe mich um und sehe Ty, der mit einem Bier in der Hand und einem Grinsen im Gesicht dasteht. Am liebsten würde ich ihm diesen selbstgefälligen Ausdruck aus seiner Fresse polieren, doch ich bleibe ruhig. Gelassen. »Warum willst du deine Kohle für einen Lapdance für mich vergeuden? Gönn dir lieber selbst einen.«

Ty lacht. »Ich möchte sehen, wie du dich krümmst, Callahan. Ich weiß, dass das hier nicht so dein Ding ist. Mann, ich wundere mich sowieso, dass du mitgekommen bist. Und noch mehr wundere ich mich, dass du dich wegen eines blöden Mädels mit mir prügeln wolltest.«

Ich sage nichts. Auch ich wundere mich, werde aber den Teufel tun, das zu zeigen.

»Kennst du Fable? Warst du mal mit ihr zusammen oder so?« Ty schüttelt den Kopf. »Ich bin einmal mit ihr ausgegangen, ist schon lange her. Kann man getrost vergessen.«

Wenn er über dieses angeblich unbedeutende Date ins Detail geht, knalle ich ihm eine.

»Ich kenne sie nicht so gut«, stoße ich hervor, jedes Wort ein stechender Schmerz, weil ich so ein verdammter Lügner bin. »Aber du missachtest Frauen, Ty. Du benimmst dich wie ein totales Arschloch.«

»Ich habe nie behauptet, ich sei *kein* Arschloch.« Das selbstgefällige Grinsen verschwindet langsam aus Tys Miene. »Deshalb habe ich für dich bereits einen Lapdance organisiert, Alter. Mit einer hübschen kleinen Blondine, die mich an unsere gemeinsame Freundin erinnert.« Er deutet mit dem Kinn hinter mich, und ich drehe mich um.

»Hi.« Sie lächelt mich an, strahlend und routiniert, und mir verschlägt es im ersten Moment die Sprache. Auf den ersten Blick sieht sie Fable geradezu gespenstisch ähnlich, wie meine falsche Fable im College-Hörsaal, doch dann erkenne ich, dass sie absolut nichts mit dem Mädchen gemein hat, in das ich verliebt bin.

Diese falsche Fable ist größer und dünner, mit kürzerem Haar und schlechter Haut. Ihre Nägel sind lang und neonpink lackiert. Sie wirft ihr Haar über die Schulter, streckt die Brust nach vorn, und ihre harten Nippel zeichnen sich durch den dünnen Stoff ihres neonpinken Bikinis ab.

Ty legt die Hand auf meinen Rücken und schiebt mich auf das Mädchen zu. »Willst du dein Geschenk nicht begrüßen? Man soll Frauen doch respektieren und diesen ganzen Scheiß, über den du laberst, richtig?«

Arschloch. »Du musst das nicht machen«, sage ich zu dem Mädchen, Tys Feixen ignorierend. Ich sehe mich um, halte nach Logan Ausschau, doch der ist längst gegangen. Wahrscheinlich, um in den Genuss seines eigenen Lapdance zu gelangen.

Das Mädchen runzelt die Stirn. »Er hat mich dafür bezahlt. Es ist mein Job.«

»Du kannst das Geld behalten«, sage ich und nehme sie am Arm, um mit ihr woanders hinzugehen. Irgendwohin, wo wir so tun können, als ob, statt vor aller Augen eine Show abzuziehen.

Sie schüttelt den Kopf, legt die freie Hand auf meine Brust. »Gefalle ich dir nicht?«

Ich sehe sie an, ihr Gesicht verschwimmt vor meinen Augen. Wenn ich die Augen zusammenkneife, könnte sie beinahe als Fable durchgehen. Sie streicht über meinen Unterarm, die leichte Berührung lässt mich erzittern. »Komm«, murmelt sie in gedämpftem Ton.

Verführerisch.

Ich sollte es nicht tun, aber ich lasse mich von ihr zu einem Sessel führen, und dann legt sie die Hände auf meine Brust und schiebt mich nach hinten, sodass ich keine andere Wahl habe, als mich hinzusetzen. Ich sinke in den Sessel, mir ist schwindlig, und nun setzt die Musik ein, während die Frau auf der Bühne sich zu bewegen beginnt.

Genauso wie die Frau vor mir.

Einen Moment lang lasse ich meiner Fantasie freien Lauf. Statt einer Fremden ist es Fable, die vor mir tanzt. Für mich tanzt, so schön und sinnlich, die Lippen zu einem verlockenden Lächeln geschwungen, die Augen leuchtend, während sie mich beobachtet. Ich starre zurück, mein Mund wird trocken, mein Körper spannt sich an, wird heiß …

Tys unverwechselbares Lachen holt mich ruckartig in die Realität zurück.

Das Mädchen lächelt mich an, die Hände auf meinen Schultern, die kaum verhüllten Brüste vor meinem Gesicht, während es sich im Takt der Musik schlängelt und dreht. Ihre Hüften kreisen und schieben sich auf mich zu, und dann greift sie sich hinter den Rücken, öffnet geschickt ihr Bikinitop, sodass es herunterrutscht und auf den Boden fällt.

Sie hat kleine Brüste und große Nippel, ganz anders als Fable. Sie ist überhaupt völlig anders. Ich muss aufhören, alle Frauen mit Fable zu vergleichen. Das ist ein Fehler. Ach, verflucht, es ist eine Krankheit. Eine Krankheit, von der ich mich schleunigst selbst kurieren sollte, weil Fable bereits einen anderen hat.

Bei diesem Gedanken dreht sich mir fast der Magen um.

»Schieb ihm die Titten ins Gesicht!«, kreischt Ty, und sie wirft ihr Haar zurück und lacht, drängt ihre Brüste, wie Ty befohlen hat, mitten in mein Gesicht, streicht über meine Haut. Sie dünstet eine Mischung aus Schweiß, billigem Parfum und Alkohol aus, und ich rümpfe die Nase.

Sie ist überhaupt nicht mein Fall. Ein Typ von Mädchen, an dem ich niemals Interesse hätte.

»Du bist scharf«, flüstert die Tänzerin. Ich lege den Kopf in den Nacken, unsere Blicke treffen sich. »Hast du Lust auf eine Nummer? Meine Schicht ist in einer Stunde zu Ende.«

Langsam schüttle ich den Kopf. »Eher nicht.« Da sie sich mir so bereitwillig anbietet, vermute ich, dass sie so etwas nicht zum ersten Mal macht.

Sie zieht eine Schnute. »Ich wette, du hast eine Freundin. Die ruhigen, gut aussehenden Typen sind immer liiert.«

»Ja, ich habe eine Freundin.« Eine Scheinfreundin, auf die ich seit Monaten keinen Anspruch mehr habe. Doch ich stimme lieber zu, als irgendwelche Erklärungen abzugeben.

Ihre Schnute weicht einem Stirnrunzeln. »Ich bin mir sicher, dein Freund, der dir den Tanz spendiert hat, ist noch zu haben, stimmt's? Sein beschissenes Verhalten wird bei den meisten Mädchen nicht sonderlich gut ankommen.«

Das Mädchen ist eine gute Beobachterin. Obwohl sie erst seit höchstens drei Minuten für mich tanzt, hat sie Ty und mich bereits ausgecheckt. »Er ist definitiv noch zu haben.«

Sie verzieht das Gesicht. »Wen wundert's?«

Der Song endet zusammen mit meinem Tanz, und sie geht einen Schritt zurück, die Lippen zu einem leichten Lächeln gekrümmt. Erst jetzt fällt mir auf, dass ihre Lippenstiftfarbe zu dem Neonpink ihres Bikinis und ihrer Fingernägel passt. Ihre Lippen leuchten im Schwarzlicht, was ihr eine eigentümliche und unnatürliche Wirkung verleiht. »Du bist ein anständiger Kerl.« Sie bückt sich und hebt ihr Bikinioberteil auf. »Das meine ich als Kompliment.«

»Danke«, sage ich matt und bleibe wie gelähmt auf dem Stuhl sitzen. Mir ist immer noch schwindlig. Ich habe viel zu viel getrunken und wage es kaum, aufzustehen. Ich könnte wie ein Weichei zusammenbrechen. »Für den Tanz und das Kompliment.«

Sie strahlt mich an, winkt mir kurz zu und geht dann zu Ty hinüber. Sofort packt er sie, als wäre sie sein Eigentum. Eine Hand auf ihrem Rücken, die andere auf ihrem Hintern, zieht er sie dicht an sich. Sie hat noch nicht einmal ihr Top wieder angezogen, und schon fasst er sie überall an, den Mund an ihrem Ohr. Sie legt die Hände auf seine Brust, als wollte sie ihn wegschieben, und ich bin versucht, hinzugehen und ihr zu sagen, sie solle sich von ihm fernhalten, aber dann höre ich sie kichern und weiß, dass es ihr gefällt.

Dass er ihr gefällt.

Angewidert von mir selbst, stehe ich auf und lasse den Blick durch den Club gleiten, während ich darauf warte, dass der Schwindel abebbt. Es ist so dunkel und so voll, dass ich niemand Einzelnen erkennen kann. Unmöglich, in dieser Menge meine Freunde zu finden. Herrgott, ich muss hier raus. Ich muss nach Hause, aber mein Wohnblock liegt am anderen Ende der Stadt. Und mein Pickup steht vor dem Restaurant, in dem Fable arbeitet.

Ich sitze verdammt noch mal fest.

Stirnrunzelnd ziehe ich mein Handy aus der Tasche und starre auf das dunkle Display. Ich könnte es tun. Könnte dieses eine Wort eintippen, das Fable zu mir bringen würde.

Oder sie dazu veranlassen würde, Reißaus zu nehmen. Sie dazu veranlassen sollte. Ich verdiene ihre Hilfe nicht.

Entschlossen, das Wagnis einzugehen, solange ich noch die Eier dafür habe, tippe ich elf Buchstaben ein, schreibe jenes Wort, das mich beglückt und quält zugleich.

Fable

Mein Handy summt in meiner Tasche, als ich mich zum Gehen bereit mache. Es ist spät, das Restaurant war bis zuletzt rappelvoll, und mir tun die Füße weh.

Ich überprüfe meine Nachrichten und keuche hörbar beim Anblick dieses einen Wortes auf, das den ganzen Bildschirm auszufüllen scheint, mir untersagt, es zu ignorieren.

MARSHMALLOW

Wut steigt in mir auf. Wie kann er es wagen, dieses Wort zu benutzen? Was zum Teufel will er von mir? Soll ich ihn mal wieder retten? Diese Dreistigkeit raubt mir den Atem.

Aber dann schleicht sich Sorge ein, und der Ärger tritt in den Hintergrund. Was, wenn er in Schwierigkeiten steckt? Er ist mit diesen Idioten zusammen, die er eigentlich nicht mag und denen er wahrscheinlich nicht trauen sollte. Was, wenn sie ihm irgendwas angetan haben und er jetzt zusammengekrümmt am Straßenrand liegt und verblutet?

Gott, mein Hang zum Drama ist heute Abend mal wieder besonders ausgeprägt.

Wütend über mich selbst, tippe ich eine Antwort ein und schicke sie ab, ehe ich es mir anders überlegen kann.

Wo zum Teufel bist du?

Er antwortet binnen Sekunden.

Gold Diggers.

Hä? Er bittet mich, ihn aus einem Stripclub zu retten? Ich könnte ihn umbringen.

Und ich soll jetzt quer durch die Stadt fahren? Ich habe nicht mal ein Auto.

Momente später antwortet er erneut.

Mein Pick-up steht vor dem Restaurant.

Stirnrunzelnd lese ich die Nachricht. Das kann ich nicht tun. Sollte es nicht tun. Ihn zu retten erfüllt mich mit Hoffnung, und was Drew betrifft, sollte ich besser keine Hoffnung haben. Er ist den ganzen Kummer und das Drama nicht wert.

Oder?

Kein Schlüssel, tippe ich schließlich ein und grinse vergnügt. Denn wie soll ich seinen Wagen ohne Schlüssel fahren?

»Soll ich dich mitnehmen?«

Als ich aufblicke, sehe ich Colin vor mir. In seinem ansprechenden Gesicht liegt ein besorgter Ausdruck. Mein Handy piepst, und ich lese Drews Nachricht, in der er detailliert beschreibt, wo der Ersatzschlüssel am Wagen versteckt ist.

Die Versuchung, ihn zu retten, wird immer größer, auch wenn ich weiß, wie bescheuert diese Idee ist.

»Fable?«

»Oh, ähm, nicht nötig, aber danke für das Angebot«, erwidere ich lächelnd. Mir ist klar, dass Colin vor mir gehen muss, damit er nicht sieht, dass ich in Drews Pick-up wegfahre.

Okay, er weiß nicht, dass es Drews Wagen ist, aber Colin ist schlau. Er kann eins und eins zusammenzählen.

»Bist du sicher?« Er streckt die Hand nach mir aus, streicht mit den Fingern über meinen Arm, aber die Berührung löst keine Reaktion bei mir aus. Gestern wäre das wahrscheinlich anders gewesen. Herrgott, vor vier Stunden noch, bevor Drew mir nichts, dir nichts in mein Leben zurückspaziert ist, aber jetzt spüre ich nichts.

Absolut nichts.

Ich nicke, lächle noch breiter. »Ja. Ich habe einen Wagen zur Verfügung. Trotzdem noch mal danke für das Angebot.«

»Na gut. Jen fährt bei mir mit, wir sehen uns dann also morgen wieder.«

Mein erster Sonntag im Restaurant. Die Schicht beginnt am Nachmittag, und da ich nur für vier Stunden eingetragen bin, komme ich zu einer vernünftigen Zeit wieder nach Hause. Ich freue mich auf morgen. Owen und ich haben bereits Pläne. Entweder Frühstücken gehen, wenn ich ihn dazu bringe, dass er seinen faulen Hintern aus dem Bett bewegt, oder ein spätes gemeinsames Essen, wenn ich von der Arbeit zurück bin. Vielleicht sogar ein Film, wenn uns danach ist.

Ich würde meinem Bruder gern etwas Besonderes bieten. Das hat er weiß Gott verdient. Ich war in letzter Zeit nicht oft da und Mom genauso wenig. Er lässt sich treiben, hat keinen Halt, und ich muss wieder eine Verbindung zu ihm herstellen. Kein Vierzehnjähriger sollte so haltlos sein, vor allem nicht mein Bruder.

»Ja, bis morgen«, sage ich und sehe zu, wie Colin und

Jen wegfahren. Ich frage mich, ob die beiden ein Paar sind. Und wenn ja, warum flirtet er dann mit mir? Warum flirtet er überhaupt mit jemandem? Ich verstehe die Dynamik nicht, die hier herrscht.

Aber wie kann ich mir ein Urteil anmaßen, wenn ich die Dynamik zwischen Drew und mir genauso wenig verstehe?

Eine Viertelstunde später biege ich auf den Parkplatz des Gold Diggers ab und fahre zur Seite des Gebäudes, wo ich Drew entdecke, der an der Mauer lehnt. Sein Oberkörper ist nach vorne gekrümmt, die Hände sind tief in den Hosentaschen vergraben, sein Kopf ist gesenkt. Es hat den Anschein, als hätte er das Nahen des Pick-ups gar nicht gehört.

Ich lasse das Beifahrerfenster herunter, stoße einen leisen Pfiff aus, und Drew blickt auf, sieht mich an.

»Brauchst du eine Mitfahrgelegenheit?«, frage ich, um einen gelassenen Ton bemüht, aber ich höre das leise Beben in meiner Stimme. Hat er es auch gehört?

Ich hoffe nicht.

Er stößt sich von der Wand ab, kommt auf den Wagen zugeschlendert und lehnt sich ins geöffnete Fenster, die Arme auf den Rahmen gestützt. »Du hast den Schlüssel also gefunden.«

»Das habe ich dir doch gesagt.« Als ich losfuhr, hatte ich ihm geschrieben, dass ich unterwegs sei. Hat er das schon vergessen oder was?

Ich schnuppere und nehme einen deutlichen Biergeruch wahr. Er hat getrunken. Und wenn er betrunken ist, ist er immer eine ganz schöne Nervensäge. Aber nicht auf eine üble Art. Nicht wie die Kerle, bei denen meine Mutter ständig landet. Diese Typen sind aggressiv und werden manchmal auch handgreiflich, um ihren Standpunkt klarzumachen.

»Danke, dass du mich abholst.« Er löst sich vom Wagen, öffnet die Tür und steigt ein. Nachdem er auf dem Beifahrersitz Platz genommen hat, lässt er das Fenster hoch, legt den Sicherheitsgurt an und lehnt sich dann zurück und schließt die Augen. »Das weiß ich echt zu schätzen.«

Das ist alles? Mehr kommt da nicht? Kein *Oh, mein Gott, Fable, du bist meine Heldin* oder Bekundungen seiner unsterblichen Liebe? Nicht, dass ich Letzteres erwarten würde, aber, heilige Scheiße, nach zwei Monaten totaler Funkstille befinden wir uns nun binnen weniger Stunden in den kompliziertesten Interaktionen.

Ich weiß nicht, ob ich damit umgehen kann, vor allem wenn er sich verhält, als wäre unsere Wiedervereinigung keine große Sache.

»Soll ich dir erklären, wie du zu meiner Wohnung kommst?«, fragt er, als ich aus dem Parkplatz fahre.

»Äh, eigentlich wollte ich zu mir fahren.« Ich will ihn nicht heimfahren. Denn wie soll ich dann nach Hause kommen?

»Ich kann nicht fahren. Ich bin ziemlich benebelt.«

In mehr als nur einer Beziehung, würde ich gern sagen, doch ich halte den Mund. »Kann schon sein. Aber wenn ich dich nach Hause fahre, wer fährt *mich* dann heim?«

»Kannst ja deinen Freund anrufen.« Er zuckt die Achseln, aber der giftige Ton ist unüberhörbar.

»Meinen Freund?« An einer roten Ampel halte ich an und wende mich ihm zu. Seine Augen sind offen, und er mustert mich mit wachsamem Blick. »Und wer soll das, bitte schön, sein?«

»Der Typ, der uns heute gestört hat. Dein verfickter Boss, Fable. Oder sollte ich sagen, der Boss, den du fickst?«

Oh. Mein. Gott. Wie zum Teufel kommt er denn auf diese Idee? »Ich sollte jetzt an den Straßenrand fahren und dich rausschmeißen.«

»Nur zu. Dann rufe ich die Bullen an und sage, du hättest meinen Wagen geklaut.«

Was glaubt er, wer er ist? Ich starre ihn mit meinem bösesten Blick an, mit dem Blick, bei dem Owen jedes Mal vor Angst fast in die Hose macht. »Das würdest du nicht wagen.«

Er starrt nicht minder böse zurück. »Probier es aus.«

Die Ampel schaltet auf Grün, und ich jage den Motor hoch, drücke mit dem Fuß viel zu fest auf das Gaspedal. Der Pick-up schießt nach vorne, die Reifen quietschen so laut über den Asphalt, dass ich zusammenzucke. Drew flucht leise vor sich hin, doch das ist mir egal. Ich ignoriere ihn, lasse mich von der Kraft des Motors mitreißen, höre auf zu denken, bis ich nur noch die Geschwindigkeit fühle.

Aber ich kann meine Gedanken nicht kontrollieren, sosehr ich das auch möchte. Zu viele Fragen wirbeln in meinem Kopf herum. Warum glaubt er, Colin und ich seien ein Paar? Und warum schreibt er mir dann, ich solle ihn abholen? Warum war er in dem Striplokal? Hat er mit einer Stripperin rumgemacht? Ich schwöre, ich kann das billige Parfüm riechen, das in seinen Klamotten hängt. Die Vorstellung, dass er mit einem anderen Mädchen zusammen war, dass er irgendeine dumme Stripperin, wenn auch nur kurz, betatscht hat, macht mich so unglaublich wütend, dass ich den Fuß noch fester auf das Gaspedal knalle.

»Willst du uns umbringen?«

Seine ruhige Stimme reißt mich aus meinen Gedanken, macht mir klar, dass ich wie eine rücksichtslose Idiotin fahre, und ich gehe vom Gas herunter, lege eine vernünftigere Geschwindigkeit ein. »Entschuldige«, murmle ich, verlegen über mein bescheuertes Verhalten.

Was in Drews Gegenwart leider die Regel ist.

Den Rest der Fahrt schweigen wir, abgesehen von Drews Hinweis, wo ich abbiegen soll, um zu seiner Wohnung zu gelangen. Je länger ich fahre, desto hübscher wird die Gegend. Neiderfüllt betrachte ich die Bäume entlang der Straße, die gepflegten Rasenflächen mit prachtvollen bunten Blumen, die selbst mitten im Winter hier wachsen. Die Rasen in diesem Viertel werden alle von Gärtnern in Schuss gehalten und sind absolut perfekt.

Im Gegensatz zu den Rasenflächen und Gärten in meinem Viertel, die verwahrlost und verdorrt sind. Keine hübschen Blumen in Sicht, wo ich wohne. Es gibt dort vorwiegend wild wucherndes Gestrüpp. Das überdeckt die Mängel am besten.

»Nett hier«, sage ich, als ich auf den Parkplatz abbiege, zu dem er mich lotst und der – natürlich – überdacht ist. Zudem verfügt die Wohnanlage über eine Sicherheitsschranke, um Gesindel fernzuhalten. Wie mich. Mich würde man sicher als Gesindel ansehen.

»Willst du deinen Freund anrufen, damit er dich abholt?«, fragt er. Seine Stimme ist leise. Drohend.

Ich schalte den Motor aus, drehe mich zu ihm um und hoffe, meine Miene ist so fassungslos, wie ich mich fühle. »Ich habe keinen Freund.«

Er hebt die Brauen an. »Der Typ, der mir mehr oder weniger gesagt hat, ich solle abhauen, ist also nicht dein Freund.«

»Nein. Er ist mein Boss. Das ist alles.« Langsam schüttle ich den Kopf, bin sauer, dass ich mich rechtfertigen muss.

»Warum sagt er dann, er sei gestern Abend mit dir zusammen gewesen?«

Ich schnappe nach Luft. Kann nicht glauben, was ich da gerade gehört habe. *»Was?«*

»Das hat er jedenfalls erzählt. Er fragte, wer ich sei, und ich sagte, ich sei dein … Freund. Dann lachte er und meinte irgendetwas in der Art wie, wo ich dann zum Teufel gewesen sei, als er gestern Abend mit dir zusammen war.« Er presst den Mund zu einem schmalen Strich zusammen. »Hast du den Abend mit ihm verbracht?«

Gütiger Gott, ja. Es hört sich furchtbar an. Ich will nicht die Wahrheit gestehen, aber ich will Drew auch nicht anlügen. Zwischen uns darf es keine Lügen mehr geben. Offenheit sollte unser oberstes Prinzip sein. »Ja«, sage ich leise. Ich will ihm nicht erzählen, dass Colin mich in einen Salon geschleppt und für meine Verschönerung gezahlt hat, eine Verschönerung, die Drew nicht einmal aufzufallen scheint.

Er wendet den Blick ab, atmet hörbar aus. Seine Wangenpartie ist angespannt, ich sehe das Pochen eines Tics darin und weiß, dass er stinksauer ist. »Gib es ruhig zu, Fable. Du hast dein Leben weitergelebt. Das kann ich dir nicht verübeln. Ich habe alles verbockt, weil ich mich nicht mehr gemeldet habe. Geschieht mir also ganz recht.«

»Was redest du da? Ich habe nichts mit meinem Boss. Wir sind definitiv nicht zusammen.«

Er richtet den Blick wieder auf mich. »Nein?«

»Nein«, sage ich und schüttle langsam den Kopf. »Nein. Er ist mein *Boss.* Ich würde niemals mit meinem Boss vögeln.«

Drew sagt nichts, doch sein Schweigen hallt genauso laut in der Fahrerkabine wider wie ein endloser Strom von Worten.

»Pass auf, du hast mich verlassen, schon vergessen? Ich habe mich irgendwann damit abgefunden, wieder nach vorne geblickt, und dann kommst du und sendest mir dieses dumme, *dumme* Codewort. Du hast ganz schön Nerven. Keine Ahnung, warum ich mir die Mühe gemacht habe, da rauszufahren und dich zu retten. Und ich verstehe auch nicht, warum du dich wie ein eifersüchtiger Arsch aufführst und mir vorwirfst, mit einem anderen zusammen zu sein.« Ich muss ihn darauf ansprechen, damit ich zum Kern der Wahrheit gelange. Ich muss die Wahrheit erfahren. Ich habe zu lange in diesem Nebel gelebt, wo ich auf ihn wartete, ihn hasste und ihn liebte, ihn umbringen und ihn retten wollte.

Ich kann nicht mehr. Entweder redet er Klartext mit mir und wir kommen der Sache auf den Grund, oder wir schwimmen weiterhin endlos im Kreis herum, was mich letztendlich verrückt machen würde.

»Ich weiß nicht, was ich denken soll«, sagt er schließlich. »Als er das sagte, hatte ich sofort Bilder im Kopf und war … total angepisst.«

»Du hast kein Recht, mir so einen Scheiß an den Kopf zu werfen.« Ich hole tief Luft. Drew mag vielleicht voreilige Schlüsse gezogen haben, aber Colin hat die Sache nicht gerade erleichtert, als er andeutete, zwischen uns liefe etwas. Was definitiv nicht der Fall ist. »Wem glaubst du? Irgendeinem Typen, den du nicht kennst, oder mir?«

Er hebt die Lider, sein Blick begegnet meinem. Seine Augen leuchten sogar im düsteren Inneren des Wagens, und ich wünschte, ich könnte mich an ihn schmiegen. Ihn küssen.

»Dir«, flüstert er. »Ich glaube dir.«

KAPITEL 7

Zaubere. Dringe in ihr Herz ein,
ohne sie zu berühren.

– Unbekannt

Fable

Drews Zugeständnis verblüfft mich, und ich kann nur stumm dasitzen und ihn anstarren. Ich weiß nicht, was ich sagen, wie ich reagieren soll. Wahrscheinlich befinde ich mich noch in einer Art Schockstarre, weil wir zusammen in seinem Pick-up sitzen. Nur wir beide. Als hätte es die letzten beiden Monate nicht gegeben und wir wären wieder genau dort, wo wir angefangen haben.

Aber ich kenne all seine Geheimnisse. Nun, die meisten. Und sie sind schrecklich. Auch er kennt einige meiner Geheimnisse, die ohnehin nur dünn gesät sind. Ich war von Beginn an ein offenes Buch für ihn. Meine wenigen verbliebenen Geheimnisse sind nicht so weltbewegend wie seine. Meine Mom ist eine trinkende, arbeitslose Versagerin. Mein Dad hat sich in meinem ganzen Leben noch nie bei mir blicken lassen. Diese Fakten sind Drew bereits bekannt.

Oh, und mein Bruder schwänzt die Schule und kifft, und es gibt nicht viel, was ich dagegen tun kann. Drew weiß nicht viel über Owen. Oder über meine Unsicherheiten und Ängste und wie diese mir den Ausweg aus diesem ziellosen Leben verbauen. Oder dass ich das Gefühl habe, ich müsse mich unentwegt um meinen kleinen Bruder kümmern, weil meine Mom das todsicher nicht tut.

Das Einzige, was ich komplett kontrollieren kann, bin ich selbst und meine Reaktionen auf das, was mir widerfährt. Jetzt, in diesem Moment, kann ich nur meine Reaktion auf Drew kontrollieren. Also bleibe ich sitzen und warte. Warte, dass er als Erster das Wort ergreift, weil ich vorher nichts sagen werde. Er ist an der Reihe, den nächsten Schritt zu tun.

Trotz der schrillenden Alarmglocken in meinem Kopf möchte ich, dass er diesen ersten Schritt tut.

»Fable, ich …« Er hält inne, schluckt. »Ich bin nicht nüchtern genug, um dich nach Hause zu fahren.«

Enttäuschung durchströmt mich. Das war's mit dem ersten Schritt. »Ich werde mir ein Taxi rufen.« Als könnte ich mir das leisten, aber was zum Teufel soll ich sonst tun?

»Nein.« Er schüttelt den Kopf. »Ich möchte, dass du bei mir bleibst. Heute Nacht.«

Alles in mir kreischt, ich solle die Beine in die Hand

nehmen und weit, weit weglaufen. Aber es gibt noch einen winzigen Teil in mir, der flüstert, ich solle bleiben. Mich auf sein Sofa hauen und am nächsten Morgen erholt erwachen, nachdem ich die Nacht im selben Haus wie der Mann, den ich liebe, verbracht habe. Wir werden nichts tun, was wir später vielleicht bereuen. Vielleicht werden wir reden. Vielleicht bringe ich ihn dazu, mir zu verraten, warum er mich mit diesen schönen, tragischen Zeilen bat, ihn zu retten, und sich dann weder auf meine SMS noch auf meine Nachricht auf seiner Mailbox hin bei mir meldete.

Ja, was dieses spezielle Fiasko betrifft, hätte ich nach wie vor gern eine Erklärung.

»Keine gute Idee«, flüstere ich.

»Bitte.« Er räuspert sich. »Es wird nichts passieren. Das verspreche ich dir.«

Ich schließe die Augen, mein Verstand kollidiert mit meinen Wünschen. Ich befinde mich im Krieg mit mir selbst und ich hasse es. Vielleicht möchte ich ja, dass etwas passiert. Vielleicht möchte ich mit Drew Callahan wilden, schmutzigen, geilen Sex haben. Aber seine Vernunft und seine ritterliche Art könnten den Sieg davontragen. Der Typ ist ein Kavalier durch und durch.

Heute Nacht will ich keine höfliche Zurückhaltung. Eher Trost. Leidenschaft. Ich lechze nach dem, was Drew mir geben kann. Köstliche heiße Küsse, unvorstellbare Lust …

»Wir können reden.« Er legt die Hand auf meinen Arm. Seine Handfläche ist warm, die Finger etwas rau, als sie über meine Haut streichen, und mein Körper reagiert sofort. Alles kribbelt, und mein Herzschlag beschleunigt sich. Mir fällt wieder ein, wie Colin mich berührte und ich völlig ruhig blieb.

Und wenn Drew mich nur ansieht, würde ich mir am liebsten die Kleider vom Leib reißen und ihm meine Seele darbieten.

»Worüber reden?«

»Ich muss dir erklären, was … was los ist.« Er drückt meinen Arm, und von Gefühlen überwältigt, kneife ich die Augen zusammen. Gott, seine Berührung fühlt sich so gut an. »Vor allem muss ich mich für mein beschissenes Verhalten dir gegenüber entschuldigen.«

Eine Entschuldigung ist ein Schritt in eine positive Richtung. Womöglich mache ich mir ja etwas vor, aber ich würde gern hören, was er zu sagen hat. Ich brauche eine Erklärung. »Okay. Ich würde sehr gern eine Entschuldigung hören.«

»Jetzt?«

»Was deine erste Entschuldigung angeht, ja.« Ich nicke.

»Soll es mehr als nur eine sein?«

Als ich ihm einen Blick zuwerfe, erkenne ich, dass er mich aufzieht. Irgendwie ist es süß, wie er mich ansieht, anlächelt. »Definitiv«, sage ich mit neuerlichem Nicken. »Die erste will ich jetzt hören. Bevor wir aus dem Wagen steigen.«

Er bemüht sich um einen angemessenen Gesichtsausdruck, wirkt unglaublich feierlich und ernst. »Fable, es tut mir leid.« Er hebt meine Hand und streicht mit den Lippen über die Knöchel.

Sein Mund auf meiner Haut verwandelt meine Beine in Wackelpudding, und dabei stehe ich noch nicht einmal. Sein verspieltes Verhalten macht die Sache nicht besser. Ich darf nicht vergessen, dass er betrunken ist. Er ist nicht bei Sinnen.

»So, und jetzt komm mit. Ich werde nichts versuchen, versprochen.« Mit dem Zeigefinger zeichnet er ein X auf seine Brustmitte. »Pfadfinderehrenwort.«

»Warst du wirklich mal Pfadfinder?«

»Nein.« Er grinst. »Aber du kannst mir vertrauen.«

Das weiß ich. Einerseits hätte ich gern, dass er mir Raum gibt, damit ich alles, was heute Abend passiert, in mir aufnehmen kann, andererseits würde ich ihn gern überall spüren, in mir, auf mir. Ich bin verwirrt.

Wie immer, wenn wir zusammen sind.

Wir steigen aus dem Pick-up, und ich folge Drew ohne Protest über den Parkplatz. Lasse mich wortlos in Richtung seiner Haustür geleiten, wobei ich deutlich seine Präsenz hinter mir spüre. Als er die Hand auf meinen unteren Rücken legt, um mich in die richtige Richtung zu dirigieren, ziehe ich scharf die Luft ein.

Er lässt die Hand dort liegen, bis wir die Haustür erreichen. Fast so, als würde er diese Verbindung brauchen.

Ich brauche sie auch.

Er schließt die Tür auf, lässt mir höflich den Vortritt, und ich trete in seine stille, dunkle Wohnung ein. Als er das Licht anknipst, finde ich mich in einem Zimmer wieder, in dem sich nichts befindet außer einer Couch, einem dazu passenden Sessel und einem Flachbildfernseher. Keine Bilder, kein Schnickschnack, kein Chaos. Nur das Allernötigste.

Dem Raum mangelt es an Wärme. Es ist, als würde hier niemand wirklich wohnen. Das Zimmer erinnert mich an den Drew, den ich zu Anfang kennenlernte. Diese Drew-Version fühlte nichts – er verhielt sich so, als würde ihn nichts berühren. Er war die emotionslose Hülle eines menschlichen Wesens.

Ich gebe mich gern dem Glauben hin, dass ich ihn innerhalb weniger Tage verändert habe. Dass ich ihn lehrte zu fühlen. Sich zu öffnen und mit seinen Emotionen, seinen Wünschen und Bedürfnissen umzugehen. Dass er dank meines Einflusses erfahren hat, dass es in Ordnung ist, wieder menschlich zu sein.

Ich drehe mich zu ihm um, mustere ihn. Seine Augen sind trüb, seine Haare zerzaust, seine Wangen bleich. Er sieht müde und ein klein wenig irre aus. Erneut überfällt mich das Verlangen, ihn anzufassen. Seine stoppelige Wange zu streicheln, seinen ausdrucksvollen Mund mit dem Finger nachzuzeichnen …

»Möchtest du reden?«

Seine Frage verblüfft mich. Er sieht nicht so aus, als wäre ihm nach Reden zumute. Eher so, als würde er sich am liebsten ins Bett werfen. »Willst du es denn?«

»Es gibt Dinge, die ich dir sagen sollte, ja. Aber ich bin betrunken und werde es vermutlich irgendwie vermasseln.« Seine Stimme ist sanft, und er streicht mit der Hand über seine Wange, tut genau das, was ich Momente vorher ebenfalls tun wollte.

Mir juckt es buchstäblich in den Fingern, ihn zu berühren.

»Vielleicht sollten wir erst einmal darüber schlafen.« Ich kann mich nicht allen Dingen auf einmal stellen. Meine Gedanken arbeiten auch so schon auf Hochtouren und benötigen dringend etwas Ruhe. Außerdem habe ich Angst vor dem, was er sagen könnte. Was, wenn ich seine Erklärungen gar nicht hören will? Was, wenn er heute Abend nur nett ist und mich nicht allzu sehr brüskieren will?

Doch dann fällt mir wieder seine Eifersucht wegen Colin ein. Die Art, wie er mich angesehen hat. Wie er mich küsste, wie sich seine Arme auf meinen Körper anfühlten.

Drew begehrt mich immer noch. Das weiß ich. Und auch ich begehre ihn noch. Heute Abend mit ihm zusammen zu sein ist sehr wahrscheinlich ein Fehler. Bin ich stark genug, ihm zu widerstehen?

Ist er stark genug, mir zu widerstehen? Die Anziehung zwischen uns ist wie ein unsichtbares Band, das sich immer enger um uns zusammenzieht, sobald wir im selben Raum sind.

»Kann ich auf deiner Couch schlafen?« Ich deute in Richtung der Couch. Sie ist groß und breit und sieht einigermaßen bequem aus.

Er schüttelt den Kopf, zieht eine Grimasse. »Kommt gar nicht infrage. Ich nehme die Couch. Du kannst mein Bett haben.«

Oh, Gott. Ich kann nicht in seinem Bett schlafen. Es wird nach ihm riechen. Meine Fantasie wird mit mir durchgehen, sobald ich seine Matratze berühre, mein Kopf auf sein Kissen fällt. Wir haben uns so lange nicht gesehen, und ihn nun plötzlich vor mir zu haben weckt in mir das Verlangen, mich auf ihn zu stürzen und ihn nie, nie wieder loszulassen.

»Die Couch wäre mir aber lieber.« Meine Stimme ist zittrig, und ich atme tief durch, versuche, meine Gefühle zu beherrschen, doch ich bin fix und fertig. Total ausgelaugt. Eine Träne rinnt mir über die Wange, und ich schniefe. Ich hasse es zu weinen. Ich weine so gut wie nie.

»Fable.« Seine tiefe Stimme ist wie ein leises Grollen; es vibriert durch mich hindurch, und ich senke den Kopf. Er soll meine sinnlosen Tränen nicht sehen. »Sieh mich an.«

Ich schüttle den Kopf. »Nein.«

Er legt die Finger unter mein Kinn, hebt meinen Kopf an, sodass ich keine andere Wahl habe, als ihn anzusehen. Sein Blick ist dunkel, als er mit dem Daumen eine Träne von meiner Wange wischt. »Du weinst.«

Ich blinzle heftig. »Nein, tu ich nicht.«

Er streicht mit dem Daumen über mein Kinn, sein Nagel kratzt leicht am Rand meiner Unterlippe entlang. »Ich finde es schrecklich, dass ich dich zum Weinen gebracht habe.«

Ich schließe die Augen, meine immer noch fließenden Tränen verfangen sich in meinen Wimpern. »Ich bin einfach nur … Ich weiß nicht, wie ich damit umgehen soll. Mit dir. Uns.«

»Es tut mir leid.« Er tritt näher. Ich spüre seine Körperwärme. Und dann ist sein Mund auf meiner Stirn, seine Lippen streichen in einem zaghaften Kuss über meine Haut. »So unsagbar leid.« Ein weiterer Kuss auf meine Schläfe. »Nachdem ich gegangen bin, wusste ich einfach nicht, was ich noch sagen soll. Ich habe mich geschämt wegen allem, was passiert ist, allem, was du miterlebt hast. Du hast etwas Besseres verdient.« Er drückt einen Kuss auf meine Nasenspitze.

Ohne nachzudenken, schlinge ich die Arme um ihn,

halte mich an ihm fest. Er ist breit und warm und fest, und seine Nähe lindert meinen Kummer. »Ich verdiene *dich*«, flüstere ich. »Wann wirst du das endlich erkennen?«

Einige quälend süße Minuten verharren wir in Schweigen. Meine Stirn ist gegen sein Kinn gepresst, meine Arme liegen locker um seine Mitte. Er schlingt den Arm um mich, sodass seine Hand auf meiner Hüfte ruht. Seine andere Hand ist in meinem Haar, streicht es zurück, spielt mit den langen Strähnen, und ich seufze unter seiner sanften Berührung.

Ich will, dass dieser Moment niemals aufhört. Ich möchte all unsere Probleme vergessen und mich nur auf uns beide konzentrieren.

»Ich verdiene dich nicht«, sagt er schließlich. »Du akzeptierst mich so selbstverständlich, ganz gleichgültig, wie brutal ich dich zurückstoße. Aber glaub mir, das mache ich nicht absichtlich. Es ist einfach nur … na ja, wenn ich mit einer Situation nicht umgehen kann, ergreife ich die Flucht. Eine andere Möglichkeit kenne ich nicht.«

Seine Ehrlichkeit bricht mir das Herz.

»Doch ich lerne gerade, dass Wegrennen meine Probleme nicht löst.« Er holt tief Luft. »Ich gehe zu einer Therapeutin. Sie hilft mir sehr.«

Ich riskiere es, die Augen aufzuschlagen, und unsere Blicke treffen sich. Er befürchtet, sein Eingeständnis könne mich vergraulen, das sehe ich ihm an. »Das ist gut. Hat das jemand für dich in die Wege geleitet?« Hat er sich seinem Vater anvertraut? Oder behält er alle seine Geheimnisse nach wie vor für sich?

»Nein, ich habe sie selbst ausgesucht. Wir reden eine Menge über das, was geschehen ist. Und über dich.«

»Über mich?« Das überrascht mich. Nachdem er so mir nichts, dir nichts gegangen war, hatte ich angenommen, er habe mich völlig vergessen.

»Natürlich.« Er streicht mit den Fingern über meine Wange, und ich stoße einen zitternden Atemzug aus. »Du hast keine Ahnung, wie wichtig du für mich bist, oder?«

Langsam schüttle ich den Kopf. »Als du gegangen bist, war ich der Meinung, es sei vorbei. Ich dachte, du seist inzwischen längst über mich hinweg.«

»Ich könnte nie über dich hinwegkommen.« Drew presst die Lippen aufeinander. Ich frage mich, ob er noch etwas anderes sagen wollte.

Ich würde gern noch etwas anderes sagen. Aber ich kann nicht. Ich werde ihm meine Gefühle nicht noch einmal so voreilig offenbaren. Nicht nach allem, was wir durchgemacht haben. Ich habe zu viel Angst.

Also verlege ich mich auf ein einfaches Eingeständnis. Eines, das nicht allzu weit entfernt von dem ist, was er mir angeboten hat. »Ich bin auch nicht über dich hinweg«, flüstere ich.

Ehe ich noch etwas sagen kann, zieht er mich näher an sich und presst die Lippen auf meinen Mund. Seine Lippen sind weich, feucht und sehr, sehr hartnäckig. Ich gebe ihrem Drängen gerne nach, unsere Zungen gleiten aneinander entlang, sein leises Stöhnen feuert mich an. Feuert uns beide an.

Einfach so. Ich bin verloren.

Drew

Endlich. Ich küsse sie wieder, schmecke sie, halte sie in den Armen. Es fühlt sich so gut an, so verdammt richtig, dass Fable bei mir ist. In meiner Wohnung, zurück in meinem Leben. Ich weiß nicht, womit ich dieses Geschenk verdient habe, doch ich werde den Teufel tun, es noch einmal zu vermasseln.

Ich lasse sie nicht mehr gehen. Nie wieder. Ich brauche sie zu sehr. Verdammt, ich liebe sie zu sehr.

Das würde ich ihr auch gerne sagen. Ich habe diese Worte in jenem letzten Brief benutzt, den ich ihr, bevor ich ging, hinterließ. Jetzt, da sie vor mir steht, hat sich mein Mut verflüchtigt. Ich habe Angst, sie könnte mich zurückweisen. Oder die Worte und das dahinterliegende Gefühl.

Stattdessen küsse ich sie. Lieber zeige ich ihr meine Gefühle, als dass ich sie ausspreche.

»Zeig mir dein Schlafzimmer«, flüstert sie an meinen Lippen. »Ich will mit dir schlafen, Drew.«

Ich packe ihren Hintern, hebe sie hoch, und sie schlingt die Beine um meine Mitte, die Arme um meinen Hals. Sie wiegt nichts; ihr weicher, kurvenreicher Körper schmiegt sich perfekt an meinen, als ich sie zu meinem Schlafzimmer trage. Und die ganze Zeit über küsst und leckt sie meinen Hals. Macht mich so hart, dass ich nicht weiß, wie ich es schaffen soll, mich zurückzuhalten.

Verdammt, ich will nicht, dass es zu schnell geht. Ich will mir Zeit lassen mit ihr, die Sache langsam angehen. Wieder mit ihr zusammenzusein ist so wunderschön, als wäre mein sehnlichster Wunsch wahr geworden, und ich möchte jeden Moment auskosten.

Aber sie drängt sich mit schlängelnden Bewegungen an mich, ihr heißer Atem an meinem Hals lässt mich erzittern, und ich weiß, dass es nun doch viel zu schnell gehen wird.

Wir fallen zusammen auf das Bett, und ich passe auf, dass ich nicht auf ihr lande, denn sie ist so klein, so zierlich. Und perfekt. Erstaunlich perfekt, als ich ein Stück zurückweiche und sie von Kopf bis Fuß mustere. Ihr langes Haar ergießt sich über mein Kissen, ihre Brust hebt und senkt sich in rascher Folge. Durch das Spitzentop kann ich ihren schwarzen Satin-BH erkennen und die sahneweiche Haut ihres flachen Bauches.

Ich sehne mich danach, sie dort zu küssen und zu lecken.

Ihre knappen schwarzen Shorts betonen ihre schmale Taille, die geschwungenen Hüften, die langen Beine. Ich richte mich auf den Knien auf, damit ich sie noch besser betrachten kann. Sie öffnet die Augen, und das Lächeln, das ihre vollen Lippen umspielt, ist der Inbegriff von Verführung. Es funktioniert. Fable kann mich mit einem Blick verführen, mit einem Wort, einer Berührung.

»Worauf wartest du?« Sie streckt die Hände nach mir aus, legt die Finger um die Gürtelschlaufe meiner Jeans und zieht daran, doch ich widerstehe.

»Ich möchte dich erst ansehen.«

Ein zarter rosa Schimmer erscheint auf ihren Wangen. »Du kannst dir alles, was du willst, danach anschauen. Ich brauche dich, Drew. Bitte.«

»Deine Klamotten …« Ich schüttle den Kopf. »Die machen mich fertig.«

Sie lacht. »Du solltest mal die anderen Outfits sehen, die ich bei der Arbeit tragen muss. Die wirst du erst recht hassen, wenn dir dieses Outfit schon zu viel ist.«

Eifersucht flackert in mir auf, die ich jedoch sofort ersticke. »Solange die Gäste dich nicht betatschen, habe ich kein Problem damit.«

Ihr Lachen erstirbt. »Bist du eifersüchtig?«

»Was dich betrifft? Immer.« Ich schiebe die Hand unter ihr Spitzentop, streichle über ihren Bauch. Sie atmet keuchend ein, ihre Haut bebt unter meiner Berührung, und ich lasse die Hand weiter nach oben wandern, spiele mit dem Verschluss ihres BHs. »Du gehörst zu mir. Das weißt du doch, oder?«

Mich unverwandt ansehend, nickt sie. »Ich – ich war mir nicht sicher. Nach allem, was passiert ist. Ich wollte immer zu dir gehören, aber du hast mich verlassen.«

Ich schließe für einen Moment die Augen, hasse mich dafür, dass ich dieses schöne, perfekte Mädchen dazu gebracht habe, an sich zu zweifeln. »Ich habe dir wehgetan, und das tut mir sehr leid. Ich werde es wiedergutmachen, Fable. Das schwöre ich.«

Ihr BH-Verschluss springt mühelos auf, und ich kann es kaum erwarten, endlich alles von ihr zu bekommen. Ich möchte sie nackt sehen, mich davon überzeugen, dass sie so schön ist, wie ich sie in Erinnerung habe, und nun lacht sie wieder, als ich ungeduldig an ihren Kleidern zerre, mich bemühe, ihr beim Ausziehen zu helfen, in Wahrheit aber ein totales Durcheinander anrichte. Mit einem Klaps schiebt sie meine Hände weg und zieht sich dann langsam aus, bis sie völlig nackt ist. Mit trockenem Mund und total erregt starre ich sie an.

Wow, sie ist sogar noch schöner als in meiner Erinnerung. Es ist ziemlich dunkel, und ich kann kaum etwas sehen, deshalb beuge ich mich zum Fenster über dem Bett und ziehe die Jalousien hoch. Draußen liegt ein leichter Nebel, und das hereinströmende Mondlicht hüllt Fable in einen silbrigen Schein. Ich lasse den Blick über sie gleiten, verweile bei all den wichtigen, hübschen Details.

»Gefällt dir, was du siehst?« Sie spreizt die Beine wie die Fleisch gewordene Versuchung, die mich in den Wahnsinn treiben will, und ich schlucke hart.

»Ja«, krächze ich.

Fable setzt sich vor mich hin, ihre Brüste schwingen bei der Bewegung, die dunkelrosa Brustwarzen sind hart und verlangen nach meiner ungeteilten Aufmerksamkeit. Mit beiden Händen umfasst sie mein Gesicht und zieht mich an sich, streicht mit den Lippen über meinen Mund in einem unendlich zarten Kuss. Immer wieder küsst sie mich auf diese Weise, und ich lege die Hände um ihre Brüste, streichle mit den Daumen ihre harten Nippel.

Sie bäumt sich auf, unsere Küsse werden wilder, gieriger, und dann nehme ich von ihr Besitz, lasse die Hand tiefer gleiten, zwischen ihre Beine. Sie ist feucht für mich, so verdammt feucht, und ich stöhne an ihrem Mund.

Ich muss in ihr sein. Jetzt.

Hastig springe ich aus dem Bett, reiße mir die Kleidung herunter und bin mir dabei sehr bewusst, dass Fable jede meiner Bewegungen beobachtet. Ich ziehe die Schublade meines Nachtkästchens auf und hole ein Kondom heraus. Kondome, die ich in der Erwartung gekauft habe, dass Fable und ich irgendwann wieder zusammen sein würden. Herrgott, zumindest war ich immer hoffnungsvoll.

Ich reiße die Hülle auf und streife das Kondom über, will keine einzige Sekunde vergeuden. Ich verlange so sehr danach, in ihr zu sein, dass ich das Gefühl habe zu platzen.

Ein wehmütiger Seufzer entringt sich ihr, und als ich mich umdrehe, sehe ich, dass sie mich unverhohlen mustert. »Was ist los?«

Fable hebt den Blick zu meinem Gesicht empor, ihre Miene ist ein wenig verschämt. »Du hast einen unglaublich schönen Körper. Das weißt du auch, stimmt's?«

Nein, aber sie schafft es mit einem Blick, ein paar beiläufigen Worten, dass ich mich schön fühle. »Willst du mich verlegen machen?«

Lächelnd schüttelt sie den Kopf. »Dass du verlegen bist, macht dich nur noch süßer. Und sexier. Du bist wie ein griechischer Gott gebaut, Drew Callahan. Hätten wir es nicht so eilig, würde ich jetzt stundenlang deinen perfekten Körper erforschen.«

»Echt?« Ich klettere ins Bett zurück und lege mich auf sie. Wir sehen uns in die Augen, unsere Körper passen sich perfekt aneinander an. »Klingt vielversprechend.«

»Mm.« Sie nickt, legt die Hand auf meine Brust und streicht mit den Fingern langsam nach unten. Ihre Berührung verursacht mir Gänsehaut. »Du würdest jede Sekunde davon lieben.«

»Meinst du?« Ich stoße mit den Hüften nach vorne,

sinnlich und langsam. Wahrscheinlich ein Riesenfehler, da ich schon jetzt kurz davor bin zu kommen.

»Mmm-hmm.« Sie windet sich wie eine Katze unter mir, streift die Spitze meiner Eichel, und ich schwöre, wenn sie das noch einmal macht, ist es mit meiner Beherrschung vorbei. »Ich würde meine Hände und meine Finger einsetzen, meinen Mund und meine Zunge. Bis du mich anflehst, ich solle aufhören und dich aus deinen Qualen erlösen.«

Ihre Worte entlocken mir ein Stöhnen. »Ich leide bereits Qualen.«

»Dann lass mich dir helfen.« Sie greift nach mir, umfasst meinen Schwanz und dirigiert ihn zu sich. Langsam tauche ich in sie ein, bade in ihrer feuchten Hitze, bis ich tief in ihr bin und dort, so gut ich kann, verweile. Ich genieße das Gefühl ihres Körpers, der mich so bereitwillig aufnimmt.

»Ich habe dich vermisst«, hauche ich gegen ihre Lippen, ehe ich sie küsse. »So wahnsinnig vermisst.«

»Ich habe dich auch vermisst.« Ihre Stimme ist zittrig, und sie bebt am ganzen Körper. Langsam ziehe ich mich zurück, bis ich fast völlig aus ihr heraus bin, und tauche dann erneut in sie ein.

Wir stöhnen beide vor Lust und setzen die Folter dieser langsamen Bewegungen noch weitere köstlich quälende Minuten fort. Wieder und wieder stoße ich meinen Schwanz in sie hinein, um ihn dann fast der ganzen Länge nach wieder herauszuziehen und erneut in ihr zu versenken. Mit ihr zusammen zu sein fühlt sich großartig an. Ich spüre bereits ein Kribbeln am Ende meiner Wirbelsäule. Ich bin kurz davor zu kommen, und es wird ein mächtiger Orgasmus werden, doch ich möchte sichergehen, dass Fable den Höhepunkt mit mir zusammen erlebt.

»Fable«, flüstere ich ihr ins Ohr, während meine Stöße härter werden. Es ist, als hätte ich keine Kontrolle mehr über meinen Körper. Ich bin von dem Verlangen verzehrt, zu kommen. Zusammen mit ihr zu kommen. »Bist du auch kurz davor?« Ich greife nach unten und berühre sie zwischen den Beinen, und ihr leises Wimmern verrät mir, dass ich die richtige Stelle gefunden habe. »Bitte, sag mir, dass du kurz davor bist.«

»Ganz, ganz kurz davor. Oh, mein Gott, Drew. Bitte …«

Mann, sie ist so scharf. Ganz Lust und Verlangen. Sie klammert sich an mich, und ich richte mich auf den Knien auf und halte sie an der Taille fest, damit ich tief in sie eindringen kann. Sie stößt Laute aus, sexy Gemurmel, das ich kaum verstehe, und als ich noch tiefer in sie stoße, ist es um sie geschehen. Ein heftiges Zittern erfasst ihren Körper, und sie bäumt sich auf, während ihr Inneres sich um mich herum verkrampft und zuckt.

Und mich geradewegs in meinen eigenen spektakulären Orgasmus katapultiert, der mir fast die Besinnung raubt. Immer noch am ganzen Körper zitternd, breche ich auf ihr zusammen, bebe unter dem Nachhall meines Orgasmus, der wundervolle, lange Momente andauert, und sie schlingt die Arme um mich, hält mich fest und streicht sanft über meinen Rücken. Beruhigt mich. Und erregt mich von Neuem.

»Du erdrückst mich«, sagt sie schließlich. Ihre Stimme klingt gedämpft, da ihr Gesicht an meine Brust gepresst ist, und mit einer raschen Entschuldigung gleite ich von ihr herunter und richte mich auf, um das Kondom in den Mülleimer zu werfen, bevor ich unter die Decke schlüpfe und Fable wieder an mich ziehe.

Nun, da sie zurück in meinem Leben ist, wird es mir nahezu unmöglich sein, sie aus den Augen zu lassen. Was albern und unrealistisch ist, aber ... Ich hatte sie – und mich – bereits aus den Augen verloren. Hatte Fable fast verloren.

Das kann ich nicht noch einmal riskieren.

»Ich weiß, wir sollten reden, aber ich bin zu müde«, sagt sie mit einem Gähnen. »Können wir es auf morgen vertagen?«

»Klar.« Ich lege den Arm um ihre grazilen Schultern und drücke ihr einen Kuss auf die Stirn. Ich bin auch müde. Gesättigt. Befriedigt. Sex macht mich normalerweise nervös, das war schon immer so. Meine Vergangenheit holt mich ein und verwandelt den Akt in etwas Verbotenes. Schamvolles. Deshalb vermeide ich es lieber. Meide Frauen allgemein, da sie immer etwas von mir wollen, das ich ihnen nicht geben kann.

Doch bei Fable ist das nicht so. Ist es nie so gewesen. Mit ihr intim zu sein fühlt sich richtig an. Vollkommen. Ich mag es, mich ihr nackt zu zeigen, sowohl körperlich als auch emotional. Mich vor ihr zu entblößen, ihr alles zu zeigen, alles, was ich bin. Ich habe keine Angst, wenn sie bei mir ist.

Es ist befreiend. Erlösend.

Wie ein kleines Wunder.

KAPITEL 8

Ich würde alles tun,
um für dich alles zu sein.

– Drew … oder Fable?

Fable

Ich glaube, ich bin nun doch in jenem Märchen gelandet, in dem ich schon als kleines Mädchen leben wollte. Genau jetzt, in diesem Moment, lebe ich darin.

Zärtlich weckt er mich auf, indem er mein ganzes Gesicht mit Küssen bedeckt. Kleine, sanfte Küsse, die mich zum Kichern bringen, weil seine Lippen auf meiner Haut kitzeln. Als er die Hand zwischen uns schiebt und mich am Bauch zu kitzeln beginnt, lache ich noch mehr, während unsere Beine sich umeinander schlingen, unsere nackten Körper einander streifen. Was zu gemächlichem, köstlichem Morgensex führt.

Doch vor dem gemächlichen, köstlichen Morgensex habe ich seinen Körper, wie versprochen, erforscht. Ihn mit meinen Lippen und meiner Zunge, meinen Händen und meinen Fingern kartografiert. Man stelle sich meine Überraschung vor, als ich auf seinem Brustkorb ein Tattoo entdeckte, in eleganter Schrift geschrieben. Es sind nicht nur einzelne Worte, sondern ein ganzes Gedicht. Ich fahre jedes Wort mit dem Finger nach, versuche, die Bedeutung zu erfassen:

Frei und leidenschaftlich
Alles so leuchtend, so hell
Beglückt sind wir zu
Lieben
Einander zu lieben

Ich fasse es nicht, dass dieser anständige, typisch amerikanische Junge ein Tattoo hat. Und dass er es sich nach unserer Trennung stechen ließ.

»Was bedeutet es?«, frage ich ihn, während ich jedes einzelne Wort langsam mit dem Finger nachzeichne.

Meine Frage scheint ihn zu überraschen. »Lies es noch einmal«, sagt er leise. »Ganz langsam.«

Beim neuerlichen Lesen fällt mir dann auf, dass die Anfangsbuchstaben der einzelnen Zeilen meinen Namen ergeben. Das erinnert mich an das Marshmallow-Gedicht, das er mir dagelassen hatte, als er mich verließ. Ich bin verwirrt. Überwältigt. So tief berührt, dass mir Tränen in die Augen steigen, und als sie mir über die Wangen rollen, küsst er sie weg. »Diese Worte habe ich für dich geschrieben«, murmelt er an meinem

Mund, ehe er mich küsst. »Du verwandelst mich in einen Dichter.«

Gott, er ist so süß, so romantisch. Am liebsten würde ich mich in ihm auflösen, für immer mit ihm verschmelzen.

Wir gehen zusammen unter die Dusche, was natürlich wieder zu heißem Sex führt, und als wir dann aus der Wanne steigen, bin ich vor Erschöpfung ganz wacklig auf den Beinen. Er trocknet mich ab, lässt die Finger zwischen meine immer noch nassen Schenkel gleiten und bringt mich zu einem weiteren welterschütternden Orgasmus.

Zusammen sind wir total unmöglich. Wir können die Hände nicht voneinander lassen. Und ich liebe es.

Ich liebe ihn.

Ich schlüpfe wieder in die Shorts vom Vortag, aber für das dumme Spitzentop ist es zu kalt, also leihe ich mir von Drew ein altes Sweatshirt. Ich ziehe es über und sehe dann lachend an mir hinunter, weil es mir bis knapp über die Knie reicht. Ich weiß, ich sehe bescheuert aus, aber er sagt, ich sähe niedlich aus, und dann zieht er mich in die Arme und küsst mich. Und noch einmal. Wilder.

So wild, dass ich ihm schließlich auf die Brust trommeln muss, um ihm mitzuteilen, dass ich nach Hause zu meinem Bruder müsse, bevor wir wieder die Beherrschung verlören.

Seine Enttäuschung ist unübersehbar, aber er respektiert meinen Wunsch, und so machen wir uns auf den Weg zu meiner schäbigen Wohnung. Je näher wir kommen, desto nervöser werde ich. Was, wenn Mom zu Hause ist? Ich will auf keinen Fall, dass Drew sie kennenlernt. Nicht jetzt jedenfalls, denn wenn diese Geschichte zwischen uns weitergeht, werden die beiden sich irgendwann zwangsläufig kennenlernen. Doch ich bin noch nicht so weit, mich mit dieser Realität zu befassen.

Meine Mom ist so unglaublich peinlich mit ihrem betrunkenen, prolligen Verhalten, ihrer stupiden Gleichgültigkeit gegenüber allem und jedem außer sich selbst. Drew glaubt, seine Familie sei total scheiße – okay, das stimmt, machen wir uns nichts vor –, aber meine Mom ist auch nicht der Hauptgewinn.

Ich habe ständig Angst, ich könnte werden wie sie. Das wäre so einfach. Wir sind uns sehr ähnlich, so ungern ich das auch zugebe.

Als wir auf den Parkplatz meines Wohnblocks einbiegen, stelle ich fest, dass der Wagen meiner Mom nicht dasteht. Gott sei Dank. Eine tiefe Erleichterung durchströmt mich, und ich fühle mich sofort besser. Drew begleitet mich, obwohl ich ihm sage, er könne ruhig gehen, da ich heute Nachmittag ohnehin arbeiten müsse. Doch er besteht darauf, mich wie ein echter Gentleman bis an die Wohnungstür zu bringen.

Ich glaube, in Wahrheit hat er Angst, mich gehen zu lassen. Und mir geht es genauso.

Ich ziehe den Schlüsselbund aus der Tasche und will gerade die Tür aufschließen, als sie plötzlich aufschwingt und ich vor lauter Schreck den Schlüssel fallen lasse. Owen steht in der Tür, gekleidet in Jogginghosen und ein altes T-Shirt, die Haare total verstrubbelt. Er stürzt sich auf mich, schlingt die Arme so fest um meine Mitte, dass ich kaum noch Luft kriege.

»Wo warst du?«, fragt er und schüttelt mich kurz, ehe er mich loslässt. »Ich habe mir total Sorgen gemacht.«

»Ich dachte, du wolltest bei einem Freund übernachten.« Sein Ausbruch verblüfft mich. Vertauschte Rollen, sage ich da nur. Ich kann mich nicht erinnern, wann ich ihn das letzte Mal derart aufgelöst erlebt habe.

»Ich war die ganze Nacht *allein.* Mom ist bei Larry. Sie dachte, du kommst nach Hause. Das dachte ich auch. Ich habe dir jede Menge SMS geschickt und versucht, dich anzurufen, aber du bist nicht ans Handy gegangen.«

Scheiße. »Mein Akku war leer.« Ich bücke mich, um die Schlüssel aufzuheben. Die Entschuldigung klingt ziemlich lahm, aber es ist die Wahrheit.

Owens Blick fällt auf den hinter mir stehenden Drew, und seine Miene verfinstert sich. »Wer zum Teufel ist das?«

Herrgott, warum ist er so feindselig? Wenn Blicke töten könnten, würde Drew jetzt mausetot umfallen.

»Ähm …« Ich weiß nicht, was ich antworten soll. Eine unangenehme Situation. Ich hatte nicht damit gerechnet, dass mein Bruder uns in Empfang nimmt.

»Moment.« Owen geht um mich herum und baut sich vor Drew auf, der über einen Kopf größer ist. »Du bist Drew Callahan, stimmt's?«

Oh, Scheiße. Ich hätte mir denken können, dass mein Bruder ihn erkennt, denn Drew ist einer der Stars des College-Footballteams. Diese Jungs haben in der Stadt einen gewissen Promi-Status.

»Stimmt.« Drews Lächeln ist entspannt und voller Wärme. »Und du musst Owen sein.«

»Yep. Und du bist das Arschloch, das meiner Schwester das Herz gebrochen hat.« Ohne Vorwarnung zieht Owen den Arm zurück und verpasst Drew einen Kinnhaken.

Worauf Drew zu Boden taumelt.

»Oh, mein Gott!« Ich packe Drew an den Schultern, aber er springt schon wieder auf, und in seiner Miene spiegelt sich totale Fassungslosigkeit. Zum Glück scheint er nicht wütend zu sein. Eher verdutzt.

Genau wie ich.

»Was zum Teufel sollte das?«, frage ich Owen, der seine Handknöchel reibt, als würden sie ihm wehtun.

Der Rotzbengel. Wahrscheinlich tun ihm die Knöchel tatsächlich weh. Die gerechte Strafe für die bescheuerte Nummer, die er da eben abgezogen hat.

»Wegen ihm ist es dir also in den letzten beiden Monaten so schlecht gegangen. Ich glaube, ich spinne! Du warst mit *Drew Callahan* zusammen?« Owen deutet mit dem Zeigefinger auf Drew. »Verdammte Scheiße, wann ist das denn passiert?«

»Achte auf deine Ausdrucksweise!« Das ist das Einzige, was mir im Moment einfällt. Was sollte ich sonst auch sagen? Ich werde ihm ganz bestimmt nicht beichten, wie Drew und ich uns kennengelernt haben. Das hört sich zu anrüchig an.

»Ich kapier nicht, warum du das verheimlichen wolltest. Er ist eine echte Berühmtheit, Fable.« Owen schüttelt den Kopf. »Ich bin so blöd. Habe es einfach nicht gecheckt, obwohl du seine Initialen auf dem Fuß hast.«

»Meine Initialen auf deinem Fuß? Was meint er damit?« Drew senkt den Blick auf meine Füße. Ich trage die schwarzen High Heels von gestern Abend, und bei Tageslicht ist das Tattoo klar zu erkennen. Herrgott, es war auch gestern Nacht und heute Morgen klar zu erkennen, aber ich glaube nicht, dass er dem Bereich unterhalb meiner Oberschenkel besondere Beachtung geschenkt hat.

Den Spann meines linken Fußes ziert der schlichte Umriss eines Herzens, in dessen Mitte übereinander die Buchstaben *D* und *C* tätowiert sind. Meine Hommage an Drew und an unsere gemeinsame Woche. An meine Liebe für ihn. Ich habe mir das Tattoo in einem Anfall von Wahn stechen lassen. Ich wollte ihm beweisen, dass ich ihn genügend liebte, um ihn mir für immer in die Haut ritzen zu lassen.

Aber die Magie funktionierte nicht. Es war nur ein törichter Wunsch meines törichten Herzens.

Auf keinen Fall wollte ich jedoch, dass er auf diese Weise von dem Tattoo erfährt. Zumal es im Vergleich zu dem schönen Gedicht, das er sich tätowieren hat lassen, ziemlich einfallslos ist.

»Sie hat es gleich nach Thanksgiving machen lassen«, sagt Owen, während er Drew mit Blicken durchbohrt. »Aber sie hat nicht erklärt, wofür *DC* in Wahrheit steht. Wollte mir weismachen, dass es die Initialen ihrer Lieblingsstadt sind, aber ich wusste, dass das ein Haufen gequirlte Kacke ist. Ich meine, hey, sie war noch nie außerhalb von Kalifornien … 'tschuldigung, Fabes«, fügt er hinzu, als er bemerkt, dass ich ihn wegen seiner Ausdrucksweise zusammenstauchen will.

»Du hast dir ein Tattoo stechen lassen. Mit meinen Initialen.« Ungläubig schüttelt Drew den Kopf. »Warum hast du mir das nicht erzählt? Es mir nicht gezeigt?«

Ich zucke die Achseln, bin nicht willens, dieses Gespräch in Gegenwart meines Bruders zu führen. »Es ist dumm.«

»Es ist definitiv nicht dumm.« Er macht einen Schritt auf mich zu und ergreift meine Hände, während er auf meine Füße hinunterblickt. Mir fällt auf, dass seine Kinnpartie rot und leicht geschwollen ist, und ich kann kaum glauben, dass mein Bruder ihn so fest getroffen hat. Eindeutig war Owen das Überraschungsmoment zugutegekommen. »Es gefällt mir.«

»Dein Tattoo ist viel kreativer«, flüstere ich, als er mich direkt vor meinem Bruder in die Arme nimmt. Ich kann Owens Blick im Rücken spüren, aber ich ignoriere es. »Du hast für mich ein *Gedicht* geschrieben, Drew.«

»Und du hast meine Initialen für immer in deinen Fuß geritzt, Fable. Wie ich das sehe, waren wir da auf derselben Wellenlänge oder so.«

Ich drücke ihn an mich und lache, weil ich nicht weiß, wie ich sonst reagieren soll. Owen räuspert sich, erinnert mich daran, dass ich in erster Linie wegen ihm hier bin, und ich löse mich aus Drews Armen, lächle ihn aufmunternd an. »Wollen wir uns später unterhalten? Nach der Arbeit?«

»Ja.« Er lächelt zurück, seine blauen Augen leuchten. »Hört sich gut an. Soll ich dich abholen?«

»Ja, perfekt«, sage ich. Er beugt sich vor und küsst mich, als könnte er nicht anders. »Ich bin um acht Uhr fertig.«

»Hast du eine Mitfahrgelegenheit, um ins Restaurant zu kommen?«

»Das lässt sich arrangieren.« Ich lächle, und er geht weg, blickt sich ein letztes Mal nach mir um, ehe er die Treppen hinuntergeht und weiter auf den Parkplatz.

»Meine Fresse. Was war das denn?«, sagt Owen, als ich ihn in die Wohnung ziehe und die Tür schließe.

»Wovon redest du?« Ich schiebe die Hände in die Vordertasche des Sweatshirts und atme tief ein, inhaliere Drews Geruch. Gott, er riecht so gut. Eigentlich möchte ich ihm dieses Sweatshirt nie mehr zurückgeben. Und es nie waschen.

Krass, aber so ist es nun mal.

»Du datest Drew Callahan? *Er* ist dein Freund?« Owens Augen sind weit aufgerissen. »Mann, das ist total irre, Fabes. Er ist ein absoluter Superstar. Eine echte College-Legende. Und *du* bist mit *ihm* zusammen?«

Ich zucke die Achseln. »Ich bin mir nicht sicher, wie ich das, was zwischen uns abläuft, beschreiben soll, aber ja. Ich schätze mal, ich bin mit ihm zusammen.«

»Heilige Scheiße.« Owen beginnt zu lachen. »Das muss ich meinen Freunden erzählen. Weiß Mom es schon?«

»Nein, bisher weiß niemand davon. Ich will es noch eine Weile für mich behalten.« Am liebsten würde ich Drew als mein kleines Geheimnis behalten. Zumindest für ein paar Tage. Sobald sich herumspricht, dass wir tatsächlich ein Paar sind, könnte es etwas kompliziert werden.

»Warum denn? Er ist super!« Unvermittelt zieht Owen ein finsteres Gesicht, als erinnerte er sich wieder an meine Leidenszeit. »Na ja, eigentlich nicht, weil er muss dir ja echt wehgetan haben. So traurig habe ich dich noch nie gesehen. Was ist da zwischen euch passiert?«

»Das ist zu kompliziert, um es zu erklären.« Mit einer Handbewegung tue ich meine Vergangenheit mit Drew ab. Als würde ich meinem Bruder irgendwelche Details erzählen. »Lass uns lieber darüber reden, dass du ihm eine reingehauen hast. Was zum Teufel hast du dir dabei gedacht?«

»Das war irre. Meine Hand tut immer noch scheißweh. Oh, 'tschuldigung.« Ehe er sich wegducken kann, gebe ich ihm einen Klaps auf den Kopf. »Ich fasse es nicht. Ich habe Drew Superstar Callahan tatsächlich einen Schwinger verpasst, und er hat mich nicht vermöbelt.«

»Ich glaube, es hat ihn einfach überrascht, dass ein kleiner Junge sich mit ihm anlegt«, sage ich sarkastisch.

Owen schüttelt den Kopf. »Ich bin kein kleines Kind mehr, Fabes. Wann siehst du das endlich ein?«

Ich verdrehe die Augen, enthalte mich jedoch eines Kommentars. Soll er doch glauben, mit vierzehn sei man erwachsen. Eines Tages wird er erfahren, was Erwachsensein in Wahrheit bedeutet. »Ich bin total ausgehungert. Willst du immer noch mit mir frühstücken gehen?«

»Klar. Nur wie kommen wir dorthin? Wir haben kein Auto. Du hättest mal lieber deinen Freund hierbehalten sollen, damit er uns chauffieren kann.«

»Wir können die Straße hinunter zu dem kleinen Diner gehen. Das ist nicht weit«, schlage ich vor. Ich muss mit meinem Bruder allein sprechen, ohne Drew. Es ist wunderbar, Drew wieder in meinem Leben zu haben, doch ich möchte ihm meine chaotischen Familienverhältnisse nur scheibchenweise zumuten.

Drew

Schon mal auf einem totalen Höhenflug gewesen, nur um innerhalb von Minuten wieder unsanft auf der Erde aufzuschlagen?

Ja. Ich auch.

Den ganzen Morgen über fühlte ich mich großartig. Als würde ich drei Meter über dem Boden schweben. Nicht einmal der Kinnhaken von Fables Bruder konnte mich aus der Fassung bringen, obwohl mir der Kiefer noch Stunden danach wehtat. Der Kleine hat ordentlich Schlagkraft, das muss man ihm lassen.

Ich fuhr in meine Wohnung zurück und ließ mich erschöpft ins Bett fallen, vergrub das Gesicht in dem Kissen, auf dem Fable letzte Nacht gelegen hatte. Ich konnte sie riechen; ihr Duft berauschte mich, und ich sehnte mich nach ihr. Sehr.

Doch sie hat ein eigenes Leben. Einen Job, den sie machen muss, einen Bruder, um den sie sich kümmern muss. Das verstehe ich, klar doch. Ich bin einfach nur verdammt dankbar dafür, dass sie mir wieder Einlass in ihr Leben gewährt und mir die Gelegenheit gibt, den ganzen blöden Scheiß, den ich ihr angetan habe, wiedergutzumachen.

Umhüllt von ihrem Geruch und in Gedanken bei ihr, döse ich langsam weg. Jetzt werde ich vom Klingeln meines Handys wach, und ich hoffe, es ist Fable, aber nein.

Es ist mein Dad.

Na, toll.

»Wie geht's?« Ich versuche, meiner Stimme einen Schuss Heiterkeit zu verleihen, aber ich fürchte, es hört sich falsch an. Ich habe ihn erst gestern Vormittag gesehen. Was ist geschehen, dass er mich innerhalb von vierundzwanzig Stunden schon wieder anrufen muss?

»Ich hatte gestern Abend ein langes Gespräch mit Adele«, sagt er in grimmigem Ton.

Mein Magen krampft sich zusammen. Allein ihren Namen zu hören verursacht mir Übelkeit. »Und?« O Gott, was könnte sie ihm erzählt haben?

»Ich werde die Scheidung noch einmal überdenken.«

Verdammt. Gerade als ich dachte, wir könnten sie für immer loswerden. »Warum?«

»Sie schwört, sie sei mir nie untreu gewesen. Alles sei nur ein Haufen bösartiger Gerüchte, die von einigen Frauen im Country Club, die sie hassen, in Umlauf gebracht wurden.« Dad hält inne, holt tief Luft. »Soll ich ihr das glauben?«

»Es steht mir nicht zu, darauf etwas zu antworten«, erwidere ich automatisch, denn, Teufel noch mal, nein. Ich werde mich da völlig raushalten.

Außerdem weiß ich, dass sie ihm nicht treu gewesen ist – aus persönlicher Erfahrung.

Gott, gleich muss ich mich übergeben.

»Sie bringt mich total durcheinander. Als ich auf der Rückfahrt von dir war, rief sie an, und als ich ihr erzählte, wo ich gewesen bin, ist sie völlig ausgeflippt. Hat verlangt, ich solle sofort zu ihr kommen. Also fuhr ich nach Hause, und sie hat sich sofort … auf mich gestürzt.«

Ich schließe die Augen, wünsche mir, er würde endlich die Klappe halten.

»Sie war wie rasend. Als könnte sie nicht genug von mir kriegen. Ich weiß, du willst das nicht hören, aber es war der beste Sex, den wir seit … ach, seit Jahren hatten. Ich verstehe es einfach nicht. Ich verstehe *sie* nicht.«

»Sie benutzt Sex, um dich an sie zu binden, Dad.« Meine Stimme klingt gepresst, und ich fühle mich total angespannt. Ich hasse es, all diese Details zu erfahren. Und ich könnte kotzen bei der Vorstellung, dass sie sich auf ihn gestürzt hat, nachdem sie erfahren hatte, dass er bei mir gewesen ist.

Was hatte das zu bedeuten? Ich kann nur mutmaßen, dass sie vielleicht an mich dachte, als …

Scheiße. Ich kann den Gedanken nicht zu Ende denken.

»Da magst du recht haben«, stimmt Dad bereitwillig zu. »Aber wenn sie das weiterhin tut, will ich sie vielleicht behalten.«

Er ist ein Idiot. Das würde ich ihm gern sagen, aber ich halte den Mund. Die Probleme der beiden gehen mich nichts an. »Tja, das musst du wissen«, bemerke ich lapidar.

»Hör zu. Adele und ich haben uns gestern Abend lang unterhalten. Sie möchte, dass du in den Sommerferien nach Hause kommst. Sie sagte, sie würde dich vermissen und würde dich gern häufiger bei uns sehen. Dem kann ich nur zustimmen. Denkst du darüber nach? Uns zuliebe?«

Darauf kann es nur ein fettes Nein geben, doch ich werde meinem Dad jetzt nicht die Stimmung verhageln. Diese ganze Trennung-ja-oder-nein-Geschichte nimmt ihn schon genug mit. Und sieh sich einer die Giftnatter an, wie sie sich in mein Leben zurückschlängelt. Wie sie versucht, mich zu sich zu locken. Glaubt sie, ich sei ein Idiot? »Ich muss los, Dad. Ruf an, wenn du wieder reden willst.«

»Versprich mir, mein Sohn, dass du es dir zumindest überlegen wirst. Adele vermisst dich, und sie liebt dich so sehr. Seit wir Vanessa verloren haben, ist sie nicht mehr dieselbe. Das weißt du doch. Du könntest wieder etwas Glück in ihr Leben bringen.«

»Bis bald, Dad.« Ich beende das Gespräch, ehe er noch mehr sagen kann. Das hätte ich nicht ausgehalten.

Ruhelos und verstört tigere ich durch die Wohnung. Der Appetit ist mir vergangen, meine Nerven liegen blank. Ich schlüpfe in irgendwelche Schuhe und gehe nach draußen, um eine Runde zu laufen und wieder einen klaren Kopf zu kriegen, aber meine Gedanken kreisen nur darum, dass mein Dad nun doch mit Adele zusammenbleibt. Dass sie versucht, mich zur Rückkehr nach Hause zu bewegen, um den Sommer mit ihnen zu verbringen. Ich kann nicht mehr dorthin zurück. Thanksgiving war schlimm genug. Ich habe immer noch nicht verdaut, was sie mir erzählt hat. Es fällt mir schwer, mich gedanklich mit ihrer Enthüllung auseinanderzusetzen.

Könnte meine kleine Schwester tatsächlich meine … Tochter gewesen sein?

Panik überfällt mich, und ich bleibe mitten auf dem

Gehweg stehen, blicke mich um. Wünsche mir inständig, ich hätte jemanden, mit dem ich reden könnte. Irgendjemanden.

Fable.

Aber sie ist in der Arbeit. Es ist später Nachmittag, und ihre Schicht hat um drei oder vier begonnen, ich weiß es nicht mehr genau. Abgesehen davon, kann ich nicht einfach in ihr Leben zurückspazieren und sie mit meinem ganzen stinkenden Müll belasten. Ich wünschte, es wäre nicht Sonntag, sonst würde ich Dr. Harris anrufen …

Scheiß auf Sonntag, beschließe ich, zerre mein Handy aus der Trainingshose und gebe ihre Nummer ein. Nach dem dritten Klingeln geht sie dran.

»Was für eine Überraschung, an einem Sonntag von Ihnen zu hören«, begrüßt sie mich. »Geht es Ihnen gut?«

»Nein, eigentlich nicht«, gestehe ich, erleichtert darüber, dass sie mir keine Vorhaltungen macht, weil ich sie an ihrem freien Tag belästige. »Mein Dad hat angerufen.«

»Hm. Hört sich nicht gut an. Sie haben Glück, mir steht der Sinn nach einem Kaffee. Wollen wir uns in, sagen wir, zwanzig Minuten treffen?«

Dankbarkeit durchströmt mich. Ich kann mich echt glücklich schätzen, dass ich bei der Suche nach einem Therapeuten sofort an Dr. Harris geraten bin. Es ist bestimmt nicht die Regel, dass sie sich sonntags mit Klienten auf einen Kaffee trifft, aber ich muss mir diesen ganzen Ballast einfach von der Seele reden. Nicht nur die üblen Sachen, die mit meinem Dad passieren, nein, ich will ihr auch von meiner Nacht und dem Morgen mit

Fable erzählen. »Ich werde da sein«, sage ich, nachdem sie mir die Adresse eines nahe gelegenen Starbucks genannt hat.

»Und welche Gefühle löst das, was Ihr Dad sagte, in Ihnen aus?«

Ich trinke einen Schluck Eiskaffee. »Mir wäre es lieber, er würde sich scheiden lassen. Sie soll für immer aus meinem Leben verschwinden.«

»Ich dachte, Adele sei bereits aus Ihrem Leben verschwunden.« Dr. Harris sieht mich auf jene ganz bestimmte Art an, die mich daran erinnert, dass ich ein erwachsener Mensch bin und als solcher über mein Leben selbst bestimmen kann.

»Stimmt. Aber ich hätte gern, dass sie auch aus Dads Leben verschwindet. Solange sie mit ihm verheiratet ist, steht sie wie eine Mauer zwischen uns. Eine Mauer, die ich nicht überwinden möchte«, sage ich mit einer Endgültigkeit, an die ich verzweifelt glauben möchte.

»Das ist eine Entscheidung, die Sie zu treffen haben und die Sie treffen dürfen. Sie wissen, es wird Ihren Vater verletzen, wenn Sie sich ohne jede Erklärung von ihm fernhalten.« Sie zieht an ihrem Strohhalm, ihre Miene ist völlig arglos, doch ich weiß, was sie im Schilde führt.

»Völlig ausgeschlossen, dass ich ihm erzähle, was zwischen Adele und mir passiert ist. Er würde mich dafür hassen.« Ich schüttle den Kopf.

»Vielleicht auch nicht. Sie sind sein Sohn. Sie waren ein Kind, als es anfing. Und Sie waren immer noch ein Kind, als Sie dem Ganzen ein Ende setzten. Adele ist diejenige, die Unrecht begangen hat. Meinen Sie nicht, dass auch er das so sehen wird?«, fragt sie mit sanfter Stimme.

Ich weiß es nicht. Ich habe zu viel Angst, dieses Risiko einzugehen. »Er wird sehen, was er sehen will. Und glauben, was er glauben will.«

»Haben Sie wirklich so wenig Vertrauen zu Ihrem Vater?«

Autsch. So habe ich das bisher noch nie gesehen. »Es ist nicht so, dass ich kein Vertrauen habe. Aber, na ja … sie weiß, wie man alles verdreht. Sie ist eine Meisterin der Manipulation und hat meinen Dad und mich jahrelang gegeneinander ausgespielt.«

»Sie geben ihr viel zu viel Macht. Das weiß sie, und sie genießt es«, stellt Dr. Harris fest.

Ich zucke die Achseln. »Kann sein. Es ist einfacher, ihr aus dem Weg zu gehen, als sich der Wahrheit zu stellen.«

»Sie wissen, was ich davon halte, dass Sie ständig vor Ihren Problemen weglaufen. Das ist nicht gesund. Früher oder später werden Sie immer davon eingeholt.« Sie trinkt einen Schluck Eiskaffee, schiebt das Glas weg und legt die Arme auf die Tischkante. »So, genug der heiklen Themen. Reden wir lieber über erfreuliche Dinge. Über Fable.«

Ich beginne, einfach so, zu lächeln, während ich in meinen Eiskaffee blicke und mit dem Finger durch das außen am Glas entstandene Kondenswasser streiche. »Ich habe ja bereits erzählt, dass wir die gestrige Nacht zusammen verbracht haben.«

»Haben Sie viel miteinander geredet?«

»Ich habe mich bei ihr entschuldigt.«

»Wofür?«

»Dass ich sie ohne ein Wort verlassen habe.« Quer über den kleinen Tisch hinweg begegne ich Dr. Harris' Blick. Das Café leert sich langsam; es ist kurz vor sechs. Die meisten Leute gehen nach Hause, um Abendessen zu kochen oder was auch immer. »Es gibt noch vieles, worüber wir sprechen müssen.«

»Das hört sich nach einem guten Plan an. Werden Sie ihr erklären, warum Sie geflohen sind? Sie scheint Ihnen gutzutun«, sagt Dr. Harris mit leichtem Lächeln. »Ich glaube, ich habe Sie noch nie so glücklich gesehen.«

Mein Lächeln wird breiter. »Sie *ist* gut für mich. Ich habe mich in sie verliebt.« Die Worte laut auszusprechen machen sie realer. Und beängstigender.

»Haben Sie ihr das gesagt?«

»Noch nicht.«

»Warum nicht?«

»Was, wenn sie nicht in mich verliebt ist?« Meine allergrößte Befürchtung ist es, dass ich mich Fable total offenbare und sie meine Gefühle gar nicht erwidert. Oder schlimmer noch, mich auslacht.

Doch tief im Inneren weiß ich, dass sie das niemals tun würde. Und tief im Inneren weiß ich auch, dass sie für mich wahrscheinlich dasselbe empfindet wie ich für sie.

Es ist einfach, in einem Gedicht die Worte *Ich liebe dich* zu schreiben, ihr meine unsterbliche Liebe in blumigen Sätzen zu gestehen. Etwas völlig anderes ist es jedoch, ihr das von Angesicht zu Angesicht zu sagen. Es ist schon beängstigend genug, die Worte vor meiner Therapeutin auszusprechen.

»Wenn man jemanden liebt, geht man ein permanentes Risiko ein, verletzt zu werden. Findet man den richtigen Partner, einen Menschen, mit dem man wirklich zusammen sein will, ist dieser Mensch das Risiko wert.« Dr. Harris hält inne, mustert mich eingehend. »Glauben Sie, Fable ist das Risiko wert?«

»Ja«, sage ich, ohne zu zögern.

Sie lächelt. »Wenn Sie das tatsächlich glauben, Drew, wird sie diese Worte hören wollen. Denn ich bin mir sicher, dass auch Fable glaubt, Sie seien das Risiko wert.«

KAPITEL 9

Wir haben Angst,
zu viel für jemanden zu empfinden,
aus Furcht, dass der andere gar nichts
für uns empfindet.

– Eleanor Roosevelt

Fable

Im Restaurant ist es relativ ruhig, was, laut Jen, an einem Sonntagabend normal ist. Meine Schicht zieht sich in die Länge, die vier Stunden fühlen sich wie zwölf an, weil ich nicht, wie sonst, permanent beschäftigt bin.

Zum tausendsten Mal werfe ich einen Blick auf die Uhr und sehe, dass es halb acht ist. Endlich. Noch eine halbe Stunde, bis ich Drew sehe. Ich kann es kaum erwarten.

Nur dumm, dass Colin da ist. Er sollte besser nicht

mitbekommen, dass Drew mich abholt. Ich habe ihm versprochen, mein Privatleben aus der Arbeit herauszuhalten und Drew zu untersagen, noch einmal hier aufzukreuzen.

Woher hätte ich wissen sollen, dass wir uns mit einem Kuss – und anderen schönen Dingen – versöhnen würden? Ich hatte ernsthaft geglaubt, zwischen uns sei es vorbei. Fertig. Aus.

Außerdem war ich so unglaublich wütend auf ihn. Fuchsteufelswild, weil Drew einfach so in mein Leben zurückkehrte, als hätte er mich nie verlassen und in tiefste Verzweiflung gestürzt. Er kam an, küsste mich und sagte, dass er mich vermisse. All die Dinge, die ich hören wollte, aber nicht so. Während der Arbeit bei einer kurzen Rauchpause damit konfrontiert zu werden ist nicht gerade das, was ich mir unter einer romantischen Versöhnung vorstelle.

Witzig, wie sich die Dinge innerhalb weniger Stunden verändern können. Ich fühle mich, als wäre mein Leben total auf den Kopf gestellt worden.

Im positiven Sinne.

»Du bist so zappelig«, sagt Jen, als sie an mir vorbeigeht.

Ich mache einen kleinen Hopser. Ziemlich schwierig bei den hohen Hacken, die ich anhabe. Heute Abend tragen wir die schwarzen Kleider. Sie sind eng anliegend und reichen bis zur Schenkelmitte, doch der Rock rutscht ständig hoch. Es ist das Kleid, unter dem ich immer Boy-Panties trage, aus Angst, ich könne mit einer falschen Bewegung alles enthüllen.

Ich frage mich, wie Drew mein Kleid finden wird. Es

gefällt mir, wie es meine Brüste betont, und ich trage eigens für Drew einen besonderen BH.

»Ich bin nervös«, erkläre ich, was ziemlich platt klingt, aber hey, es ist keine Lüge.

»Warum?« Sie zieht eine Braue hoch, verschränkt die Arme. Wir hängen im Kellnerinnen-Bereich neben der Bar herum, außer Sichtweite der wenigen Gäste, die sich noch im Speisesaal aufhalten. »Hat das etwas mit dem Typ von gestern Abend zu tun?«

Hm, Mist. Hier gibt es wohl keine Geheimnisse. »Kann sein.«

Jen lächelt und schüttelt den Kopf. »Colin wird dich umbringen.«

»Wenn schon!« Ich mache eine wegwerfende Handbewegung, habe jedoch ein flaues Gefühl im Magen. Was, wenn Colin sauer auf mich wird, weil ich mit Drew zusammen bin? Sicher, er kann nicht über mein Privatleben bestimmen, aber ich habe ihm versprochen, dass es keine Probleme mit irgendwelchen Freunden geben werde.

»Er macht sich Sorgen um dich. Er glaubt, der Typ, der gestern hier herumhing, könnte ein Problem werden. Wer ist der Kerl überhaupt? Er kommt mir irgendwie bekannt vor.«

Ich erzähle ihr bestimmt nicht, wer er ist. Schlimm genug, dass Owen total durchdreht, weil ich Drew date. Wenn man das überhaupt so nennen kann.

»Niemand, den du kennst«, lüge ich, weil praktisch jeder in dieser kleinen Stadt seinen Namen mindestens ein, zwei Mal gehört hat.

»Oh, oh. Also wenn ich du wäre, würde ich Stillschweigen über ihn bewahren«, sagt Jen warnend.

Okay, jetzt werde ich langsam sauer. »Was ist überhaupt mit Colin los, dass er derart in unserem Privatleben herumschnüffelt? Ganz schön schräg, findest du nicht? Ich meine, er ist unser Boss. Ist das nicht ein wenig grenzüberschreitend?«

»Glaub mir, er wahrt immer genügend Abstand und würde nie irgendetwas Ungehöriges tun«, sagt Jen. Sie verteidigt ihn, was nicht überraschend ist. Immerhin wohnt sie bei ihm. Apropos ungehörig, aber wer bin ich, mir ein Urteil anzumaßen? »Er will einfach keinen Ärger haben. In der Vergangenheit kam es in seinen Restaurants manchmal zu Riesenszenen, vor allem zwischen seinen Angestellten. Seitdem gilt für sein Personal die strikte Regel: Keine Beziehungen untereinander.«

Dass ich nicht lache! Warum darf Jen dann bei ihm wohnen?

»Bestimmt fragst du dich, was zwischen Colin und mir läuft, aber da ist nichts. Absolut nichts«, sagt Jen, als hätte sie meine Gedanken gelesen. »Er ist einfach so nett, mir ein Dach über dem Kopf anzubieten, bis ich mein Leben wieder auf die Reihe kriege.«

»Das ist wirklich sehr nett von ihm«, sage ich, worauf Jen die Augen verdreht.

»Du glaubst sicher, wir hätten eine heimliche Affäre.«

»Wenn du sagst, dass du nichts mit ihm hast, dann ist das so«, erwidere ich achselzuckend.

»Es ist einfach nur … sei vorsichtig, Fable. Ich mag dich. Du bist die netteste Kollegin, denn du hast bestimmt schon gemerkt, dass wir mit lauter Schlampen zusammenarbeiten.« Wir lachen beide über diese Bemerkung. Die anderen Mädchen ignorieren uns praktisch. Zum Glück arbeitet heute Abend nur T mit uns zusammen, und sie ist zu professionell, um gehässig zu sein. »Aber für Colin bist du noch in der Probezeit. Eine falsche Bewegung und er könnte dich feuern.«

»Ich werde mir nichts zuschulden kommen lassen«, versichere ich ihr. Das kann ich mir nämlich gar nicht leisten. Ich brauche diesen Job.

»Gut.« Jen lächelt und tätschelt mich am Arm. »Ich muss nach meinem Tisch sehen.«

Ich blicke ihr nach, frage mich, ob sie nicht insgeheim in Colin verschossen ist. Es wäre absolut nachvollziehbar. Ich mag vielleicht in Drew verknallt sein und ihn für den tollsten Mann auf dem Planeten halten, aber es lässt sich nicht bestreiten, dass Colin ausgesprochen attraktiv ist. Und charmant. Ich verstehe, warum Mädchen sich darum reißen könnten, mit ihm ins Bett zu gehen.

Für einen kurzen, flüchtigen Moment habe ich selbst fast Lust, mit ihm ins Bett zu gehen. Er hat zweifellos eine enorme Anziehungskraft. Doch ich bin viel zu sehr mit Drew beschäftigt, um einen anderen Typen zu begehren.

Was meine Emotionen und meine Beziehung zu Drew anbelangt, fühle ich mich ausnahmsweise relativ sicher. »Relativ« ist hierbei das entscheidende Wort, weil ich nicht weiß, wie ich das, was zwischen uns passiert, nennen soll.

Ich brauche eine Definition. Heute Abend werden wir reden, Drew und ich. Ich muss der Sache auf den

Grund gehen und herausfinden, was zwischen uns passiert. Sollte er versuchen, sich vor dem Gespräch zu drücken, werde ich Terror machen.

Die letzte halbe Stunde vergeht wie im Flug, und ich bin dankbar, dass Drew nicht ins Restaurant kommt, um mich abzuholen, so feige das auch klingen mag. Aber Colin treibt sich am Empfangsschalter herum und schenkt mir einen fragenden Blick, als ich ihm eine gute Nacht wünsche und zur Tür gehe. Als er fragt, ob er mich nach Hause fahren soll, bin ich darauf vorbereitet und werfe ihm ein heiteres »Nein, danke« zu, während ich die Tür aufstoße und in die dunkle, klirrend kalte Nacht hinauseile.

Ich erspähe Drews Pick-up auf dem Parkplatz und haste darauf zu. Wilde Vorfreude durchströmt mich, als ich sehe, wie er die Fahrertür öffnet und herausklettert. Er trägt Jeans und einen Kapuzenpullover und er sieht großartig aus.

»Hi«, sagt er, als ich näherkomme, und schenkt mir ein schiefes Grinsen. »Netter Mantel.«

Es ist derselbe blöde Daunenmantel, den ich an dem Abend anhatte, als er mich bat, seine Freundin zu spielen. Der Mantel, den ich leidenschaftlich hasse, aber es ist der wärmste, den ich besitze, und heute Abend ist es besonders kalt. Wärme vor Eitelkeit, habe ich mir gesagt, als ich ihn heute, bevor ich zur Arbeit ging, anzog.

»Danke. Ich hasse ihn«, sage ich lachend, worauf Drew ebenfalls lacht. »Er ist schrecklich unförmig. Ich sehe kugelrund darin aus.«

»Du siehst definitiv nicht kugelrund darin aus«, sagt er, während er mich eingehend mustert. »Vielmehr siehst du aus, als hättest du nichts darunter, was ja, wie ich weiß, nicht der Fall sein kann. Es sei denn, ich träume, und du wirst mir jetzt gleich zeigen, dass du unter deinem Mantel nackt bist.«

Ich zittere. Nicht nur vor Kälte, sondern wegen seiner Worte, seines hitzigen Blicks. »Träum weiter. Ich muss dich leider enttäuschen.«

»Schade.« Leise lachend packt er meine Hand und zieht mich an sich, gibt mir einen raschen, warmen Kuss. »Fahren wir?«

Langsam nicke ich. Mann, ich könnte mich echt daran gewöhnen, dass mein Freund mich von der Arbeit abholt, mir süße Küsse gibt und sexy Sachen sagt. Und wir dann zu ihm gehen und uns nackt ausziehen.

Ja, das klingt wie ein Traum, der wahr wird.

Ich klettere in den Pick-up, und wir fahren zu ihm. Vorher fragt er mich allerdings, ob ich lieber nach Hause möchte, damit ich bei Owen sein kann. Ich finde das Angebot süß, versichere ihm jedoch, dass Owen heute bei einem Freund übernachtet. Sie arbeiten zusammen an einem Projekt, das morgen fertig sein muss, und Wades Mutter hat mir versprochen, sie werde aufpassen, dass die beiden keinen Unsinn machen.

Ich mag diese Frau sehr. Sie ist so freundlich zu Owen – und auch zu mir. Ich glaube, sie weiß, dass unsere Mom total unfähig und selten da ist, also bemüht sie sich nach Kräften, uns zu helfen. Um ihr meine Dankbarkeit zu zeigen, habe ich ihr etwas zu Weihnachten geschenkt, und als ich ihr das Geschenk überreichte, kamen ihr tatsächlich die Tränen.

»Hast du Hunger?«, fragt Drew mit einem kurzen Seitenblick, um sich gleich wieder auf die Straße zu konzentrieren. »Ich bin nämlich völlig ausgehungert.«

»Geht so«, sage ich achselzuckend. Mir ist es egal, ob ich etwas esse oder nicht. Wenn ich mit Drew zusammen bin, könnte ich einzig von Luft und Liebe leben. Es ist unglaublich euphorisierend, ihn so nah bei mir zu haben, zu wissen, dass er mir gehört.

»Möchtest du irgendwo hingehen? Wir könnten uns auch etwas kommen lassen.« Er hält vor der roten Ampel an und sieht mich an. Leidenschaftlich. Verlangend. So nach dem Motto »Willst du das echt noch ewig hinauszögern?«. »Lass uns etwas bestellen«, schlage ich vor. »Pizza?«

»Pizza ist super.« Er greift nach meiner Hand, verschränkt die Finger mit meinen. »Es gibt da ein paar Dinge, über die ich mit dir reden möchte.«

Mir wird ganz übel vor Sorge, und ich weiß, dass man mir das ansieht. Als ich keine Antwort gebe, drückt er beruhigend meine Hand. »Es geht nicht um uns. Es geht um meinen Dad. Und … na ja. Vor ein paar Stunden hatte ich eine Notfallsitzung bei meiner Therapeutin.«

»Ich wusste gar nicht, dass Therapeuten Notfallsitzungen anbieten.« Es scheint etwas ziemlich Schlimmes zu sein, was er mir erzählen will.

»Meine ist supercool. Du würdest sie mögen. Sie mag *dich*«, fügt er hinzu und lässt meine Hand los.

Sogleich vermisse ich seine Berührung, so bescheuert das auch klingen mag. »Wirklich?«

»Ja. Ich habe viel von dir erzählt. Sie freut sich, dass du wieder ein Teil meines Lebens bist.« Er scheint nicht allzu niedergeschlagen zu sein, was vielversprechend ist. Ich finde es gut, dass er eine neutrale Person hat, mit der er über seinen privaten Kram reden kann. Wenn er mir gegenüber den Namen dieser Schlampe von Stiefmutter erwähnt, werde ich so wütend, dass ich am liebsten zu ihr gehen und sie in der Luft zerfetzen würde.

Ich hasse, *hasse* sie.

Den Rest der Fahrt unterhalten wir uns über Belanglosigkeiten. Ich erzähle ihm, wie langweilig es heute im Restaurant war, wie lange ich dort schon arbeite und dass ich mich mit einer Kollegin angefreundet habe. Ich erzähle auch etwas über mein Frühstück mit Owen und wie schlecht er sich fühlt, weil er Drew einen Kinnhaken verpasst hat.

Okay, Letzteres ist eine Lüge. Mein Bruder ist immer noch ganz aus dem Häuschen darüber, dass er dem großen Drew eine vor den Latz geknallt hat, aber das kann ich Drew nicht sagen. Verdammt schlechte Kinderstube, wenn so ein Bengel auf den neuen Freund der Schwester losgeht, weil sie wegen ihm Liebeskummer hatte, und sich hinterher mordsmäßig was darauf einbildet.

Insgeheim gefällt es mir jedoch, wie mein Bruder mich verteidigt hat. Es ist süß. Und es zeigt, dass ich ihn tatsächlich erreicht habe. Ganz egal, wie frustriert ich oft bin und wie oft ich glaube, dass er mir gar nicht zuhört. Er liebt mich und will, dass es mir gut geht. Genauso wie ich ihn liebe und will, dass es ihm gut geht.

Okay, ich bin von uns beiden vermutlich die Fürsorglichere, aber ich bin ja auch die Ältere. Die Verantwortliche. Ich muss auf ihn aufpassen.

»Du bist eine gute Schwester«, sagt Drew, als er auf

den Parkplatz seines Wohnblocks einbiegt. »Ich hoffe, dein Bruder weiß zu schätzen, was du alles für ihn tust.«

»Ich glaube schon.«

»Und was ist mit deiner Mom?«

Sofort gehe ich in die Defensive. »Was soll mit ihr sein?«

Er parkt den Pick-up und schaltet den Motor aus. »Weiß sie das, was du tust, auch zu schätzen?«

»Die Hälfte der Zeit ist ihr, glaube ich, gar nicht bewusst, dass wir existieren.« Mein Ton ist bitter, aber das kann ich nicht ändern. Sobald ich an Mom denke, bin ich von Bitterkeit erfüllt. »Sie ist nie da. Kurz vor Thanksgiving hat sie ihren Job verloren und hängt jetzt ständig bei ihrem Loser von Freund herum, statt sich um Owen zu kümmern oder, na ja, zu arbeiten.«

»Sie hat keinen anderen Job gefunden?« Er klingt ungläubig.

»Das ist nicht so einfach, wenn man keine besonderen Fertigkeiten vorzuweisen hat.«

»Und wer zahlt dann eure Miete?«

»Na, wer schon?« Ich tippe mit dem Daumen an meine Brust.

»Und die ganzen Rechnungen? Die Lebensmittel und was man sonst noch so braucht?«

»Erledige alles ich.«

Langsam schüttelt er den Kopf, sieht mich mit unverhohlenem Respekt an. »Du bist echt unglaublich!«

Bei seinen Worten durchströmt mich eine wohlige Wärme, doch ich wehre diese Empfindung ab. »Ich tue nur, was ich tun muss. Mach keine verdammte Heldin aus mir.«

»Jede andere in deinem Alter würde abhauen. Ernsthaft.«

»Ich glaube nicht, dass –«, beginne ich, aber er fällt mir ins Wort.

»Doch. Du bist erst zwanzig, Fable. Und trägst die Last der Welt auf deinen Schultern. Du kümmerst dich um deinen Bruder, zahlst die Rechnungen. Rackerst dich ab, um euch über Wasser zu halten.« Erneut schüttelt er den Kopf. »Ich bewundere dich sehr. Du bist so stark, ganz egal, welche Steine dir das Leben in den Weg legt.«

»Ich habe keine Wahl«, erwidere ich achselzuckend. »Ich tue, was ich tun muss, um zu überleben.«

»Ich könnte bei dir in die Lehre gehen, weißt du das?« Er beugt sich zu mir herüber und legt die Hände um meine Wangen, zieht mich an sich, um mir einen innigen Kuss zu geben. »Wir haben immer eine Wahl. Und du hast gewählt zu bleiben. Spiel das nicht herunter. Die meisten Leute würden vor dieser Verantwortung weglaufen. *Ich* würde es tun.«

Ich sehe ihm in die Augen, erblicke in deren blauen Tiefen all die Bewunderung und Leidenschaft und … noch etwas anderes. »Du unterschätzt dich, Drew. Wie üblich.«

»Okay. Früher bin ich immer weggelaufen. Aber du, Fable, du bringst mich dazu, dass ich bleiben will.«

Drew

Sobald Fable meine Wohnung betritt, zieht sie den Reißverschluss ihres verhassten Daunenmantels auf und wirft ihn über den am nächsten stehenden Stuhl. Enthüllt ein kurzes schwarzes Kleid, das so eng anliegt, dass mir bei dem Anblick tatsächlich die Spucke wegbleibt. Sie hat einen unglaublich tollen Körper. Obwohl sie klein ist, wirken ihre Beine endlos lang, und ich bin versucht, ihr langsam das Kleid vom Körper zu schälen und all die köstlichen Dinge mit ihr zu tun, die ich mir vorgestellt habe, seit ich sie heute Morgen mit ihrem Bruder zurückließ.

Stattdessen frage ich sie, welchen Belag sie auf ihrer Pizza haben will, und gebe dann telefonisch die Bestellung durch.

Nachdem ich aufgelegt habe, sagt sie, sie wolle aus dem engen Kleid heraus und etwas Bequemeres anziehen, und so biete ich ihr eines meiner T-Shirts an. Sie folgt mir ins Schlafzimmer, ihr süßer Duft umweht mich, als sie neben mir steht und wir zusammen den Inhalt meiner Kommode inspizieren. Schließlich ziehe ich ein T-Shirt heraus und beobachte dann, wie sie sich beiläufig das Kleid über den Kopf zerrt und es auf den Boden fallen lässt.

Nur in einen schwarzen Spitzen-BH und ein schwarzes Höschen gehüllt, das eher an knappe Shorts erinnert, aber dennoch unglaublich sexy ist, steht sie vor mir und fordert mich mit einer Handbewegung auf, ihr das T-Shirt zu geben. Wortlos reiche ich es ihr, da mein Mund zu trocken ist, um zu sprechen, und sehe zu, wie sie es überzieht. Es ist ein altes T-Shirt, hellblau mit einem hawaiianischen Muster auf der Vorderseite. Ich habe es bei einem dieser beschissenen Familienurlaube auf Big Island erstanden und trage es nur selten, weil es mich an eine Zeit – und eine Person – erinnert, die ich beide lieber vergessen würde.

Aber an Fable gefällt mir das T-Shirt ausnehmend gut. Es reicht ihr bis zur Schenkelmitte, und sie ertrinkt förmlich darin. Ich weiß genau, was sie unter diesem viel zu großen T-Shirt verbirgt, was die Sache nur noch sexier macht. Sie ist so verdammt heiß.

Ich begehre sie. Aber ich warte ab, übe mich in Geduld. Wir müssen uns unterhalten wie zwei verantwortungsvolle Erwachsene, die auf eine ernsthafte Beziehung zusteuern. Und wir müssen etwas essen, weil ich so gut wie nichts im Magen habe und vor Hunger schier umkomme.

Nach einer knappen halben Stunde trifft die Pizza ein, und wir setzen uns im Schneidersitz auf den Boden vor den Couchtisch, lassen es uns schmecken und lachen über eine doofe Komödie, die im Fernsehen läuft. Es ist eine Ablenkung, die uns nach dem ernsten Gespräch auf der Herfahrt beiden guttut. Ich hatte dieses Gespräch im Wagen nicht geplant, es ist einfach passiert – doch ich bedaure es nicht.

Ich hoffe, sie hat mir geglaubt, als ich sagte, wie sehr ich sie bewundere. Denn ich bewundere sie wirklich dafür, wie sie sich trotz aller Widrigkeiten nicht unterkriegen lässt. Sie ist so verdammt stark, und ich habe mich mein Leben lang hauptsächlich schwach gefühlt. Selbstmitleid und die Angewohnheit, vor meinen Problemen davonzulaufen, sind da nicht gerade förderlich gewesen.

Das Zusammensein mit Fable, selbst wenn es nur diese eine kurze Woche war, hat mich für immer verändert. Mir bewusst gemacht, dass ich stark sein kann. Ich mag vielleicht Rückfälle haben und wieder in alte Gewohnheiten verfallen, aber unsere Wiedervereinigung ist mir eine Mahnung, den eingeschlagenen Weg fortzusetzen.

Stark zu bleiben.

Wir verputzen die Pizza, und gleich darauf ist auch der Film zu Ende, da wir ihn erst eingeschaltet hatten, als er schon halb vorbei war. Uns ist beiden klar, dass wir uns nun nicht mehr vor dem anstehenden Gespräch drücken können, und Fable senkt den Blick auf ihre Hände, kratzt den hellroten Nagellack von ihren kurzen Fingernägeln. Das Haar fällt ihr ins Gesicht, und erst jetzt bemerke ich, dass es einen etwas anderen Farbton hat.

»Deine Haare sind dunkler«, sage ich zusammenhanglos.

Mit einem leichten Lächeln blickt sie zu mir auf. »Endlich fällt es dir auf.«

»Wann hast du sie gefärbt?«

»Vor einigen Tagen.« Sie verlagert ihre Aufmerksamkeit von ihrem abblätternden Nagellack auf mich. »Versprichst du, dass du nicht sauer wirst?«

Okay, das ist ziemlich schräg. »Versprochen.«

»Mein Boss hat verlangt, dass ich mir die Haare töne. Er meinte, meine alte Haarfarbe würde mich billig wirken lassen.«

Wut schießt in mir hoch. »Was für ein Arschloch!« Je mehr ich über den Typen erfahre, desto weniger halte ich von ihm.

»Nein, er ist kein Arschloch, denn weißt du was? Er hat recht. Ich bin naturblond, habe aber schon in der Highschool damit begonnen, mir helle Strähnen machen zu lassen. Dann habe ich mein Haar immer weiter blondiert und total kaputt gemacht. Also hat Colin mich in einen Salon geführt und mir einen Schnitt und eine dunklere Farbe verpassen lassen. Jetzt bin ich wie eine neue Version meiner selbst.«

»Die alte Version hat mir genauso gut gefallen«, sage ich bockig. »Du bist auch nicht mehr so stark geschminkt.«

»Das habe ich aufgegeben, seit ich aus Carmel zurück bin. Mir wurde klar, dass ich mich hinter dem Eyeliner nur verstecke.« Sie schüttelt den Kopf. »Magst du mein neues Ich?«

»Ich mag alles an dir«, sage ich. »Dein altes Ich, dein neues. Alles.«

Sie lächelt und rutscht näher. »Du sagst so süße Sachen.«

»Ich meine jedes Wort davon ernst.«

»Ich weiß.« Sie stützt sich mit der Hand auf den Couchtisch und richtet sich auf die Knie auf, kommt mir so nah, dass ihre Knie meine Oberschenkel streifen. »Das liebe ich an dir. Wenn es um mich geht, sagst du immer frei heraus, was du gerade denkst.«

Ich drehe den Kopf zu ihr um, begegne ihrem Blick. Sie hat das Wort Liebe so beiläufig benutzt, und das gibt mir zu denken. Es erinnert mich an das, was Dr. Harris sagte. Dass Fable das Risiko wert sein sollte, wenn ich wirklich in sie verliebt bin.

Und ich bin in sie verliebt, das weiß ich ohne jeden Zweifel. Ich kann es nicht leugnen.

»Erzähl mir, was heute passiert ist«, flüstert sie. Ihre schönen grünen Augen glitzern in dem gedämpften Licht der Lampe. »Mit deinem Dad.«

Ich seufze, wünsche mir, wir müssten diese Unterhaltung nicht führen. Weiß aber, dass sie notwendig ist, damit in unserer Beziehung Offenheit herrscht. »Mein Dad war vor Kurzem bei mir zu Besuch.«

Verblüfft sieht sie mich an. »Echt?«

»Ja. Er hat verkündet, er wolle sich von Adele scheiden lassen.«

Sobald ich Adele erwähne, verengen sich ihre Augen, und das liebe ich. Ihre Bereitschaft, mich sofort gegen die Frau zu verteidigen, die mir so großen Schaden zugefügt hat, ist total anrührend. »Das sollte eigentlich eine *gute* Nachricht sein.«

»Ist es auch.« Ich atme keuchend aus. »Heute Nachmittag hat er mich dann angerufen und gesagt, er werde seine Entscheidung noch einmal überdenken.«

»Warum?«

»Er sagt, als er von dem Besuch bei mir nach Hause kam, hätten sie sich … na ja, irgendwie versöhnt.« Anders als mein Dad gehe ich nicht ins Detail. Ich nehme an, Fable will diesen anderen Scheiß, den ich am liebsten vergessen würde, gar nicht wissen.

»Darf ich offen sprechen?«, fragt sie.

»Bitte.« Ich will ihre Meinung unbedingt hören.

»Dein Dad ist ein Idiot, wenn er zu ihr zurückgeht.«

Ich lache leise. »Glaub mir, das sehe ich genauso.«

»Warum zieht er das überhaupt in Betracht?« Sie zieht die Nase kraus, und das sieht so süß aus, dass ich mich zu ihr beuge und ihr einen Kuss auf die Nase gebe.

»Weil sie eine Meisterin der Manipulation ist und genau weiß, welche Knöpfe sie bei meinem Dad drücken muss.« Also Sex und jede Menge Versprechen, die ohnehin wieder gebrochen werden.

»Demnach hat dein Dad dir erst Hoffnung gemacht, sie würde für immer aus deinem Leben verschwinden, und diese Hoffnung dann zerstört, als er dich anrief, um zu sagen, er habe sich wieder mit ihr versöhnt.« Fable lehnt sich zurück, ballt die auf ihrem Schoß liegenden Hände zu Fäusten. Fast so, als wollte sie jemanden verprügeln. »Und du hast Panik bekommen und deine Therapeutin an einem Sonntagnachmittag angerufen, um eine Krisensitzung abzuhalten. Scheint eine außergewöhnliche Therapeutin zu sein, wenn du mich fragst.«

Ähnlich wie meine außergewöhnliche Freundin, denke ich, spreche es jedoch nicht aus. Ich kann mich glücklich schätzen, dass ich in meinem Leben nicht nur eine, sondern gleich zwei Frauen habe, die mich unterstützen. »Stimmt.«

»Es tut mir so leid, Drew.« Sie streckt die Hand nach mir aus, streicht mir zärtlich über die Wange. »Hat es dir geholfen, diese Sachen mit ihr zu besprechen?«

»Ja.« Ich schließe die Augen, denn ihre Finger auf meinem Gesicht fühlen sich so verdammt gut an, und ich will ihre Berührung noch ein wenig länger auskosten. Ich spüre, wie sie näherrückt, spüre, wie ihre Lippen über meine streichen, leicht wie eine Feder, und ich bleibe völlig reglos, aus Angst, den Zauber dieses Augenblicks zu zerstören.

»Würde es dir helfen, mit mir darüber zu reden?« Erneut küsst sie mich, schnappt nach meiner Unterlippe und zupft spielerisch daran, ehe sie sie wieder loslässt.

Verflucht, das fühlt sich unglaublich an! Der Sex gestern Nacht und heute früh war großartig, aber ich war zu hastig gewesen, weil ich es nicht erwarten konnte, in ihr zu sein. Sie verdient es, stundenlang geküsst zu werden.

»Mit dir zu reden hilft mir immer.« Ich greife nach ihr, ehe sie zurückweichen kann; obwohl meine Augen noch immer geschlossen sind, weiß ich genau, wo sie ist. Ich lege die Hand um ihren Nacken und ziehe ihr Gesicht zu mir, bis unsere Lippen sich beinahe berühren und ihr Atem süß und warm über meinen Mund streicht. »Vielleicht sollten wir später weiterreden. Mein Gesprächsbedarf ist irgendwie gedeckt.«

Sie legt die Hände auf meine Brust, zupft an dem Stoff meines T-Shirts. »Falls du versuchen solltest, mich mit Sex abzulenken, um einem ernsten Gespräch auszuweichen, muss ich Prostest einlegen.«

Ich öffne die Augen einen Spalt weit und sehe, dass sie mich anlächelt. »Ach ja?«

Langsam schüttelt sie den Kopf, schiebt die Hand unter mein T-Shirt und streichelt meinen Bauch. »Nein«, murmelt sie, ehe sie sich vorbeugt und erneut spielerisch nach meinen Lippen schnappt.

Wir sollten reden. Das ist mir schon klar. Es gibt noch so vieles, was ich ihr erzählen muss. Doch wenn sie so nah bei mir ist, mich berührt, mich küsst, kann ich kaum einen klaren Gedanken fassen. Dann will ich nur noch in ihr ertrinken.

Und das tue ich. Für eine kleine Weile. Ich stoße mit der Zunge gegen ihren Mund, und sie öffnet bereitwillig die Lippen, lässt mich ein. Ich greife in ihr Haar, ziehe leicht daran, damit sie den Kopf in den Nacken legt und mir ihren hübschen Hals darbietet. Sie stöhnt, und ich beende den Kuss, streiche mit dem Mund über ihren Hals, sauge an der duftenden Haut.

Sie flüstert meinen Namen, und der Klang fährt mir wie ein Stromstoß direkt in den Schwanz. Darauf habe ich den ganzen Tag gewartet. Habe mir den ganzen verdammten Tag lang ausgemalt, all dies mit ihr zu tun. Ich bin besessen von ihr.

»Vielleicht ...« Ihr Atem gerät ins Stocken, als ich an ihrem Ohrläppchen knabbere. »Vielleicht sollten wir uns noch ein wenig unterhalten, bevor wir es ... tun.«

»Was tun?« Ich hebe den Kopf, damit ich ihr schönes Gesicht betrachten kann. Ihre Wangen sind rosig, ihre Lippen geschwollen, ihr Blick glasig. Ich necke sie, und das weiß sie.

Ein kleines Lächeln zuckt um ihre Mundwinkel. »Das weißt du ganz genau.« Ihre Hände tasten sich unter meinem T-Shirt nach oben, ihre Fingerspitzen kratzen über meine Haut, und ich erzittere. »Du bist ein böser Junge, Drew. Das hätte ich nicht von dir gedacht.«

»Das löst du in mir aus.« Ich ziehe sie an mich, und sie gleitet auf meinen Schoß, schlingt die Beine um meine Hüften. Ich glaube, das ist unser beider Lieblingsstellung. Heute Nacht ist es jedenfalls meine Lieblingsstellung, wenn sie so auf mir sitzt, nur in ihr Höschen und mein T-Shirt gekleidet. Ich kann ihre Hitze sogar durch meine Jeans hindurch fühlen und stöhne auf, als sie sich gegen mich drängt.

»Hmm, was löse ich denn sonst noch in dir aus?« Sie zieht an meinem T-Shirt, und ich hebe die Arme hoch, lasse es mir von ihr über den Kopf ziehen. Ihr Blick streicht gierig über meine Brust, und sie leckt sich die

Lippen, doch ich unterdrücke das Stöhnen, das sie mir entlocken will.

Sie versucht, mich verrückt zu machen. Das weiß ich.

»Ich habe dich vermisst.« Ihre Worte überraschen mich, und dem Ausdruck in ihren Augen entnehme ich, dass sie selbst überrascht darüber ist. »Habe es vermisst, mit dir zusammen zu sein. Dich anzusehen. Dich zu berühren. Ich kann es nicht fassen, dass wir tatsächlich hier zusammensitzen und dies kein Traum ist.«

»Es ist definitiv kein Traum.« Ich streiche über ihre Wange. Folge der Kontur ihres Mundes. Sie zittert; ich spüre das leichte Beben an meinen Fingerspitzen und ich hebe ihre Lippen an meine Lippen, verbinde sie miteinander, verbinde uns für einen langen, stillen Moment.

Keine Zungen, kein leidenschaftliches, wildes Küssen. Nur das Berühren unserer Münder; wir atmen den Atem des anderen ein, absorbieren einander. Ich brauche diese Verbindung. Und ich glaube, sie braucht sie auch.

Vielleicht brauchen wir einander zu sehr. Aber darüber kann ich mir jetzt keine Gedanken machen. Nicht, wenn die Frau, die ich liebe, in meinen Armen liegt und mich umschlungen hält.

KAPITEL 10

*Der beste Beweis für Liebe
ist Vertrauen.*

– Dr. Joyce Brothers

Fable

Vergnügt vor mich hinsummend, betrete ich meine Wohnung. Eigentlich summe ich niemals vor mich hin. Aber ich bin so irre glücklich, dass mir nach Singen zumute ist. Da ich jedoch keinen Ton halten kann, summe ich den Song, den ich im Radio gehört habe, als Drew mich nach Hause fuhr.

Ich spüre das Lächeln auf meinen Lippen und streiche darüber, als könnte ich es wegwischen. Funktioniert nicht. Das Berühren meiner Lippen erinnert mich daran, wie er mich küsste, bevor ich aus dem Pick-up stieg. Wie er mich ansah, als er fragte, ob er mich heute Abend sehen könne. Ich habe heute frei, doch er muss ins College. Eigentlich wollte er den Unterricht schwänzen, damit er den Tag mit mir verbringen kann. Aber ich habe ihm befohlen zu gehen.

Ja, so eine strenge, autoritäre Freundin bin ich.

In der Wohnung ist es dunkel, trotz des herrlichen Tages sind alle Fenster verrammelt, und so gehe ich von Fenster zu Fenster, reiße Vorhänge auf, ziehe Jalousien hoch. Im Spülbecken in der Küche stapelt sich schmutziges Geschirr, und ich mache mir in Gedanken eine Notiz, mir Owen vorzuknöpfen und ihn, sobald er aus der Schule zurück ist, zum Spülen zu verdonnern.

Als ich den Flur hinuntergehe, bemerke ich, dass meine Zimmertür offen steht. Ein unheimliches Gefühl überfällt mich, verursacht mir Unbehagen. Ich lasse meine Zimmertür nie offen. Sie ist immer fest geschlossen. Wenn ich sie abschließen könnte, würde ich das tun. Nicht etwa deshalb, weil ich Owen oder Mom nicht trauen würde. Es ist eher wegen dieser Blödmänner, die meine Mom ständig anschleppt, wiewohl es zurzeit nur ein Blödmann ist.

Und die Freunde meines Bruders sind auch keine Engel. Ich kann mich noch sehr gut an die Jungs erinnern, die ich in der Junior High kannte. Und an die Mädchen. Ich war genauso schlimm. Wir haben alle wie verrückt geklaut, haben im Supermarkt Schminke und Süßkram mitgehen lassen. Total bescheuert.

Man stelle sich meine Überraschung vor, als ich in der Tür stehe und entdecke, dass meine Mom in meinem Zimmer ist und den Verhau durchwühlt, der auf meiner Kommode liegt. Ich stemme die Hände in die Hüften und räuspere ich mich vernehmlich, worauf sie nach Luft schnappt und, die Hand auf die Brust gepresst, zu mir herumwirbelt.

»Fable! Seit wann bist du da?« Sie wedelt mit der Hand vor ihrem Gesicht herum, als wäre sie irgendeine Südstaatenschönheit, die sich in der schwülen Hitze frische Luft zufächelt. »Du hast mich zu Tode erschreckt.«

»Gut.« Ich deute mit dem Kinn auf sie. »Was machst du da?«

Sie zieht eine abfällige Grimasse, die Darbietung der Südstaatenschönheit ist beendet. »Kein ›Hi, Mom, wie geht's dir‹? Seit wann bist du so unhöflich?«

»Ungefähr seit dem Zeitpunkt, als du angefangen hast, uns total zu vernachlässigen.« Ich betrete mein Zimmer, bin schon jetzt erschöpft von dem Streit. Mein Hochgefühl ist verflogen, und ich bin wieder mit der Wirklichkeit konfrontiert in Form meiner beschissenen Beziehung zu meiner miserablen Mutter. »Warum durchwühlst du meine Sachen?«

»Ich habe etwas verloren.« Sie reckt die Nase in die Luft, ein sicherer Hinweis darauf, dass sie lügt. »Mir geht mein Ring ab.«

Als würde ich ihren blöden Ring klauen. »Was willst du damit andeuten?«

»Hast du ihn genommen?«

»Wieso sollte ich mich an deinem hässlichen Schmuck vergreifen?« Wahrscheinlich hat sie alles verpfändet oder verkauft. Sie besitzt nichts mehr von Wert. Ich auch nicht, aber das war bei mir nie anders.

Allerdings bewahre ich in meinem Zimmer mein erspartes Trinkgeld auf. Ein Stapel Geldscheine, den ich in einer Pullovertasche im hintersten Schrankwinkel versteckt habe.

»Du freche Göre«, murmelt Mom kopfschüttelnd und geht zur Tür. »Eine normale Unterhaltung scheint mit dir nicht möglich zu sein.«

»Du kannst nicht einfach in mein Zimmer eindringen und meine Sachen durchwühlen«, rufe ich ihr nach. Sie soll wissen, wo ihre Grenzen sind. Und vor allem soll sie wissen, dass sie hier nicht willkommen ist.

»O doch, und ob ich das kann.« Sie dreht sich zu mir um, ihre Miene ist empört, und ihre grünen Augen, die meinen so sehr gleichen, wenn auch ein wenig verblasster und viel müder, glitzern gefährlich. »Das ist meine Wohnung. Der Mietvertrag läuft auf mich. Die gesamte Einrichtung gehört mir. Ich habe alles in diesem Zimmer gekauft. Ich habe jedes Recht, mich hier aufzuhalten und mich umzusehen.«

»Moment mal. Die Möbel sind ausrangierte Teile von Verwandten und Freunden. Und was das andere Zeug betrifft, die Kleider, der billige Schmuck und alles, was du siehst …« Ich fuchtle wild herum. »Das habe ich mit *meinem* Geld bezahlt, mit dem Geld, das ich verdient habe. Und dein Name mag vielleicht im Mietvertrag stehen, aber ich bin diejenige, die jeden Monat die Rechnungen zahlt. Also lass dein selbstgerechtes Getue. Du kannst mir nichts wegnehmen, nur weil du meine Mutter bist. Ich bin ein erwachsener Mensch. Du kannst nicht über mich bestimmen.«

Überrascht über meinen Ausbruch atme ich bebend aus. Ich kann nicht fassen, was ich da eben gesagt habe. Das gärt schon seit Monaten in mir. Ach, seit

Jahren. Und jetzt bin ich so wütend, dass ich tatsächlich zittere.

Wo ist Drews tolle Therapeutin, wenn ich sie brauche?

»Was fällt dir ein, so mit mir zu reden!«, flüstert Mom, ihre Stimme rau, die Kinnpartie angespannt. »Du bist das undankbarste Kind, das man sich vorstellen kann. Aber gut, wenn du so eine arrogante Prinzessin bist, die ohne mich zurechtkommt, dann such dir gefälligst eine eigene Wohnung.«

»Ich finde, du bist diejenige, die gehen sollte. Du kannst dir diese Wohnung allein nicht leisten, und das weißt du auch. Du hast ja nicht mal einen Job. Ich zahle zumindest die Miete und kümmere mich um Owen.«

Ich hasse sie. Hasse sie zutiefst. Bisher war mir das Ausmaß meines Hasses gar nicht bewusst gewesen, aber diese Unterhaltung, alles, was sie sagt, wie sie sich verhält, bestärkt mich in meiner Haltung.

Sie ist schrecklich. Eine gehässige Person, die sich einen Scheißdreck um Owen oder mich schert. Sie kümmert sich nur um sich selbst.

»Du kannst mich nicht aus meiner Wohnung schmeißen.« Sie strafft die Schultern, streicht sich ihr blondiertes Haar aus dem Gesicht. Meine Mom sieht müde aus. Alt. Klein und gemein. Ihr Blick ist verschwommen, und ich frage mich, ob sie betrunken ist. Oder zugedröhnt.

Sie widert mich an. Ich ertrage es kaum, sie anzusehen. Und dennoch ... Sie tut mir auch leid. Herrgott, sie ist meine *Mom.* Erst zweiundvierzig Jahre alt, und da steht sie nun, mit ihrem beschissenen Leben und ihrem beschissenen Freund, ohne Perspektive. Seit Jahren habe ich Angst, ich könnte genauso wie sie enden.

Aber ich bin nicht wie sie. Ich habe Ehrgeiz, Träume. Ich lege das nur so lange auf Eis, bis Owen alt genug ist, um für sich selbst zu sorgen.

»Geh zu Larry zurück, Mom. Bleib dort und lass Owen und mich in Ruhe, okay? Brauchst du Geld? Ist das der Grund, weshalb du meine Sachen durchwühlst? Ich werde dir Geld geben. Nur … lass uns in Frieden.« Ich gehe in die Küche, wo ich meine Handtasche abgestellt habe, und ziehe aus meiner Geldbörse ein Bündel Dollarscheine heraus, die vom gestrigen Trinkgeld stammen. »Ist es das, wonach du gesucht hast?«, frage ich sie, als sie mir in die Küche nachkommt, und halte ihr das Geld hin.

Sie reißt es mir aus der Hand und stopft es in die Vordertasche ihrer Jeans. »Bei so einem Angebot sage ich nicht Nein.«

Na toll. Ein Danke ist offenbar nicht drin. Sie ist schon ein Schätzchen.

»Vielleicht sollte ich noch bleiben, bis Owen nach Hause kommt.« Mom lehnt sich an die Küchentheke, versucht, sich gelassen zu geben. Ich weiß, dass sie in Wahrheit versucht, mehr Kohle aus mir herauszuholen. Mal wieder. »Ich muss mehr Zeit mit meinem kleinen Jungen verbringen.«

Ich muss an mich halten, um nicht genervt die Augen zu verdrehen. »Er geht nach der Schule zu einem Freund.«

»Was soll das heißen?«

»Das heißt, dass er nach der Schule mit einem Freund an einem Unterrichtsprojekt arbeitet. Es wird noch Stunden dauern, bis er nach Hause kommt.« Das ist eine glatte Lüge. Owen und sein Freund haben gestern Abend an dem Projekt gearbeitet. Aber ich will nicht, dass sie hier herumlungert und auf Owen wartet und ihm Angst macht. Er fühlt sich unwohl in ihrer Gegenwart.

Schon traurig, wenn ein Kind nicht gern bei seiner Mutter ist, wenn sie nicht mehr Teil seines Alltags ist.

»Super. Dann bin ich nicht da, du bist nicht da – was soll aus ihm werden, wenn wir alle zu beschäftigt für ihn sind? Er wird ein Dummkopf bleiben«, murmelt sie kopfschüttelnd.

Jetzt reicht es mir. Wie kann sie es wagen, Owen zu kritisieren. »Er ist ein *Kind*. Was erwartest du von ihm, wenn niemand da ist, der ihn beaufsichtigt?«

»Ha, und wo bist *du?«,* wirft sie mir anklagend entgegen.

»Ich arbeite!« Die Worte explodieren förmlich aus mir heraus. »Wo zum Teufel bist *du* denn? Oh, ich weiß, du säufst und nimmst Drogen mit deinem Arschloch von Freund. Vielleicht pennst du auch den ganzen Tag, obwohl du eigentlich auf Jobsuche gehen solltest. Obwohl du eigentlich zu Hause sein solltest, um dich um deinen Sohn zu kümmern. Schieb die Verantwortung für dein Versagen als Mutter nicht auf mich ab. Es ist nicht meine Schuld, dass du anscheinend Besseres zu tun hast.«

Ich bin außer mir vor Zorn. Niemand kann mich so wütend machen wie sie. Niemand. Bei Auseinandersetzungen bewahre ich normalerweise die Ruhe. Ich bin schnell dabei, jemanden zu verteidigen, aber ich lasse mich nicht so leicht in Rage bringen. Außerdem bin ich extrem loyal.

Meine Loyalität gegenüber meiner Mom ist schon seit Jahren verschwunden. Ich kann mich nicht auf sie verlassen. Niemand kann das. Sie sieht sich immer nur als Opfer und gibt anderen die Schuld für ihr Versagen. Sie kann nicht zugeben, dass sie als Mutter eine Katastrophe ist, und außerdem ist sie faul.

Also macht es mir nichts aus, ihr beides gelegentlich an den Kopf zu werfen.

»Ich dulde dein respektloses Verhalten nicht. Immerhin bin ich deine *Mutter«,* betont sie.

»Dann benimm dich auch so.« Meine Stimme ist ruhig. Im Sinne von gefährlich ruhig. Ich verschränke die Arme vor der Brust, gebe ihr zu verstehen, sie solle es ja nicht wagen, die Rolle einzunehmen, die sie eigentlich jeden Tag einnehmen müsste. Obwohl ich genau weiß, dass sie das sowieso nicht tun wird.

»Ich muss mir diese Unverschämtheiten nicht gefallen lassen.« Sie schnappt sich ihre Tasche vom Sofatisch, schlingt sie sich über die Schulter und geht zur Tür, ohne mich noch eines einzigen Blickes zu würdigen. »Fahr zur Hölle, Fable.«

Sie knallt die Tür hinter sich zu, und ich breche zusammen. Verliere total die Beherrschung. Ich rolle mich auf dem Sofa zusammen, presse die Hand ans Gesicht, und Tränen laufen über meine Handflächen. Ich zittere am ganzen Körper, bin so wütend, so frustriert, so …

Puh. Es sind zu viele Emotionen, die mich bewegen, um sie alle einzeln herauszufiltern. Ich bin von einem extremen Hochgefühl binnen Minuten ins tiefste Tief gefallen, und mein Verstand und mein Herz halten das nicht länger aus.

Trotz meiner Wut fühlt es sich gut an zu weinen. Es befreit von all dem aufgestauten Groll und den heftigen Gefühlen, die in mir getobt haben. Ich weiß nicht, wie lange ich so dasitze. Ich weine, bis meine Brust schmerzt, meine Augen brennen und ich schließlich erschöpft den Kopf in den Nacken lege und an die Decke starre.

Meine Mom hasst mich, und ich hasse sie. Mit dieser Tatsache muss ich mich anfreunden und abfinden. Aber ich muss Owen vor ihr beschützen. Vielleicht sollte ich ernsthaft nach einer neuen Wohnung Ausschau halten, denn ich traue es Mom durchaus zu, dass sie sich irgendeine Gemeinheit einfallen lässt, um uns aus der Wohnung zu ekeln.

Es gibt viel zu tun, aber ist das was Neues? Ich kümmere mich um alles und jeden. Früher wäre mir das nie eingefallen, doch jetzt kommt mir erstmals in den Sinn, dass ich Drew um Hilfe bitten könnte. Eine SMS, ein einziges Wort, und er würde alles stehen und liegen lassen und zu meiner Rettung herbeieilen.

Das würde er doch tun, oder?

Ich hasse es, dass ich an ihm zweifle, und sei es auch nur ein ganz klein wenig.

Drew

Als ich mitten in der Planung für einen besonderen Abend mit Fable bin, erhalte ich einen Anruf von der Person, mit der zu reden ich mich am meisten fürchte. Ich bin so darauf konzentriert, ein hübsches Restaurant zu finden, in das ich Fable heute ausführen kann, dass ich auf dem Display gar nicht überprüfe, wer am anderen Ende der Leitung ist, und mich nur mit einem abwesenden »Hallo« melde.

»Andrew.« *Verdammte Scheiße!* Der Klang von Adeles Stimme jagt mir einen eisigen Schauer über den Rücken. »Ich hätte nie damit gerechnet, dass du drangehst.«

»Glaub mir, das war ein reines Versehen.« Ich nehme das Telefon vom Ohr weg, um das Gespräch zu beenden, aber ich höre, wie sie verzweifelt meinen Namen ruft und mich anfleht, nicht aufzulegen.

Wie ein Idiot halte ich das Telefon wieder ans Ohr, warte stumm auf die Erklärung für den Grund ihres Anrufs.

Was zum Teufel könnte sie mir mitzuteilen haben? Warum gebe ich ihr überhaupt die Chance, mir etwas zu erzählen? Tue ich das meinem Dad zuliebe? Denn ich habe weiß Gott keinen Grund, jemals wieder mit ihr zu sprechen. Nicht nach dieser Bombe, die sie an dem Tag platzen ließ, als Fable und ich Carmel verließen.

Vanessa ist nicht deine Schwester, Andrew. Sie ist deine Tochter.

Von Erinnerungen überwältigt, schließe ich die Augen. Wie freudig erregt Adele geklungen hatte, als sie diese ungeheuerliche Aussage machte. Ich habe mit Dr. Harris über Vanessa gesprochen. Sie kennt die Umstände von Vanessas Tod, weiß um meine Schuldgefühle, weil ich sie allein gelassen habe. Weiß, dass ich mich für ihren Tod verantwortlich fühle. Dass ich Vanessa womöglich gezeugt habe, als ich mit meiner Stiefmutter ein Verhältnis hatte. Meine Schwester, meine Tochter … Herrgott, ich weiß nicht, was ich glauben soll.

Da ist auch diese unterschwellige Angst, dass Adele meinem Dad alles beichtet und er mich dann verachtet. Die Androhung einer Scheidung bringt die Leute dazu, die verrücktesten Dinge zu tun, um ihre Ehe zu retten. Und es bringt sie auch dazu, ungeheuerliche Dinge zu tun, um aus der Scheidung Profit zu schlagen.

Adele ist eine Zeitbombe. Ich habe schreckliche Angst davor, dass sie meine Geheimnisse enthüllt und ich vor meinem Dad wie ein mieses Stück Scheiße dastehe. Das Letzte, was ich will, ist, meinen Vater zu enttäuschen.

Leider nur ein frommer Wunsch. Ich habe ihn schon unzählige Male enttäuscht, und von den meisten Dingen weiß er nicht einmal.

»Dein Vater will mich verlassen«, sagt sie schließlich.

Jäh öffne ich die Augen, starre benommen auf den Laptopmonitor vor mir. »Ich dachte, ihr hättet euch wieder versöhnt.«

»Ich weiß, dass er dich dieses Wochenende besucht hat. Und ich frage mich, warum? Euer Verhältnis ist nicht mehr so eng wie früher. Was hast du ihm erzählt? Habt ihr über mich gesprochen? Was hast du gesagt?« Sie klingt panisch und ist mal wieder total selbstbezogen.

Typisch.

»Wir haben kaum über dich gesprochen. Dad hat mir lediglich erzählt, dass ihr Probleme habt und er die Scheidung einreichen will.« Ich fasse es nicht, dass ich mich hier rechtfertige, aber so krank es klingt, unser Geheimnis schmiedet uns zusammen. Wir haben beide sehr viel zu verlieren, wenn es ans Licht kommt.

»Du lügst. Du versuchst ihn zu überreden, dass er

mich verlässt, und das werde ich nicht zulassen, Andrew. Was diese Sache zwischen uns betrifft, bist du genauso schuldig wie ich. Ich weigere mich, den Sündenbock zu spielen.« Ihre Stimme ist leise, durchwoben von eisiger Gehässigkeit.

»Seine Überlegung, dich zu verlassen, hat nichts mit … mit uns zu tun.« An den letzten Worten ersticke ich fast. Zwischen Adele und mir hat es nie ein *Uns* gegeben. Es war eher so, dass sie mich benutzt hat und ich zu schwach war, um mich dagegen zu wehren. »Es hat damit zu tun, dass du mit irgendeinem Golfer herumvögelst.«

Sie schnappt hörbar nach Luft. *Schuldbewusst.* »Das hat er dir erzählt?«

»Ich sollte diese Unterhaltung gar nicht führen.« Verdammt, warum rede ich immer noch mit diesem Miststück? »Ich lege jetzt auf. Versuch gar nicht erst, mich noch einmal anzurufen.«

Ehe sie etwas sagen kann, beende ich das Gespräch und schmeiße das Telefon gegen die Wand, wo es abprallt und mit einem befriedigenden, dumpfen Laut auf dem Teppich aufschlägt.

Doch ich bin nicht zufrieden. Ich bin stocksauer. Auf mich, weil ich den verfluchten Anruf entgegengenommen und mir brav angehört habe, was sie zu sagen hatte. Auf Adele, weil sie mich angerufen hat, obwohl ich mir jegliche Kontaktaufnahme ausdrücklich verbeten hatte.

Doch auch ich habe die von mir aufgestellte Regel gebrochen. Die Schuld liegt also nicht allein bei Adele.

Das Summen meines Telefons lässt mich hochschrecken. Beklommen hebe ich es auf, rechne mit einer SMS von Adele.

Nein, die Nachricht ist nicht von Adele.

Ist der Unterricht schon vorbei?

Trotz meiner Wut lächle ich und antworte Fable sofort.

Ja. Was gibt's?

Kannst du mich abholen?

Noch während ich meine Antwort eintippe, trifft eine weitere SMS von ihr ein.

Ich verstehe, wenn du zu beschäftigt bist. Aber ich muss dich einfach sehen.

Jähe Sorge überfällt mich, und ich antworte Fable, dass ich in zehn Minuten bei ihr bin.

Sie erwartet mich am Fuß der Eingangstreppe, und ich fahre mit dem Pick-up rechts heran. Sie steigt ein und knallt die Tür zu, starrt stumm vor sich hin, als fiele es ihr schwer, mich anzuschauen, und ich werde nun langsam echt nervös.

»Alles okay?« Ich stelle die Automatik auf Parken ein, das beklommene Gefühl in der Magengrube wird immer schlimmer. Sie benimmt sich wirklich seltsam.

Ein Seufzer entweicht ihr, und sie schüttelt langsam den Kopf. »Ich hatte Krach mit meiner Mom.«

»Gerade eben?«

»Vor ein paar Stunden.« Sie senkt den Kopf, starrt auf ihren Schoß. »Ich habe schreckliche Dinge zu ihr gesagt. Und das Schlimmste ist, es tut mir nicht mal leid.«

»Vor ein paar Stunden? Warum hast du dich nicht früher bei mir gemeldet?«

Sie zuckt die Achseln. »Ich wollte dich nicht stören.«

Hallo? Hat sie es immer noch nicht kapiert? Nach allem, was sie für mich getan hat, würde ich für sie bis ans Ende der Welt gehen. Denn sie ist so selbstlos, ist immer, immer zu meiner Rettung herbeigeeilt …

Ich lege die Hand auf ihre Schulter, drücke sie sanft. »Ich kann dir nicht helfen, wenn du mich nicht an dich ranlässt.«

Sie stößt einen zitternden Atemzug aus und sieht mich nun endlich an. Sie ist blass, ihre Miene ist ausdruckslos. »Weißt du, ich bin es gewohnt, meine Probleme selbst zu regeln. Im Grunde hatte ich niemals jemanden an meiner Seite.«

»Und Owen?«

»Er zählt nicht, weil er ein Kind ist.«

»Nun ja, gestern ist er dir definitiv zur Seite gesprungen und hat mir ordentlich eine verpasst«, stelle ich klar.

Ein kleines Lächeln erhellt ihre Züge, und sie verdreht die Augen. »Ziemlich verblüffend, was er da geliefert hat, was?«

»Mein Kiefer tut immer noch weh.« Ich streiche mit der Hand über die Stelle, wo mich seine Faust getroffen hat.

»Das tut mir leid«, sagt sie. Sie klingt ganz und gar nicht so, als würde ihr das leidtun, aber ich belasse es dabei. Wäre sie meine Schwester und irgendein Idiot hätte ihr das Herz gebrochen, hätte ich genauso gehandelt.

»Fable.« Ihr Blick richtet sich wieder auf mich. »Ich möchte für dich da sein. Immer. Ich weiß, ich muss das noch unter Beweis stellen, aber das werde ich. Ich schwöre es. Ich möchte dir ein Versprechen geben.«

Sie räuspert sich, wirkt nervös. »Was für ein Versprechen?«

Ich greife über die Mittelkonsole hinweg nach ihrer Hand, verschränke unsere Finger miteinander. »Was immer auch geschieht, von heute an werde ich immer für dich da sein. Wenn du mich brauchst, werde ich unverzüglich kommen.«

Sie öffnet den Mund, als wollte sie etwas sagen, doch dann presst sie die Lippen zusammen. »Ich möchte dir so gern glauben. Aber ich habe Angst, dass du mich wieder verlässt. Und ich weiß nicht, ob ich das noch einmal ertragen kann.«

Ich drücke ihre Hand. »Was kann ich tun, um dir zu beweisen, dass ich dich nicht verlassen werde? Sag es mir. Ich werde es tun.«

»Egal was?«

»Alles.« Von Gefühlen überwältigt, nicke ich heftig. Wenn sie mich zurückweist, werde ich vor Kummer durchdrehen. Doch ich habe es ja auch herausgefordert. Sie ist gerade so zerbrechlich. Da bin ich, der wieder in ihr Leben hereinschneit, dann der Streit mit ihrer Mom, die Sorge um ihren Bruder … Sie nimmt so vieles auf sich. Viel mehr kann ein Mensch sich nicht zumuten, sonst bricht er zusammen.

Sie stößt vernehmlich die Luft aus. »Ich würde gern so tun, als hätten wir eine normale, unbeschwerte Beziehung. Keine Sorgen, keinen Stress. Ich möchte mich nicht mit meiner Mom befassen oder damit, wie ich die Rechnungen bezahlen oder ich eine neue Wohnung finden soll –«

»Moment«, falle ich ihr ins Wort. »Du suchst eine neue Wohnung?«

»Das habe ich mir überlegt«, sagt sie. »Die Miete ist hoch, und wozu brauche ich drei Schlafzimmer, wenn Mom sowieso nie da ist? Sie benutzt die Wohnung lediglich als Abstellkammer. Ich möchte etwas Günstigeres haben, nur für Owen und mich.«

Tausend Ideen schwirren mir durch den Kopf, die alle darin münden, das Fable und ihr Bruder bei mir einziehen.

Wenn ich ihr das vorschlage, wird sie mich auslachen. Wir haben schon einmal zusammengewohnt – wenn man das so nennen kann. Für wie lange? Drei, vier Tage? Es ist völlig ausgeschlossen, dass sie wieder bei mir einziehen würde.

»Aber im Moment möchte ich mir darüber keine Gedanken machen«, sagt sie bestimmt, während sie mir ihre Hand entzieht und damit herumwedelt, als könnte sie all ihre Probleme wie lästige Fliegen verscheuchen. »Ich habe es satt, mir Sorgen zu machen, ob das Geld reicht, ob Owen Mist baut, ob er die Schule schafft, ob er mich anlügt. Und ich will mir auch keine Gedanken über meine Mom machen, was sie tut und warum sie uns so hasst.«

»Sie hasst euch nicht, sondern –«

»Sie hasst uns«, beharrt Fable. »Vor allem mich. Wir sind eine Belastung für sie. Wenn sie uns wegzaubern könnte, würde sie das wahrscheinlich tun.«

Verdammt. Wir konzentrieren uns ständig nur auf meine Probleme, obwohl bei ihr alles genauso kaputt und verworren ist wie bei mir. Ihr Mom scheint ein echtes Miststück zu sein.

»Reden wir nicht mehr über sie.« Sie lächelt, doch das

Lächeln dringt nicht zu ihren Augen vor. »Tun wir einfach eine Zeit lang so, als wären wir normal. Als hätten wir keine Probleme und Geheimnisse, als würde in unserem Leben alles glatt laufen, und wir wären einfach nur zwei Menschen, die sich ineinander verlieben.«

Ich bin bereits total in sie verliebt. Ich dachte, sie würde dasselbe empfinden. »Den Wunsch kann ich dir erfüllen. Ich tue alles für dich.«

Ihr Lächeln wird intensiver, entzündet ein Licht in ihren Augen. »Danke«, flüstert sie.

Außerstande, mich noch länger zurückzuhalten, strecke ich die Hand nach ihr aus. Greife in ihr Haar, umfasse ihren Kopf, ziehe ihren Mund an meine Lippen. »Warum bedankst du dich bei mir?«

»Weil du mich abholst. Und weil du mich glücklich machen willst«, flüstert sie. Als ich sie küsse, schließt sie die Augen, und ich betrachte ihr Gesicht, ihre dichten Wimpern, die kleine Nase. »Wahrscheinlich ist es nur ein Versuch, das Unvermeidliche zu vermeiden, aber ich bin es leid, mich ständig mit diesen ernsten Sachen zu befassen. Ich beneide Menschen, die keine Probleme haben.«

»Jeder hat Probleme«, bemerke ich.

Sie öffnet die Augen. »So erdrückende Probleme wie ich? Oder wie du?«

»Okay, der Punkt geht an dich.«

KAPITEL 11

Nie werde ich die Worte vergessen,
die du zu mir sagtest.
Nicht wegen ihrer Bedeutung,
sondern wegen des Gefühls,
das sie in mir auslösten.

– Unbekannt –

Fable

Drew hielt sich an die Abmachung. Von dem Moment an, als wir beschlossen hatten, wir würden für eine Weile so tun, als wären wir einfach nur zwei ganz normale Menschen in einer neuen Beziehung, verhielt er sich entsprechend. Kein Wort über meine Mom, seinen Dad, Adele, unsere Probleme. Unsere Vergangenheit. Nichts.

Wir haben die letzten vierundzwanzig Stunden zusammen verbracht und nichts gemacht, außer zu reden. Und uns zu küssen. Viele, viele verträumte, lange und köstliche Küsse. Die natürlich Berührungen nach sich zogen, die wiederum zu Sex führten.

Viel, viel Sex.

Seit er mich abgeholt hat, haben wir seine Wohnung nicht mehr verlassen. Ich habe Owen angerufen, um mich zu vergewissern, dass bei ihm alles okay ist. Er war wieder bei Wade. Er fragte, ob ich mit Drew zusammen sei, was ich bejahte.

Das fand er einerseits cool, andererseits beunruhigend. Owen gefällt die Vorstellung, dass ich mit einem Footballspieler zusammen bin. Doch es gefällt ihm gar nicht, dass es sich dabei um den Typen handelt, der mir das Herz gebrochen hat.

Er befindet sich in einem inneren Konflikt – was, glaube ich, auf uns alle zutrifft.

Doch ich habe den Konflikt beiseitegeschoben und mich auf das Positive konzentriert. Drew. Bei mir. Über mir. In mir. Die aufreizenden Worte, die er mir ins Ohr flüstert, wenn er mich an sich zieht. Seine beinahe ehrfürchtigen Berührungen. Die Art, wie er mich beim Schlafen umfangen hält. Obwohl wir nicht wirklich zum Schlafen kommen …

Ich habe meine heutige Schicht getauscht, damit ich noch einen ganzen Tag mit Drew verbringen kann, aber morgen erwartet uns wieder die Realität. Er geht ins College und später zu seiner Therapeutin. Ich muss, bevor ich zur Arbeit aufbreche, etwas Zeit mit Owen verbringen.

Manchmal hasse ich die Realität.

Wenn ich, so wie jetzt, nonstop mit ihm zusammen bin, kann ich mich auf nichts anderes konzentrieren. Seit er in mein Leben zurückgekehrt ist, befinde ich mich in einem Zustand permanenter Erregung, die ich nicht steuern kann. Ich war noch nie so … bedürftig. Ich sehe ihn an, und es gibt nichts anderes mehr für mich. Komisch, dass ich auch nur für einen kurzen Moment auf den Gedanken kommen konnte, ich sei an Colin interessiert.

Das, was ich für Drew empfinde, lässt sich nicht im Entferntesten mit der flüchtigen Anziehung vergleichen, die Colin auf mich ausgeübt hat.

Wir sitzen gerade in einem Restaurant, Drew und ich. Da er nichts Essbares im Kühlschrank hatte und wir beide völlig ausgehungert waren, sind wir schließlich aus unserem Liebesnest ausgebrochen. Nachdem wir uns vierundzwanzig Stunden nackt in seinem Bett gewälzt hatten, hielt ich es außerdem für eine gute Idee, wenn wir uns zur Abwechslung mal wie normale Leute unter das Volk mischen.

Als ich ihn nun quer über den Tisch hinweg ansehe, wird mir schnell klar, dass dieses Normale-Leute-Verhalten total überbewertet wird.

»Was willst du essen?« Sein Kopf ist über die Speisekarte gebeugt, und sein dunkles Haar fällt ihm in die Stirn. Ich frage mich, wann er das letzte Mal beim Friseur war. Mir gefallen die längeren Haare. Ich kann leichter mit den Fingern hindurchstreichen und ihn beim Küssen daran festhalten.

»Keine Ahnung.« Ich höre mich atemlos an, ich fühle mich atemlos, aber er bemerkt es nicht. Er stützt den Ellbogen auf den Tisch, kratzt sich mit dem Zeigefinger abwesend an der Stirn, und sogleich muss ich daran denken, was dieser Zeigefinger kurz zuvor mit mir gemacht hat. Wie Drew mit diesem Finger meine Nippel umkreiste, wie er ihn zwischen meine Beine schob, in mein heißes, feuchtes Inneres tauchte und ihn dann an seine Lippen hob, ihn ableckte, meinen Geschmack kostete und mich dabei unentwegt ansah …

Ich winde mich auf meinem Stuhl wie ein geiler Perversling. Und der Mann mir gegenüber ist völlig ahnungslos.

»Du sagtest doch, du seist hungrig.« Er hebt den Kopf, begegnet meinem Blick. »Worauf hast du denn Lust?«

Auf dich, würde ich gern sagen, aber hey! Ich hatte ihn vor nicht einmal einer Stunde in mir. Was stimmt nicht mit mir? Ich habe es wochenlang ohne Drew ausgehalten, und jetzt verhalte ich mich, als würde ich ihn rund um die Uhr brauchen.

»Keine Ahnung.« Um mir einen Überblick zu verschaffen, schlage ich die Speisekarte auf. Ich bin das erste Mal in diesem Restaurant. Es befindet sich in der Nähe von Drews Wohnung, und in diesem Viertel bin ich so gut wie nie. »Was kannst du hier empfehlen?«

»Fable.« Seine tiefe, ruhige Stimme lässt mich aufblicken, und ich ertappe ihn dabei, wie er mich beobachtet, die dunklen Brauen leicht zusammengezogen, den Mund nachdenklich gespitzt. »Geht es dir gut?«

Jetzt stützt er beide Ellbogen auf, verschränkt die Hände, und ich möchte diese Hände auf mir spüren. Sein schwarzes, langärmliges T-Shirt spannt sich um seine Arme, betont den ausgeprägten Bizeps, die breiten

Schultern, die kräftige Brust. In den letzten beiden Tagen habe ich jeden Millimeter seines Körpers erkundet, und es ist immer noch nicht genug. Ich kann nicht glauben, dass er jetzt wirklich zu mir gehört.

Und ich zu ihm.

»Eigentlich habe ich gar keinen richtigen Appetit.«

Seine Brauen ziehen sich noch mehr zusammen. »Du bist doch diejenige, die hierhergehen wollte.«

Ich zucke die Achseln, komme mir dumm vor. Doch ich bin außerstande, den Blick von seinen Händen abzuwenden. Sie sind so groß. Lange Finger, breite Handflächen, rau und weich zugleich. Ich liebe die Berührung seiner Hände, manchmal zärtlich, manchmal fest. Am liebsten mag ich es, wenn er mein Haar um die Finger wickelt und daran zieht. O Gott, es turnt mich total an, wenn er das macht …

Ich möchte diese Hände auf mir fühlen. Jetzt. »Ich bin wohl doch nicht so hungrig, wie ich dachte.« Mein Magen flattert vor Nervosität. Ich will nichts essen. Ich will Drew. Es ist beinahe wie eine fixe Idee. Als müsste ich ihn so oft wie möglich haben, bevor er mir wieder entgleitet und ich ihn für immer verliere.

Aber ich werde ihn nicht verlieren.

Wir sind in einer Beziehung. Daran muss ich mich erinnern – und daran glauben.

»Du bist irgendwie komisch.« In seinem Blick spiegelt sich Sorge. »Bist du sauer? Habe ich irgendetwas getan?«

Allein sein Atmen genügt, um mich zu erregen. »Ich bin nicht sauer, sondern einfach nur, ähm …« Ich gerate ins Stocken, komme mir wie ein Idiot vor.

»Du bist einfach nur was?«

»Ich muss ständig deine Hände ansehen«, sage ich mit einem kleinen Seufzen. Soll ich ihm gestehen, dass ich geil bin? Das würde irgendwie albern klingen.

Seine dunklen Brauen schießen praktisch bis an den Haaransatz hinauf. »Warum?«

Meine Wangen brennen. Erneut winde ich mich auf meinem Stuhl. »Ich ... erinnere mich daran, was sie heute mit mir gemacht haben.«

Das Stirnrunzeln weicht einem verführerischen Grinsen, das meine Körpertemperatur schlagartig in die Höhe jagt. Er beugt sich über den Tisch, seine tiefe Stimme vibriert durch mich hindurch und setzt sich zwischen meinen Beinen fest. »Vielleicht sollten wir in meine Wohnung zurückgehen, damit ich dich noch einmal überall anfassen kann.«

O mein Gott, das ist die beste Idee aller Zeiten. »Ja, vielleicht sollten wir das.«

Sein Grinsen hört nicht auf. Es wird vielmehr immer breiter. Mein stiller, zögerlicher Drew ist zu einem prahlerischen Sexgott mutiert. »Willst du nichts zu essen bestellen?«

Langsam schüttle ich den Kopf. »Können wir uns nicht einfach eine Pizza kommen lassen? Später?« Gestern Abend gab es auch Pizza. »Diesmal von einem anderen Pizzaservice. Damit etwas Abwechslung reinkommt, verstehst du? Oder vielleicht chinesisch? Ich liebe chinesisches Essen.«

Er lacht, rau und heiser. »Du bist doch diejenige, die rausgehen wollte, weil du Angst hast, wir könnten süchtig nach dem Sex miteinander werden.«

»Das habe ich gesagt?« Ich kann mich tatsächlich nicht daran erinnern. Warum sollen wir nicht süchtig nach Sex sein? Befinden wir uns nicht nach wie vor in diesem Wir-tun-so-als-ob-Modus, wo wir ganz normale Leute ohne Komplexe und Probleme sind, die gern Sex miteinander haben? Ich frage mich, ob Drew jemals Sex hatte, wie wir ihn haben. So unbeschwert und … normal.

»Yep.« Er nickt.

»Vielleicht gefällt es mir, süchtig nach dir zu sein«, gestehe ich leise.« Bisher hat noch keiner die Worte »Ich liebe dich« ausgesprochen. Ich bringe einfach nicht den Mut dazu auf. Vielleicht geht es ihm genauso. Dumm, wenn man bedenkt, wie unglaublich verliebt ich in ihn bin. Er ist … umwerfend. Süß. Aufmerksam. Lustig. Klug. Sexy.

Ich verstehe ihn. Er versteht mich. Wir sind perfekt füreinander.

Vielleicht sind wir *zu* perfekt füreinander. Aber *zu perfekt* gibt es eigentlich gar nicht. Andererseits könnte auch alles nur Fassade sein. Wie unsere gemeinsame Woche in den Thanksgiving-Ferien.

Diese Woche hat sich jedoch auch *falsch* angefühlt. Surreal. Es gab reale, echte Momente, aber die meiste Zeit waren wir Protagonisten in einem Theaterstück. Vielleicht spielen wir auch jetzt Rollen, obwohl ich mich bemühe, so echt zu sein, wie ich kann. Ohne den ganzen Ballast aus Problemen und Kummer, der sonst wie eine dunkle Wolke über uns hängt. Und sei es auch nur für eine kurze Zeit.

Früher oder später wird all das wieder über uns hereinbrechen. Das ist eine Realität, der ich mich im Moment allerdings nicht stellen möchte.

Er greift über den Tisch hinweg nach meinen Händen, hält sie fest. »Ich bin sehr gerne süchtig nach dir.«

Ich schenke ihm ein so breites Lächeln, dass mir die Wangen wehtun. Wir sind also in unserer Sucht vereint. Zum ersten Mal weiß ich, ich bin nicht allein.

»Lass uns nach Hause gehen und das Wahrheitsspiel spielen«, schlage ich vor, weil ich mich irgendwie verlegen fühle. »Keine schlimmen Geständnisse. Eher lustige, unterhaltsame Sachen.«

»Wahrheitsspiel? Hört sich spannend an.«

»Ist es auch«, sage ich kokett. »Es geht um sexuelle Geständnisse.«

Sogleich versteift er sich, und ich drücke beruhigend seine Hand. Wir müssen uns einander vorbehaltlos öffnen, denn obwohl unser Sex sagenhaft gut ist, weiß ich, dass er sich manchmal zurückhält. Ich verstehe das. Irgendwie.

In dieser Hinsicht sind wir total unterschiedlich. Ich habe mich auch früher schon total hingegeben, damit ich zumindest für eine Weile etwas fühlte. Irgendetwas. Er hingegen hat sich in sich selbst zurückgezogen und nichts gefühlt.

»Fable ...« Seine Stimme verliert sich, sein Lächeln schwindet. »Ich weiß nicht, ob ich dazu schon bereit bin.«

»Es wird nicht ans Eingemachte gehen, versprochen.« Ich beuge mich über unsere verschränkten Hände und drücke einen Kuss auf seine Knöchel. »Kein Psychostress. Nur Spaß.«

»Nur Spaß?« Er streicht mit dem Daumen über meine Hand, und mein ganzer Körper reagiert darauf.

»Viel Spaß«, flüstere ich.

Drew

Ich bin neugierig, wie Fable dieses Wahrheitsspiel, das sie vorgeschlagen hat, gestalten wird. Neugierig genug, um einzuwilligen, das Restaurant, ohne etwas bestellt zu haben, wieder zu verlassen, was uns seitens der Kellnerin einen seltsamen Blick beschert.

Gleichzeitig bin ich auch ein wenig nervös, weil ich nicht besonders entspannt bin, wenn über Sex gesprochen wird. Fable ist das erste Mädchen, das ich wirklich begehre. Diese Sache mit Adele hat mich für immer beschädigt. Sicher, ich hatte danach wieder Sex, aber das waren immer nur flüchtige Begegnungen gewesen. Nie zweimal mit demselben Mädchen.

Nach einer Weile wurde das zu kompliziert. Also ging ich Mädchen aus dem Weg. Das war einfacher.

Durch unsere Vereinbarung, so zu tun, als wären wir ein ganz normales Pärchen, habe ich eine gewisse Freiheit gewonnen. Ich bin imstande – zumindest zeitweilig –, einige der Gedanken, die mich ständig quälen, loszulassen und die Zeit mit Fable zu genießen. Wir kommen kaum aus dem Bett. Und wir sind praktisch die ganze Zeit nackt.

Das ist echt unglaublich.

»Lass uns das Wahrheitsspiel mit Ausziehen spielen«, schlägt sie vor, als wir in meiner Wohnung ankommen. Sie klingt so aufgekratzt, dass ich lachen muss.

»Wahrheitsspiel mit Ausziehen?«, wiederhole ich, während ich die Tür zusperre.

Sie dreht sich zu mir um, ihr strahlendes Lächeln raubt mir den Atem. »Immer wenn wir etwas beichten, legen wir anschließend ein Kleidungsstück ab.«

»War das nicht der Plan, dass wir uns ausziehen?«

»Ja, sicher, aber auf diese Weise wird es spannender.« Fable nimmt meine Hand und führt mich ins Schlafzimmer. Sie zieht mich mit sich nach unten, sodass wir beide auf der Bettkante sitzen. Dann wendet sie sich mir zu, der feierliche Ausdruck in ihren wunderschönen grünen Augen ist betörend. »So, ich fange an. Es geht um Geständnisse aus dem sexuellen Bereich. Entweder irgendetwas, das wir noch nie gemacht haben. Oder etwas, das wir schon immer mal machen wollten. Und wenn wir fertig sind, ziehen wir ein Kleidungsstück aus. Bist du bereit?«

Ich habe keine Ahnung, wohin das führen soll, bin aber neugierig auf ihre Enthüllungen. »Ich bin bereit.«

»Perfekt. Okay.« Sie atmet aus, senkt den Blick. »Das ist nervenaufreibender, als ich dachte.«

Wenn *sie* schon nervös ist, bin ich in echten Schwierigkeiten. Sie ist in sexuellen Dingen viel offener als ich. Obwohl ich immer entspannter werde, je mehr Zeit ich mit ihr verbringe.

»Das bin nur ich«, sage ich und schenke ihr, als sie aufblickt, ein beruhigendes Lächeln. »Ich werde dich nicht verurteilen.«

»Ich weiß«, sagt sie leise. »Gut. Dann mal los. Ich bin noch nie von hinten genommen worden.«

Verständnislos runzle ich die Stirn. »Von hinten?«

Sie verdreht die Augen. »Na ja … nach Hundeart eben. Gott, das hört sich krass an.«

Es hört sich extrem erregend an, aber ich reiße mich zusammen, setze eine ernste Miene auf. »Das lässt sich bestimmt arrangieren. Ich meine, von hinten, nach Hundeart.«

Ihre Wangen röten sich leicht. Sie schlüpft aus ihrem Reißverschluss-Sweatshirt und wirft es auf den Boden. Jetzt trägt sie oben herum nur noch ein weißes Tanktop mit einem schwarzen BH darunter. Herrgott, sie ist echt scharf. »Dann behalten wir das mal im Auge. So, du bist dran.«

»Hm …« Es gibt eine Menge Dinge, die ich beichten könnte.

»Sei nicht schüchtern.« Sie lächelt, der Inbegriff reiner, süßer Verführung. »Komm schon. Raus mit der Sprache. Such dir für den Anfang etwas Leichtes raus.«

»Ich habe noch nie die ganze Nacht neben einem Mädchen geschlafen. Du bist die Erste.« Ich zerre mir mein Sweatshirt über den Kopf und schmeiße es auf ihres.

»Ach.« Sie beugt sich vor und gibt mir einen schnellen Kuss. »Wie schön, dass ich die Erste bin«, murmelt sie an meinen Lippen, ehe sie sich wieder zurückzieht.

Sie ist in vielerlei Hinsicht die Erste für mich. Es ist schon beinahe peinlich, dies einzugestehen.

»Ich hatte noch nie Sex im Freien.« Ein verwegenes Funkeln tritt in ihre Augen. »Ich glaube, das wäre ungeheuer romantisch. Unter dem Sternenhimmel. Eine kühle Brise, die über erhitzte Körper streift. Vielleicht am Strand, zum Rauschen der Wogen …«

»Zum Knirschen von Sand in unseren Ärschen«, füge ich hinzu, weil das immer mein erster Gedanke ist, wenn ich »Sex am Strand« höre.

Fable gibt mir einen Klaps auf den Arm. »Du bist unmöglich! Machst die romantische Stimmung total kaputt.«

»Ohne Sand kein Strand.« Ich reibe über meinen Arm, während ich zusehe, wie sie eine Socke auszieht. »Nur eine?«

»Ein Kleidungsstück pro Geständnis, oder?« Mit selbstgefälligem Grinsen zuckt sie die Achseln.

Das werde ich mir merken. Andererseits: Will ich überhaupt so viele Dinge gestehen?

»Ich hatte noch nie Telefonsex.« Genauso wie vorhin Fable ziehe ich eine Socke aus.

»Ich auch nicht.« Sie zieht die andere Socke aus und kichert. »Wie doof.«

»Es war deine Idee«, stelle ich klar.

»Okay, okay.« Sie knabbert an ihrer Unterlippe. »Jetzt kommt was ziemlich Schräges. Ich habe Angst, dass du ausflippst, wenn ich es gestehe.«

»Kneifen gilt nicht. Du musst es mir sagen«, dränge ich. Eigentlich wäre ja ich an der Reihe, aber ich lasse ihr den Vortritt.

»Gut, wenn du es unbedingt hören willst.« Sie holt tief Luft. »Seit einiger Zeit denke ich darüber nach, ob ich mir nicht die Nippel piercen lassen soll.«

Ich bin wie vom Donner gerührt. »Meinst du das ernst?«

Sie nickt und senkt den Kopf, versteckt ihr Gesicht hinter ihren langen Haaren. »Findest du das schräg?«

Irgendwie schon. Sie steckt voller Überraschungen. Das mag ich. Herrgott, ich mag *sie*. Und zwar sehr. »Meinst du nicht, dass das wehtut?«

»Ja, aber ein bisschen Schmerz macht mir nichts aus.« Sie hält den Kopf gesenkt. »Ich habe gehört, es fühlt sich gut an, wenn man daran zieht, während man … du weißt schon.«

Okay, mein Mädchen versucht, mich um den Verstand zu bringen. Bisher habe ich Nippelringe nie für sonderlich sexy gehalten, doch wenn ich mir vorstelle, wie ich mit Lippen und Zunge an einem kleinen Silberring zupfe und Fables Stöhnen höre …

Allein bei dem Gedanken kriege ich einen Steifen.

»Würdest du dir die Nippel piercen lassen?« Sie hebt den Kopf und sieht mich an.

»Äh, eher nicht«, krächze ich und räuspere mich dann.

»Ist nur so ein Gedanke. Ich weiß nicht, ob ich es wirklich machen lassen würde.« Langsam hebt sie den Saum ihres Tanktops an und zieht es aus, enthüllt ihren straffen Bauch, ihren verführerischen schwarzen Satin-BH. Ich würde sie am liebsten an mich reißen und küssen. Scheiß auf das Wahrheitsspiel. »Du bist an der Reihe«, flüstert sie.

Während ich auf ihren Brustansatz starre, bricht mir der Schweiß aus. »Ich, ähm … ich habe noch nie Verbalerotik ausprobiert.«

»Ist das nicht theoretisch dasselbe wie Telefonsex?«, fragt sie stirnrunzelnd.

»Nicht wirklich.«

»Hmm.« Sie tippt sich mit dem Zeigefinger auf ihren grinsenden Mund. »Du meinst also, es würde dir gefallen, wenn ich dir ins Ohr flüstere, dass ich deinen Schwanz lecken möchte?«

Ich schlucke. »Verflucht, Fable.«

Ihr Grinsen wird breiter. »Das würde dir echt gefallen, was?« Sie kauert sich aufs Bett, kriecht auf allen vieren zu mir, stupst mit der Nase an meine Wange und flüstert mir ins Ohr: »Drew. Weißt du, wie feucht ich allein dadurch werde, dass ich dich einfach nur ansehe?«

Erneut schlucke ich und schlinge den Arm um ihre Mitte, um sie näher heranzuziehen. »Willst du mich umbringen?«

»Vielleicht.« Ihr Lachen klingt unglaublich sexy, und ich werfe mich auf sie, nagle sie unter mir fest, damit sie mir nicht entwischen kann. Ich schiebe meine Hüften gegen ihre, und ihre Augen verdunkeln sich. »Ooh, ich merke schon, deine Geduld ist am Ende.«

»So ein Wahrheitsspiel hält ein Mann nur bis zu einem gewissen Punkt durch.« Ich richte mich auf, ziehe mein T-Shirt aus und erfreue mich an dem gierigen Blick, mit dem sie meinen nackten Oberkörper mustert. Sie hat kein Problem, mir zu zeigen, wie sehr ich sie antörne, und das liebe ich. »Hm, ich muss mal überprüfen, wie feucht du tatsächlich bist.«

Ein erstickter Lustschrei entringt sich ihr, und gleich darauf presst sie die Lippen fest zusammen. »Nur zu. Das klingt nach einem guten Plan.«

KAPITEL 12

Liebe ist eine Seele in zwei Körpern.

– Aristoteles

Fable

Nach unserem albernen, sexy Wahrheitsspiel tollen wir ausgelassen herum, ziehen uns zwischen langen Küssen und provozierend erotischen Liebkosungen gegenseitig aus. Ich liebe diese verspielte Seite an Drew. Er ist witzig, er ist süß und er ist verdammt sexy. Als er sagte, er wolle sehen, wie feucht ich tatsächlich sei, wurde alles in mir augenblicklich heiß und bereit. Und als er mir dann die Jogginghose herunterriss und die Finger unter meine Panties gleiten ließ, wäre ich beinahe auf der Stelle gekommen.

Mit Drew zusammen zu sein, nackt und offen und wahrhaftig – so etwas habe ich noch nie erlebt. Ich habe mich noch nie einem anderen Menschen so nah gefühlt wie jetzt Drew Callahan.

Ich liege unter ihm, bin gefangen, doch es gibt keinen Ort, an dem ich lieber sein wollte. Sein weiches Haar streicht über meine Brust, während er langsam an mir herabgleitet und mir am ganzen Körper Gänsehaut verursacht. Sein heißer Mund ist überall, sucht mich, und ich fühle mich, als würde ich auf einer Wolke schweben, völlig losgelöst, total versunken …

»Sieh mich an, Baby.« Verwundert über das Kosewort, öffne ich die Augen. Er nennt mich normalerweise nur bei meinem Namen. »Schau mir zu«, flüstert er.

Ich tue, was er sagt, sehe atemlos zu, wie er zarte Küsse in das Tal zwischen meinen Brüsten drückt, dann auf meinen Bauch und mir dabei die ganze Zeit in die Augen sieht. Ich strecke die Hand aus, streiche durch sein Haar, streichle seinen Kopf, und er umschließt meine Brust mit dem Mund, nimmt mit einem leichten Ziehen die Knospe zwischen seine Lippen. Überwältigt von dem köstlichen Gefühl dieser intimen Liebkosung, schließe ich die Augen und ziehe Drew eng an mich. Als er sich an mich presst, spreize ich die Beine, um seinen kraftvollen Körper ganz nah an mir zu spüren.

Genau das habe ich mir für uns gewünscht. Keine Mauern, keine Schranken. Endlich öffnet er sich mir genauso, wie ich mich ihm öffne, und das liebe ich.

Ich liebe ihn.

Er stützt sich mit den Händen zu beiden Seiten meines Kopfes ab, stemmt den Oberkörper nach oben. Ich begegne seinem Blick, und als ich den Ausdruck in seinem Gesicht sehe, beginnt mein Herz zu flattern. Er wirkt unsicher, als wüsste er nicht, was er als Nächstes tun soll. »Was ist los?«, frage ich, von Furcht erfüllt, er könnte etwas sagen oder tun, was diesen magischen Moment zwischen uns zerstören würde.

»Ich muss dir etwas gestehen.« Er senkt den Kopf, beinahe so, als wäre er verlegen. »Ich habe das noch nie gemacht.«

Ich runzle die Stirn. »Hm, ich korrigiere dich nur ungern, aber wir haben das definitiv schon gemacht. Zusammen. Mehr als einmal.«

Er lacht, sucht erneut meinen Blick. »Nein, nein, ich meine – Scheiße, wie soll ich das nur ausdrücken?«

»Noch mehr Wahrheiten, Drew?« Ich streiche über seine Wange, verweile auf den Stoppeln, die an seiner Kieferpartie sprießen. Ich mag es, wenn ich beim Küssen seine stachelige Wange an meiner spüre. Es ist irgendwie scharf. Er ist scharf. »Nur keine Schüchternheit. Raus mit der Sprache.«

Er legt die Lippen an mein Ohr, sein warmer Atem streicht über meine Wange. »Ich habe es noch nie einem Mädchen mit dem Mund gemacht«, flüstert er.

Okay, jetzt bin ich echt schockiert. Ich lege die Hand auf seine Brust und schiebe ihn ein Stück weg, damit ich ihm in die Augen sehen kann. »Ernsthaft?«

»Ja.« Er nickt, wird rot, und mein Herz krampft sich vor Liebe zusammen.

Gott, er ist so supersüß und er gehört mir allein. Mir, mir, mir. Wir tun so, als wären wir völlig normal, doch das sind wir nicht. Wir sind beide ganz schön verkorkst.

Aber es ist mir egal, dass er so kaputt ist und an einem Haufen Problemen zu knabbern hat wegen einer Frau, die so widerwärtig ist, dass ich ihren Namen nicht einmal *denken,* geschweige denn aussprechen kann. Ich will ihn trotzdem haben. Immer. Verzweifelt. Und ich weiß, dass er sich nach Kräften bemüht, seine Probleme aufzuarbeiten und wieder heil zu werden.

Mehr als alles andere weiß ich jedoch, dass er mich braucht. Und ich brauche ihn. Ich liebe ihn. Und Drew liebt mich. Obwohl wir uns das noch nie gestanden haben, weiß ich tief im Innersten meines Herzens, dass dies die Wahrheit ist.

»Du musst es nicht tun, wenn du nicht möchtest.« Ich gebe ihm die Möglichkeit, einen Rückzieher zu machen, denn ich will ihn weiß Gott nicht unter Druck setzen. Er war in seinem Leben schon genug Druck ausgesetzt. Unser Wahrheitsspiel war schwierig für ihn. Das war mir von Anfang an klar gewesen. Dennoch glaube ich, dass es uns einander nähergebracht hat.

Er verzieht die Lippen zu einem sexy Lächeln, und der Anblick raubt mir für einen Moment den Atem. »Oh, ja, ich will es, Fable. Mehr, als du dir vielleicht vorstellen kannst.«

Jetzt bin ich diejenige, die vor Verlegenheit rot wird. »Worauf wartest du dann noch?«

»Ich wollte dich nur … warnen. Falls ich es irgendwie vermassle.« Er senkt sich auf mich, sodass sein Körper meinen bedeckt, und legt den Mund an meinen Hals. Dann küsst er mich dort, knabbert an mir, macht mich total verrückt, und ich schließe die Augen, verliere mich.

Finde mich. Bei ihm.

Er hat Sorge, er könne es falsch machen, doch er weiß

nicht, dass das völlig unmöglich ist. Dass alles, was er tut, alles, was er sagt, und wie er mich berührt, so perfekt ist, dass es beinahe schon unheimlich ist. Er ist alles, was ich will. Alles, was ich brauche.

Drew erforscht meinen Körper mit seinen Händen, seinem Mund, seiner Zunge ... O Gott, seine Zunge. Er leckt mich überall, schmeckt mich, trinkt mich, bis ich mich unter ihm winde und mein Körper in Flammen steht. Mit den Fingern streicht er zart über die Innenseiten meiner Schenkel, so zart, dass ich erbebe. Mein ganzer Körper zittert vor Erwartung, als er die empfindliche Haut auf meinem Bauch küsst, meine Hüften, meine Oberschenkel ...

Und als er endlich, endlich die Zunge zu einer ersten Kostprobe vorsichtig zwischen meine Schenkel schiebt, stöhne ich so laut auf, dass es mir fast peinlich ist.

Doch nein, es ist mir nicht peinlich. Wie könnte es, wenn der Mann, den ich so sehr liebe, mir ein lustvolles Erlebnis nach dem anderen beschert? Er erkundet mich mit seiner Zunge, schiebt seinen Zeigefinger tief in mich hinein, und ein neuerliches zitterndes Stöhnen entringt sich mir, während ich mich ihm gierig entgegenstrecke.

Es ist zu viel. Es ist nicht genug. Ich möchte kommen, aber gleichzeitig will ich, dass es niemals aufhört, und als er das Tempo erhöht, komme ich gefährlich nah an den Rand der totalen Auflösung.

»Sag mir, wo, Baby«, wispert er an meinen feuchten Schenkeln, während ich zittere und keuche, die Finger in sein Haar kralle. »Sag mir, wie du es magst.«

»Höher«, stoße ich hervor, und er gleitet höher, leckt meine Klitoris, während sein Finger immer noch tief in mir ist. Oh, verflucht, *genau so*. Es ist perfekt, einfach nur perfekt, wir er mich berührt, mich leckt. *Ja. O Gott, ja! Dort …*

Während ich rau seinen Namen stammle, komme ich. Die Wogen überrollen mich wieder und wieder, reißen mich mit sich, löschen meine Gedanken aus, sodass ich nur noch fühlen kann.

Und dann fühle ich ihn. Drew. Er ragt über mir auf und umfasst mit seinen großen Händen meine Hüften, während er mich positioniert, um dann, ohne Vorwarnung, in mich zu gleiten. Ich keuche auf und werde völlig still, als er tief in mir ist. Er senkt den Kopf, presst die Lippen auf meinen Mund, und ich kann mich auf seinen Lippen, seiner Zunge schmecken.

Das macht mir nichts aus. Herrgott, es erregt mich sogar noch mehr, und binnen eines Augenblicks befinden sich unser beider Körper in wilder Bewegung, während wir gegeneinander stoßen, ineinander, immer schneller und schneller, bis wir nur noch eine einzige Masse aus keuchenden, schwitzenden, ineinander verschlungenen Leibern sind.

Er legt die Stirn an meine, sein Atem streicht heiß über mein Gesicht, und als ich die Augen öffne, sehe ich, dass er mich beobachtet. »Fable.« Er schluckt hart und schließt die Augen, atmet so tief, dass sein nackter Oberkörper über meine Brüste streift. »Du fühlst dich so verdammt gut an.«

Ich bin total am Limit. Und er auch. Ich habe das Gefühl, wir würden beide sterben, wenn wir nicht auf der Stelle kommen. Zusammen. Orgasmus Nummer eins ist bereits eine ferne Erinnerung. Orgasmus Nummer zwei ist im Anmarsch, und ich schlinge die Beine um seine Mitte, ziehe ihn tiefer in mich hinein.

Seine Stöße werden schneller, drängender, und ich bewege mich im Takt mit ihm. Feure ihn mit gemurmelten Worten an, kratze mit den Fingernägeln über seinen Rücken, lege die Handflächen auf seinen straffen Po, um seinen Schwanz tiefer in mir aufzunehmen. Unsere Körper sind so ineinander verkeilt, dass es mir vorkommt, als wären wir jeder ein Teil des anderen.

Ich kenne diese Beschreibungen. So nach dem Motto, zwei Menschen werden zu einem, man kann gar nicht mehr sagen, wo der eine anfängt und der andere aufhört, bla, bla, bla. Ich hielt das immer für einen Haufen romantischer Scheiße.

Doch genau das empfinde ich nun bei Drew. Als wären unsere Körper so eng miteinander verbunden, dass wir uns nie, nie trennen könnten. Sein Herz ist mein.

Und mein Herz ist sein.

Ich hauche seinen Namen, während ich zu zittern beginne. Dieser Orgasmus ist anders als der erste. Er beginnt tief unten in meinem Bauch, breitet sich über meine Muskeln, meine Blutbahnen aus, bis mein ganzer Körper bebt und zuckt. Drew bewegt sich weiter, stößt in mich, hart, härter, treibt meinen Höhepunkt voran, bis er sich plötzlich anspannt, sich seinem eigenen Orgasmus hingibt.

Gebannt von diesem atemberaubenden Spiel seiner Muskeln, streiche ich mit den Händen über seine Schultern und seinen Oberkörper. Seine Haut ist heiß, straff, und ich bin so überwältigt von Emotionen, dass sich in meinen Augenwinkeln Tränen bilden.

Das Bedürfnis, meinen Gefühlen für ihn Ausdruck zu verleihen, ist so übermächtig, dass ich glaube zu platzen. Aber ich will es nicht als Erste sagen. Er mag die Worte vielleicht in einem Gedicht geschrieben haben, doch er hat sie noch niemals laut ausgesprochen. Ich möchte, dass er die Worte ausspricht.

Er muss sie als Erster sagen.

Ich kneife die Augen zusammen, hole tief Luft und versuche, meinen rasenden Herzschlag zu beruhigen. Drew drückt mir einen Kuss auf die Stirn, richtet sich dann auf und springt aus dem Bett. Wahrscheinlich will er das Kondom wegwerfen, das er, ohne dass ich es überhaupt bemerkt habe, übergestreift hat. Und so rutsche ich auf meine Seite des Betts hinüber und rolle mich zu einer Kugel zusammen.

Ich bin total durcheinander. Was zum Teufel ist da eben passiert? Wir hatten in den letzten Tagen jede Menge Sex, aber diesmal fühle ich mich, als wäre ich unter einen Sattelschlepper geraten.

»Hey.« Er legt die Hand auf meine nackte Schulter. »Geht es dir gut?«

»Ja, klar.« Ich drehe mich nicht um, als er neben mich ins Bett schlüpft. Er schlingt den Arm um meine Taille und zieht mich an sich, sodass mein Rücken sich an seine Brust und seinen Bauch schmiegt. Auch er atmet immer noch schwer, und ich kuschle mich tiefer ins Kissen und schließe mit einem wohligen Seufzen die Augen, als er beginnt, mit den Fingern langsam durch mein Haar zu streichen.

Ich liebe es, wenn er das tut. Und das weiß er.

»Macht es dir zu schaffen? Was mit mir, ähm, passiert ist.«

Die Frage kommt so unerwartet, dass ich mich in seinen Armen umdrehe, damit ich ihn ansehen kann. »Worüber redest du?«

»Na ja, über das, was du erfahren hast. Als wir zusammen bei mir zu Hause in Carmel waren. Macht dir das was aus?«

»Natürlich, aber nicht auf die Art, wie du meinst.« Ich lege die Hand an seine Wange, zwinge ihn, meinen Blick zu erwidern. »Ich finde es schrecklich, was du ertragen musstest. Ich finde es schrecklich, was sie dir angetan hat und welche Schuldgefühle das in dir auslöst. Und vor allem tut es mir um dich leid. Dein Schmerz ist immer noch so frisch, und ich wünschte, ich könnte ihn dir irgendwie nehmen.«

»Das tust du doch. Durch dich fühle ich wieder. Ich lerne von dir, dass es okay ist, so frei zu sein. Zusammen. Sexuell.« Er schließt die Augen, holt tief Luft. »Du gibst mir das Gefühl, normal zu sein.«

Während ich nur an mich denke und mir wünsche, er würde mir endlich sagen, dass er mich liebt, wird er immer noch von all diesen verstörenden Emotionen gequält. Macht sich Sorgen, ich könnte ihn geringschätzen, weil er missbraucht wurde. Jawohl, missbraucht. Er kann das, was mit Adele passiert ist, als Verhältnis oder weiß der Kuckuck was bezeichnen, aber Fakt ist, sie hat ihn missbraucht.

Ich wünschte, er könnte das selbst so sehen.

»Drew.« Ich streiche durch sein zu langes Haar. »Egal, was ist, wir stehen das gemeinsam durch. Ich werde nicht weglaufen. Was immer geschieht, ich werde an deiner Seite stehen und dich unterstützen.«

Er öffnet die Augen. »Ich habe keine Geheimnisse mehr vor dir. Zumindest keines, dessen ich mir bewusst bin. Ich habe dir meine Seele offenbart. Ich habe nichts zu verbergen.«

»Dasselbe gilt für mich«, sage ich leise. »Doch die Welt ist nicht untergegangen. Wir sind immer noch da. Zusammen.«

»Zusammen.« Ein leichtes Lächeln zuckt um seine Lippen. »Darf ich dir etwas erzählen? Es belastet mich schon die ganze Zeit, dass du es nicht weißt. Ich muss es mir von der Seele reden.«

Argwohn ergreift mich, und ich versuche, dieses Gefühl beiseitezuschieben. »Worum geht es?«

»Ich weiß, dass du ...« Er stößt einen tiefen Atemzug aus. »Der Tag, als Vanessa starb. Ich weiß, dass du glaubst, ich sei mit Adele zusammen gewesen ... aber so war es nicht. Wir haben uns gestritten.«

»Oh.« Ich versuche mein Bestes, eine neutrale Miene beizubehalten, doch der Zorn kocht langsam in mir hoch und droht, jede Minute überzuschäumen.

»Ich habe ihr gesagt, sie solle mich endlich in Ruhe lassen. Sie hat sämtliche Register gezogen, um mich, na, du weißt schon, aber ich gab ihr eine Abfuhr.« Erneut schließt er die Augen, in seinem schönen Gesicht spiegelt sich tiefer Kummer. »Ich wollte einfach nicht, dass du schlecht über mich denkst. Dass du glaubst, ich hätte mit meiner Stiefmutter gevögelt, während Vanessa ertrunken ist. So ist es nicht gewesen. Ganz und gar nicht.«

Mein Herz schmerzt, fühlt mit ihm. Sein Kummer ist wie ein lebendiges, atmendes Wesen, und ich wünschte, ich könnte ihn davon befreien. Ich nehme ihn in die

Arme, schmiege mich an ihn und rutsche auf der Matratze ein Stück nach oben, damit ich seinen Kopf an meine Brust betten kann. Ich drücke die Lippen auf seine Stirn und küsse ihn, während Tränen ungehindert über meine Wangen strömen. »Es tut mir so leid, dass sie dir das angetan hat. Ich hasse sie.«

Er klammert sich genauso an mich, wie ich mich an ihn klammere. Sein Gesicht ist an meine nackte Brust gepresst, und ich spüre Feuchtigkeit auf meiner Haut. Als würde er weinen. Was mich nur noch mehr weinen lässt. »Ich liebe dich«, murmelt er. »Ich liebe dich so sehr, Fable.«

Mir bricht das Herz vor Mitgefühl und vor Freude über seine so lang ersehnte Liebeserklärung. »Ich liebe dich auch.«

Nie habe ich mich vollständiger gefühlt.

Drew

»Ich habe ihr gesagt, dass ich sie liebe«, platze ich heraus.

Dr. Harris nickt, lässt jedoch keine Regung erkennen. Wie üblich. »Was hat Fable darauf geantwortet?«

»Dass sie mich auch liebt.« Ich blicke auf meine Hände hinunter, denke an den heutigen Morgen zurück. Wie ich Fable aufweckte, indem ich sie sanft überall auf ihren nackten Körper küsste, der vom Schein der aufgehenden Sonne in ein goldenes Licht getaucht wurde. Wie unsere Körper sich träge vereinten und unser Ich-liebe-dich-Geflüster die Luft erfüllte.

Die beiden Tage, in denen wir so taten, als existierte die Außenwelt nicht, fanden so ihr perfektes Ende. Nun sind wir beide wieder zurück in der Realität.

»Glauben Sie ihr das?«

Dr. Harris' Frage überrascht mich. »Äh, ich denke schon.«

»Mmm-hmm.«

Scheiße. »Natürlich ist es schwer zu glauben, dass jemand einen so liebt, wie man ist, wenn diese Person all deine Schwächen und Geheimnisse kennt.«

»Aber macht es das nicht eher glaubwürdiger? Fable weiß alles über Sie. Und dennoch will sie weiterhin mit Ihnen zusammen sein, richtig?«

»Ich nehme es an.« Ich zucke die Achseln und wechsle das Thema. »Vor einigen Tagen hat Adele mich angerufen.«

»Und was wollte sie?«

»Sie hat mich beschuldigt, ich würde meinen Dad gegen sie aufhetzen, damit er sich scheiden lässt.«

»Hat sie damit recht?«

»Nein. Ich habe ihm gesagt, dass er das selbst entscheiden muss. Ich werde ihm ganz bestimmt keinen Rat geben, wie er mit ihr umzugehen hat«, sage ich heftig. Jedes Mal, wenn ich an diese Frau denke, gerate ich total in Aufruhr. Das ist anstrengend.

»Wollen die beiden sich nach wie vor versöhnen?«

»Keine Ahnung. Ich habe mit meinem Dad seit dem Telefonat, in dem er sagte, er wolle die Scheidung noch einmal überdenken, nicht mehr gesprochen.« Bewusst erzähle ich Dr. Harris nicht, dass Fable und ich für zwei wunderbare Tage lang die Außenwelt ausgesperrt und so getan hatten, als wären wir ein ganz normales Pärchen. Vermutlich würde sie sagen, wir betrieben eine Art Vogel-Strauß-Politik, und mir vorwerfen, ich würde mich in eine ungesunde Beziehung mit unrealistischen Erwartungen flüchten.

Mann, in meiner Kindheit, bevor der wirklich schlimme Scheiß losging, hatte ich mit etlichen Seelenklempnern zu tun gehabt. Ich kenne die Methoden. Zum Glück habe ich zu dieser Therapeutin eine echte Verbindung. Sie versteht mich. Sie drängt nicht und sie wertet nicht.

»Eine Beziehung zu führen ist nicht einfach, was? Bei dem ganzen zusätzlichen Gepäck, das Sie mit sich herumschleppen … meinen Sie, Sie können für Fable da sein, wenn sie Sie braucht?«

Autsch. Eine dieser krassen Fragen, für die Dr. Harris bekannt ist. »Das hoffe ich sehr. Fable ist stark. Manchmal glaube ich, sie ist emotional viel stärker als ich.«

»Aber hat sie nicht auch ihre Probleme? Das gilt doch für uns alle. Sie haben ja schon angedeutet, dass Fables Lebensumstände nicht gerade einfach sind.«

Ich lehne mich im Stuhl zurück, strecke die Beine der Länge nach vor mir aus. »Ihre Mom ist egoistisch und nie da. Sie hat einen kleinen Bruder, vierzehn Jahre alt, und um den macht sie sich eine Menge Sorgen.« Ich erzähle Dr. Harris, wie Owen mir einen Kinnhaken verpasst hat, als ihm klar wurde, dass ich derjenige war, der seiner Schwester angeblich das Herz gebrochen hat. In der letzten Sitzung hatte ich vergessen, das zu erwähnen, weil ich so fertig von der Ankündigung meines Vaters war, er wolle die Scheidung zurückziehen.

»Allmählich wird mir klar, warum Sie beide sich zueinander hingezogen fühlen«, sagt Dr. Harris.

Als ich aufblicke, ertappe ich sie dabei, wie sie mich anlächelt, und ich runzle die Stirn. »Wie meinen Sie das?«

»Sie haben ähnliche Erfahrungen. Sie kommen beide aus kaputten Familien, trage beide große Verantwortung und quälen sich mit unnötigen Schuldgefühlen. Es gibt auch Unterschiede: Sie haben Geld, Fable nicht. Sie laufen vor Ihren Problemen davon, während Fable sich ihren Problemen offenbar stellt – zumindest habe ich Sie so verstanden.«

»Sie ist der stärkste Mensch, den ich kenne.« Ich wünschte, ich wäre halb so stark.

»Meinen Sie nicht, dass auch Fable sich manchmal schwach fühlt? Ohnmächtig?«

Ich habe Fable bisher nur stark und zupackend erlebt. »Keine Ahnung.«

»Ich bin mir dessen sicher. Sie brauchen Fable, richtig? Meinen Sie nicht, dass Fable Sie genauso braucht? Ihr Leben ist nicht einfach. Sie hat Verantwortung, einen Job, einen Bruder, um den sie sich kümmert, und eine Mutter, um die man sich auch kümmern muss. Um wen kümmern Sie sich, Drew?«

Ich schlucke. »Um mich.« Sonst gibt es niemanden, um den ich mir Gedanken machen muss. Ich bin nicht gut darin, mich um andere Leute zu kümmern.

Man braucht sich nur anzusehen, was mit Vanessa passiert ist. Sie ist unter meiner Aufsicht tödlich verunglückt.

»Arbeiten Sie?«

Warum fragt sie mich das? Sie kennt die Antwort doch bereits. »Mein Job ist das College. Und Football.«

»Aber Sie haben dieses Semester weniger Kurse belegt. Und die Footballsaison ist vorbei«, stellt Dr. Harris gelassen klar.

»Wollen Sie mir Schuldgefühle einflößen, weil ich nicht so viel Verantwortung habe wie Fable?« Es kommt mir vor, als versuchte sie absichtlich, mich zu provozieren.

»Nein«, erwidert sie bedächtig. »Ich versuche Ihnen aufzuzeigen, dass Fable Sie wahrscheinlich brauchen wird. Glauben Sie, Sie sind in der Lage, für Fable da zu sein?«

»Ähm …« Unter Dr. Harris' scharfem Blick gerate ich ins Stocken. »Ja. Ich kann für sie da sein. Muss für sie da sein. Ich liebe sie. Und Menschen, die sich lieben, unterstützen einander.«

»Sie haben recht. Beziehungen sind nicht einfach, vor allem für Menschen, die sich irgendwie … gebrochen fühlen.«

»Heißt das, Sie halten mich für gebrochen?« Sofort gehe ich in die Defensive.

»Nein, ganz und gar nicht. Ich sagte, Menschen die sich gebrochen *fühlen*. Haben Sie denn nicht immer noch dieses Gefühl von Gebrochensein?«

Ich schweige. Das ist Antwort genug.

»Nur weil Sie sich gebrochen fühlen, muss Fable Sie nicht genauso sehen. Nein, Fable sieht Ihr ganzes Potenzial, Ihre Stärken, und sie glaubt hundert Prozent an Sie. Andernfalls wäre sie nicht mit Ihnen zusammen. Richtig?«

»Ich hoffe es.«

Dr. Harris legt das iPad weg, das sie für ihre Notizen benutzt, und lächelt mich an. »Denken Sie daran, dass Ihre Beziehung mit Fable sich noch in dieser euphorischen, rosarot gefärbten Verliebtheitsphase befindet. Genießen Sie die Zeit. Kosten Sie Ihr Glück aus. Doch vergessen Sie niemals, dass Sie nicht nur in guten, sondern auch in schlechten Zeiten für Fable da sein sollten. Mal ganz subjektiv gesagt, Drew: Ich glaube, Fable tut Ihnen gut. Sie kann Ihnen helfen.«

Ich kann mein Grinsen kaum unterdrücken. »Heißt das, Fable hat Ihre Zustimmung?«

Dr. Harris lacht. »Eigentlich sollte ich nicht so mit Ihnen reden. Das ist gegen die Neutralitätsregel. Aber aus allem, was Sie über Fable sagen, kann ich Ihre Frage nur mit einem ehrlichen Ja beantworten.«

KAPITEL 13

Wenn ich sie will,
muss ich um sie kämpfen.

– Drew Callahan

Fable

Leise vor mich hinsummend, trudle ich am späten Nachmittag im Restaurant ein und schmettere der boshaften Zicke, die am Empfang steht, ein freundliches »Hallo« entgegen. Ihr klappt der Unterkiefer hinunter, und ich lächle sie strahlend an, freue mich diebisch darüber, dass ich sie aus dem Konzept gebracht habe.

Heute kann mich nichts runterziehen. Ich bin auf einem totalen Drew-Hoch.

Nachdem ich meine Karte in die Stechuhr geschoben habe, gehe ich weiter zum Aufenthaltsraum, wo ich Jen vorfinde, die einen Starbucks Frappuccino trinkt und mich interessiert mustert. »Nett, dass du dich mal wieder blicken lässt«, brummt sie.

»Nur weil ich ausnahmsweise die Schicht mit jemandem getauscht habe, drücke ich mich vor der Arbeit? Ganz schön unfair.« Ich verstaue meine Tasche in einem der Schließfächer, schließe es zu und halte Jen den Rücken zugewandt, um ihrem inquisitorischen Blick auszuweichen.

»Colin möchte dich sprechen. Ich soll ihm Bescheid geben, sobald du hier auftauchst«, sagt sie leise.

Starr vor Angst, drehe ich mich zu ihr um. »Will er mich feuern?«

»Nein.« Jen scheint keine Lust zu einer weiteren Erklärung zu haben.

»Was will er dann von mir?«

»Er wird dich fragen, ob du deinen Job ernst nimmst. Er sieht in dir eine Menge Potenzial, Fable, und er möchte, dass du dich weiter nach oben arbeitest.«

»Was soll das denn nun wieder bedeuten?« Hallo! Ich bin eine verdammte Kellnerin. Okay, wie ich es bisher einschätzen kann, sind die Trinkgelder fantastisch. Besser als in jedem anderen Lokal, in dem ich gearbeitet habe. Doch es gibt hier kaum Entwicklungsmöglichkeiten. Ich bin doch nicht dumm.

»Weißt du, dass T ständig unterwegs ist, um Colin bei der Neueröffnung von Restaurants und der Schulung von Personal zu helfen? Colin hat große Pläne. Er möchte aus dem Distrikt eine Restaurantkette machen und überall in der Gegend und später auch an der Westküste Ableger eröffnen. Dafür braucht er jedoch mehr Schulungspersonal.«

»Aber ich bin erst seit wenigen Wochen hier«, erwidere ich ungläubig.

»Ich sagte doch, er glaubt, du hättest Potenzial.«

»Du arbeitest schon länger für ihn. Warum nimmt er nicht dich für die Schulungen? Oder eines der anderen Mädchen?«

»Ich … reise nicht so gern.« Hmm, irgendetwas verheimlicht sie, das spüre ich. »Und was die anderen Mädchen betrifft, denen geht es nur darum, sich aufzustylen, hübsch auszusehen und Typen aufzureißen. Der Job ist für sie lediglich eine Möglichkeit, Kohle zu verdienen und Mom und Dad glücklich zu machen, während sie das College mit Ach und Krach fertig machen. Sie haben keine Ambitionen auf eine Laufbahn in der Gastronomie.« Jen schüttelt den Kopf.

»Also ich habe diesbezüglich auch keine Ambitionen«, entgegne ich. Hey, ich will weiß Gott nicht für den Rest meines Lebens in einem Restaurant arbeiten. Ich hasse diese Arbeit. Ich tue es nur, weil es das Einzige ist, was ich kann.

»Hm, und welche Ambitionen hast du?«

Dummerweise weiß ich das selbst nicht. Ich rede immer davon, dass ich Hoffnungen und Träume habe und dieser beschissenen Kleinstadt den Rücken kehren möchte. Aber was will ich tatsächlich tun? Welchen Beruf will ich haben, wenn ich endlich erwachsen bin?

Ich habe nicht die geringste Ahnung.

»Ist sie – oh.« Colin kommt in den Aufenthaltsraum und bleibt abrupt stehen, scheint total überrascht zu sein, mich dort vorzufinden. »Fable. Ich habe schon nach dir gefragt.«

»Das habe ich gehört«, antworte ich automatisch und ernte dafür von Jen einen bösen Blick.

»Hast du eine Minute? Ich würde gern mit dir sprechen.« Er lächelt, seine starre Haltung entspannt sich, und er verströmt wieder diesen lässigen, superrelaxten Charme. Außerdem sieht er verdammt gut aus in seinen dunklen Jeans und dem weißen Button-down-Hemd, dessen hochgekrempelte Ärmel kräftige, gebräunte Unterarme enthüllen.

Ich mag zwar in Drew verliebt sein, aber den Anblick eines attraktiven Mannes weiß ich nach wie vor zu schätzen.

»Bin ich in Schwierigkeiten?«, frage ich, um mich zu vergewissern, dass Jen nicht gelogen hat.

»Ganz und gar nicht«, erwidert er rasch und etwas zu glattzüngig.

Ich ziehe eine Braue hoch, gebe ihm zu verstehen, dass ich ihm nicht ganz glaube. »Sollte ich nicht die Tische für den Abend vorbereiten?«

»Darum kann Jen sich vorerst kümmern. Außerdem benötige ich nur ein paar Minuten deiner Zeit. Danach kannst du nach Herzenslust Gläser polieren.« Er lacht und legt die Hand auf den unteren Teil meines Rückens, geleitet mich, ohne die Hand wegzunehmen, zu seinem Büro.

Sobald wir das Büro betreten, schüttle ich seine Hand ab. Er macht die Tür hinter uns zu, geht um seinen Schreibtisch herum und deutet auf einen Stuhl. »Nimm doch Platz.«

Ich setze mich auf die Stuhlkante und klopfe mit den Absätzen auf den Holzboden. Das vorgeschriebene Outfit besteht heute wieder aus der Kombination Spitzentop/schwarze Shorts, und das heißt, wenn Drew mich abholt, wird er wahrscheinlich sofort über mich herfallen.

Verdorben, wie ich bin, kann ich es kaum erwarten.

»Warum hast du deine Schicht getauscht, Fable?«, fragt Colin, nachdem er hinter dem Schreibtisch Platz genommen hat.

»Mir kam etwas dazwischen.« Ich zucke die Achseln. »Etwas Privates.«

Fragend sieht er mich an. »Ist alles in Ordnung?«

»Oh, ja. Sicher. Alles bestens.«

»Ich habe nichts dagegen, wenn meine Angestellten ihre Schichten tauschen, solange kein Ausfall entsteht und keine Gewohnheit daraus wird. Trotzdem mache ich mir so meine Gedanken.« Er legt die verschränkten Arme auf den Schreibtisch, zieht ein ernstes Gesicht. »Bist du zufrieden hier?«

Seine Frage verblüfft mich. »Ähm, ja.«

Ein harter Ausdruck tritt in seine Augen. »Wirklich?«

»Worauf willst du hinaus? Ich meine, ich arbeite erst seit wenigen Wochen hier. Wenn du nicht zufrieden mit mir bist, nur zu, schmeiß mich raus.« Ich rutsche an den äußersten Stuhlrand, bereit, sofort die Flucht zu ergreifen.

»Du nimmst automatisch immer das Schlimmste an, was?«

Unser kleines Meeting wird mir langsam zu blöd. »Hör zu, sag, was du zu sagen hast, und bring es hinter dich. Für Spielchen bin ich heute Abend einfach nicht in Stimmung.«

»Na schön. Hör auf mit deinem dämlichen Getue, dann werde ich dir erzählen, was Sache ist.«

Mir klappt der Unterkiefer herunter. Ich fasse es nicht, dass er mich dämlich genannt hat. Aber er hat recht. »Worum geht es?«, frage ich kleinlaut.

»Ich weiß, du bist erst seit Kurzem hier, aber du beeindruckst mich. Sogar sehr. Man muss dir nur ein Mal sagen, was zu tun ist und wie man es macht, und schon hast du es begriffen. Die Gäste mögen dich. T findet dich herausragend, und ich schätze ihre Meinung mehr als die jeder anderen Angestellten.« Colin beugt sich vor, als wollte er, dass seine Worte wirklich bei mir ankommen. »Ich möchte dich gern mehr Stunden bei mir beschäftigen, doch das kann ich nicht, wenn du ständig deine Schicht tauschst.«

»Das werde ich nicht«, erwidere ich automatisch.

Er lächelt. »Du nimmst mein Angebot also an?«

»Sehr gern sogar.«

»Ich gebe dir sechzig Tage Probezeit. Wenn die vorbei sind und ich mit deiner Arbeit zufrieden bin, wirst du automatisch eine Gehaltserhöhung erhalten.«

Ich reiße die Augen auf. »Wirklich?«

»Ja.« Er nickt. »Ich habe vor, in den nächsten ein bis eineinhalb Jahren noch weitere Lokale in und um Sacramento zu eröffnen. Dafür brauche ich neues Personal sowie Leute wie T, die dieses Personal schulen. Würde dich das interessieren?«

Ich bin wie Jen. Reisen ist für mich nahezu unmöglich, solange Owen noch zur Schule geht und meine Mom nie da ist. Aber ich kann schlecht Nein sagen, oder? Die Arbeit in der Gastronomie wird mich sicher nicht auf

Dauer befriedigen, doch ich brauche einen festen, gut bezahlten Job, vor allem wenn ich meinen Plan wirklich durchziehe und für Owen und mich eine neue Wohnung miete. Colins Vorschlag hört sich an, als wären damit meine finanziellen Probleme vorerst erledigt.

»Hm, kann sein.« Die vage Antwort gefällt meinem Boss gar nicht. Er runzelt missbilligend die Stirn. »Na ja, ich habe einen kleinen Bruder, und die Beziehung zu unserer Mom ist … kompliziert.«

Sogleich glätten sich seine Züge wieder. »Darüber können wir später reden, wenn der Termin für die Schulungen näher rückt. Offen gestanden, befindet sich das Projekt immer noch in der Planungsphase.«

»Klingt spannend«, sage ich und meine das auch so. Dieser Typ ist extrem zielstrebig, und ich kann nicht anders, als ihn dafür zu bewundern.

»O ja, spannend wird es auf jeden Fall.« Das Lächeln, das er mir zuwirft, ist so hell, dass es mich für einen Moment blendet. »So, und jetzt geh Jen zur Hand. Wir haben für heute Abend drei Reservierungen, alles größere Gesellschaften.«

Stöhnend stehe ich auf und eile aus dem Büro. Mir tun die Füße schon jetzt weh, obwohl ich noch gar nicht angefangen habe zu arbeiten.

»Arbeitest du morgen?«

Ich ziehe meine Handtasche aus dem Schließfach und knalle scheppernd die Metalltür zu. Ich bin müde. Die Schicht war anstrengend, und ich kann es kaum erwarten, nach Hause zu kommen und ins Bett zu fallen. »Nein, Gott sei Dank nicht.«

»Ich auch nicht. Pass auf.« Jen blickt sich um, als fürchte sie, jemand könnte uns belauschen. Seltsam, da wir allein im Raum sind. »In meinem Leben sind ein paar Sachen vorgefallen, und ich würde wahnsinnig gern ausgehen und etwas Dampf ablassen, verstehst du? Was hältst du davon, wenn wir uns morgen Abend auf ein paar Drinks treffen? Einen Mädelsabend machen?«

Mein erster Impuls ist es, ihr eine Abfuhr zu erteilen. Ich will keine einzige Nacht mit Drew versäumen, was albern und kläglich ist, aber ... Er ist gerade erst in mein Leben zurückgekehrt. Ich möchte jeden freien Moment mit ihm verbringen.

Dann sehe ich den Ausdruck in Jens Gesicht, die Furcht und die Bedürftigkeit in ihrem Blick. Kann sie niemand anderen darum bitten? Oder hat sie, so wie ich, keine Freunde?

»Klar«, sage ich, bevor ich es mir anders überlegen kann. »Wo willst du hingehen?«

Ihr strahlendes Lächeln ist die paar Stunden wert, die ich von Drew getrennt sein werde. Offenbar braucht dieses Mädchen meine Freundschaft mehr, als ich dachte. »Keine Ahnung, ins La Salle's?«

Ich gebe ihr einen Klaps auf den Arm. »Sehr witzig!«

»Wie wäre es mit Jake's? Da ist immer was los.«

»Tja ... dir ist doch klar, dass ich minderjährig bin.« Ich hatte einen gefälschten Ausweis, den ich leider abgeben musste. Das war vor ungefähr einem Jahr, als ich mit irgendeinem Loser ein Date hatte und der Rausschmeißer mich aufforderte, auf einem Blatt Papier zu unterschreiben, um meine Unterschrift mit der im Ausweis abzugleichen. Sie stimmte nicht überein, ich flog auf. Also nahm er mir den Ausweis ab, und danach habe ich mich nie mehr um einen neuen gekümmert. »Ein gepflegtes Besäufnis ist mit mir leider nicht drin.«

Jen lacht und schüttelt den Kopf. »Das habe ich total vergessen. Du wirkst in deiner ganzen Art viel älter als zwanzig. Wahrscheinlich bist du eine alte Seele.«

»Soll ich das nun als Kompliment oder als Beleidigung auffassen?«, sage ich und rümpfe die Nase.

Jen lacht noch mehr. »Es ist ganz klar ein Kompliment. Wir können essen gehen. Ich werde trinken, und du kannst mir dabei zusehen.«

»Oh, wie spannend«, entgegne ich sarkastisch, doch in Wahrheit gefällt mir der Gedanke.

»Ich schicke dir morgen eine SMS.« Jen schlingt ihre Handtasche über die Schulter und sieht mich prüfend an. »Das ist doch okay für dich, oder? Ich weiß ja, dass du gerade einen Typen hast.«

Ich krümme mich innerlich, fühle mich plötzlich unbehaglich. Ich bin noch nicht bereit, mit irgendjemandem über Drew zu sprechen. »Ein paar Stunden kann ich es ohne ihn schon aushalten.« *Vielleicht.*

»Bist du sicher?« Ihr übertrieben sanfter Ton und die blitzenden Augen verraten mir, dass sie mich aufzieht, gleichzeitig frage ich mich jedoch, ob sie fürchtet, ich würde sie wegen eines Kerls versetzen, was ich nicht vorhabe. Drew und ich müssen nicht jeden freien Moment miteinander verbringen.

Obwohl es sich manchmal so anfühlt. Es fällt mir schwer, getrennt von ihm zu sein. Ziemlich albern, wenn man bedenkt, dass wir erst seit wenigen Tagen wieder zusammen sind, doch unsere Verbindung ist so intensiv, dass er mir einfach fehlt, wenn er nicht da ist.

»Deinem verträumten Ausdruck nach zu schließen, scheint der Typ ja sehr besonders zu sein.« Jen stupst mich an. »Morgen Abend kannst du mir alles über ihn erzählen.«

»Genau«, stimme ich lachend zu, obwohl ich ganz sicher nichts über ihn erzählen werde.

Was mit Drew und mir passiert, ist immer noch zu außergewöhnlich, um es mit meiner neuen Freundin zu bequatschen.

Drew

Ich beobachte, wie Fable aus dem Restaurant kommt. Sie ist in Begleitung des Mädchens, das am Abend von Logans Party mit ihr arbeitete. Mit der hochgewachsenen Gestalt, dem dunklen Haar und dem olivfarbenen Teint ist sie in jeder Beziehung das komplette Gegenteil von Fable. Es ist komisch, die beiden so angeregt miteinander plaudern zu sehen. Sie ergänzen einander wie Yin und Yang.

Mein Herz krampft sich zusammen, als ich sehe, wie Fable lacht und den Kopf schüttelt. Sie wirkt glücklich. Glücklicher, als ich sie jemals gesehen habe. Mir gefällt die Vorstellung, dass dieses Glück zum Teil mit mir zu tun hat.

Sie macht mich jedenfalls so glücklich, wie ich es noch niemals zuvor war.

Sie winkt ihrer Freundin zum Abschied zu und geht

quer über den Parkplatz auf meinen Pick-up zu. Aufs Neue bin ich total hingerissen von ihrer Schönheit, von dem bezaubernden Lächeln, das immer strahlender wird, je näher sie kommt. Sie trägt wieder diese verdammten Shorts, die mehr als nur knapp sind, und diesmal hat sie dazu schwarze Strumpfhosen angezogen, die ihre Beine endlos lang erscheinen lassen.

Und unglaublich sexy.

Ich setze mich in Bewegung, komme ihr entgegen, schlinge die Arme um sie und ziehe sie zu einem raschen Kuss an mich. Sie fühlt sich warm an, umso mehr, da ich seit zehn Minuten in der Kälte stehe und ziemlich durchgefroren bin. Zärtlich streicht sie mit ihrer Nase über meine, ehe sie sich aus der Umarmung löst. »Du frierst ja«, murmelt sie.

Allein ihre Stimme wärmt mich auf, und ich öffne ohne ein weiteres Wort die Beifahrertür, schiebe Fable an den Pobacken in den Wagen, was ihr ein kleines Kreischen entlockt. Dann schlage ich die Tür zu und eile um den Pick-up herum, kann es kaum erwarten, neben ihr zu sitzen, obwohl ich keine Ahnung habe, was sie vorhat. Wahrscheinlich muss sie nach Hause. Schließlich hat sie Verpflichtungen.

Und ich habe keine Verpflichtungen, wie meine Therapeutin mir so nett zu verstehen gegeben hat.

»Wohin?«, frage ich beiläufig, während ich mich hinter das Lenkrad klemme.

»Ich sollte besser nach Hause fahren.« Sie weicht meinem Blick aus, und ich frage mich, warum.

»Kein Problem.« Ich lege einen Gang ein, fahre über den Parkplatz und biege auf die Straße ab. »War viel los?«

»Ja, es war anstrengend. Zum Glück habe ich morgen frei.«

»Wir sollten etwas unternehmen.« Schließlich habe ich keinen Unterricht, und sie hat einen freien Tag. Es würde mir auch gefallen, wenn wir den ganzen Tag im Bett verbringen.

»Ähm, wegen morgen ...« Sie klingt zögernd. Fast ein wenig nervös. »Also Jen, du weißt schon, meine Kollegin, sie hat mich gefragt, ob wir uns morgen Abend treffen können. Essen gehen, was trinken. Solche Sachen eben. Es macht dir doch nichts aus, oder?«

Es macht mir eine Menge aus. Am liebsten hätte ich sie ständig bei mir, doch das ist total unrealistisch. Außerdem möchte ich mich nicht wie ein eifersüchtiges Arschloch benehmen. »Nein, natürlich nicht. Ich meine, hey, ich bin ja nicht dein Aufseher.«

Sie beobachtet mich. Obwohl ich mich auf die vor mir liegende Straße konzentriere, kann ich Fables Blick auf mir spüren. »Es ist nur für ein paar Stunden. Offenbar hat Jen nicht viele Freunde. Genauso wie ich. Es ist nett, mal ein Mädchen kennenzulernen, das nicht glaubt, ich sei nur darauf aus, hinter ihrem Rücken ihren Freund zu vögeln.«

Geschockt über ihre harten Worte, sehe ich sie an. »Hast du das früher gemacht? Mit den Freunden anderer Mädchen gevögelt?«

Sie wirft mir einen eisigen Blick zu. *»Nein.«* Ein Seufzer entfährt ihr. »Okay. Einmal. Aber nur deshalb, weil er mich angelogen und behauptet hat, er habe keine Freundin. Es war auf der Highschool, ich war im zweiten Jahr, er im letzten. Supergut aussehend. Beliebt. Spielte im Footballteam, also gewissermaßen wie eine schwache Kopie von dir. Wir hatten ein paar Dates. Er hat mich immer versteckt, sich nie in der Öffentlichkeit mit mir blicken lassen oder mich seinen Freunden vorgestellt, doch das war mir egal. Ich bin total auf ihn abgefahren.«

Diese Geschichte entwickelt sich in eine schlechte Richtung. Ich fühle es. »Eine schwache Kopie von mir?« Wie jetzt? Hat sie ein bestimmtes Beuteschema? Einen Typ, den sie bevorzugt? Heißt das, dass ich diesem Typ entspreche?

»Du weißt, was ich meine.« Sie macht eine wegwerfende Handbewegung. »Er war mein Erster. Ich habe ihm meine Jungfräulichkeit geopfert, weil ich dumm war, weil ich dachte, es würde uns näherbringen und er würde sich total in mich verlieben. Direkt nachdem ich Sex mit ihm hatte, fand ich heraus, dass er eine Freundin hat. Er hat mich benutzt, weil sie ihn nicht ranlassen wollte, also ist er losgezogen und hat sich ein dummes Ding gesucht, das sich rumkriegen ließ.«

Ich empfinde Mitleid mit ihr und bin gleichzeitig wütend über ihr naives Verhalten. »Das heißt, du warst fünfzehn, als du mit diesem Typen das erste Mal Sex hattest?«

»Yep.«

»Mit wie vielen Typen warst du zusammen, Fable?« Okay, jetzt klinge ich tatsächlich wie ein eifersüchtiges Arschloch. So jemand will ich nicht sein. Ich weiß, sie muss sich ihre Vergangenheit von der Seele reden, und es sollte mir nichts ausmachen. Es sollte mich nicht verletzen. Ich kannte sie damals nicht. Wir waren beide andere Menschen als heute.

Dennoch verletzt es mich, von ihrer Vergangenheit zu erfahren. Das kann ich nicht leugnen.

»Du gehst automatisch davon aus, dass es wahnsinnig viele waren, stimmt's? Von dir hätte ich eigentlich nicht erwartet, dass du wie jeder andere ein Urteil über mich fällst.« Sie verschränkt die Arme vor der Brust. »Du enttäuschst mich, Drew. Ich habe dich anders eingeschätzt.«

Scheiße. Was soll ich jetzt tun? Ich habe es komplett verbockt. Jetzt ist sie angepisst. Ich sehe förmlich den Dampf aus ihren Ohren qualmen. Außerdem weigert sie sich, mich anzusehen. Zieht es vor, den Rest der Fahrt vor sich hinzustarren, das Kinn angespannt, die Augen zu schmalen Schlitzen verengt.

Binnen Minuten ist ihre Stimmung von glücklich zu wütend gekippt, und das nur wegen mir. Und warum? Weil ich über ihre Zeit verfügen möchte und gern hätte, dass sie jede freie Minute mit mir verbringt? Bin ich so unsicher? Ich hatte noch nie eine richtige Freundin. Ein Mädchen, mit dem ich fest zusammen bin. Verdammte einundzwanzig Jahre alt und eine totale Niete, wenn es um Beziehungen geht und wie man diese am Laufen hält.

Als ich auf den Parkplatz von Fables Wohnblock abbiege, liegt ihre Hand bereits auf dem Türgriff. Als wollte sie, sobald ich anhalte, aus dem Wagen springen, um so schnell wie möglich von mir wegzukommen. »Fable, warte.«

Ich knalle den Fuß auf das Bremspedal, warte auf eine Antwort von ihr, doch es kommt keine. Ihr Rücken ist mir zugewandt, ihre Haltung sprungbereit, um jeden

Moment die Flucht anzutreten. Ich habe sie gekränkt und hasse mich dafür.

»Es tut mir leid«, sage ich, um einen sanften Ton bemüht. »Ich wollte kein Urteil über dich fällen. Dazu habe ich kein Recht. Du akzeptierst all meine Fehler, deshalb ist es das Mindeste, was ich für dich tun kann.«

Sie dreht sich zu mir um und funkelt mich böse an. »Weil ich deine Fehler akzeptiere, willst du meine akzeptieren? Mehr ist da nicht? Falls es so sein sollte, ich brauche mehr von dir, Drew. Das ist nicht irgendein sachliches Wie-du-mir- so-ich-dir-Abkommen. Es ist mir wichtig, dass du mir vertraust. Mir glaubst, dass ich mit dir und nur mit dir zusammen sein möchte. Meine Vergangenheit darf keinen Schatten auf unsere Gegenwart oder unsere Zukunft werfen. Meine Vergangenheit hat mich immer verfolgt, und weißt du, was mich ankotzt? Die meisten Geschichten, die da draußen über mich in Umlauf sind, sind komplett erfunden. Ich habe ein paar Dummheiten gemacht, ein paar böse Fehler, und seitdem werde ich von irgendwelchen Idioten als absolute Oberschlampe abgestempelt. Während der Highschool, nach der Highschool …«

Ich schweige, nehme ihre Worte in mich auf. Sie hat recht. Ich darf nicht zulassen, dass ihre Vergangenheit unsere Gegenwart und Zukunft überschattet. Wenn ich das tue, ist das Scheitern unserer Beziehung vorprogrammiert.

»Ich bin nicht perfekt«, murmelt sie. »Das ist niemand. Ich werde nicht jedes Mal, wenn du sauer oder eifersüchtig bist, für meine Fehler büßen. Wenn ich morgen Abend mit Jen ausgehe, dann nicht, um mit Kerlen zu flirten oder was weiß ich.«

»Das habe ich auch nie behauptet.«

Ihr Blick wird etwas weicher. »Okay, wo liegt dann das Problem? Warum reagierst du so komisch?«

»Ich bin in diesen Dingen nicht sehr gut. Ständig verbocke ich alles und weiß nicht, warum.« Ich trommle mit den Fingern auf das Lenkrad, weiß nicht, was ich als Nächstes sagen soll, bin extrem angespannt.

Im Moment hat sie alle Trümpfe in der Hand. Ich habe Angst, sie könne sagen, ich sei die Mühe nicht wert.

»Das kannst du nicht ständig als Ausrede anbringen. Irgendwann nutzt sich das ab.«

»Was tun wir da, Fable?«, frage ich fassungslos.

Sie zuckt die Achseln. »Uns zum ersten Mal als Paar fetzen?«

Ich würde gern lachen, tue es aber nicht. »Ich meine es anders. Was läuft da zwischen uns?«

»Was soll die Frage?«, erwidert sie argwöhnisch.

»Sind wir wirklich ein Paar? Haben wir eine Beziehung? Wir haben das noch nicht klar definiert.«

»Müssen wir das denn? Können wir es nicht einfach laufen lassen und sehen, was passiert?« Sie wendet sich ab und starrt aus dem Fenster. »Ich bin müde. Wir sollten jetzt besser nicht über solche Themen reden.«

Panik steigt in mir auf. »Aber …«

»Ich glaube, ich möchte jetzt allein sein. Ich bin total kaputt, und die letzten Tage waren ganz schön aufwühlend.« Sie öffnet die Tür, klettert aus dem Wagen und lehnt sich in die noch offene Tür. »Soll ich dich morgen anrufen?«

Es fühlt sich an, als wollte sie sich für immer von mir verabschieden. Mein Mund ist trocken vor Angst, und ich bringe kaum ein Wort heraus. Bei meinem Glück werde ich sie nie wiedersehen. »Ja«, krächze ich, ehe sie die Tür zuschlagen kann. »Ruf mich an.«

Sie schenkt mir ein winziges Lächeln und schlägt die Tür zu. Dann dreht sie sich um und geht weg.

Und nimmt mein Herz mit.

KAPITEL 14

Hätte ich eine Blume für jeden Moment,
den ich an dich gedacht habe … Ich könnte für
immer durch meinen Garten spazieren.

– Alfred Lord Tennyson

Fable

»Steh auf.« Ich reiße Owen die Bettdecke weg, und er versucht, sie festzuhalten, rollt sich mit einem gequälten Stöhnen auf den Rücken.

»Scheiße, Fable, was soll das? Warum weckst du mich so brutal wie irgend so ein Oberfeldwebel?«

»Ha, wäre ich ein Oberfeldwebel, hätte ich dir mit meiner Trillerpfeife ins Ohr gepfiffen und dir befohlen, ein paar Runden zu laufen.« Ich zwicke ihm ins Bein, werfe die zerknüllte Decke auf ihn. »Du kommst zu spät zur Schule.«

Er öffnet die Augen, wirft einen Blick auf den Wecker auf seinem wackligen Nachtkästchen. »Es ist noch nicht mal sieben. Warum zum Teufel bist du schon auf? Was machst du hier überhaupt? Ich dachte, du würdest die Nacht wieder mit deinem neuen Lover Boy verbringen.«

Tja, das dachte ich auch. Ich hatte sogar überlegt, Drew zu bitten, bei mir zu übernachten, damit ich Owen nicht allein lassen müsste. Aber dieser beknackte Streit, in den wir geraten sind, hat all die schönen Pläne zerstört.

»Ich wollte zu Hause bleiben und mit dir reden.« Ich setze mich auf Owens Bettkante und lasse den Blick durch sein Zimmer schweifen. Die reinste Katastrophe. In meinem Zimmer ist es zwar nicht viel ordentlicher, aber wenigstens liegen bei mir nicht überall stinkende Socken herum, und in der Mitte stapeln sich auch keine schmutzigen Klamotten zu einem Berg, der ungelogen taillenhoch ist. »Du solltest mal wieder aufräumen, und zwar gründlich.«

»Die große Schwester hat gesprochen! Der Text kommt mir irgendwie bekannt vor.« Er setzt sich auf und reibt sich den Hinterkopf. »Ich kann nicht glauben, dass du deinen neuen Typen für mich versetzt hast. Muss ziemlich wichtiger Scheiß sein, über den du mit mir reden willst.«

»Wieso benutzt du ständig diese Ausdrücke?« Ich höre mich an, als wäre ich seine Mom. Eigentlich sollte ich an seine Ausdrucksweise gewöhnt sein. Und ehrlich gesagt, bin ich die Letzte, die sich darüber aufregen sollte. Ich habe als Heranwachsende unentwegt Schimpfwörter benutzt. Es war mein erster Akt der Rebellion gegen meine Mutter, und ich habe es niemals ganz abgelegt.

»Geht's noch? Du fluchst doch selbst die ganze Zeit.« Er unterdrückt ein Gähnen und kratzt sich die nackte Brust. »Worüber willst du reden?«

»Ich habe nachgedacht.« Abwesend zupfe ich an einem losen Faden an Owens verschlissener Bettdecke. Ich wünschte wirklich, ich hätte mehr Geld, um für uns beide hübschere Sachen kaufen zu können. »Ich möchte umziehen.«

Da er keinen Ton von sich gibt, sehe ich ihn an und entdecke den ungläubigen, entsetzten Ausdruck in seiner Miene. »Du willst ausziehen? Und mich mit Mom allein lassen?«

»Nein.« Energisch schüttle ich den Kopf. »Nein, nein. Das würde ich niemals tun. Ich will, dass wir beide ausziehen und uns zusammen eine Wohnung suchen – ohne Mom.« Da er keine Antwort gibt, fahre ich fort. »Sie ist nie da, sondern hängt die ganze Zeit bei ihrem neuen Freund rum, und sie hat keinen Job mehr, deshalb kann sie die Miete nicht zahlen. Ich zahle sämtliche Rechnungen, und glaub mir, das ist ganz schön hart. Schließlich verdiene ich kein Vermögen. Herrgott, ich arbeite quasi Teilzeit, aber mein Boss ist bereit, mich mehr Stunden zu beschäftigen.«

»Super.«

»Finde ich auch, trotzdem brauchen wir keine so große Wohnung. Wir könnten bestimmt eine kleinere Wohnung mit zwei Schlafzimmern in einer besseren Gegend für weniger Geld finden. Was hältst du davon? Wärst du damit einverstanden?«

»Ich gehe, wohin du gehst«, sagt er, doch ich höre das Zögern in seiner Stimme.

»Aber?«

»Aber … ich bin erst vierzehn. Gibt es für so Zeug nicht gesetzliche Bestimmungen? Ich meine, muss Mom dich nicht zu meinem Vormund oder so ernennen, wenn ich bei dir wohne?«

»Warum sollte sie das interessieren? Tun wir doch nicht so, als wäre sie wild darauf, uns bei sich zu haben. Es ist ihr scheißegal, ob du bei mir wohnst oder nicht.«

»Vielleicht aber nicht.« Er senkt den Kopf, knautscht die Decke in seinem Schoß zusammen.

Verdammt. Er möchte gern glauben, dass Mom tatsächlich etwas an ihm liegt. Immerhin ist er noch ein Kind. Niemand stellt sich gern der Erkenntnis, dass man der eigenen Mutter völlig egal ist. Auch ich schiebe das am liebsten beiseite. Doch ich habe eine Mauer gegen den Schmerz errichtet und sage mir, dass es nicht von Bedeutung ist. Ich brauche sie nicht.

»Owen.« Ich lege die Hand auf sein Knie, und er hebt den Kopf, begegnet meinem Blick. Wir haben beide Moms Augen geerbt, obwohl ich Owens Augen immer schöner fand als meine. Er hat die dichtesten, dunkelsten Wimpern, die ich je gesehen habe, und ich weiß nicht, wo er die herhat, da er nicht schwarzhaarig, sondern dunkelblond ist. Die Mädchen werden irgendwann verrückt nach diesen Augen sein, wenn sie das nicht schon sind. Mein Bruder ist ein hübscher Kerl. Großspurig und voller Imponiergehabe. Mir tut jedes Mädchen leid, das sich in ihn verliebt. »Ich möchte dich bei mir haben. Ich will nicht ohne dich ausziehen.«

»Und was ist mit Drew Callahan? Würdest du nicht gern mit ihm zusammenziehen? Er ist reich, oder?«

Ich ziehe eine Grimasse. »Keine Ahnung, wie es mit Drew weitergeht. Aber du und ich? Wir sind eine Familie. Ich werde dich nicht im Stich lassen. Wir haben doch nur uns.«

»Was ist mit Mom? Meinst du nicht, dass sie total wütend sein wird?«

»Wieso? Ihr kann das doch nur recht sein. Sie muss sich nicht um uns kümmern und kann weiter mit ihrem Freund zusammenleben. Wir beide werden in eine schöne Wohnung ziehen, die kleiner und billiger ist. Es ist also für uns alle eine Win-win-Situation.« Ich glaube nicht, dass Mom mir das übel nehmen wird. Warum auch? Ich erleichtere ihr das Leben.

»Und was, wenn es zwischen ihr und Larry, dem Loser, nicht mehr funktioniert? Wo soll sie dann hingehen?«

»Owen.« Ich umfasse sein Knie fester. »Wir sind nicht für sie verantwortlich. Sie ist erwachsen. Sie kann für sich selbst sorgen.«

Er neigt den Kopf zur Seite, zieht die Mundwinkel nach unten. Wirkt wesentlich älter und desillusionierter, als es ein Vierzehnjähriger sollte. »Ich mache mir einfach Gedanken um sie. Und auch um dich. Das wird von dem einzigen Mann im Haus doch erwartet.«

Mir bleibt die Spucke weg. »Wer hat das denn behauptet?«

»Mom. Vor langer Zeit. Sie meinte, ich müsse auf euch beide aufpassen, und ich habe ihr geschworen, dass ich das immer tun werde. Na ja, ich habe den Job nicht sonderlich gut gemacht, aber ich habe echt mein Bestes versucht.«

Seine Worte brechen mir das Herz. Er hat schon so viel durchgemacht. Und viel zu viel gesehen. Ich packe ihn an den Schultern und umarme ihn kurz, halte ihn nicht zu lange fest, da er sich mir sonst sofort entwinden würde. »Wir werden uns umeinander kümmern, okay? Das soll nicht alles nur auf meinen oder deinen Schultern ruhen. Wir werden die Last gemeinsam tragen.«

»Ich werde dir bei allem, was ansteht, helfen, Fable. Ich bin auf deiner Seite. Versprochen.« Er klammert sich an mich, und ich umarme ihn noch einmal fest, koste dieses Gefühl von Nähe aus. Ich liebe ihn so sehr. Ich finde es furchtbar, dass er in einem Loyalitätskonflikt zwischen Mom und mir ist.

»Geh jetzt duschen«, sage ich, stehe vom Bett auf und gehe zur Tür. »Und wenn du heute nach Hause kommst, möchte ich, dass du dein Zimmer putzt. Hier stinkt es nämlich.«

Sein Lachen folgt mir auf dem Weg zur Küche. Vor dem Aufstehen habe ich eine halbe Stunde an die Decke gestarrt und über alles Mögliche nachgedacht. Mir vorgenommen, heute mit der Wohnungssuche zu beginnen, mit Owen darüber zu sprechen und, sollte ich den Mut dazu aufbringen, vielleicht sogar mit meiner Mom über ihren Auszug zu reden.

Alles, nur um nicht an Drew zu denken.

Was zum Teufel ist da gestern Abend passiert? Unser Streit kam völlig aus dem Nichts. Ich wollte ihm gegenüber ehrlich sein, und dann kehrte er plötzlich den Macho heraus und kam mit dem Mit-wie-vielen-Typenhast-du-schon-gefickt-Spruch. Ich akzeptiere ihn so, wie er ist, mit allen Fehlern und Schwächen. Warum kann er mich nicht genauso akzeptieren?

Allein daran zu denken macht mich stocksauer. Also sollte ich es besser lassen.

Ein Klopfen ertönt an der Tür, und ich stöhne genervt auf. Herrgott, es ist sieben Uhr morgens! Ich stapfe zur Tür, spähe durch den Spion, doch ich sehe nichts. Also öffne ich die Tür, gucke nach links, nach rechts. Niemand.

Schließlich blicke ich nach unten und entdecke auf der durchgetretenen, dünnen Fußmatte eine Vase mit einem wunderschönen Strauß bunter Wildblumen. Mir ist sofort klar, von wem sie kommen.

Ich hebe die Vase hoch und halte sie fest, während ich einen Schritt nach draußen gehe und auf den Parkplatz hinunterblicke. Sein Pick-up ist nicht zu sehen. Abgesehen von dem Blumenstrauß gibt es keinen Hinweis darauf, dass er hier gewesen ist.

Wie zum Teufel hat er es geschafft, die Blumen abzulegen und dann spurlos zu verschwinden? Ich weiß, er ist auf dem Footballplatz sehr schnell, aber hey. Wohin ist er verschwunden?

»Wer zur Hölle hat da geklopft – oh, Lover Boy.«

Ich drehe mich zu Owen um, der mich grinsend ansieht. Er trägt ein fleckiges T-Shirt mit dem Logo irgendeiner unbekannten und wahrscheinlich grottenschlechten Band auf der Vorderseite und schmale schwarze, abgetragene Jeans. Wir gehen zusammen in die Wohnung zurück. »Willst du in dem Aufzug in die Schule gehen?«

Er blickt an sich hinunter. »Ich gehe nicht auf den Abschlussball, also mach mal halblang. Hey, hast du Kippen da?«

»Owen! Versprich mir, dass du nicht rauchst.« Der schuldbewusste Ausdruck in seinem Gesicht sagt alles. Wären die Blumen nicht so schön, würde ich Owen die Vase an den Kopf knallen, weil ich so angepisst bin. »Du bist zu jung zum Rauchen. Das ist eine schlimme, eklige Sucht.«

»*Du* rauchst.«

»Nur gelegentlich. Ich habe es so gut wie aufgegeben.« Okay, das hört sich ziemlich lahm an.

»Ich rauche nur ab und zu«, jammert Owen. »Es beruhigt meine Nerven.«

»Was für ein bescheuertes Statement. Ich bin mir sicher, wenn ich jetzt in deinem Zimmer herumstöbere, werde ich Gras finden. Richtig?« Ich durchbohre ihn mit inquisitorischem Blick, nur so, um ihn einzuschüchtern.

Seine Augen weiten sich ein wenig, ehe er sich für aufmüpfige Lässigkeit entscheidet. »Und? Wenn schon? Du benimmst dich, als hättest du dir nie etwas zuschulden kommen lassen. Ich wette, du hast in deinem Leben schon etliche Tüten geraucht.«

Eigentlich nicht. Drogen geben mir nichts. Während der Highschool-Zeit habe ich hin und wieder einen Joint geraucht, aber Zigaretten waren mein Hauptlaster. Die gelegentlichen Saufgelage haben mir auch nicht gutgetan. Mich dazu gebracht, dumme Dinge zu tun. Deshalb habe ich das nach einer Weile auch gelassen. »Ich bin zwanzig, du bist vierzehn. Es gibt einen Unterschied zwischen dem, was ich tue, und dem, was du tust.«

»So ein Scheiß«, brummelt Owen und trottet zum Sofa, auf dessen Rücklehne er sein Sweatshirt geschmissen hat. »Ich ziehe dann mal los.«

Ich stelle die Vase auf die Küchentheke, und meine Freude über die Blumen verflüchtigt sich, als mir bewusst wird, dass ich gerade mit meinem Bruder einen Streit vom Zaun gebrochen habe, genauso wie gestern Abend mit Drew.

Wer ist also derjenige – diejenige – mit einem Problem, hm?

»Owen, hör zu. Es tut mir leid.« Er bleibt an der Tür stehen, als warte er auf eine Erklärung. »Es macht mich einfach fertig, wenn ich sehe, dass du die gleichen blöden Fehler machst wie ich früher. Ich wünschte, du würdest aus meinen Fehlern lernen.«

»Und ich wünschte, Fabes, du würdest einsehen, dass ich meine eigenen Erfahrungen machen muss.« Er wendet sich mir zu, sieht in seinem ausgebleichten, fleckigen T-Shirt wie ein totaler Schmutzfink aus. Wer um Himmels willen macht seine Wäsche? Oh, richtig, das macht er selbst. »Ich bin kein schlechter Mensch. Ich kriege einigermaßen gute Noten. Ich schwänze nicht oft Schule. Ich habe Freunde. Okay, hin und wieder kiffe ich. Dann werde ich high und kann für eine Weile meine Probleme vergessen. Ist das so schlimm?«

Ja!, würde ich ihn gern anbrüllen. *Ich will, dass du perfekt und wohlerzogen bist und mir nie irgendwelche Probleme machst. Ich möchte nicht, dass du Drogen nimmst oder rauchst oder trinkst oder es mit Mädchen treibst. Ich möchte, dass du für immer acht Jahre alt bleibst.*

»Wollen wir später weiterreden?«, schlage ich vor. »Ich werde hier sein, wenn du aus der Schule kommst.«

»Was gibt es da noch zu reden? Deine Meinung steht doch bereits fest. Wir werden ohne Mom umziehen, du hasst es, dass ich rauche, und du findest mich scheiße. Alles klar.« Ohne ein weiteres Wort verlässt er die Wohnung, knallt die Tür hinter sich zu, und ich stehe da, sehe ihm fassungslos nach.

Verdammt, verdammt, verdammt. Da bin ich mal wieder voll in die Scheiße getreten. Warum bin ich neuerdings so streitlustig? Was zum Teufel ist mein Problem?

Von Reue übermannt, lasse ich mich auf den wackligen Barhocker sinken. Dieses Gespräch habe ich mal wieder gründlich vergeigt. Wenn sich hier jemand dumm verhält, dann ich. Ständig suche ich Streit mit den Menschen, die mir am wichtigsten sind. Nicht gerade schlau von mir, soviel steht fest.

Ich streiche mit dem Finger über eines der weichen Blütenblätter. Es ist von einem hellen, sonnigen Gelb, der komplette Gegensatz zu meiner düsteren Stimmung.

Das ist mal wieder typisch für mich. Ein Mann hinterlässt mir Blumen auf meiner Türschwelle, und ich bin total deprimiert. Eigentlich wäre es an mir, mich zu entschuldigen, aber die versöhnliche Geste kommt von ihm. Ich habe noch nie von einem Typen Blumen geschenkt bekommen.

Niemals.

Mein Blick fällt auf einen kleinen cremefarbenen Briefumschlag, der zwischen den Blumen steckt, und ich schnappe ihn mir und öffne ihn mit zitternden Händen.

Fable ist …
Faszinierend
Aufregend
Bildschön
Liebevoll
Exquisit.
Es tut mir leid.
– Drew

Ein wehmütiger, sehnsuchtsvoller Seufzer entringt sich mir. Ich glaube, Drew versucht, mich langsam in meine Einzelteile zu zerlegen, weil er der Einzige ist, der mich wieder zusammensetzen kann. Seine Worte bringen mich um. Zerreißen mir das Herz.

Und erfüllen mich mit so viel Hoffnung, dass ich gar nicht verstehe, wie ich jemals an ihm habe zweifeln können.

Drew

Ich wache mit pochenden Kopfschmerzen und völlig benommen auf. Den Großteil der Nacht habe ich wach im Bett gelegen und in Gedanken wieder und wieder das Gespräch mit Fable abgespult. Außerstande herauszufinden, ab welchem Punkt alles verkehrt lief, aber so gnadenlos verkorkst, wie ich bin, muss es mein Fehler gewesen sein.

Als ich irgendwann einsah, dass an Schlaf nicht zu denken war, stand ich auf, warf mir ein paar Klamotten über und ging zu einem benachbarten Supermarkt. Dort entdeckte ich einen wunderschönen Strauß Wildblumen, den ich, ohne lang zu überlegen, kaufte. Okay, vielleicht hätte ich ihr Rosen kaufen sollen, da sie doppelt so teuer sind und als romantisch gelten, aber irgendwie schienen sie mir nicht zu Fable zu passen.

Der Brief machte mir mehr Mühe. Ich wollte alles ganz richtig machen. Auf keinen Fall durfte ich das Wort »Marshmallow« benutzen. Sie hätte mich umgebracht. Es wäre schön, wenn sie noch einmal Gebrauch davon machen würde. Das eine Mal, als sie es tat, hätte ich es fast verpatzt und bin erst mit einiger Verspätung bei ihr eingetroffen.

Doch sollte sie unser Codewort jemals wieder benutzen, freue ich mich schon jetzt auf ihre überraschte Miene, wenn ich so blitzschnell zu ihrer Rettung herbeieile, dass ihr Hören und Sehen vergeht

Stattdessen schrieb ich ihr ein kleines Gedicht und ließ mich dabei von ihrem Namen inspirieren. Wie bei meinem Tattoo, nur simpler. Inniger. Jedes Wort eine Hymne auf sie.

Sobald ich wieder zu Hause war, fiel ich todmüde ins Bett und schlief sofort ein. Stunden später bin ich dann mit diesem Katergefühl aufgewacht. Das Zimmer ist in helles Sonnenlicht getaucht. Es fühlt sich an, als wäre der Tag schon halb vorbei, und als ich auf meinem Handy nach der Uhrzeit sehe, stellt sich heraus, dass ich mit diesem Gefühl gar nicht so falsch liege.

Und ich sehe auch eine Menge eingegangener SMS von einer ganz bestimmten Person.

Drew ist …

Delikat
Real
Extrem sexy und …
Wundervoll

Mein Herz schlägt höher. Sie hat mir ein Gedicht zurückgeschrieben. Ich fasse es nicht. Sofort texte ich zurück.

Du hast die Blumen also erhalten.

Sie antwortet unverzüglich.

Die Blumen sind wunderschön. Danke.

Während ich antworte, verziehen sich meine Lippen automatisch zu einem Lächeln.

Bitte. Haben dir meine Zeilen auch gefallen?

Sogar noch mehr als die Blumen. Du bist ein heimlicher Romantiker.

Mein Lächeln wird breiter.

Nur bei dir.

Sie antwortet nicht, und ich frage mich, ob ich es irgendwie vermasselt habe.

Dann bin ich sauer auf mich, weil ich ständig fürchte, etwas falsch zu machen. Schließlich schreibt sie zurück.

Was machst du gerade?

Ich bin noch im Bett.

Ich zögere. Soll ich hinzufügen, was mir als Nächstes dazu einfällt? Ach, scheiß drauf, warum nicht?

Und denke an dich.

Ich schicke die SMS ab, mein Herzschlag wird schneller. Ich hoffe, sie hat mir verziehen. Ich sterbe vor Sehnsucht nach ihr.

Bist du nackt, Drew? Das würde mich nämlich total anmachen.

Ich breche in lautes Lachen aus und antworte postwendend.

Du willst mich nackt haben? Das lässt sich arrangieren.

Ich habe nur meine Jogginghose an, keine Unterwäsche. Dass ich das überhaupt denke, erheitert mich ungeheuer.

Und erweckt in mir den Wunsch, mit Fable diese Telefonsex-Sache auszuprobieren, eine Vorstellung, die mich neulich, als wir darüber sprachen, ziemlich umgehauen hat.

Aber mit Fable bin ich bereit, alles zu tun.

Aber nur wenn wir uns beide nackt ausziehen.

Ein paar getippte Worte auf dem Bildschirm, und ich habe einen totalen Ständer. Wow, was für ein Mädchen!

Es klingelt an der Tür, und ich erstarre. Wer zum Teufel ist das? Gereizt eile ich zur Tür, reiße sie auf und bin wie vom Donner gerührt, als ich Fable mit ihrem Handy in der Hand auf meiner Türschwelle vorfinde. Ein verlockendes Lächeln umspielt ihre Lippen, und ich lasse den Blick über ihren Körper gleiten.

Sie ist in pinkfarbene Baumwollshorts und ein schwarzes, langärmliges T-Shirt gekleidet, das sich um ihre Brüste spannt und sie riesig wirken lässt. Ihr Haar ist im Nacken zu einem langen Zopf geflochten; einige wilde Locken haben sich herausgelöst und streifen über ihre Wangen. Sie ist ungeschminkt, bis auf ein wenig Lipgloss, der ihre Lippen feucht glänzen lässt. Zum Küssen einlädt.

Mein Mädchen sieht einfach umwerfend aus. Diese Shorts müsste man glatt per Gesetz verbieten. Sie sind wie eine tödliche Waffe. Ich schwöre, wenn ich noch länger ihre Beine anstarre, kippe ich vor Geilheit tot um.

»Ich kriege ständig komische Nachrichten von irgendeinem abartigen Typen.« Sie hält ihr Handy hoch. Ich sehe die letzte Nachricht, die ich ihr gesendet habe, und Fables Antwort darauf. Sie ist genauso schuldig. »Er möchte gern, dass wir uns beide, er und ich, nackt ausziehen.«

Ich lehne mich an die Tür. Wenn sie dieses Spiel spielen will, sehr gerne. Ich bin bereit. Könnte die Sache interessanter machen. »Hm, seltsam. Warum könnte irgendein fremder Typ das wollen?«

Sie legt die Hände auf die Hüften. »Keine Ahnung. *Du* bist jedenfalls fast nackt.«

Ich blicke an mir herunter, kratze mich an meiner nackten Brust. Ich fühle ihren Blick, und als ich den Kopf hebe, ertappe ich sie dabei, wie sie mich unverhohlen mustert. Genauso unverhohlen, wie ich sie vorhin gemustert habe. »Ich darf also davon ausgehen, dass du meine Entschuldigung annimmst?«

Sofort verändert sich ihr Gesichtsausdruck. Die schönen grünen Augen verdunkeln sich, der Mund wird weicher. »Ich bin diejenige, die sich entschuldigen muss. Zurzeit scheine ich mich mit allen Leuten in die Haare zu kriegen.«

Ich ziehe Fable in die Wohnung und schließe die Tür hinter ihr. Ohne ihr Gelegenheit zum Nachdenken, geschweige denn zur Flucht zu geben, schiebe ich sie an die Wand, halte sie mit meinem Körper dort gefangen, lege die Hände um ihre Taille. Ihre Haut ist warm, ich kann ihre Wärme durch den dünnen Stoff ihres T-Shirts fühlen. Ich will sie haben.

Unter mir, über mir, bei mir. Für immer.

»Mit wem zankst du dich denn noch?« Ich schiebe die Hand unter den Saum ihres T-Shirts, damit ich ihre weiche, straffe Haut fühlen kann.

»Mit meinem Bruder.« Ein zitternder Atemzug entweicht ihr. »Tut mir leid wegen dem Streit gestern Abend, Drew.«

Ich liebe es, wie sie immer direkt auf den Punkt kommt. Auf diese Weise bleiben keine Missverständnisse zurück, kein schwelender Groll. Wir streiten uns, wir provozieren uns, wir entschuldigen uns, wir vertragen uns wieder.

»Mir tut es auch leid.« Ich dränge mich näher an sie und atme den schwachen Geruch ihres Shampoos ein. Sie riecht so gut. Alles an ihr riecht köstlich. Warm, duftend und weich liegt sie in meinen Armen, die Brüste an meinen nackten Oberkörper geschmiegt, die Arme locker um meine Mitte geschlungen. »Lust auf Versöhnungssex?«

Sie kichert, und ich überziehe ihren schlanken Hals mit kleinen Küssen. Augenblicklich geht das Kichern in ein tiefes Stöhnen über, und sie streicht mit den Händen über meinen Rücken, kratzt mit den Nägeln über meine Haut. »Versöhnungssex klingt super.«

Ehe sie noch etwas sagen kann, verschließe ich ihren Mund mit einem Kuss. Ich dürste nach ihren süßen Lippen, ihrer Zunge. Ich verschlinge sie, halte ihren Kopf mit den Händen umfasst, zerzause mit den Fingern ihre Zopffrisur. Sie wimmert an meinem Mund, während ihre Hand unter den lockeren Bund meiner Jogginghose gleitet. Ihr Atem gerät hörbar ins Stocken, als sie entdeckt, dass ich keine Unterwäsche anhabe.

»Böser Junge«, flüstert sie und leckt über meine Unterlippe, während sie meine Jogginghose herunterzieht, bis sie mir um die Knöchel fällt. Ich steige heraus, kicke die Hose weg und erkunde mit der Zunge gemächlich das Innere ihres Mundes.

Niemand, der mich kennt, würde mich als bösen Jungen bezeichnen. Ich gelte bei Typen als anständiger Kerl und war mit diesem Image immer sehr zufrieden. Mädchen bevorzugten die bösen Jungs, also war ich aus dem Schneider.

Außerdem finde ich es schrecklich, mich böse zu fühlen. Denn so kommt man sich vor, wenn man dunkle, schamvolle Geheimnisse hat.

Für Fable bin ich jedoch gern ein böser Junge, einfach nur, um sie das sagen zu hören. Ihr zufriedener Ton ist unmissverständlich. Ich glaube, es gefällt ihr, mich zu verderben.

Während ich sie weiterküsse, umfasse ich ihre Pobacken und hebe sie hoch. Sie schlingt die Beine um meine Hüften, klammert sich an mich, und durch den dünnen Stoff ihrer Shorts hindurch spüre ich ihre heiße Möse an meinem Schwanz. Ich setze Fable kurz ab, damit ich ihr die Shorts und das Spitzenhöschen ausziehen kann, und sie ist mir dabei behilflich.

Bedauern durchzuckt mich, als das hübsche Höschen auf dem Boden landet. Nächstes Mal muss ich mich diesem zarten Spitzenteil eingehender widmen. Jetzt bin ich zu fiebrig, zu gierig, um es langsam anzugehen. Ich möchte in ihr sein. Sofort.

»Drew.« Sie keucht meinen Namen an meinen Lippen, als ich sie wieder hochhebe und diese sexy Beine meine Hüften umschlingen, die Knöchel sich in meinen Hintern bohren. »Ich möchte dich spüren.«

»Du spürst mich gerade, Baby.« Oh, verflucht, ja, sie spürt mich, und ich spüre sie. Sie ist so glitschig und heiß, meine Eichel stößt gegen ihre Schamlippen, und ich habe nur noch den Wunsch, tief in ihr zu versinken. Sie bis zur Besinnungslosigkeit zu ficken und in ihr zu kommen.

»Ich meine ... o Gott, ich kann nicht denken, wenn du das machst«, flüstert sie mit zitternder Stimme, während ich meinen Schwanz langsam und genüsslich an ihr reibe. »Ich nehme die Pille, Drew.«

»Cool.« Ja, keine Babys für uns. Wir kommen kaum mit uns selbst zurecht, wie sollten wir uns da um ein Kind kümmern?

Sie zupft mich am Haar, zieht meine Aufmerksamkeit wieder auf sich. »Ich will dich richtig in mir spüren. Ohne Kondom.«

Ich sehe ihr in die Augen, mein Atem kommt stoßweise, und meine Haut glänzt bereits vor Schweiß. Und ich bin noch nicht einmal in ihr gewesen. Ich bin so erregt, so bereitwillig, alles zu tun, was sie mir sagt, dass ich nicht eine Sekunde über ihren Vorschlag nachdenke. Ich bin dabei.

»Hört sich nach einem guten Plan an«, sage ich, während ich in sie gleite. Die Augen geschlossen, lehne ich die Stirn an ihre und höre ein dumpfes Geräusch, als sie mit dem Hinterkopf gegen die Tür stößt. Doch sie scheint sich nicht wehgetan zu haben, sondern eher wie ich total von Gefühlen überwältigt zu sein.

Ohne Kondom spüre ich ihre feuchte Hitze eine Million Mal intensiver. Ich könnte sofort in ihr explodieren.

Stattdessen hole ich tief Luft und bleibe völlig reglos. Sie ist so eng, so heiß, und sie bewegt sich so sexy auf mir, dass ich laut aufstöhne und ihre Hüften fest umfasse, damit sie sich nicht weiterbewegt.

»W-was ist los?« Sie klingt verwirrt.

Ich öffne die Augen, sehe ihren besorgten Blick. »Wenn du dich weiter so bewegst, kann ich mich nicht länger beherrschen.«

»Wie bewegen?«

»Einfach … bewegen«, sage ich heiser, worauf sie es erneut tut, die Hüfte leicht nach vorne schiebt und die Beine fest um mich schlingt, sodass ich tiefer in sie hineingleite. Stöhnend hebe ich den Kopf und presse die Stirn an die Tür. »Das halte ich nicht aus.«

»Warum nicht?« Sie streicht mir durch das Haar, ihre Nägel kratzen leicht über meine Kopfhaut, und ich erzittere.

»Weil ich dann zu schnell komme, und das wäre mir peinlich.«

Langsam bewegt sie sich auf und ab, fickt mich, bringt mich schier um den Verstand. »Ich will, dass du schnell kommst. Ich will zusehen, wie du die Beherrschung verlierst. Das finde ich …« Sie legt den Mund an mein Ohr, atmet zitternd aus. »Extrem sexy.«

Trotz meiner Qualen lächle ich und hebe den Kopf, um Fable anzusehen. Sie zitiert aus dem Gedicht, das sie für mich geschrieben hat, und ich liebe sie dafür. »Wir haben gerade erst angefangen. Was ist mit deinem Orgasmus?«

»Komm für mich, Drew.« Jetzt bewegt sie sich schneller auf mir, und ich falle in den Takt mit ein, habe keine Kontrolle mehr über mich. »Wir haben heute Nachmittag noch jede Menge Zeit für eine Wiederholung, oder?«

»Richtig«, stimme ich zu, weil ich im Moment allem zustimmen würde. Sie fühlt sich so verdammt gut an, wie sie mich total umschlungen hält, oben herum noch in Top und BH gekleidet, unten herum völlig nackt.

Um meine Nachlässigkeit wiedergutzumachen, ziehe ich ihr T-Shirt hoch, enthülle ihren weißen Spitzen-BH, unter dem sich ihre harten rosa Nippel abzeichnen. Der Anblick raubt mir den Atem, macht mich total verrückt. Ich streiche mit den Fingern am Rand ihres BHs entlang, spüre, wie ihre weiche Haut unter meiner Berührung erbebt.

»Ich liebe dich, Drew«, flüstert sie. Verzaubert von dem Ausdruck, der sich in ihrem Gesicht spiegelt, betrachte ich sie. Ihre Augen sind geschlossen, sie beißt sich auf die Unterlippe, während ich sie weiter berühre und sie sich weiter auf mir bewegt, und ich bin absolut hingerissen.

»Ich liebe dich auch«, murmle ich an ihren geschwollen Lippen, bevor ich sie küsse, meine Zunge in ihren Mund stoße wie meinen Schwanz in ihre Möse. Wieder und wieder, um all die Gefühle auszudrücken, die ich für sie empfinde, die Liebe, das Bedürfnis und das Verlangen.

Ihre kleinen Schreie verraten mir, dass sie dem Höhepunkt näher ist, als ich dachte, und ich beschleunige mein Tempo, ergieße mich binnen weniger Sekunden in ihr. Sie kommt auch, ihr Inneres beginnt zu zucken, verkrampft sich um meinen Schwanz, und ich öffne die Augen. Beobachte, wie Fable sich ihrem Höhepunkt hingibt, bin entzückt über die jähe Röte, die ihre Haut überzieht, ihre wimmernden Schreie, über die Art, wie sie sich anfühlt, wie sie riecht.

Ich halte sie fest umfangen, streiche mit den Fingern durch ihr wirres Haar, streichle sie, beruhige meinen rasenden Herzschlag. Sie ist alles für mich, und ich schwöre in diesem Moment, dass ich sie niemals wieder loslassen werde.

KAPITEL 15

Steh ein für das, was du liebst.
Selbst wenn das bedeutet,
dass du allein dastehst.

– Unbekannt

Drew

Der nervige Klingelton meines Handys weckt mich auf, und als ich den Kopf hebe, sehe ich Fable, die an mich gekuschelt ist, warm und nackt und tief schlafend. Ihr Arm liegt quer über meinem Bauch, ihre Wange ist an meine Brust gepresst, ihr seidig weiches Haar kitzelt an meinem Gesicht. Verdammt, ich will nicht ans Handy gehen. Wer immer es ist, er kann warten.

Mein Mädchen schläft neben mir, umschlingt mich mit seinem warmen Körper. Warum sollte ich mich da von irgendjemandem aufscheuchen lassen? Mein Handy hört auf zu klingeln, nur um gleich darauf erneut anzufangen, und ich greife zum Nachttisch und schnappe es mir, um zu sehen, wer der Anrufer ist.

Dad steht auf dem Monitor, und so nehme ich das Gespräch an, bemühe mich, möglichst leise zu reden, um Fable nicht zu stören. »Hey.«

»Kannst du sprechen?« Er klingt aufgeregt. Durcheinander und traurig.

»Klar, einen Moment.« Ich löse mich aus Fables Umarmung, und sie murmelt im Schlaf, als ich von ihr wegrutsche. Leise stehe ich auf und schlüpfe rasch in meine Jogginghose, ehe ich ins Wohnzimmer husche. »Was ist los?«, frage ich.

Er atmet einige Male gepresst, ehe er zu sprechen beginnt. »Adele betrügt mich. Das weiß ich jetzt. Ich habe den Beweis. Ich bin fertig mit ihr. Endgültig. Ich werde ihre Lügen nicht länger dulden.«

Meine Knie drohen einzuknicken, und ich lasse mich rasch auf die Couch sinken. »Was für einen Beweis?«

»Ich bin ihr gefolgt. Sie ist in den Country Club gefahren, angeblich um Golfstunden zu nehmen. Pah, von wegen!« Er schnaubt. »Sie hat sich mit dem Golflehrer getroffen, ihn in ein Privatzimmer gezogen und ist stundenlang mit ihm dort verschwunden. *Stundenlang!* Als die beiden schließlich aus dem Zimmer herauskamen, hatte er ein selbstgefälliges Grinsen im Gesicht und sie diese frisch gevögelte Ausstrahlung.« Er stöhnt. »Ich habe die beiden zur Rede gestellt.«

»Ach, Dad.« Mein Herz schmerzt vor Mitgefühl. Ich kann seinen Kummer nachempfinden, die Demütigung, die er erlitten hat. Und was es für ihn bedeutet haben musste, Adele mit ihrem Lover zur Rede zu stellen … Herrgott, er muss außer sich gewesen sein.

»Sie ist durchgedreht, Drew. Komplett durchgedreht. Hat geheult, hysterisch gekreischt, alles abgestritten. Alles nur Lügen, schrie sie.«

»Wo bist du gerade?«

»Im Haus. Ich habe sie rausgeschmissen. Bin aus dem Country Club nach Hause gerast und habe ihren ganzen Scheißkram auf den Rasen geschmissen. Sie ist mir nachgefahren, hat mich im Vorgarten abgepasst und gebrüllt, sie werde die Bullen holen. Tja, das habe ich dann für sie erledigt.«

Ich schließe die Augen, reibe mir mit der Hand über das Gesicht. Die implodierende Ehe meines Dad ist eine einzige verfickte Katastrophe. »Du hast die Bullen gerufen?«

»Sicher. Ich habe sie gebeten, diese Person von meinem Grundstück zu entfernen, weil sie sich weigerte zu gehen. Da die Hypothek nur auf meinen Namen läuft, habe ich, glaube ich, das Recht dazu, obwohl wir noch verheiratet sind. Verflucht, ich weiß auch nicht.« Er hält inne. »Ich habe heute einen Termin bei meinem Anwalt, um endgültig die Scheidung einzureichen. Die Papiere sind bereits ausgearbeitet und müssten ihr in den nächsten Tagen zugestellt werden. Ich habe die Schnauze voll.«

»Ernsthaft?« Meine Stimme ist voller Zweifel. Ich kann nichts dagegen tun.

»O ja. Es fällt dir vermutlich schwer, es zu glauben, aber ich meine es todernst. Sie hat mich so gemein hintergangen, dass jede Chance auf einen Neubeginn vertan ist. Ich kann ihr nicht vertrauen. Ich bin fertig mit ihr.«

Wenn er wüsste, was zwischen Adele und mir vorgefallen ist, wäre er wahrscheinlich auch mit mir fertig. Der Gedanke ist unerträglich. Neben Fable ist er der einzige Mensch, der mir nahesteht. »Hat sie sich wieder bei dir gemeldet?«

»Nein. Ich habe seitdem nichts mehr von ihr gehört. Wahrscheinlich ist sie bei ihrem verdammten Golflehrer untergeschlüpft. Dann kriegt sie schon mal einen Vorgeschmack darauf, wie unkomfortabel ihr Leben an der Seite eines kleinen aufgeblasenen Arschlochs sein wird, das sich mit Golfunterricht über Wasser halten muss. Sie wird sehr schnell herausfinden, dass es sich nicht gelohnt hat, für ihn unsere Ehe zu riskieren.« Die Bitterkeit in Dads Stimme ist unüberhörbar. Ich weiß nicht, ob ich ihn jemals so aufgebracht erlebt habe.

»Wenn du etwas Abstand von diesem ganzen Mist brauchst, kannst du mich ja besuchen kommen. Ich habe ein Gästezimmer, oder du nimmst dir ein Hotel. Wir können etwas unternehmen, du kannst deine Gedanken sortieren«, biete ich an. Fable wird vermutlich wenig begeistert sein. Sie ist nicht gerade ein Fan von meinem Dad, doch um Fable kann ich mir später Gedanken machen. Ich muss Dad helfen. Er ist total neben der Spur. Außer sich vor Wut, und das kann nicht gesund sein.

»Danke für das Angebot, aber ich werde mein Haus auf keinen Fall verlassen. Bei meinem Glück ist es gut möglich, dass sie meine Abwesenheit benutzt, um sich hier wieder einzuquartieren. Sie würde mir dann mit irgendwelchen Wohnrechten oder weiß der Teufel was kommen. Nein, darauf habe ich keine Lust. Ich rühre mich hier nicht vom Fleck«, sagt er entschlossen.

Ich unterdrücke den erleichterten Seufzer, der mir entweichen will. »Gut, aber du weißt, das Angebot steht.«

»Das weiß ich zu schätzen, mein Sohn. Sogar sehr. Ich fasse es einfach nicht ...« Er verstummt, stößt einen zitternden Atemzug aus. O Gott, ich hoffe, er weint nicht. »Ich fasse es einfach nicht, dass sie mir so etwas antut. Nach allem, was wir durchgemacht haben, allem, was wir erlebt haben, geht sie einfach los und macht so etwas. Es ist unglaublich.«

Es gibt nichts, was ich darauf sagen könnte. Ich kann ihn nicht trösten. Ich hoffe für ihn, dass er Adele so schnell wie möglich loswird. Aber er liebt sie. Aus welchem Grund auch immer, er liebt sie und leidet unter ihrem Verrat.

Man stelle sich vor, er würde herausfinden, was ich ihm angetan habe. Vor allem in Bezug auf Vanessa. Ich kenne die Wahrheit immer noch nicht. Es ist völlig ausgeschlossen, dass ich Adele danach frage. Sie würde mir eine Variante auftischen und Dad eine andere.

Krankes, kaputtes Miststück.

Ich rede noch einige Minuten mit Dad. Besser gesagt, ich lasse ihn darüber lamentieren, wie sehr sie ihn verraten hat, und gebe, wenn erforderlich, angemessene Laute von mir. Er kann nicht aufhören, darüber zu sprechen. Beginnt, sich zu wiederholen, sagt ständig die gleichen Dinge, redet sich in Rage, und seine Wut und seine Traurigkeit sind so heftig, dass sie auf mich übergehen, sich wie eine schwere, nasse Decke über mich legen.

Doch dann blicke ich auf und erspähe Fable, die im Flur steht, ihr langes Haar total verwuschelt, die dunkelblaue Bettdecke um den nackten Körper gewickelt und im Gesicht einen zögernden Ausdruck.

»Dad, ich muss los. Ruf an, wenn du mich brauchst.« Ehe er antworten kann, beende ich das Gespräch und gehe zu Fable, lege die Arme um sie und ziehe sie an mich, doch die bauschige Bettdecke ist mir im Weg. »Hey, du bist wach.«

»Ich bin wach geworden, als du aufgestanden bist.« Sie legt die Hand auf meine nackte Brust, streichelt darüber. »Alles in Ordnung?«

»Ja.« Ich wünschte, sie würde die verdammte Bettdecke wegnehmen, damit ich sie richtig berühren kann. »Es war mein Dad. Er will jetzt doch die Scheidung.«

Sie hält mit dem Streicheln inne. »Eine gute Nachricht, oder?«

»Definitiv. Ich möchte, dass sie für immer aus unser aller Leben verschwindet. Aber zwischen den beiden herrscht ein ständiges Hin und Her. Ich weiß nicht, ob ich ihm diesmal glauben soll.«

»Was ist passiert, dass er sich nun doch zur Scheidung entschlossen hat?«, fragt sie.

»Er hat sie beim Fremdgehen ertappt. Offenbar ist er ihr gefolgt, hat beobachtet, wie sie sich mit einem Typen getroffen hat, und sie dann zur Rede gestellt.« Dad verhält sich wie ein Besessener, aber wenn ein Mensch von jemandem, den er liebt, so hintergangen wird, ist er wahrscheinlich nicht mehr ganz zurechnungsfähig und macht die verrücktesten Dinge.

»Wow. Klingt schrecklich.«

»Ja. Mein Dad … er ist echt verzweifelt.« Ich streiche über ihr Haar, versuche, die widerspenstigen Locken zu bändigen. Ich habe keine Lust, noch länger über meinen Dad zu sprechen. »Du siehst sehr hübsch aus in meiner Bettdecke.«

Fable verdreht die Augen, aber ihre Wangen röten sich leicht. »Ich dachte, du würdest sagen, ich sehe immer hübsch aus, egal was ich anhabe.«

»Du hast recht.« Wenn ich könnte, würde ich all meine Probleme vergessen und mich ganz in Fable verlieren. Sie ist das Einzige, was sich in meinem Universum richtig und normal anfühlt.

»Ich sollte langsam gehen«, sagt sie weich. »Ich habe Owen versprochen, dass ich zu Hause sein werde, wenn er aus der Schule kommt. Außerdem gehe ich heute Abend mit Jen aus und muss mich noch etwas zurechtmachen.«

Eifersucht flackert in mir auf, doch ich mahne mich energisch zur Räson. Ich benehme mich albern. Wie ein Macho-Arschloch, das seine Frau ständig überwachen will, und das ist wirklich nicht cool. Ich vertraue ihr.

Aber ich traue den Typen nicht, denen sie über den Weg läuft. Ich meine, man braucht sich Fable nur anzusehen. Ja, Fable ist schön, und sie gehört mir allein. Doch ein Fehler meinerseits, und ich könnte sie verlieren. Da muss ich mir nur den gestrigen Abend vergegenwärtigen.

Energisch schiebe ich den Gedanken an den gestrigen Streit beiseite. Es ist sinnlos, über meine Fehler nachzugrübeln.

»Okay.« Ich gebe ihr einen Kuss auf die Nasenspitze. »Wie bist du überhaupt hierhergekommen?«

Sie zuckt die Achseln, ein kleines Lächeln spielt um ihre Lippen. »Jen hat mich von zu Hause abgeholt, weil ich mir aus dem Restaurant meinen Gehaltsscheck abholen wollte. Und von dort aus bin ich dann zu dir gejoggt.«

»Du bist gejoggt?« Ich hatte keine Ahnung, dass sie so sportlich ist. Okay, sie hat eine super Figur, doch sie hat nie erwähnt, dass sie gerne joggt.

Natürlich gibt es vieles, was ich über Fable nicht weiß. Sie ist nach wie vor ein Geheimnis für mich. Ein Geheimnis, das ich ergründen und zerpflücken möchte, um jedes winzige Detail Stück für Stück kennenzulernen.

»Ja.« Sie beugt sich vor, drückt mir einen Kuss auf die Brust. Mein Herz macht einen Hüpfer, als könnte es ihren Kuss tatsächlich spüren. »Ich habe alle möglichen verborgenen Talente.«

»Das glaube ich dir gern«, murmle ich, gefesselt von der Art, wie sie mich berührt. So ungezwungen, als wären wir bereits seit Ewigkeiten zusammen.

Lachend löst sie sich aus meinen Armen und geht auf das Schlafzimmer zu. »Vielleicht hast du Glück und entdeckst heute Nacht noch mehr davon«, ruft sie mir über die Schulter hinweg zu.

Ich runzle die Stirn. »Worüber redest du?«

Noch mehr Gelächter. Der melodische Klang betört mich, erfüllt mich mit Glück. »Das wirst du schon sehen.«

Noch Stunden, nachdem sie gegangen ist, denke ich über diese Bemerkung nach.

Fable

Ich fühle mich super. So gut wie seit Ewigkeiten nicht mehr. Jen und ich sind in ein neues Lokal in der Innenstadt gegangen, wo es die besten Vorspeisen gibt, die man sich vorstellen kann. Während wir uns über das köstliche Essen hermachten, kringelten wir uns vor Lachen bei der Vorstellung, Colin würde uns hier zusammen ertappen. Er würde schäumen vor Wut.

Wir sind Verbündete, und das macht Spaß. Sonst fühle ich mich nur mit Owen als echtes Team und in gewisser Weise auch mit Drew. Doch die Beziehung mit Drew ist noch so neu, so zerbrechlich, dass ich manchmal fürchte, ich könne zu fordernd sein.

Heute Abend plane ich jedoch, fordernd zu sein. Heute Abend fühle ich mich frei.

»Los, erzähl mir etwas über deinen supersüßen sexy Freund.« Jens dunkle Augen funkeln. Wir sind in einen der Studententreffs weitergezogen. Im Erdgeschoss gibt es ein sehr lässiges Restaurant, im oberen Stock befinden sich Bar und Tanzfläche. Sie lassen niemanden unter einundzwanzig Jahren nach oben, was mich total wurmt. Ich verrenke mich förmlich auf meinem Stuhl, weil ich bei dem pochenden Beat, der von oben herunterdringt, nicht ruhig sitzen bleiben kann.

»Was willst du wissen?«, frage ich mit gespielter Unschuld und rühre mit dem Strohhalm durch meinen Softdrink. Ich hätte gern etwas Stärkeres. Jen ist ein wenig beschwipst – ich erkenne es an ihrem geröteten Gesicht, dem Glanz in ihren Augen. In knapp einem halben Jahr werde ich einundzwanzig, und ich bin zwar kein Partygirl oder so etwas, doch es wird nett sein, Alkohol trinken zu können, wann immer mir der Sinn danach steht.

»Wie habt ihr euch kennengelernt?«

Eine simple Frage, die sich jedoch nicht so simpel beantworten lässt. »Das ist etwas kompliziert.«

»Er ist ein klasse Typ. Und total bekannt, du kleine Schwindlerin. Du hast gesagt, dein Freund sei niemand, den ich kenne. Aber jeder in der Stadt kennt Drew Callahan.« Jen nippt an ihrem Drink, die Lippen zu einem anzüglichen Grinsen gekrümmt. »Ist er ein Ass im Bett oder was?«

Jen wird jetzt ziemlich betrunken und redet eine Menge Stuss. Ich weiß nicht, was ich auf ihre Frage antworten soll. Ich bin an Mädchen gewöhnt, die mich beschuldigen, ich wolle ihnen den Freund ausspannen, und nicht an Freundinnen, die mich fragen, wie mein Freund im Bett ist.

»Du bist ganz rot geworden, also nehme ich an, dass er unfassbar gut ist.« Jen schüttelt den Kopf, ein wehmütiger Ausdruck huscht über ihr Gesicht. »Mir fehlt der Sex.«

Ich bin total baff. Ich hätte gewettet, dass sie mit Colin poppt, wie mein Bruder diesen Akt so eloquent zu bezeichnen pflegt. »Heißt das, du hast zurzeit keinen Sex?«

»Genau.« Jen zuckt die Achseln. »Ich weiß, was du denkst. Du glaubst bestimmt, ich sei mit Colin zusammen.«

Ich schweige, will meinen Verdacht nicht aussprechen.

»Nein, ich bin nicht mit ihm zusammen. Er ist nur

ein Freund.« Sie blickt sich um, als fürchte sie, jemand könne uns belauschen. »Wenn ich dir etwas erzähle, versprichst du mir dann, es für dich zu behalten?«

»Natürlich.« Ich wette, ich habe ein Schild um den Hals, auf dem *Exzellente Geheimnisbewahrerin* steht.

Jen beugt sich bedenklich weit über den Tisch und senkt die Stimme. »Colin war der beste Freund meines großen Bruders.«

Verwirrt runzle ich die Stirn. »Und?«

Ein trauriger Ausdruck gleitet über ihr Gesicht. »Mein Bruder ist gestorben. Im Irak.«

»Oh.« Ich greife über den Tisch hinweg nach ihrer Hand und drücke sie. »Das tut mir sehr leid.«

Sie zuckt die Achseln, doch in ihrem Blick liegt tiefer Schmerz. »Es ist vor einigen Jahren passiert, und wir waren alle total am Ende, vor allem Colin. Dannys Tod hat meine ganze Familie aus der Bahn geworfen. Wir sind auseinandergedriftet, und dann bin ich einfach weggelaufen. Ich hielt es zu Hause nicht mehr aus, konnte diesen Schmerz und das Elend einfach nicht mehr ertragen. Schließlich bin ich in diesem Kaff hier gelandet. Habe gejobbt und versucht, mich irgendwie über Wasser zu halten.«

Klingt vertraut. Aber ich bin zumindest nicht allein. Ich bin dankbar dafür, dass ich Owen habe und meine Mom irgendwie auch. Sie ist schrecklich, doch sie hat uns nicht völlig im Stich gelassen.

»Vor einigen Monaten war ich eines Abends in der Arbeit, als plötzlich Colin dort auftauchte. Wie aus dem Nichts. Er meinte, er hätte mich gesucht, weil er einen Job zu vergeben hätte und gegebenenfalls auch eine

Bleibe. Ich dachte, er sei im District nur angestellt. Als Manager oder so. Als mir klar wurde, dass ihm das Restaurant gehört, dass ihm gleich mehrere Restaurants gehören und er stinkreich ist, konnte ich es kaum glauben. Er hat so viel aus seinem Leben gemacht.« Der verträumte Ausdruck in Jens Gesicht spricht Bände.

Sie ist schwer verknallt in den besten Freund ihres toten Bruders. Verdammt, habe ich es mir doch gedacht! Ich wusste nur nicht, dass die beiden eine gemeinsame Vergangenheit haben. Eine wirklich tief gehende Verbindung.

»Bist du in ihn verliebt?«, frage ich ruhig.

»Was? Nein!« Energisch schüttelt Jen den Kopf, bemüht sich redlich, ihr Erschrecken zu kaschieren.

Aber ich erkenne einen Lügner, wenn ich ihn sehe.

»Er ist für mich wie meine Familie. Wie ein großer Bruder«, behauptet sie und sieht mich fest an. »Erzähl es nicht weiter, okay? Ich möchte nicht, dass unsere Kolleginnen davon erfahren. Das ist auch in Colins Sinn. Er will nicht den Anschein erwecken, er würde jemanden bevorzugen.«

»Aber du wohnst bei ihm. Das wissen alle.«

»Er hat so etwas schon früher gemacht. Ich meine, Angestellte bei sich wohnen lassen.« Sie zuckt die Achseln. »Es ist ihm einfach wichtig, dass es seinen Angestellten gut geht und dass sie ein Dach über dem Kopf haben. Er hat mich auch nach dir gefragt, wollte sichergehen, dass du nicht in irgendeinem Verschlag haust.«

»Er weiß, wo ich wohne.« Ich erzähle ihr, wie er mir die SMS geschickt und mich dann von zu Hause abgeholt hat.

»Ist das nicht irre nett? Er wollte dir einfach helfen.«

Jen ist so begeistert von Colin, dass sie ihn total verklärt. Ich habe mich immer gefragt, welche Motive er in Bezug auf mich haben könnte. Nicht, dass er je anzüglich gewesen wäre, aber er ist extrem aufmerksam. Viel aufmerksamer als jeder andere Boss, den ich bisher hatte.

Aber vielleicht hat Jen recht. Vielleicht passt er einfach auf die Menschen auf, um die er sich Sorgen macht. Das kann man ihm nicht vorwerfen. Er ist wie ein beschützender großer Bruder.

»Jetzt haben wir genug über mich gequatscht. Reden wir lieber über dich und deinen sexy Freund.« Jen nimmt einen Schluck von ihrem Drink, ist wieder ganz heiter und vergnügt. »Wundert mich, dass er dich heute Abend ausgehen lässt.«

»Gegen einen Mädelsabend ist ja nichts einzuwenden, oder?«

»Nein, nein. Der steht jedem Mädchen zu.« Jen grinst, als die Musik in einen harten, schnellen Beat wechselt, der mich wieder wie wild auf meinem Stuhl wippen lässt. »Habe ich eigentlich schon erwähnt, dass ich oben den Türsteher kenne?«

»Echt?« Ich höre auf zu wippen. »Meinst du, er lässt mich rein?«

»Wenn du ihm versprichst, dass du dir nichts von der Bar holst, könnte ich ihn wahrscheinlich überzeugen.« Jen lacht, als ich aufgeregt in die Hände klatsche. »Ich hätte nicht gedacht, dass du so gern tanzt.«

»Ich liebe es zu tanzen.« Nur komme ich viel zu selten dazu. Wann habe ich schon mal Zeit, in einen Club zu gehen? Und mit wem? »Aber da ich so viel arbeite, gehe ich nur selten aus.«

»Gut, dann werde ich jetzt mal meine Zauberkräfte einsetzen und dir zum Tanzen verhelfen.« Sie zieht ihr Handy aus der Tasche und schreibt eine SMS, vermutlich an den Türsteher von oben. Ich blicke mich um, warte gespannt darauf, ob Jen Erfolg hat. Sie ist so nett, so unkompliziert und witzig. Ich bin froh, dass ich eingewilligt habe, heute Abend mit ihr auszugehen. Das habe ich gebraucht.

Da Jen immer noch in ihre Tastatur tippt, hole ich ebenfalls mein Handy heraus und sende Drew rasch eine Nachricht. Er antwortet binnen Sekunden.

Hast du Spaß?

Ja, soweit das ohne dich möglich ist.

Was in gewisser Weise stimmt. Plötzlich vermisse ich ihn.

Schmeichlerin.

Lächelnd tippe ich eine Frage ein.

Tanzt du gern?

Nein, eigentlich nicht.

Ich lache leise. Es überrascht mich nicht. Er ist nicht so der Tanz-Typ.

»Der Türsteher kann uns reinbringen.« Jens Stimme dringt durch meinen rosaroten Drew-Nebel.

Grinsend blicke ich von meinem Handy auf. »Das ist nicht dein Ernst.«

»Doch. Aber wir müssen hoch, bevor es richtig voll wird und sie damit anfangen, Leute wieder wegzuschicken.« Jen deutet mit dem Kinn auf das Telefon in meiner Hand. »Schreibst du gerade deinem Mr Supersüßundsexy?«

Warum erfindet jeder einen Spitznamen für Drew? Owen nennt ihn Lover Boy. Jen Mr Supersüßundsexy. Ich sollte ihn auch anders nennen. Drew-Bärchen oder Drew-Schnuckel. Irgendein doofer Name, nur für mich. Wenn ich ihn damit anspreche, würde er vermutlich vor Scham im Erdboden versinken.

»Kann sein«, sage ich abwehrend.

Sie lächelt. »Du solltest ihn herbestellen, damit er dich später heimfahren kann.«

»Und was ist mit dir?«

Jen macht eine wegwerfende Handbewegung. »Ich werde auf dem Heimweg einen Abstecher ins Restaurant machen. Colin hat mir gerade geschrieben und gefragt, ob das möglich wäre.«

Ah, verstehe. Colin schnippt mit den Fingern, und Jen kommt angelaufen. Irgendwie kann ich das nachvollziehen.

Mich wieder auf mein Telefon konzentrierend, schreibe ich meinem supersüßenundsexy Lover Boy eine Nachricht.

Du solltest kommen und mir beim Tanzen zusehen.

Wo bist du?

Ich nenne ihm den Club und füge hinzu: *Soll ich dir beschreiben, was ich anhabe, damit du mich findest?*

Baby, ich finde dich überall, schreibt er postwendend zurück.

Ich grinse so breit, dass mir die Wangen wehtun, schiebe mein Handy in die Vordertasche meiner Jeans und wende mich Jen zu. »Gehen wir tanzen.«

KAPITEL 16

Der wahre Liebhaber ist der Mann, der dich allein dadurch erregen kann, dass er dir einen Kuss auf die Stirn gibt oder dir lächelnd in die Augen sieht oder einfach nur vor sich hinschaut.

– Marilyn Monroe

Fable

Der Raum ist klein, dunkel und gerammelt voll. So voll, dass ich mich kaum bewegen kann, doch das ist mir egal. Ich habe die Arme über den Kopf gehoben, die Hände in der Luft, und die Lichter, die über uns hängen, blinken im Takt mit der Musik. Ich tanze mir die Seele aus dem Leib, mein Haar ist feucht vor Schweiß, meine Beine schmerzen.

Was für ein toller Abend, ich fasse es kaum, wie viel Spaß ich habe. Ich fühle mich einfach nur fantastisch.

Jen tanzt mit mir, und sie ist überraschend gut, verfügt über ein natürliches Rhythmusgefühl, was mich zu extravaganten Showeinlagen ermuntert. Vorher hatte uns eine Gruppe Typen umringt und versucht, mit uns zu tanzen, aber Jen und ich blieben für uns, als hätten wir ein Date oder so was. Ich wollte den Typen keinen Mut machen, und Jen ging es genauso, also waren wir uns da zum Glück einig.

Wir tanzen miteinander, rempeln uns gegenseitig an und stoßen zusammen, weil Jen beschwipst ist und ich auch, wenn auch nicht von Alkohol. Endlich einmal habe ich das Gefühl, mein Leben läuft in der richtigen Spur. Als stünde mir nichts mehr im Weg.

Schon wieder habe ich mich in ein totales Klischee verwandelt. Doch diesmal in ein positives. Ich könnte jetzt sogar schmalzige 80er-Jahre-Hymnen schmettern, weil ich überzeugt bin, dass mich im Moment nichts aufhalten kann. Irgendwie.

Die Typen weichen zurück und bilden einen Halbkreis um Jen und mich, während wir tanzen, johlen, grölen und uns insgesamt wie Geisteskranke aufführen. Wir stacheln die Typen an, kreisen mit den Hüften, strecken die Brüste heraus. Ich bin nicht einmal sonderlich sexy gekleidet, sondern eher lässig, in Jeans und einem süßen karierten Hemd, das ich im Ausverkauf bei Target erstanden habe und das ich offen mit einem weißen Tanktop darunter trage.

Also ein lässiges Outfit, denn wen sollte ich auch beeindrucken wollen? Ursprünglich war ja nicht vorgesehen, dass mein Freund hierherkommt.

Er ist immer noch nicht da.

Ein neuer Song ertönt, diesmal eine langsame Nummer, und die Tanzfläche beginnt sich schlagartig zu leeren. Jen und ich wechseln einen stummen Blick, ehe wir ebenfalls den Rückzug antreten und die Bar ansteuern. Jen zwängt sich durch eine Menschentraube hindurch, erlangt wundersamerweise sofort die Aufmerksamkeit des Barkeepers und bestellt zwei Glas Wasser für uns.

Als sie mir mein Glas reicht, trinke ich sofort gierig ein paar Schlucke des eiskalten Wassers, das wohltuend durch meine ausgedörrte Kehle rinnt. Die Beleuchtung ist nun ziemlich schummrig. Einige Paare wiegen sich auf der Tanzfläche, die meisten bewegen sich kaum, treten nur von einem Bein auf das andere, während sie sich gegenseitig befummeln.

Ich bin dankbar für die Pause, aber gleichzeitig vermisse ich Drew. Der Anblick der tanzenden Paare erweckt eine tiefe Sehnsucht in mir. Jen und ich haben über eine Stunde lang getanzt. Ich hatte damit gerechnet, dass er inzwischen hier sein würde, also wo bleibt er?

»Ich muss bald gehen.« Jen streicht sich ihr feuchtes Haar aus der Stirn. »Wollte dein Freund dich nicht abholen?«

»Das war eigentlich so ausgemacht.« Suchend spähe ich durch den Raum, kann jedoch kaum etwas erkennen. Es ist so verdammt dunkel.

»Hm.« Sie nippt an ihrem Wasser. »Jedenfalls werde ich dich auf keinen Fall hier allein zurücklassen. Ich kann dich nach Hause fahren.«

»Du brauchst mich nicht –«

Jen fällt mir ins Wort. »Ich habe dich abgeholt, also

kann ich dich auch wieder nach Hause bringen. Das ist überhaupt kein Problem.«

»Cool. Danke«, erwidere ich mit einem steifen Nicken. Ich weigere mich, enttäuscht zu sein. Und ich weigere mich auch, ihm eine SMS zu senden. Er weiß genau, wo ich bin, warum zum Teufel braucht er dann so lange?

Vielleicht hat sein Dad noch mal angerufen und ihm sein Leid geklagt. Vielleicht geht es ihm schlecht, weil es seinem Dad schlecht geht, und ich denke nur an mich und bin sauer, weil er nicht da ist. Vielleicht …

»Ich trinke nur rasch aus, dann können wir los«, sagt Jen und reißt mich aus meinen Gedanken.

»Okay.« Ich leere mein Wasser und stelle das Glas auf dem am nächsten stehenden Tisch ab, ignoriere die dort sitzenden Mädchen, die mir giftige Blicke zuwerfen. Mein unhöfliches Benehmen ist mir piepegal. Ich bin einfach gereizt.

Die Mädchen tuscheln ungeniert, lästern vermutlich über mich und hoffen, dass ich das mitbekomme, doch ich würdige sie keines Blickes. Mir ist heute Abend weiß Gott nicht nach dem gehässigen Geschwätz irgendwelcher dummen Tussis zumute.

Der Song endet, und das Licht wird heller, überflutet die Tanzfläche. Nun folgt einer der beliebtesten Hits aus den Charts, und alle strömen auf die Tanzfläche einschließlich Jen und mir, da wir von der Menge mitgerissen werden.

»Noch ein Song!«, schreit sie mir zu, und ich nicke zustimmend.

Die dummen Zicken tanzen ganz in der Nähe, werfen

Jen und mir böse Blicke zu, und ich drehe ihnen den Rücken zu, versuche, diesen letzten Song zu genießen. Doch meine Nerven sind zum Zerreißen angespannt. Diese blöden Tussis haben mir die Laune vermiest. Ich hätte darauf bestehen sollen, dass wir vor diesem Song gehen.

Aber Jen tanzt hingebungsvoll weiter, strahlt über das ganze Gesicht, während sie die Hände durch die Luft schwenkt, als sei ihr alles egal.

Ich schwenke die Hände durch die Luft, ahme Jen nach. Allmählich beginnt die Musik, ihre Magie zu entfalten, springt auf mich über, bis ich nur noch das rhythmische Wummern des Basses fühle und den anrührenden Text auf mich wirken lasse. Ich werde gerade total vom Refrain mitgerissen, als ich eine der Tussis neben mir aufkreischen höre.

»Nein! Ist das Drew Callahan?«

Ich blicke über die Schulter und entdecke ihn am anderen Ende des Raums, gleich neben der Tür, als wäre er gerade erst gekommen. Mit zusammengekniffenen Augen späht er durch den Saal, zweifellos auf der Suche nach mir, was mich mit flatternder Vorfreude erfüllt. Er sieht unglaublich süß aus in dem weißen Longsleeve mit der geöffneten Knopfleiste, die hochgekrempelten Ärmel enthüllen seine kräftigen sexy Unterarme. Und den Jeans natürlich, die sich um seine Schenkel spannen und mich daran erinnern, wie muskulös er ist. Das Haar hängt ihm in die Augen, und er streicht es zurück, wirft gereizt den Kopf nach hinten.

Ich presse die Lippen zusammen, würde am liebsten seufzen wie ein schwärmerisches Schuldmädchen. Mein Geliebter ist so verdammt attraktiv, das halte ich kaum aus. Er hat mich immer noch nicht entdeckt. In der Tat wirkt er leicht verärgert, als er sich, unentwegt um sich blickend, durch die Menge schiebt, und ein warmes Gefühl durchströmt mich, als ich mich in Bewegung setze und dabei die Mädchen im Auge behalte, die aufgeregt über Drew tuscheln und ihn beobachten.

»Normalerweise geht er nie aus«, sagt eines der Mädchen. »Gott, er sieht so verdammt gut aus, dass es schon fast wehtut, ihn anzusehen.«

Ich bin versucht, mich umzudrehen und ihr die Augen auszukratzen, doch ich halte mich zurück. Schließlich bin ich diejenige, die ihn erst vor wenigen Stunden nackt und in voller Pracht erlebt hat. Drew Callahan gehört mir.

»O mein Gott, er schaut her!«, kreischt ein anderes Mädchen.

Er starrt mich direkt an, und ich spüre seinen sengenden Blick durch den ganzen Raum hindurch. Das Haar zurückwerfend, schenke ich ihm ein sinnliches Lächeln und hoffe inständig, nicht wie eine Idiotin auszusehen.

Drew antwortet mit einem hinreißenden Lächeln, kommt aber nicht näher. Ich kann immer noch hören, wie diese Mädchen sich über ihn auslassen. Sie sollen merken, dass er mir gehört. Das will ich unbedingt.

Also beobachte ich ihn. Begehre ihn. Doch ich werde mich ihm auf keinen Fall nähern. Er muss derjenige sein, der herkommt.

»Dein Freund ist da!«, brüllt mir Jen ins Ohr.

Den Blick fest auf Drew gerichtet, beginne ich wieder, zu dem pochenden Beat zu tanzen. »Ich weiß!«, brülle ich zurück.

»Er sieht dich an, als wollte er dich verschlingen.« Lachend bewegt sich Jen von mir fort.

Hitze wallt zwischen meinen Beinen auf. Er sieht mich tatsächlich so an, als wollte er mich auffressen. Außerstande, noch länger zu warten, krümme ich den Zeigefinger, fordere ihn auf, zu mir zu kommen.

»Seht nur, er kommt auf uns zu!«, kreischt eines der Lästermäuler, als er sich auf der überfüllten Tanzfläche zwischen den Leuten hindurchschiebt.

Voll atemloser Vorfreude erwarte ich ihn. Er ist größer als die meisten Leute hier und er fällt auf. Oder vielleicht kommt mir das so vor, weil ich nur Augen für ihn habe. Weil ich nur sehe, wie dieses weiße Shirt sich über Schultern und Brustkasten spannt. Wie sein halblanges Haar glänzt. Wie er mich ansieht, als er direkt vor mir stehen bleibt, den Blick für einen langen heißen Moment auf meinem Mund verweilen lässt, ehe er mir in die Augen schaut.

»Hi«, sagt er, doch ich kann ihn kaum hören. Ich lese ihm das eher von den Lippen ab. Seinen sexy, wunderschönen, unwiderstehlichen Lippen.

Und so schlinge ich die Arme um seinen Hals und gebe ihm einen süßen Kuss auf diesen unwiderstehlichen Mund. »Hi«, flüstere ich, mit den Lippen über seine streichend.

Er legt seine göttlichen Hände auf meinen Arsch und zieht mich näher. Ich kann tatsächlich das entsetzte Aufkeuchen der hinter uns stehenden Mädchen hören und ich lege den Kopf in den Nacken und lache triumphierend.

Es fühlt sich fantastisch an, ausnahmsweise mal

das Mädchen zu sein, das den umschwärmten Jungen bekommt.

Drew

Es dauerte ewig, bis ich endlich aus meiner Wohnung herauskam. Dad rief zweimal an, um über Adele zu jammern, über alles, was sie getan und nicht getan hat. Ich wollte das nicht hören. Doch ich spürte, dass er das loswerden musste, und so ließ ich ihn reden. Bis ich schließlich auf die Uhr sah und mir bewusst wurde, dass Fable in diesem dummen Club wahrscheinlich schon auf mich wartete.

Und wahrscheinlich war sie stinksauer, weil ich sie warten ließ.

Schließlich traf ich dort ein und kam sogar hinein, was keine Kleinigkeit war. Ich musste versprechen, nur meine Freundin zu holen und dann zusammen mit ihr wieder zu gehen. Die Schlange vor dem Eingang zur Disco war endlos lang. Zum Glück war der Türsteher ein großer Footballfan und wusste sofort, wer ich war, also gab es da keine Probleme.

Und jetzt liegt eine warme, sexy Frau in meinen Armen und lächelt mich an, als wäre ich ein Geschenk des Himmels. Sie schmiegt sich an mich, zaust mit den Fingern durch mein Nackenhaar, während sie ihren Körper weiterhin im Takt zur Musik wiegt. Mich rasend macht.

»Ich dachte, du würdest nicht mehr kommen!«, schreit sie mir zu. Die Musik ist so laut, dass ich sie kaum verstehen kann.

Ich lege den Mund an ihr Ohr und murmle: »Tut mir leid, mein Dad hat angerufen.«

Sie nickt, ihr duftendes Haar streift meine Wange, und ich keuche unwillkürlich auf. »Das habe ich mir fast gedacht.«

Die Freundin, mit der sie hier ist, tippt Fable auf den Arm und teilt ihr mit, dass sie nun gehen müsse. Wir winken ihr zum Abschied zu, und sie geht, fädelt sich durch die Menge, bis sie nicht mehr zu sehen ist. Ein neuer Song ertönt, immer noch schnell, aber nicht so hektisch wie der vorherige, und mit einem verlockenden Lächeln bewegt Fable die Hüften.

Teuflisch sexy.

»Ich habe dich vermisst.« Sie streicht mit der Brust über meinen Oberkörper, und ich habe das Gefühl, ich würde in Stücke zerspringen. Sowohl vor Erregung als auch vor Anspannung, die sich heute wegen dieser blöden Scheidung in mir aufgestaut hat. Ich wünschte, Dad hätte nicht angerufen. Er hat mir die Laune verhagelt. Fable spürt das auch. Ihr Lächeln verwandelt sich in ein Stirnrunzeln. »Was ist los?«

Ich zucke die Achseln, habe keine Lust, mich heute Abend noch länger mit diesem Scheiß zu befassen. Ich möchte mich nur auf Fable konzentrieren. »Ich lasse mich von den Problemen und dem Stress anderer Leute runterziehen, was ziemlich bescheuert ist, aber ich kann nichts dagegen tun.«

Ihre gerunzelte Stirn glättet sich ein wenig, aber nicht ganz. Wahrscheinlich tue ich ihr leid, und das will ich nicht. Ich will, dass sie frei und schön und verführerisch ist. Wenn sie sich so verhält, fühle auch ich mich frei. »Ich kann dir helfen«, sagt sie in verheißungsvollem Ton.

Ich senke den Kopf, um sie besser zu hören. »Wirklich?«

»O ja. Du musst lernen, deine Probleme loszulassen.« Sie flüstert mir die Worte ins Ohr, der Klang ihrer sexy Stimme weckt schlagartig Begierde in mir. »Dass du hierhergekommen bist, ist der erste Schritt.«

Ich lege die Hände auf ihre Hüften und ziehe sie näher. Die Musik ist laut, die Luft stickig, und es ist rappelvoll. Doch mit Fables Armen um meinen Hals, ihrem Körper so dicht an meinem, kommt es mir vor, als gäbe es nur uns beide. »Der erste Schritt wohin?«, frage ich dümmlich. Mein Hirn wird zu Matsch, wenn ich mit ihr zusammen bin.

Sie streicht mit den Fingern zart über meinen Nacken, und ich erbebe. »Der erste Schritt dahin, dass wir uns wie zwei ganz normale Leute verhalten, die wahnsinnig ineinander verknallt sind und die Hände nicht voneinander lassen können«, murmelt sie, bevor sie mich küsst.

Ich ertrinke in ihrem Geschmack, in der Wärme ihres an mich geschmiegten geschmeidigen Körpers. Als ich die Hände über ihren Po gleiten lasse, gibt sie ein Wimmern von sich, und der kleine sexy Laut jagt einen Stromstoß durch mich hindurch, macht mich augenblicklich hart.

Verflucht. Ich will hier weg. Es ist zu öffentlich, zu verrückt, mit ihr auf diese Art herumzumachen. Wir sind von Leuten umringt, und die Musik ändert sich schon wieder, ein bekannter Song, der im Radio monatelang rauf- und runtergespielt wurde, doch das scheint hier niemanden zu stören.

Auch Fable nicht. Sie hat sich aus meinen Armen gelöst und bewegt sich sinnlich im Takt der Musik, ein kleines Lächeln um ihre vom Küssen geschwollenen Lippen. »Tanz mit mir«, ruft sie mir über die Musik hinweg zu.

Langsam schüttle ich den Kopf, senke den Blick auf ihre Hüften. Sie bewegt sich, als wäre sie zum Tanzen geboren. Natürlich weiß sie, dass ich sie beobachte, und zieht eine kleine Show ab, nur für mich. Ich sehe zu, wie sie die Hüften in diesen knallengen Jeans kreisen lässt, wie sie die Brüste herausstreckt, als sie die Arme über den Kopf hebt. Die weiße Spitze ihres BHs blitzt am Rand des Tanktops hervor, das sie unter dem Karohemd trägt, und ohne nachzudenken, ziehe ich sie an mich und lege die Hände um ihre Taille.

»Du tanzt nicht?« Sie hebt die Braue, und statt einer Antwort hebe ich ebenfalls die Braue, bleibe jedoch reglos stehen, während sie sich weiter zur Musik bewegt. Ihre Hüften zucken unter meinen Handflächen, und dann dreht sie sich um, streift mit dem Hintern die Vorderseite meiner Jeans, macht mich noch härter.

Sie wirft einen Blick über die Schulter, schenkt mir ein laszives Lächeln, sagt jedoch kein Wort. Tanzt einfach weiter, während ich sie lose festhalte. Ich ziehe sie näher. Noch näher, bis ihr Rücken sich der Länge nach an meine Vorderseite schmiegt, und dann schlinge ich die Arme um sie, lege die Hände flach auf ihren Bauch. Ich lasse die Hände nach unten gleiten, zum Ansatz ihrer Oberschenkel, und spüre, wie sie unter meiner Berührung erzittert.

Nun blickt sie zu mir auf, die Augen weit geöffnet, die Lippen feucht glänzend, als hätte sie sie gerade geleckt. Seit ich hier bin, spielen wir ein Spiel, und ich bin bereit, meinen Preis einzufordern.

Sie. Sie ist alles, was ich haben will. Alles, was ich jemals haben wollte.

Ich habe nie an Märchen geglaubt, nicht einmal als kleines Kind. Seit dem Tod meiner Mom war mein Leben von Tragödien durchzogen. Als ich fünfzehn Jahre alt war, sind meine Illusionen komplett zerstört worden. Ich wurde die Hülle meines einstigen Selbst, war überzeugt, dass mich niemals jemand wahrhaft akzeptieren und lieben könnte. Als ich Dr. Harris erzählte, ich sei dazu verdammt, allein durchs Leben zu gehen, hörte sich das ziemlich wehleidig an, doch es war die Wahrheit. Ich fühlte mich nicht liebenswert.

Abstoßend. Schamerfüllt.

Durch das Zusammensein mit Fable lösen sich all diese alten, verkrusteten Gefühle langsam auf. Sie liebt mich als der Mensch, der ich bin. Sie kennt jede einzelne dunkle und schreckliche Sache, die mir widerfahren ist, und es macht ihr nichts aus. Sie will mir helfen, steht mir zur Seite, ist für mich da, was immer auch geschieht.

Ja, sie … will mich.

Vermutlich denke ich zu weit voraus, will die Dinge viel zu schnell vorantreiben, aber als ich Fable jetzt, in diesem Moment, in den Armen halte und sie mich über die Schulter hinweg anlächelt, weiß ich ohne jeden Zweifel, dass dies das Mädchen ist, das ich für immer an meiner Seite haben möchte. Sie hat sich so vollständig in mein Leben und mein Herz eingebettet, dass ich mir ein Leben ohne sie gar nicht mehr vorstellen kann.

So simpel ist das und gleichzeitig so kompliziert.

»Lass uns verschwinden«, flüstere ich ihr ins Ohr, und sie nickt, sodass ihre Haare mein Gesicht streifen. Sie riecht unglaublich gut, ihre Wangen sind gerötet, und ich habe nur noch den Gedanken, möglichst schnell mit ihr nach Hause zu gehen und ihren nackten Körper mit allem, was ich habe, zu erkunden.

Ich nehme sie an der Hand und führe sie von der Tanzfläche, vorbei an einer Gruppe Mädchen, die uns genau beobachten und tuschelnd die Köpfe zusammenstecken. Fable dreht sich um, zeigt ihnen den Vogel, streckt die Zunge heraus, und ich zerre sie weiter, bevor sie womöglich noch Streit anfängt.

»Was, zum Teufel, sollte das denn sein?«, frage ich, als wir die Treppen hinuntergehen und die Tür aufstoßen, die zum Parkplatz hinausführt.

»Die waren scheiße zu mir. Haben über mich gelästert. Und als sie dich dann bemerkten, sind sie total ausgeflippt.« Lächelnd drückt sie meine Hand. »Sie dachten, du würdest sie anlächeln, aber dabei hast du mich angelächelt.«

Ich schüttle den Kopf. »Wen kümmert es schon, was diese dummen Gänse denken.«

»Mich kümmert es. Weil ich ständig schlecht gemacht werde. Als du hereinkamst, haben die Mädchen sich vor Aufregung fast in die Hosen gemacht, und ich habe es unglaublich genossen, dass du sie überhaupt nicht beachtet hast. Du warst wegen mir da.« Sie zieht mich an sich und stellt sich auf die Zehenspitzen, um mir einen Kuss auf die Wange zu geben. »Allen zu zeigen, dass du mir gehörst, fühlt sich verdammt gut an.«

Das geht mir mit ihr genauso. Während wir Hand in Hand, die Finger ineinander verschränkt, zum Pick-up gehen, denke ich fieberhaft nach. Wie soll ich ihr sagen, dass ich für immer mit ihr zusammen sein möchte? Soll ich das Thema überhaupt ansprechen oder erschrecke ich sie damit zu Tode? Auf keinen Fall will ich irgendwelchen Druck auf sie ausüben.

Aber ich will Fable auch nicht verlieren.

Mit der Fernbedienung entriegle ich den Wagen, und wir klettern hinein. Fable zieht ihr Handy aus der Tasche, schnappt hörbar nach Luft und drückt eine Taste, um einen Anruf zu machen.

»Wo bist du?«, fragt sie, sobald jemand abhebt. »Was heißt, die Wohnung ist leer?«

Ich wende mich ihr zu, sehe die Sorge und die Angst in ihrer Miene und wie ihre Knöchel weiß hervortreten, weil sie das Handy so fest umklammert. Meine Haut beginnt vor banger Vorahnung zu kribbeln, und ich kann es kaum erwarten zu erfahren, mit wem sie spricht und was los ist.

Was immer es ist, es kann nichts Gutes sein.

»Ich bin gleich da. Ja, ich bin mit Drew zusammen. Er fährt mich rüber, okay? Also bleib da und warte auf mich.« Sie hält inne. »Zehn Minuten, höchstens. Hör auf, Panik zu schieben, Owen. Wir sind gleich da.« Sie beendet das Gespräch und sieht mich an, die Augen vor Angst weit aufgerissen. »Owen ist zu Hause. Er sagt, die Wohnung ist leer.«

Ich runzle die Stirn. »Was heißt leer?«

»Offenbar wurde alles ausgeräumt bis auf ein paar unserer persönlichen Dinge. Die Möbel, unsere Sachen, das Essen in der Küche – alles weg.« Nachdenklich kaut sie auf ihrer Unterlippe.

»Du meinst, bei euch wurde eingebrochen?« Ich kann ihren Worten kaum folgen. Es ergibt überhaupt keinen Sinn.

»Nein, Blödsinn.« Sie schüttelt den Kopf und lacht, doch das Lachen klingt nicht heiter. Eher verzweifelt. »Ich glaube, das war – meine Mom. Ich wette, sie hat den ganzen Scheiß zusammengepackt und zusammen mit ihrem Loser-Freund alles weggekarrt, ohne uns Bescheid zu sagen.«

Ich ziehe eine Grimasse, während ich aus dem Parkplatz fahre und auf die Straße abbiege. »Wer macht denn so etwas?«

»Meine Mutter.« Sie lehnt sich gegen die Kopfstütze und seufzt. »Ich habe dir doch erzählt, dass ich vorhabe, mir mit Owen eine eigene Wohnung zu nehmen, aber ich hatte bisher noch nicht den Mut, es meiner Mom zu sagen. Tja, offenbar hat sie das Problem nun auf ihre Art gelöst.«

»Aber das klingt, als … als würde sie euch einfach eurem Schicksal überlassen.«

»Sie hat sich schon vor langer Zeit aus unserem Leben verabschiedet. Ich komme damit klar, Owen nicht. Er glaubt immer noch, dass unsere Mom uns in Wahrheit liebt und für uns sorgen möchte. Er ist jung; irgendwann wird er es begreifen.«

Die Bitterkeit in Fables Stimme schneidet mir ins Herz.

Wir stammen beide aus so verdammt kaputten Verhältnissen. Mit Eltern, die sich einen Scheiß um uns scheren, wenn auch auf total unterschiedliche Weise. Ich wünschte, ich könnte ihr helfen, ihre Verletzungen zu heilen. Sie sagt zwar, es sei ihr egal, wie ihre Mutter Owen und sie behandelt, aber ich weiß, dass das reiner Selbstschutz ist. Andernfalls würde es wahrscheinlich zu wehtun.

Die Gleichgültigkeit und Teilnahmslosigkeit meines Vaters verletzen mich auch heute noch. Der Tod meiner Mom – manchmal habe ich das Gefühl, sie habe mich im Stich gelassen, und das sei nicht einmal ihre Schuld gewesen. Ja, so irrational sind meine Gedankengänge.

Ich kann mich auch nicht damit auseinandersetzen, was Adele mir angetan hat. Ich bin total verkorkst von ihren Psychospielchen, denen ich viel zu lange ausgesetzt gewesen bin.

Kaum biegen wir auf einen freien Parkplatz ein, springt Fable schon aus dem Wagen und rennt auf ihren Wohnblock zu. Ich folge ihr, lasse mir aber etwas Zeit, um Fable ein paar Momente mit ihrem Bruder allein zu lassen.

Als ich schließlich die Wohnung betrete, bin ich total geschockt. Die Wohnung ist tatsächlich leer geräumt. Im Wohnzimmer befindet sich kein einziges Möbelstück mehr. Aus der kleinen Essecke sind Tisch und Stühle verschwunden. In der Küche stehen sämtliche Schränkchen sperrangelweit offen.

Owen und Fable lehnen an der Küchentheke. Sie hat die Arme um ihn geschlungen, und sein Gesicht ist an ihre Schulter gepresst. Tränen strömen ihr über das Gesicht, obwohl sie nicht traurig aussieht.

Sie sieht total angepisst aus.

»Ich hasse sie«, stößt sie heftig hervor. »Ich hätte nie gedacht, dass sie so weit gehen würde. Sie hat mein Bett mitgenommen, Drew. Und Owens Bett auch. Und die gesamte Einrichtung in unseren Zimmern. Sie hat die Sachen, die in den Schubladen waren, einfach herausgekippt und alles in einem Haufen auf dem Boden liegen lassen.«

»Wie hat sie das nur so schnell geschafft?« Fassungslos blicke ich mich in dem leeren Zimmer um. Ich war erst einmal in der Wohnung, kann mich jedoch erinnern, dass sie gerammelt voll war.

»Sie hat Freunde. Vielmehr nehme ich an, dass ihr Loser-Freund jede Menge Kumpel hat. Wahrscheinlich hat er sie mit Bier abgefüllt, und dann haben sie alles so schnell sie konnten rausgeschleppt.« Sie schüttelt den Kopf. »Owen und ich haben die Wohnung erst gegen sechs verlassen.«

Und jetzt ist es nach elf. »Sie hatten also höchstens fünf Stunden Zeit.«

»Schon irre, wie schnell man arbeiten kann, wenn man muss«, sagt sie mit einer verächtlichen Grimasse.

Ich sehne mich danach, Fable zu trösten. Sie fest zu drücken und ihr zu sagen, dass alles wieder gut werden wird. Aber sie ist zu beschäftigt damit, sich um ihren Bruder zu kümmern, und im Moment hat er oberste Priorität.

Von einem Gefühl der Hilflosigkeit übermannt, gehe ich den Flur hinunter und werfe einen Blick in Fables Zimmer. Es ist nichts mehr da, bis auf Kleider und Krimskrams, beides, wie sie gesagt hat, in einem Haufen auf dem Boden. Das Gleiche gilt für Owens Zimmer, nur herrscht dort überdies ein unglaublicher Saustall. Das Zimmer ihrer Mom ist völlig leer.

Das ist so mit das Abgefahrenste, was ich je gesehen habe.

Plötzlich kommt mir eine Idee, die so perfekt ist, dass ich schnurstracks ins Wohnzimmer zurückgehe, um sie Fable mitzuteilen. Es ist die ultimative Lösung für Fables und Owens gegenwärtiges Problem.

»Ich möchte, dass ihr zu mir zieht.«

KAPITEL 17

Wahre Liebe ist nicht einfach,
sondern muss erkämpft werden.
Sobald du sie gefunden hast,
kann sie niemals ersetzt werden.

– Unbekannt

Fable

Drews Worte versetzen mir einen Schock. »Das kann nicht dein Ernst sein.« Mit einer ungelenken Bewegung löst sich Owen aus meiner Umarmung. Seine Augen sind geschwollen und seine Wangen rot vom Weinen. Als er anrief, war er total in Panik. So außer sich über das, was Mom getan hat, dass ich ihn zunächst kaum verstanden habe.

»Ich meine es todernst.« Drew kommt ein paar Schritte auf mich zu, bleibt dann aber ein Stück vor mir stehen. Wahrscheinlich spürt er Owens Feindseligkeit. Sie ist nahezu greifbar, lässt die Luft um ihn herum vibrieren. »Ich habe genügend Platz. Owen kann sogar ein eigenes Zimmer haben.«

»Und wo wird Fable schlafen?«, fragt Owen in spitzem Ton. In seiner Miene spiegelt sich wilder Beschützerinstinkt.

Ich lege die Hand auf seinen angespannten Arm. »Hör auf. Drew will einfach nur nett sein.«

»Oder dich für Gratissex benutzen. Vielleicht macht er dich ja zu seiner Haussklavin und lässt dich nirgendwo mehr unbeaufsichtigt hingehen. Tu es nicht. Ich will nicht bei ihm wohnen«, stößt Owen leidenschaftlich hervor.

Ich verstehe Owens Feindseligkeit nicht. Andererseits hat er damals hautnah miterlebt, wie hundeelend es mir ging, nachdem ich aus Carmel zurückgekehrt war und Drew mich verlassen hatte. Ja, Drew hat mich schon einmal verlassen …

Genauso wie Mom.

Dennoch bin ich versucht. Bin so versucht, Ja zu sagen. Doch ich muss meine Unabhängigkeit unter Beweis stellen, kann nicht einfach von meiner Mom zu Drew ziehen, ohne jemals die Erfahrung gemacht zu haben, allein zu leben.

»Du musst die Entscheidung nicht jetzt treffen«, sagt Drew leise und mit bittendem Blick. »Aber ihr könnt heute Nacht nicht hier bleiben. Es gibt nicht einmal ein Bett.«

Er hat recht. Obwohl ich weiß, dass die Wohnung von Mom und nicht von Einbrechern leer geräumt wurde, wäre es mir unheimlich, hier zu übernachten. Die Wohnung fühlt sich so entseelt an. Beinahe wie geschändet.

»Ich will hier nicht bleiben«, raune ich Owen zu, während ich seine Hand nehme und sie ermunternd drücke. »Außer Drew haben wir niemanden, zu dem wir gehen könnten. Drews Wohnung ist wirklich nett, und er hat ein Gästezimmer.«

»Ich bin mir sicher, dass seine Wohnung kacke ist. Ich will da nicht hin«, entgegnet Owen. Er ist wegen Moms lieblosem Verhalten so wütend, so verletzt, dass es mir das Herz bricht.

»Ach, komm schon. Tu es für mich.« Owen blickt auf, sieht mich an. »Ich liebe ihn«, flüstere ich. »Er würde alles tun, um mir zu helfen. Um *uns* zu helfen. Das weiß ich.«

Owen verdreht die Augen und reißt seine Hand los. »Na gut. Wir übernachten bei ihm. Aber ich weigere mich, bei ihm einzuziehen, Fable. Du kennst diesen Arsch doch kaum.«

»Owen, lass das!« Ich kann dieses Gemotze im Moment nicht ertragen. Drew ist einfach nur lieb und großzügig. Vermutlich ist Owens Unhöflichkeit purer Selbstschutz, um mit, was auch immer, fertigzuwerden, doch damit will ich mich jetzt nicht befassen. Ich kann es ja selbst kaum glauben, was Mom gemacht hat.

Ihr emotionaler Rückzug hat mich für das ganze Leben gezeichnet. Ihr physischer Rückzug wird in Owens Psyche wohl für immer einen Schaden anrichten.

Ich hasse sie. Hasse sie so sehr, dass ich kaum noch Luft kriege, geschweige denn klar denken kann.

In diesem Moment brauche ich Drews Unterstützung mehr denn je.

Zuerst kümmern wir uns um Owen. In Drews Gästezimmer, das ihm, wie der Schreibtisch und Computer vermuten lassen, offenbar als Büro dient, befindet sich auch ein Futon. Ich helfe Drew, den Futon aufzurollen, und beziehe ihn mit frischer Bettwäsche, während Drew ein paar Kissen holt. Es fühlt sich alles sehr häuslich und gemütlich an, und ich weiß, ich könnte mich daran gewöhnen.

Aber ich mahne mich zur Vernunft. Romantische Schwelgerei kann ich mir im Moment nicht leisten. Mein Bruder braucht mich. Ich muss stark sein und mir überlegen, was ich als Nächstes tun werde.

»Brauchst du irgendwas?«, frage ich Owen, als er mit trotziger Miene hereinkommt. »Vielleicht ein Glas Wasser oder eine Kopfschmerztablette?« Er hat auf der Fahrt zu Drews Wohnung auf dem Rücksitz verstohlen geweint und leise vor sich hingeschnieft. Ich hätte ihn so gern getröstet, wusste jedoch, dass er mich zurückweisen würde.

»Vielleicht etwas zu essen?«, fragt Drew, als er mit drei bauschigen Kopfkissen ins Zimmer kommt.

»Ich brauche nichts«, sagt Owen verdrossen. Ich werfe ihm einen scharfen Blick zu, worauf er ein Danke murmelt, um mich zu besänftigen.

»Willst du reden?«, frage ich ihn ruhig, während wir beide einen Schritt zurücktreten, damit Drew die Kissen auf den Futon werfen kann.

Owen schüttelt den Kopf. »Ich wäre jetzt lieber allein,

Fabes. Ich möchte einfach nur noch schlafen und alles, was passiert ist, vergessen.«

»Wenn du aufwachst, wird es wieder da sein und dich anspringen«, mahne ich ihn. Wir können die Situation nicht verleugnen, so gern ich das auch tun würde. Die Realität starrt mir mitten ins Gesicht. Ich muss überlegen, wie es weitergeht, welche Schritte ich unternehmen muss.

»Danke für die aufmunternden Worte.« Er seufzt, schüttelt den Kopf. »Ich weiß, du bist wütend auf sie. Aber ich ... ich bin nicht wütend. Ich mache mir Sorgen um sie. Sie reagiert nicht auf deine Anrufe, und das ist echt scheiße.«

Ich hatte versucht, sie aus unserer Wohnung und auf der Fahrt zu Drew anzurufen. Jedes Mal war sofort die Mailbox angesprungen. Ich habe ihr eine Nachricht hinterlassen. Keine Antwort, und das ist jetzt schon über eine Stunde her.

Diese Frau tut alles in ihrer Macht Stehende, um uns loszuwerden. Und wir können nichts dagegen unternehmen. Auf keinen Fall werde ich die Bullen auf sie hetzen. Sie ist unsere Mom.

»Mom geht es gut.« Mit einer Handbewegung tue ich seine Sorge ab. Mom geht es bestimmt blendend. Wahrscheinlich schlürft sie gerade ein Bier und lacht sich schlapp über ihre schlaue Aktion. »Sie wird sich morgen melden, da bin ich mir ganz sicher.«

Eine Lüge. Ich habe keine Ahnung, ob sie sich melden wird oder nicht. Wie ich die Sache sehe, werden wir überhaupt nichts mehr von ihr hören.

Es würde mir nichts ausmachen. Ich habe dieses beschissene Verhalten, das sie uns permanent zumutet, so verdammt satt. Das emotionale Auf und Ab, wenn sie aus unserem Leben heraus- und wieder hineinflattert. Ich habe meine Mauern schon vor langer Zeit hochgezogen, doch Owen ist noch ungeschützt und sehnt sich verzweifelt danach, dass Mom ihn liebt. Ihn wirklich liebt.

Aber sie weiß gar nicht, wie das geht. Und das hat er noch nicht erkannt.

Ohne ein weiteres Wort geht Drew aus dem Zimmer, macht die Tür hinter sich zu, und ich bin ihm unendlich dankbar für alles, was er für uns tut. Er drängt sich nicht auf, spürt, dass ich mit meinem Bruder allein sein muss. Er ist unfassbar großzügig, öffnet sein Haus für uns, bietet Owen, was immer er braucht, an, um sich hier wohlzufühlen.

Er ist großartig. Und wenn ich mit Owen fertig geredet habe, werde ich zu Drew gehen und ihn bitten, mich in den Arm zu nehmen und einfach nur festzuhalten.

Im Moment brauche ich ihn so sehr. Doch zunächst muss ich mich um meinen Bruder kümmern, der mich noch mehr braucht.

»Und was, wenn es ihr *nicht* gut geht?«, fragt Owen mit zitternder Stimme. »Was, wenn ihr was passiert ist und sie verletzt und hilflos irgendwo herumliegt? Oder … etwas noch Schlimmeres? Was dann, Fable?«

Das Bild, das seine Worte in mir heraufbeschwören … nein, das passt nicht. Sie ist in dieser Geschichte unmöglich das Opfer. Sie ist Täter. Das spüre ich. »Ich verstehe, dass du dir Sorgen machst. Aber ich will ehrlich zu dir sein. Sie interessiert sich nicht für uns, Owen. Nicht so, wie du es gern hättest. Sie ist viel zu beschäftigt mit ihren eigenen Problemen, um zu erkennen, wie sehr du sie brauchst. Wie gern du sie um dich hättest. Sie geht lieber aus, betrinkt sich und hängt mit ihrem Freund in irgendwelchen Bars herum.«

Owen starrt mich an, seine Wangen sind rot, in seinen Augen glitzern Tränen. »Du hast doch keine Ahnung. Vielleicht will sie nicht mit uns zusammen sein, weil sie weiß, wie sehr du sie hasst.«

Ich zucke zusammen. »Ich bin hier nicht die Schuldige. Sie erträgt es nicht, dass wir beide eine so enge Beziehung haben. Sie ist eifersüchtig, und das ist so bescheuert, weil sie nicht merkt, wie sehr du dich danach sehnst, so eine enge Beziehung zu ihr zu haben. Sie ist unsere Mutter, aber sie behandelt uns, als wären wir für sie nur lästige Anhängsel.«

»Das macht sie vielleicht mit dir, aber nie mit mir. Sie liebt mich!«, kreischt er. Tränen strömen ihm über die Wangen, und er wischt sie wütend weg. »Rede dir nur weiter ein, dass sie ein Miststück ist. Aber vielleicht bist du diesmal das Miststück, Fabes. Hast du daran schon mal gedacht?«

Mir fehlen die Worte. Ich kann nicht glauben, was er da gesagt hat. Gleich breche ich zusammen und ich muss verdammt noch mal stark sein. »Du bist durcheinander«, sage ich ruhig. »Das verstehe ich. Wir sollten jetzt erst einmal schlafen. Morgen können wir dann weiterreden.«

»Mir egal.« Owen kriecht auf den Futon, ordnet die Kissen und schlüpft dann unter die Decke, den Rücken mir zugewandt. Er liegt so steif unter der Decke, dass er aussieht, als könnte er zerbrechen.

»Ich hab dich lieb, Owen«, murmle ich, bevor ich die Tür hinter mir schließe.

Er macht sich nicht die Mühe, mir zu antworten.

Drew

Nervös gehe ich in meinem Zimmer auf und ab, warte auf Fable. Eine Million Fragen gehen mir durch den Kopf, und ich habe Angst davor, ihr eine davon zu stellen. Wir hatten eine wunderschöne Nacht. Und jetzt das ...

Wenn ihre Mom tatsächlich die Wohnung geplündert und alles, was ihren Kindern gehört, mitgenommen hat, bis auf die Kleidung und ein paar persönliche Sachen, ist sie unglaublich egoistisch und hartherzig. Owen ist todtraurig. Und Fable ist so wütend, dass sie kurz vorm Durchdrehen ist, obwohl sie gleichzeitig diese seltsame Ruhe verströmt. Ich habe sie noch nie so erlebt – aber wir sind ja auch noch nicht lange zusammen.

Diese ganze Beziehung war von Tag eins an total turbulent. Ich kann mir ein Leben ohne Fable nicht mehr vorstellen. Und ich versuche, so gut ich kann, für sie da zu sein. Sie stößt mich nicht zurück.

Aber sie bezieht mich auch nicht wirklich ein.

Was kann ich, verdammt noch mal, schon für sie tun? Ich habe vorgeschlagen, sie solle sich mit der Polizei in Verbindung setzen, aber ihr heftiges »Nein« zeigte, dass dies der falsche Vorschlag war. Ich fühle mich hilflos. Niemand kann ihnen ihre Mom zurückbringen. Owen hasst mich und hält mich für einen miesen Typen, der nur im Sinn hat, seiner Schwester erneut das Herz zu brechen. Das Einzige, was ich anbieten kann, ist ein Dach über dem Kopf, und selbst dabei fühle ich mich, als hätte ich es irgendwie verbockt, weil ich diesen Vorschlag überhaupt gemacht habe.

Ich kann nicht gewinnen. Schon klar, ich höre mich an wie ein Jammerlappen, aber scheiß drauf. Fable muss merken, dass sie sich auf mich verlassen kann, egal, worum es geht. Ich würde alles für sie tun.

Nur glaube ich nicht, dass ihr das bisher wirklich bewusst ist.

Eine gefühlte Ewigkeit später schlüpft sie in mein Zimmer hinein, schließt leise die Tür hinter sich. Mit einem erschöpften Ausdruck im Gesicht und hängenden Schultern lehnt sie sich gegen die Tür.

Ich würde sie gern trösten, aber sie hat eine unsichtbare Mauer um sich errichtet. Eine Mauer, die signalisiert, dass sie das schon alleine schafft, vielen Dank auch.

Zur Hölle damit. Ich werde diese Mauer niederreißen, egal, wie lange es dauert.

»Wie geht es Owen?«, frage ich.

»Er hasst mich.« Sie schließt die Augen, ein seltsames Lächeln zuckt um ihre Mundwinkel. »Er gibt mir die Schuld, dass unsere Mom uns im Stich gelassen hat. Er meinte, wenn ich nicht so ein Miststück wäre, wäre Mom nicht weggegangen.«

»Was?« Ich schreie die Frage förmlich heraus, und Fable öffnet die Augen und funkelt mich böse an.

»Sch! Sonst hört er uns noch.« Sie stößt sich von der Tür ab, geht zu meinem Bett, lässt sich bäuchlings darauf fallen und vergräbt den Kopf in den Kissen. »Ich will jetzt nicht darüber reden, Drew. Ich will einfach nur schlafen.«

Sie benimmt sich merkwürdig, aber ich werde sie nicht darauf ansprechen. Sie ist durcheinander. Schon wieder ist ihr Leben total auf den Kopf gestellt worden.

»Magst du dir nicht etwas Bequemeres anziehen?«, frage ich.

Ihre Schultern beben, als würde sie lachen. Noch immer sieht sie mich nicht an. »Soll das eine Art Anmache sein? Dann sei vorab gleich mal gewarnt: Ich bin nicht in Stimmung.«

»Fable.« Als würde ich heute Nacht irgendetwas von ihr erwarten. »Ich will dir nicht an die Wäsche. Ich will mich um dich kümmern.«

»Schön.« Sie rollt sich auf den Rücken, öffnet den Druckknopf ihrer Jeans und schlängelt sich heraus. Obwohl ich nichts von ihr will – und ich schwöre, das ist die Wahrheit –, kann ich nicht anders, als ihre Beine anzustarren, ganz zu schweigen von dem pinkfarbenen Spitzenhöschen, das mehr zeigt als verdeckt.

Ich schlucke, senke den Blick, ringe um Fassung. Wenn es ihr schlecht geht, sollte ich mich nicht wie ein geiler Bock benehmen, aber ich brauche sie nur anzusehen und schon begehre ich sie. Das ist eine automatische Reaktion.

Als ich wieder aufblicke, zieht Fable gerade ihr Karohemd aus und wirft es auf den Boden. Dann greift sie unter ihr Tanktop, öffnet ihren BH und zieht ihn auf diese geschickte Weise, wie Mädchen sie draufhaben, unter ihrem Top hervor. Der BH ist weiß und aus Spitze, ein winziger Stofffetzen, der federleicht zu Boden segelt. Jetzt trägt sie nur noch das Tanktop und die Panties, ihre Brustwarzen pressen sich gegen den Stoff ihres Tops, Gänsehaut überzieht ihre Arme, und ich stoße einen zitternden Atemzug aus. Mahne mich, dass ich mich verdammt noch mal beherrschen und angemessen verhalten soll.

»Ist dir kalt? Ich kann dir noch eine Decke holen …«

»Nein.« Sie schüttelt den Kopf, springt aus dem Bett und zieht die Bettdecke zurück, damit sie darunter schlüpfen kann. »Ich bin einfach nur wahnsinnig müde.«

Ich stehe da, weiß nicht, was ich tun soll. Sie strahlt seltsame Schwingungen aus. Ich weiß, sie ist fix und fertig, was auch kein Wunder ist. Erst räumt ihre Mom ihr die Bude aus, und dann gibt Owen auch noch ihr die Schuld dafür.

Sie hat mir den Rücken zugewandt, ihr blondes Haar ist völlig zerzaust, und ich würde mich so gern zu ihr legen. Aber ich habe Angst, sie könne mich zurückweisen. »Kommst du ins Bett?«, fragt sie leise.

Sie hat mir die Entscheidung abgenommen. »Ja«, sage ich und ziehe mich bis auf die Boxershorts aus. Dann knipse ich die Nachttischlampe aus, gehe ins Bett, ziehe die Decke über mich und überlege, ob ich die Hand nach Fable ausstrecken soll.

Ich beschließe, auf dem Rücken liegen zu bleiben, und starre an die Decke, die Arme hinter dem Kopf verschränkt. Fable ist still, bewegt sich kaum, sodass ich annehme, sie sei eingeschlafen.

»Drew?«

Okay, sie ist also noch wach. »Ja?«

»Danke, dass du uns bei dir aufgenommen hast.« Sie rollt sich herum, und ich drehe den Kopf zur Seite, damit wir uns ansehen können. »Das hättest du nicht tun müssen.«

»Was soll das?« Ich bin verärgert. Glaubt sie etwa, ich hätte es fertiggebracht, sie in diesem Schlamassel sitzen zu lassen? »Natürlich musste ich das tun. Wo wärt ihr beide sonst hingegangen?«

Sie zuckt die Achseln. »Mir wäre schon was eingefallen. Wahrscheinlich hätte Colin uns aufgenommen. Ich habe gehört, er wohnt in einer total abgefahrenen Villa. Da hat er sicher genügend Platz.«

Leck mich! Ich fasse es nicht, dass sie das sagt. Der Typ hat mich an dem Abend, als ich Fable das erste Mal wiedergesehen habe, total blöd angemacht, mir unterschwellig zu verstehen gegeben, er hätte mit Fable was am Laufen, und jetzt sagt sie, sie wäre auch bei ihm eingezogen, als wäre das die normalste Sache der Welt.

»Ich will dir keine Umstände machen«, fährt sie fort. »Morgen früh werde ich vor der Arbeit erst einmal auf Wohnungssuche gehen.«

»Warum tust du das?«, frage ich, die Stimme so gedämpft, dass sie wie ein Knurren klingt. Aber verdammt, ich bin angepisst. »Warum gibst du mir ständig zu verstehen, dass du meine Hilfe nicht haben willst? Als würdest du mir nicht zutrauen, dass ich für dich da bin?«

»Echt?« Sie hebt die Stimme. »Wann bist du jemals für mich da gewesen? Ich verlasse mich auf niemanden. Mein Leben lang habe ich mich um mich selbst gekümmert. Ich habe nicht vor, jetzt von dir abhängig zu werden.«

»Und warum nicht? Wir sind noch nicht lange genug zusammen, als dass ich für dich in schwierigen Zeiten hätte da sein können. Aber jetzt bin ich für dich da. Biete dir jede Hilfe an, und du benimmst dich, als wäre dir das scheißegal.« Ich tobe innerlich, bin über ihr Verhalten total aufgebracht. Eine Stimme in meinem Kopf flüstert, ich solle mich abregen, aber Scheiß drauf! Jetzt wird Klartext gesprochen. Ich muss ihr sagen, wie ich mich fühle, bevor ich explodiere und wirklich ausflippe.

»Ich habe mich ja bedankt«, flüstert sie.

»Ja, als hätte ich dir eine Pistole an den Kopf gehalten und dich dazu gezwungen«, entgegne ich, wende den Blick von ihr ab und starre wieder an die Decke.

Sie ist still, ich höre das Rascheln der Decke und werfe aus den Augenwinkeln einen Blick zu ihr hinüber. Sie hat sich zu einer Kugel zusammengerollt, ihre Schulter zittert. Ein Schluchzer entweicht ihr, und sie schlägt die Hand vor den Mund.

O Gott, sie weint. Wahrscheinlich deshalb, weil ich Volltrottel sie so angeschrien habe.

»Komm her«, flüstere ich und ziehe sie in meine Arme. Bereitwillig lässt sie es geschehen, schlingt die Arme um meine Mitte, legt den Kopf an meine Brust. Ihre Tränen benetzen meine Haut, als ich ihr das Haar aus der Stirn streiche. Ich murmle tröstende Worte, halte es kaum aus, wie verzweifelt sie sich anhört. Sie weint so heftig, dass sie am ganzen Körper zittert. Als würde ihr vor Kummer das Herz brechen.

»Ich – ich weiß nicht, was ich t-tun soll«, schluchzt sie. »Ich fasse es einfach nicht, dass sie uns mit Nichts zurückgelassen hat. Uns nicht mal gesagt hat, dass sie geht.«

»Alles wird gut.« Ich schiebe ihr eine Strähne hinter das Ohr, streiche mit dem Zeigefinger an ihrem Hals entlang. »Ich schwöre, ich werde dir helfen, was immer du auch benötigst.«

Sie atmet tief und zitternd ein. »Es ist nicht so, dass ich undankbar wäre. Ich weiß nur nicht, wie ... wie man das macht. Von jemandem Hilfe annehmen. Ich habe meine Probleme immer allein mit mir herumgeschleppt. Es fällt mir schwer zu glauben, dass jemand diese Bürde mit mir teilen möchte.«

»Was immer ich tun kann, um dir zu helfen, ich tue es. Du musst dir keinen Stress machen und sofort eine Wohnung suchen.« Ich lege den Finger unter ihr Kinn, hebe ihren Kopf an. Ihre Wangen sind von salzigen Tränenspuren überzogen, unter ihren Augen klebt verschmierte Wimperntusche. Sie hat sich nicht abgeschminkt und sieht so verloren aus, so jämmerlich, dass ich mich zu ihr beuge und einen zarten Kuss auf ihre Lippen drücke. »Lass dir Zeit. Such ganz in Ruhe nach einer schönen Wohnung für Owen und dich.«

Mir wäre es lieber, wenn die beiden langfristig bei mir einzögen, doch ich will sie nicht drängen. Mit ihrem Bruder zusammenzuwohnen würde anfangs sicher ... ungemütlich sein, aber außer Fable hat er ja niemanden mehr.

»Okay.« Sie nickt, als versuchte sie, sich selbst zu überzeugen. »Okay, du hast recht. Ich sollte mir Zeit lassen und nicht gleich die erstbeste Wohnung nehmen.« Sie schließt die Augen, presst die Lippen zusammen. »Ich habe kein einziges Möbelstück mehr. Sie hat alles mitgenommen. Sogar mein Bett! Ich hatte dieses dämliche Bett jahrelang. Es ist nicht einmal sonderlich bequem. Die Matratze ist totaler Schrott.«

Ich küsse sie noch einmal. »Sie ist verrückt, Baby. Sie muss total durchgeknallt sein, wenn sie so etwas macht und noch dazu so schnell. Offen gestanden, ist mir schleierhaft, wie sie das geschafft hat.«

»Ich kapier es auch nicht. Es ergibt keinen Sinn.« Fable öffnet die Augen. »*Sie* ergibt keinen Sinn. Ich habe schon vor Jahren aufgegeben, mir Gedanken darüber zu machen, wie sie tickt, aber dann zieht sie eine Nummer wie diese ab, und ich zermartere mir erneut das Hirn, um zu begreifen, warum sie das getan hat.«

»Hör auf, darüber nachzudenken.« Ich küsse sie auf die Lippen, dann auf die Wange, die Nasenspitze, die Stirn. »Wir werden uns morgen damit befassen. Du musst jetzt schlafen.«

Sie nickt, schließt die Augen und drückt mich fest an sich. »Entschuldigung.«

»Ich bin derjenige, der sich entschuldigen muss. Ich hätte dich nicht anschreien dürfen.«

»Ich glaube, das habe ich gebraucht.« Ihre Stimme ist bereits verwaschen, und sie schmiegt den Kopf fest an meine Brust. »Du fühlst dich so gut an, Drew. Ich liebe dich.«

Mir wird leicht ums Herz. Ihre süßen Worte sind Balsam für meine Seele. »Ich liebe dich auch.«

KAPITEL 18

Der meiste Schatten in unserem Leben rührt daher, dass wir uns selbst in der Sonne stehen.

– Ralph Waldo Emerson

Drew

»Sie ist also bei Ihnen eingezogen.«

»Nur vorübergehend«, erkläre ich Dr. Harris hastig. Ich weiß genau, was sie denkt. Was jeder denken wird, obwohl es nicht so ist, als würde ich einen Haufen Leute kennen. Wir gehen zu schnell vor, Fable und ich.

Doch es ist nicht einmal eine Woche her, seit ihre Mom sie und Owen verlassen hat. Ich kann sie nicht einfach rauswerfen. Abgesehen davon gefällt es mir, dass Fable bei mir wohnt. Zwischen Owen und mir herrscht ein etwas angespannter Waffenstillstand. Ich weiß, er ist nicht mein größter Fan, aber er ist höflich, hält sein Zimmer in Ordnung und macht mir keinerlei Probleme. Das hätte ich auch nicht anders erwartet.

Er ist ein anständiger Junge. Fable hat ihn gut erzogen.

Dr. Harris tippt etwas in ihr iPad. Wahrscheinlich notiert sie, dass die neuesten Entwicklungen sehr besorgniserregend seien. »Kommen Sie alle gut miteinander aus?«

»Größtenteils ja.« Ich kann sie nicht belügen. »Anfangs gab es Spannungen, hauptsächlich von Owens Seite. Es macht ihm zu schaffen, dass seine Mutter sich einfach aus dem Staub gemacht hat.«

»Das ist nur allzu verständlich.«

»Zuerst hat er Fable die Schuld dafür gegeben.«

»Auch das ist verständlich. Manchmal müssen wir anderen die Schuld geben, weil wir die Wahrheit nicht akzeptieren wollen.« Eindringlich sieht sie mich an. »Wir neigen auch dazu, uns selbst die Schuld zu geben.«

Ich weiß das alles. Ich habe es kapiert. »Die beiden haben sich wieder zusammengerauft, aber die Stimmung zwischen ihnen ist immer noch etwas angespannt. Was bedeutet, dass auch die Stimmung zwischen Owen und mir etwas angespannt ist. Aber im Großen und Ganzen ist er ein netter Kerl. Er tut mir leid.« Ich denke an meine Jugend zurück. Von einer Sekunde auf die andere hatte sich meine gesamte Welt verändert. Ich hatte für immer meine Unschuld, meine Kindheit verloren.

Auch Owen hat durch den Verrat seiner Mutter seine Kindheit unwiderruflich verloren.

»Hat sich die Mutter wieder gemeldet?«

»Vor einigen Tagen hat Fable endlich eine SMS von ihr erhalten.« Nur zwei Sätze, die sie unglaublich wütend gemacht haben. Sie so in Rage versetzt haben, dass sie den Rest der Nacht kein Auge zumachte.

Es tut mir so leid. Eines Tages wirst du es hoffentlich verstehen.

Fable hat die Nachricht sofort gelöscht und ihre Mom mit jedem Schimpfwort bedacht, das ihr einfiel.

»Ihre Beziehung ist ja noch ein zartes Pflänzchen. Ist diese Situation da nicht sehr belastend für Sie beide?«

»Wenn wir das zusammen durchstehen, können wir alles durchstehen, meinen Sie nicht?«

Dr. Harris schenkt mir ein freundliches Lächeln. »Möglich. So ein bedeutsamer Schritt in einem frühen Stadium der Beziehung kann auch dazu führen, dass man einander schnell überdrüssig wird. Haben Sie davor Angst? Dass Sie Fable verlieren könnten, nachdem Sie sie endlich wieder zurückhaben?«

Ja, ich habe Angst, Fable zu verlieren. Diese Angst sitzt mir ununterbrochen im Nacken, aber meistens schiebe ich sie beiseite und konzentriere mich auf die Gegenwart.

»Sie braucht mich.«

»Und Sie brauchen sie, oder?«

»Ja.« Ich hole tief Luft. »Es wird Ihnen nicht gefallen, das zu hören, aber es wäre mir am liebsten, wenn sie ganz bei mir wohnen würde. Es ist schön, sie um mich zu haben. Wir kleben nicht ununterbrochen zusammen, da sie seit Neuestem Vollzeit arbeitet und ich auf dem College bin, aber ich mag es …«

»Sie mögen was?«, fragt Dr. Harris.

»Ich mag es, jede Nacht mir ihr einzuschlafen. Und morgens mit ihr aufzuwachen. Allein die Gewissheit, dass sie bei mir ist, erfüllt mich mit einem Gefühl von innerem Frieden, wie ich es noch niemals erlebt habe.« Ich reibe mit dem Daumen über mein Knie. »Ich will nicht, dass sie auszieht.«

»Irgendwann wird sie aber ausziehen. Für mich hört es sich so an, als wäre Fable ein sehr unabhängiger Mensch, richtig?«

»Ja.« Ich will nicht länger über Fable reden. Der Gedanke, dass sie mich verlässt, ist unerträglich, selbst wenn es nur darum geht, in eine eigene Wohnung zu ziehen.

Als würde meine Therapeutin spüren, wie ich dichtmache, wechselt sie das Thema.

»Haben Sie etwas von Ihrem Dad gehört?«

»Er hat kurz vor der Therapiestunde angerufen. Ich bin nicht drangegangen.« Ich habe ein schlechtes Gewissen, weil ich ihn direkt an die Mailbox weitergeleitet habe, aber ich hatte keine Lust auf eine weitere Schimpftirade. Denn etwas anderes sind diese Anrufe nicht.

Er zetert wegen Adele und wie gemein sie ihn hintergangen hat. Wie sie ihn vor seinen Freunden und Kollegen demütigt. Wie sie ihn im Country Club zum Gespött macht, weil sie mit ihrem jungen Liebhaber in der ganzen Stadt herumstolziert. Und so weiter und so weiter.

Ich kann es nicht mehr hören. Natürlich werde ich für ihn da sein, aber er hat ja noch nicht einmal die Scheidung eingereicht. Ich weiß, dass er tief in seinem Inneren darauf wartet, dass sie angekrochen kommt und ihn um Verzeihung bittet. Und so vernarrt, wie er in sie ist, würde er sie wahrscheinlich wieder zurücknehmen.

Bei dieser Vorstellung wird mir speiübel.

»Er weiß es immer noch nicht?«

Sie spielt auf Adele und mich an. Ich schüttle den Kopf.

»Sie hat ihm also nichts erzählt?«

»Nicht, dass ich wüsste.« Allein bei dem Gedanken krampfen sich meine Eingeweide vor Angst zusammen.

»Haben Sie je in Erwägung gezogen, Adele zuvorzukommen?« Auf meine verständnislose Miene hin fügt Dr. Harris hinzu: »Dass Sie es Ihrem Dad erzählen, bevor sie es tut?«

»Ausgeschlossen.« Ich schüttle den Kopf. »Ich hätte niemals den Mut, ihm das zu beichten.«

»Es wäre sicher gut für Sie, wenn Sie sich als Erster Ihrem Vater anvertrauen. Das würde eine enorme Last von Ihnen nehmen. Hört er es zuerst von Adele, hat sie gewonnen. Sie hätten ihr die Chance gegeben, die Geschichte nach Belieben zu verändern und zu verdrehen, damit sie besser dasteht.«

Nachdenklich sehe ich Dr. Harris an, lasse ihre Worte auf mich wirken. An dem, was sie sagt, ist durchaus etwas dran. Doch ich bin viel zu feige, um dieses Thema meinem Dad gegenüber anzuschneiden. »Vielleicht haben Sie recht. Ich werde darüber nachdenken«, sage ich nur, um sie zu beschwichtigen.

Sie lächelt. »Das freut mich.«

Sobald ich Dr. Harris' Praxis verlassen habe, sehe ich auf mein Handy. Zwei Anrufe in Abwesenheit, einer von Dad, der andere von Fable. Als Erstes rufe ich Fable an.

»Du wirst nie glauben, was passiert ist.« Sie klingt aufgekratzt. Glücklich.

»Was denn?«

»Ich glaube, ich habe die perfekte Wohnung gefunden. O mein Gott, Drew, sie ist superschön! Zwei Schlafzimmer, zwei Badezimmer, in einem neueren Wohnblock. Die Miete ist angemessen und die Kaution nicht zu unverschämt. Ich habe sie mit Jen besichtigt, und sie ist wirklich hübsch. Sie haben bereits meine Finanzen überprüft und die Wohnung für mich reserviert, aber ich muss bis Freitag mit der Kaution vorbeikommen.«

Scheiße. Sie verlässt mich. »Wo liegt die Wohnung?« Wenn es eine miese Gegend ist, werde ich sie nicht dorthin ziehen lassen.

»Ja, also das ist noch ein Riesenvorteil. Sie ist nicht weit von deiner Wohnung entfernt. Ungefähr zwei Meilen. Höchstens. Auf der anderen Seite des Einkaufszentrums mit dem Lebensmittelgeschäft, in dem du so gern einkaufst.« Sie lacht. »Ich habe kein einziges Möbelstück, aber das ist mir egal. Wir werden uns etwas überlegen. Ich kann bei Goodwill Secondhandmöbel besorgen.«

»Lass mich dir helfen«, sage ich automatisch, weil ich ihr das einfach anbieten muss.

»Nein«, sagt sie weich. »Du hast mir schon genug geholfen. Im District verdiene ich richtig viel Geld. Die Trinkgelder sind gigantisch. Ich habe Ersparnisse, die ich jetzt für die Kaution verwenden kann. Bei dir habe ich auch Trinkgeld gebunkert, doch das reicht nicht.«

»Du zahlst deine Trinkgelder nicht auf der Bank ein?«

»Nein. Es sind hauptsächlich Ein- und Fünfdollarscheine. Ich bewahre mein Bargeld immer in der Tasche eines alten Pullovers auf. Wusstest du, dass ich in diesem Pullover in meinem Kleiderschrank fast fünfhundert Dollar versteckt hatte, als meine Mom die Bude leer geräumt hat? Zum Glück hat sie es nicht gefunden.«

Sie freut sich über ihre neue Wohnung, und ich sollte mich mit ihr freuen, aber das tue ich nicht. Ich will nicht, dass sie geht. Wie kann ich ihr das jedoch sagen, ohne schwülstig oder besitzergreifend zu klingen? »Kommst du jetzt zu mir?«

»Gleich. Erst muss ich im Restaurant vorbeifahren und meinen Gehaltsscheck abholen. Dann setzt Jen mich bei dir ab. Wo bist du?«

»Auf dem Heimweg«, sage ich, während ich auf meinen Pick-up zugehe.

»Oh, gut. Owen müsste schon da sein. Er hat eben angerufen und gesagt, dass ihn jemand im Auto mitgenommen hat.«

»Muss er die Schule wechseln, wenn ihr umzieht?«

Sie seufzt. »Ja. Aber er meint, es mache ihm nichts aus. Er findet eine Veränderung super, obwohl er seinen besten Freund natürlich vermissen wird. Ich habe ihm versprochen, dass sie sich jederzeit besuchen können.«

»Das wird schon klargehen«, beruhige ich sie.

»Ich hoffe es. Dann sehen wir uns nachher, okay?« Sie beendet das Gespräch, noch bevor ich sagen kann, dass ich sie liebe, und ich starre auf das Display, wünsche mir, ich hätte die Worte ausgesprochen.

Die Beziehung mit Fable hat mich in einen romantischen Trottel verwandelt.

Mein Handy klingelt. Es ist Dad. Ich nehme das Gespräch an, bereite mich innerlich auf die unvermeidliche Hasstirade gegen seine Frau vor. »Hey, Dad.«

»Wo ist Adele? Hast du sie gesehen?«

Abrupt bleibe ich mitten auf dem Gehweg stehen, sodass der Passant hinter mir mit mir zusammenstößt. »Warum sollte *ich* sie gesehen haben? Was soll das?«

»Ach, ich weiß auch nicht. Heute Morgen haben wir … geredet. Dann begannen wir zu streiten, und sie fing plötzlich mit dir an. Meinte, sie müsse dich unbedingt sehen, und ist dann mit meinem Jaguar abgedüst. Also, noch mal. Ist sie bei dir aufgetaucht?«

»Nein, natürlich nicht.« Entsetzen breitet sich in mir aus, verursacht mir Schwindel. »Warum sollte sie mich sehen wollen?«

»Keine Ahnung. Sie meinte, sie müsse dir etwas mitteilen.« Er hält einen Moment inne. »Schick sie nicht weg, okay? Bitte. Hör dir an, was sie zu sagen hat. Höchstwahrscheinlich wird sie dich bitten, mir ins Gewissen zu reden und mich davon zu überzeugen, dass sie und ich zusammengehören.« Er hört sich selbstgefällig an, was seltsam ist, da er gestern Abend wegen Adeles Untreue noch am Boden zerstört gewesen war und sogar geheult hat.

Mit seiner Vermutung, weshalb Adele mit mir reden will, liegt er total daneben. Adele weiß genau, dass ich mir niemals irgendwelches Gesülze über die tiefe Verbundenheit zwischen Dad und ihr anhören würde. Sie würde nicht die Chuzpe aufbringen, mir mit so etwas zu kommen.

Bei dieser Geschichte geht es um etwas anderes. Etwas, das ich gar nicht wissen möchte.

»Ruf mich an, wenn du sie siehst. Versprochen?«

»Versprochen«, sage ich und beende das Gespräch.

Auf der Fahrt zu meiner Wohnung halte ich ständig nach Dads schnittigem schwarzem Jaguar Ausschau, zum Glück ohne Erfolg. In meiner Heimatstadt gibt es diesen Autotyp wie Sand am Meer. Aber hier, in der kleinen Universitätsstadt, in der vorwiegend Hondas und Toyotas herumfahren, sticht ein Jaguar sofort ins Auge.

Gott sei Dank erspähe ich den Wagen auch nicht auf dem Parkplatz meines Wohnblocks. Erleichtert, diese Gefahr vorerst gebannt zu haben, gehe ich zu meiner Wohnung und finde zu meiner Überraschung die Eingangstür unverschlossen vor.

Noch überraschter bin ich, als ich Adele auf meinem verdammten Sofa vorfinde. Sie sitzt neben Owen, der unglaublich angespannt wirkt, sich sichtlich unwohl fühlt.

»Andrew!« Sie steht auf, wirft ihr langes dunkles Haar über die Schulter. »Du bist da!«

Ich schließe die Tür, blicke zu Owen hinüber, der daraufhin so schnell aufspringt, dass ich mich unwillkürlich an einen Schachtelteufel erinnert fühle. Er kann mich kaum ansehen, und ich werde augenblicklich in die Vergangenheit zurückversetzt.

Ich kann mich erinnern, wie sie ständig um mich herum war. Mir schmeichelte. Am Anfang machte sie mich nervös. Ich war an diese ununterbrochene, fast erdrückende Aufmerksamkeit nicht gewöhnt. Aber nach einer Weile begann ich mich danach zu sehnen. Sie wusste ganz genau, was sie machte, wie sie mich manipulieren musste, damit ich ihrem Zauber erliege.

»Halt dich von ihm fern«, sage ich etwas zu heftig, weil mich der Anblick der beiden extrem schockiert. »Lass deine verdammten Hände von ihm, Adele – das meine ich ernst.«

Sie grinst, bedenkt Owen mit einem langen, lasziven Blick. »Er ist ein sehr süßer Junge, Andrew – erinnert mich an dich, als du in dem Alter warst. Groß und hübsch und so stark. Er wird mal ein richtig scharfer Typ werden.«

Ich bin noch nie versucht gewesen, einer Frau etwas anzutun. Doch wenn ich jetzt die Hände um ihren Hals legen und zudrücken könnte, bis kein Leben mehr in ihr ist, würde ich keine Reue empfinden. »Geh auf dein Zimmer, Owen«, sage ich.

Ohne Widerworte huscht er davon, knallt die Tür so fest hinter sich zu, dass Adele erst hochschreckt, dann nervös kichert.

»Du hättest den armen Jungen nicht so erschrecken sollen. Ich habe ihm nichts getan. Du weißt doch, ich habe nur Augen für dich.« Sie kommt näher. Ich rieche den Alkohol, den sie ausdünstet. Sie muss betrunken sein.

Ich gehe an ihr vorbei, ignoriere ihre Worte. Wie üblich versucht sie einfach nur, mich zu provozieren. »Wo ist Dads Jaguar?«

Sie lacht. »Ich habe ihn auf der Straße geparkt, hinter dem Haus. Ganz schön heimtückisch, was? Ich wusste, du würdest ausflippen, wenn du den Wagen siehst. Mir war klar, dass dein Dad dich anrufen und bitten würde, nach mir Ausschau zu halten. Gott behüte, dass er das nicht gerade selbst tut.« Sie lässt sich auf das Sofa plumpsen, drapiert ihren Körper richtiggehend darauf. »Nette Wohnung. Warum wohnt der Bruder deiner kleinen Nutte auch hier?«

»Das geht dich einen Scheißdreck an«, fauche ich. »Und wenn du Fable noch einmal Nutte nennst, kann ich für nichts mehr garantieren.«

»So zornig! Tja, es überrascht mich, dass ihr beiden noch zusammen seid. Hätte nicht gedacht, dass sie dein Typ ist.« Sie neigt den Kopf zur Seite und lächelt. »Du verdienst eine viel hübschere, intelligentere Frau. Du hast so viel Potenzial. Zu viel, um es wegen eines dummen kleinen Mädchens wie Fable zu vergeuden.«

Adele speit Fables Namen hervor als wäre er Gift. Ähnlich macht es Fable, wenn sie Adeles Namen ausspricht. »Ich habe es dir doch eben gesagt – achte auf deine Wortwahl!«

Sie winkt ab. »Wie sehen eigentlich deine Zukunftspläne aus, Andrew? Hast du vor, die Profilaufbahn einzuschlagen? Ich weiß, dass das dein Traum ist. Und ich glaube, du könntest es schaffen. Du hast immer versucht, deine Träume zu verwirklichen, und hast in so jungen Jahren schon so viel erreicht.«

Was faselt sie da? »Ich werde mit dir nicht über meine Zukunftspläne diskutieren. Du gehst jetzt besser.«

In gespieltem Entsetzen reißt sie die Augen auf. »Aber, Andrew, ich kann nicht glauben, dass du so mit mir sprichst. Bist du tatsächlich so versessen darauf, mich loszuwerden?«

»Ja«, antworte ich unverblümt.

Wir starren einander einige lange unangenehme Momente an. Schließlich verengen sich ihre Augen zu

Schlitzen, und sie legt die Hände auf die Hüften. »Ich werde es ihm erzählen, Andrew. Ich werde deinem Dad von dir und mir erzählen und davon, was wir getan haben. Was wir zusammen gemacht haben. Vanessa. Und du kannst nichts tun, um mich davon abzuhalten.«

Ich fühle mich, als würde alles Blut aus meinem Körper strömen. »Was würde dir das bringen?«

»Ich will reinen Tisch machen.« Sie zuckt die Achseln. »Ich muss mir meine Sünden von der Seele reden, Andrew. Du bist meine schlimmste Sünde. Weißt du das? Ich habe noch nie etwas so Böses getan wie die Sache mit dir.«

»Halt die Klappe.« Am liebsten würde ich mir wie ein kleines Kind die Ohren zuhalten, um ihre Worte nicht länger mitanhören zu müssen. »Halt einfach die Klappe.«

»Die Wahrheit tut weh, nicht wahr? Stell dir vor, was die Wahrheit bei deinem Dad bewirken wird. Oh, sie wird ihn zerschmettern. Wird ihn und seine Beziehung zu dir zerstören. Du wirst ihn für immer verlieren.« Sie lächelt. »Ich habe ihn bereits verloren. Was macht es da aus, wenn du ihn ebenfalls verlierst?«

»Raus hier!«, zische ich. Sie muss gehen. Fable kann jede Minute hereinkommen, und ich will keine Konfrontation riskieren.

»Du solltest es nicht so eilig haben, mich nach Hause zu schicken. Sobald ich deinen Vater sehe, werde ich ihm nämlich alles erzählen.« Sie geht zur Tür, mit geschmeidigem Gang und hocherhobenen Hauptes, als wäre sie eine Königin. Es muss anstrengend sein, ein perfektes Image aufrechtzuerhalten. Wer sollte das besser wissen als ich? Ich habe jahrelang eine Rolle gespielt.

»Warum willst du ihm das antun? Und mir? Ich dachte, du liebst ihn.« Ich verstehe nicht, warum sie das machen will.

»Ich liebe ihn nicht. Er macht mich nicht glücklich. Ich bin nur wegen dem schönen Haus, den Autos, dem Schmuck, dem Geld bei ihm geblieben. Ich liebe ihn schon seit Jahren nicht mehr.«

Das ist nicht mein Problem. Nichts von dem, was sie sagt, hat irgendetwas mit mir zu tun. Dass sie so kalt und brutal über meinen Vater spricht, ist für mich schwer hinnehmbar, aber ich muss das alles wegschieben und einfach nur zusehen, dass ich dieses Miststück loswerde.

Doch ehe ich Adele aus der Wohnung schieben kann, schwingt die Tür auf und Fable kommt herein. Und bleibt wie angewurzelt stehen, als sie sieht, wer da vor ihr steht.

Fable

Als ich Adele in Drews Wohnzimmer sehe, stolpere ich und wäre fast hintenübergekippt. Zum Glück finde ich meine Balance wieder und mache mich nicht zum Idioten.

Und zum Glück finde ich auch sofort meine Stimme wieder. »Was zum Teufel hat *sie* hier zu suchen?«, frage ich und wende mich dabei betont an Drew.

Adele bricht in ihr Schlampen-Gekicher aus. »So ungehobelt wie eh und je. Der Inbegriff von Klasse, was, Fable?«

»Zumindest spiele ich nicht die Vornehme und belästige minderjährige Jungs, was ja nicht gerade die feine Art ist.« Während ich die Tür zuknalle, wird mir plötzlich bewusst, dass Owen gar nicht da ist. Entsetzt sehe ich Drew an. »Wo ist Owen?«

»In seinem Zimmer«, sagt Drew in beruhigendem Ton. »Keine Angst, ihm fehlt nichts.«

»Ihr beide behandelt mich, als wäre ich eine Art Kinderschänderin, die sich kleine Jungs von der Straße aufsammelt. Aber das entspricht nicht der Wahrheit.« Adele schenkt Drew ein warmes Lächeln, bei dem es mich total gruselt. »Er hat mich genauso verführt. Ich meine, sieh ihn dir doch an. Er war immer ein schöner Junge.«

Die Schlampe hat gerade eine Grenze überschritten, und nun überschreite auch ich eine. Ich weiß nicht, was da über mich kommt und mich dazu anstachelt, etwas zu tun, das so irre ist, dass ich dafür wohl einen Preis zu zahlen habe.

Doch ich bin nicht mehr aufzuhalten. Es ist, als geschähe alles in Zeitlupe, und ich weiß, was ich tun werde, noch bevor ich es tatsächlich ausführe.

Ich stürze mich auf Adele. Schmeiße sie so brutal um, dass sie vor Schmerz schreit, als sie auf dem Boden aufschlägt. Ich setze mich auf sie, reiße an ihren langen glatten Haaren, versuche, ihr schönes Gesicht zu zerkratzen, wie ich es mir immer gewünscht habe. Ich möchte ihr die Scheiße aus dem Leib prügeln und sie äußerlich so verletzt und beschädigt zurücklassen, wie sie Drew innerlich verletzt und beschädigt zurückgelassen hat.

Und ich weiß, dass ich selbst dann noch nicht zufrieden sein werde.

»Fable, Herrgott, hör auf!« Drew schreit mich an, aber ich höre nicht auf ihn. Ich bin bereit, dieses elende Luder in Stücke zu reißen. Ich ziehe sie an den Haaren, kratze sie, balle die Hand zur Faust, um ihr mitten ins Gesicht zu boxen, doch nun schreitet Drew ein. Er hält meinen Arm fest, hindert meine Faust daran, mit Adeles Kiefer Bekanntschaft zu machen. »Lass sie los. Sofort.«

Ich zittere vor Wut und Angst und Adrenalin. Adele und ich keuchen, das Geräusch klingt unnatürlich laut in dem stillen Zimmer. Adele starrt mich mit ihren dunklen, geheimnisvollen Augen an, und ich frage mich, was in ihrer Vergangenheit wohl passiert sein mag, um sie in eine derart kaputte Person zu verwandeln.

»Fable.« Drew zieht mich am Arm, und mir bleibt keine andere Wahl, als von Adele herunterzuklettern und aufzustehen. Während er mich am Arm festhält, sehen wir zu, wie Adele sich aufrichtet. In ihrer Miene spiegelt sich blanker Hass.

»Ich sollte die Polizei rufen«, sagt sie und deutet mit dem Finger auf mich. »Und Anzeige erstatten, du durchgeknallte Nutte!«

»Sie hat dich nicht berührt«, sagt Drew in leisem, gefährlichem Ton.

»Was? Sie hat sich auf mich gestürzt!« Adele streckt die Arme aus. Vermutlich hat sie ein paar Kratzer abbekommen, aber auf den ersten Blick fällt mir nichts auf. »Sieh nur!«

»Raus hier. Geh einfach«, sagt er, ihre ausgestreckten Arme und ihr Flehen um Hilfe ignorierend. »Denn sonst vergesse *ich* mich und tue etwas, das ich später bedauern werde.«

Ihre Augen weiten sich einen Moment, und dann ist sie verschwunden. Aus der Wohnung geflüchtet wie ein Terrorist, der eine Bombe mitten in einen überfüllten Raum geworfen hat. Die Tür fällt hinter ihr ins Schloss, und ich sinke, am ganzen Körper vor Wut zitternd, auf das Sofa.

»Warum war sie hier?« Ich blicke zu Drew auf. Er sieht elend aus. Seine Brauen sind gerunzelt, der Mund zu einer schmalen, grimmigen Linie zusammengepresst.

»Ich weiß es nicht. Um mir mitzuteilen, dass sie meinem Dad beichten wird, was zwischen uns war? Sie meinte, sie werde ihn auch über Vanessa aufklären.« Er fällt neben mich auf das Sofa, seine Anspannung ist förmlich greifbar. »Soll ich ihn anrufen? Soll er es zuerst von mir erfahren? Dr. Harris ist der Ansicht, ich solle es ihm sagen.«

Ich öffne den Mund zu einer Antwort, aber die Worte bleiben mir im Hals stecken. Ich kann noch immer nicht glauben, was ich getan habe. Wie blitzartig ich über sie hergefallen bin, wie stark das Verlangen gewesen war, ihr richtig wehzutun. Nach außen hin wirke ich wahrscheinlich ziemlich taff, aber ich wende niemals Gewalt an. Auch während der Schulzeit habe ich mich nie geprügelt.

Diese Frau schafft es jedoch, dass ich mich total vergesse.

»Bei dieser Entscheidung kann ich dir nicht helfen«, sage ich schließlich. Ich weiß, das ist hart, aber ich werde Drew die Verantwortung nicht abnehmen. Zu diesem Entschluss muss er selbst gelangen.

»Du hast recht. Natürlich hast du recht.« Er atmet tief aus. »Nur weiß ich nicht, wie ich es ihm beibringen soll. Ich habe Angst.«

Ich lege den Arm um seine Schultern, versuche, ihm etwas Trost zu spenden. Er ist steif unter meiner Berührung, und so streiche ich ihm kurz über den Rücken, ehe ich den Arm wieder wegnehme. »Alles wird gut«, murmle ich. »Lass dich von dieser Hexe nicht fertigmachen.«

»Leichter gesagt als getan.« Er sieht mich an. Sein Blick ist resigniert, sein Gesicht bleich. »Sie wird alles kaputt machen, Fable. Sie versucht, mein Leben zu zerstören.«

Irritiert runzle ich die Stirn. Unglaublich, wie viel Macht er ihr nach wie vor einräumt. Ich dachte, er sei auf dem Weg, diese Geschichte hinter sich zu lassen. Doch sie hat ihn nach wie vor in ihren Klauen. Er sieht verängstigt aus. »Wir werden das nicht zulassen, Drew, was immer auch geschieht. Ich werde dir zur Seite stehen. Es spielt keine Rolle, was sie sagt.«

»Und was, wenn sie es publik macht? Wenn sie damit an die Presse geht oder so? Wenn sie versucht, mich in der Gemeinde schlecht zu machen? Das würde mich zerstören. Meine Chancen auf eine Karriere als Profi-Footballspieler zunichtemachen.«

»Du willst Profispieler werden?« Er redet mit mir so gut wie nie über Football. Es kommt mir fast so vor, als würde er die verschiedenen Bereiche seines Lebens völlig getrennt halten und mir nur das erzählen, was er für nötig hält.

»Ja.« Er senkt den Kopf. »Etwas anderes kann ich mir

nicht vorstellen. Ich studiere zwar Betriebswirtschaft im Hauptfach und Finanzwesen im Nebenfach, aber das tue ich nur meinem Dad zuliebe.«

»Hey.« Ich lege die Hand auf sein Knie und schüttle ihn leicht. »Alles wird gut. Ganz bestimmt.«

Drew legt die Hand auf meine und drückt sie. Wir sehen uns in die Augen, während er unsere Finger miteinander verschränkt, und dann beugt er sich plötzlich vor, küsst mich so zärtlich, so süß, dass ich fast weinen möchte. Er streicht über meine Wange, haucht Worte an meine Lippen, die mein Herz vor Liebe und Mitgefühl überfließen lassen.

»Ich liebe dich so sehr. Ich weiß, das ist alles sehr schnell gegangen, und wir müssen uns mit einer Menge richtig heftiger Probleme auseinandersetzen, aber wenn wir das hier gemeinsam durchstehen, können wir alles durchstehen.«

Er hat recht. Er muss recht haben. Wenn ich könnte, würde ich ihn bitten, auf der Stelle mit mir ins Bett zu gehen. Dann könnten wir uns ineinander verlieren, und sei es auch nur für kurze Zeit.

Doch jetzt ist dafür nicht der richtige Zeitpunkt. Es gibt andere Dinge, um die wir uns kümmern müssen. Und Owen …

»Wo ist Owen?«, frage ich und breche den Kuss ab.

Als hätte er hinter seiner Zimmertür gelauert und nur darauf gewartet herauszustürmen, kommt er ins Wohnzimmer gerannt und bleibt abrupt stehen, als er uns so eng nebeneinandersitzen sieht. Wir tauschen in Gegenwart meines Bruders niemals Zärtlichkeiten aus. Das wäre mir unangenehm, was eigentlich bescheuert ist, aber ich weiß, dass Owen unserer Beziehung nicht hundert Prozent zustimmt.

Verrückt. Es sollte mir egal sein. Ich liebe diesen Mann, der neben mir sitzt. Und ich liebe den Jungen, der vor uns steht.

»Die Frau war ziemlich unheimlich.« Owen schüttelt den Kopf, sieht Drew an. »Hat gesagt, sie sei deine Mom.«

Drew spannt sich an. »Das stimmt nicht. Sie ist einfach nur mit meinem Dad verheiratet. Meine Mom ist gestorben, als ich klein war.«

»Moment mal.« Ich löse mich von Drew, stehe auf und gehe zu Owen. »Du bist ihr begegnet? Hast mit ihr gesprochen?«

»Sie war da, als ich heimkam«, erklärt Drew.

»Allein mit Owen?« Mir fehlen die Worte. Ich fasse es einfach nicht. »Wer hat sie reingelassen?«

»Ich«, gesteht Owen kleinlaut. »Als ich nach Hause kam, hat sie draußen gewartet. Sie sagte, sie sei Drews Mom und sie müsse ihn unbedingt sehen, also habe ich sie reingelassen.«

»O mein Gott.« Mir wird schwindlig. »Wie lange warst du mit ihr allein?«

»Keine Ahnung. Zehn Minuten?« Owen zuckt die Achseln. »Aber warum der ganze Aufstand? Okay, sie ist seltsam. Aber sie hat mir nichts getan. Du benimmst dich, als hätte sie mich begrapschen wollen oder so.«

Ich sehe Drew an. Völlig ausgeschlossen, dass ich Owen davon erzähle. »Sie ist zurzeit psychisch ein wenig labil. Alle sind sehr besorgt um sie.« *Würg*. Ich kann nicht glauben, dass ich das gerade gesagt habe. Ich bin jedenfalls nicht um sie besorgt. Ich wünsche mir vielmehr, sie würde diese Erde verlassen und für immer in der Hölle schmoren.

»Ich dachte, ich hätte gehört, wie du dich mit der Frau streitest.« Owen tritt von einem Fuß auf den anderen. Er scheint sich unwohl zu fühlen.

»Wir mögen uns nicht besonders.« Ich lege den Arm um Owens Schultern und führe ihn in die Küche. Ich muss das Thema wechseln, und zwar schnell. »Ich habe eine gute Nachricht. Wir haben eine neue Wohnung.«

»Echt?«

Er ist so aufgeregt, als ich ihm die Wohnung in allen Einzelheiten schildere. Aber die ganze Zeit über bin ich mir bewusst, dass Drew allein mit seinen Gedanken im Wohnzimmer sitzt. Ich bin hin- und hergerissen. Froh, eine Wohnung für Owen und mich gefunden zu haben, aber traurig, weil ich Drew verlassen muss. Ich brauche meine Unabhängigkeit. Aber Drew brauche ich genauso.

Und er braucht mich – jetzt mehr denn je. Ich hoffe, ich kann genug für ihn da sein.

Ich hoffe, wir können einander genügen.

KAPITEL 19

Die Wahrheit ist selten rein
und niemals simpel.

– Oscar Wilde

Adele

Ich habe es satt, mich für das, was ich getan habe, schuldig zu fühlen. Ich kann es mir nicht aussuchen, in wen ich mich verliebe. Warum soll es ein Verbrechen sein, sich zu verlieben? Mein Mann hat mich jahrelang vernachlässigt. Sein Sohn erinnert mich so sehr an ihn … nur ist er in jeder Hinsicht besser. Jünger. Lebhafter. Süß und eifrig darauf bedacht zu gefallen.

Am Anfang war alles nur Spaß. Wenn ein Mann das sexuelle Interesse an einer Frau verliert, beginnt sie, sich unattraktiv zu fühlen. Ignoriert. Einsam. Ich begann, mit Drew zu flirten, und er reagierte darauf. Oh, vielleicht fühlte er sich zu Beginn etwas unbehaglich, doch je öfter wir uns unterhielten, je mehr Zeit wir miteinander verbrachten, desto besser gefiel es ihm.

Desto besser gefiel ich ihm.

Jetzt hasst er mich. Ich weiß nicht, ab wann alles sich zum Schlechten gewendet hat. Ich verstehe seine tiefe Abscheu vor mir nicht. Ich wünschte, ich könnte das ändern. Könnte ihm klarmachen, dass ich nur das Allerbeste für ihn will. Er hat so viel Potenzial. Irgendwann wird er ein Star sein. Ein strahlendes, umschwärmtes Idol, das für einen kurzen Moment mir gehört hat.

Doch er hat sich davongeschlichen und nicht die Absicht, jemals zurückzukehren. Die Enttäuschung, die mich jedes Mal, wenn ich an ihn denke, durchströmt, ist so überwältigend, dass ich es kaum ertrage.

Also bemühe ich mich, nicht allzu oft an ihn zu denken.

Ich hatte Affären. Kurze, unbedeutende Liaisons mit schönen jungen Männern, die mir für eine kleine Weile ein gutes Gefühl gaben. Jonah, der Golfprofi, ist mein neuestes Spielzeug. Er ist großartig im Bett und ungeheuer aufmerksam, aber auch jung und dumm, und er genießt es, vor seinen Freunden damit zu prahlen, dass er eine ältere Frau vögelt. Sie bezeichnen mich als »cougar«, als Silberlöwin, womit eine ältere Frau gemeint ist, die sich mit sehr jungen Männern vergnügt.

Diese Jungs sind so rüpelhaft. Aber nicht mein Drew. Nein, streichen wir das – mein *Andrew.* Ich bin die Einzige, die ihn so nennt. Die Einzige, die das darf.

Ich fahre durch diese Kleinstadt, in der er während seines Collegestudiums wohnt, verfahre mich auf der

Suche nach einem einigermaßen anständigen Hotel in dem Gewirr aus Einbahnstraßen. Der Campus ist hübsch, und das lebhafte Stadtzentrum ist von einer Menge netter Läden und Restaurants geprägt. Doch abgesehen davon ist die Stadt ein richtiges Drecksnest. Wenn er mit diesem dummen, nichtsnutzigen Mädchen hierbleibt, wird er es zu nichts bringen.

Beim Gedanken an sie würde ich mich am liebsten übergeben. Ich kann es kaum fassen, dass sie mich angegriffen hat. Mein Kopf tut immer noch an den Stellen weh, wo sie mir Haare ausgerissen hat. Wie sie mich ansah, beschimpfte! Sie hasst mich.

Das ist gut. Ich hasse sie auch. Sie hat meinen schönen Jüngling gegen mich aufgewiegelt, und die Vorstellung, dass sie mit ihm Sex hat, löst in mir den Wunsch aus, sie in Stücke zu zerreißen.

Andrew gehört mir.

Schließlich finde ich ein Hotel und checke mit der Kreditkarte meines Mannes ein. Der Preis spielt keine Rolle. Der Preis spielt niemals eine Rolle. Andy hat mir weder die Kreditkarten noch den Zugang zu unserem gemeinsamen Konto gesperrt, nichts davon. Egal, was ich tue oder sage, er will mich zurückhaben. Ich bin sein wertvollster Besitz, und der Gedanke, ich könnte einem anderen gehören, erfüllt ihn mit Schrecken.

Er will mich nicht gehen lassen. Das ist beruhigend und widerlich zugleich. Ich brauche Andy für meine finanzielle Sicherheit. Die jungen Männer brauche ich für Abenteuer und Leidenschaft. Mein Mann kann mir diese Art von Leidenschaft nicht mehr geben, was sehr schade ist.

Ich gehe in mein Hotelzimmer, ausgerüstet mit meiner kleinen Reisetasche, die ich eigens für diesen besonderen Anlass gepackt habe. Ich hatte gehofft, Andrew würde mich bei sich aufnehmen, aber im Moment wohnt seine Schlampe mit ihrem kleinen Bruder bei ihm.

Der, offen gestanden, ein höchst interessantes Exemplar eines Knaben ist. Er ist hübsch und jung, voller jugendlicher Arroganz und Pose – das habe ich auf den ersten Blick wahrgenommen. Mit seinem blonden Haar, den grünen Augen, der schlaksigen Statur und der Böse-Jungen-Attitüde ist er nicht unbedingt mein Typ.

Doch er hat Potenzial. Enorm viel Potenzial.

Ich stelle die Reisetasche auf das Bett, öffne den Reißverschluss, greife hinein und hole die kleine Handfeuerwaffe heraus, die ich aus der Kommode meines Mannes genommen habe. Er bewahrt sie dort zu seinem Schutz auf. Aus demselben Grund habe ich die Waffe mitgenommen. Ich plane, etwas zu tun, das unser aller Leben für immer verändern wird, und ich weiß nicht, wie andere darauf reagieren werden. Angesichts dieser dummen Nutte, die immer noch in Andrews Leben herumgeistert, bin ich besonders froh, dass ich die Waffe dabeihabe.

Mein Geständnis könnte sich als Fehler erweisen, aber ich muss mir die Sache von der Seele reden. Andy verdient die Wahrheit. Und Andrew muss sich der Wahrheit stellen.

Ich habe Andrew zwar erzählt, Vanessa sei seine Tochter, aber ich bin mir dessen nicht wirklich sicher. Ich will einfach, dass es so ist. Dass Andrew ihr Vater ist. Leider habe ich keinen Test machen lassen und somit keinen

Beweis für Andrews Vaterschaft. Jetzt ist Vanessa tot, und obwohl es reines Wunschdenken ist, dass Andrew mir irgendwann noch ein Kind schenken könnte, hoffe ich dennoch darauf.

Trotz seines Hasses auf mich. Trotz der Angst und der Abneigung, die er mir entgegenbringt, wünsche ich mir nach wie vor, er wäre mein.

Für immer.

KAPITEL 20

Fehler sind immer verzeihlich,
wenn jemand den Mut hat,
sie einzugestehen.

– Bruce Lee

Drew

Wenn das Telefon nachts um zwei klingelt und einen aus dem Tiefschlaf reißt, ist das nie ein gutes Zeichen.

Das Klingeln erschreckt mich, und mit wild klopfendem Herzen greife ich nach dem Handy auf meinem Nachtkästchen. Fable bewegt sich im Schlaf von mir weg, rollt sich auf die Seite, den nackten Rücken mir zugewandt. Ohne ihre Nähe ist mir sofort kalt, und als ich einen Blick auf das Handy werfe, sehe ich, dass der Anrufer Dad ist. Schon wieder.

Widerwillig gehe ich dran, senke die Stimme zu einem Flüstern. »Hallo.«

»Drew. Mein Gott!« Er atmet schwer, und ich unterdrücke ein genervtes Aufstöhnen. Ich habe dieses Theater so satt, habe keine Lust mehr auf sein Gezeter und Gejammer. »Ist das wahr?«

Eine jähe Schwäche übermannt mich. Man sagt sich immer, man sei für einen bestimmten Moment, eine bestimmte Situation, gewappnet, und wenn es dann so weit ist, haut es einen trotzdem um. »Was soll wahr sein?«

»Adele hat mir erzählt, was zwischen euch beiden vorgefallen ist.« Seine Stimme versagt, wird zu einem kaum hörbaren Wispern. »Sag mir, ist das wahr?«

Ich weiß nicht, was er von mir hören will. Ja, es stimmt, oder nein, es stimmt nicht? Scheiße, ich bin total durcheinander. »Was hat sie dir denn erzählt?«

»Dass ihr ein Verhältnis hattet, das jahrelang andauerte. Sag es mir, mein Sohn. Ich muss es wissen. Lügt sie? Bitte, sag, dass sie lügt.«

Er will es nicht wahrhaben. Ganz toll, denn mir geht es nicht anders. »Dad …«

»Rede nicht um den heißen Brei herum. Sag Ja oder Nein.«

Ich ringe nach Luft, mein Herz droht zu zerspringen, mein Magen krampft sich zusammen. »Ich …«

»Sag es! Ja oder nein. Das ist doch nun wirklich simpel.«

Klar doch. Es ist ja so simpel, mein tiefstes, dunkelstes Geheimnis zu enthüllen. »Ja«, stoße ich mit brüchiger Stimme hervor.

Dad schweigt so lange, dass ich mich frage, ob er aufgelegt hat. Doch dann dringt ein Geräusch an meine Ohren, so zerrissen und jämmerlich, dass ich im ersten Moment gar nicht erkenne, was es ist.

Er … weint.

»Ich hasse sie«, schluchzt er, die Stimme gebrochen. »Sie hat alles zerstört. Meine Ehe, meinen Sohn, meine Tochter. O Gott, ich hasse sie so sehr!«

Ich steige aus dem Bett, vermeide es, in Fables Richtung zu blicken. Gut möglich, dass sie in der Zwischenzeit aufgewacht ist, ich weiß es nicht, ich muss mich auf das konzentrieren, was Dad sagt.

Seine nächsten Worte hauen mich total um.

»Ich kann nicht glauben, dass sie … ein Verhältnis mit dir hatte. Ein *Verhältnis.*« Er lacht, aber es ist ein hohler Klang. »Sie hat dich missbraucht. Gott, sie ist so krank! Ich will sie nie wiedersehen.«

»Du machst mir keine Vorwürfe?« Mir ist schwindlig, und ich lasse mich auf das Sofa sinken. All die Jahre habe ich geglaubt, er würde mich zutiefst hassen, wenn er die Wahrheit erführe.

»Dir Vorwürfe machen? Wie könnte ich? Sie sagte, als es anfing, seist du fünfzehn gewesen. Gottverdammte fünfzehn Jahre alt!« Er weint noch heftiger. »Es tut mir so leid, Drew. Ich habe sie in unser Leben gebracht, und es tut mir so verdammt leid. Ich hatte keine Ahnung. Nicht die geringste Scheißahnung, was da vor sich geht. Wie konnte ich nur so dumm sein, so selbstbezogen? So blind?«

»Es ist nicht deine Schuld, Dad …«

»Lass es, lass es einfach. Es ist alles meine Schuld.

Ich hätte wachsamer sein sollen. Hätte für dich da sein sollen, und das war ich nicht. Es ist so schrecklich. Ich habe dich im Stich gelassen.« Er holt tief Luft. »Es ist vorbei, mein Sohn. Meine Ehe ist Vergangenheit. Du brauchst nicht zu fürchten, dass sie noch länger Teil unseres Lebens sein wird. Sie ist nicht mehr willkommen, weder in meinem Haus noch in meinem Herzen noch meinem Leben.«

Jetzt weine auch ich. Tränen strömen mir über das Gesicht, und schniefend versuche ich, meine Gefühle wieder unter Kontrolle zu kriegen. Diese schwere Last, die ich seit Monaten – ach, seit Jahren – mit mir herumschleppe, wird langsam, aber sicher leichter. Mein Dad kennt die Wahrheit.

Und er hasst mich nicht dafür.

»Wann hat sie es dir erzählt?«

»Sie hat mich vor einigen Stunden angerufen. Ich habe keine Ahnung, wo sie steckt. Hast du sie gesehen? War sie bei dir? Gott, sie ist wahnsinnig! Total besessen von dir.«

»Ja, sie war hier. Fable wollte sie verprügeln, als sie hörte, dass Adele einige Minuten unbeaufsichtigt mit Owen, Fables kleinem Bruder, verbracht hat.«

»Du bist immer noch mit Fable zusammen? Ich dachte, ihr hättet euch getrennt.« Er hält inne. »Moment mal, *weiß* sie, was zwischen dir und Adele vorgefallen ist?«

»Ja.« Meine Stimme ist eher ein Krächzen.

Er schweigt eine Weile, als müsste er diese Information erst einmal verdauen. »Dann scheint es ziemlich ernst zwischen euch zu sein.«

»Sie fand es heraus, als sie an Thanksgiving bei uns zu Hause war.« Adeles Koketterie war alles andere als subtil gewesen. Dass mein Vater ihr irres, besitzergreifendes Verhalten nicht bemerkt hat, zeigt, wie geblendet er tatsächlich gewesen ist.

»Ich bin ein Idiot. Ich hoffe, du kannst mir irgendwann verzeihen.«

Einen Moment verschlägt es mir die Sprache. »Ähm … dasselbe wollte ich zu dir sagen.«

»Was sollte ich dir verzeihen? Dich trifft keine Schuld.« Ein Schluchzer entweicht ihm. »Es tut mir so leid, Drew. Alles, was geschehen ist.«

Wir reden noch ein wenig weiter, und ich verspreche, ihn bald zu besuchen. Mit Adeles Verschwinden werden hoffentlich auch die Gespenster verschwunden sein, die mich in meinem alten Zuhause quälen. Mein Dad braucht mich jetzt. Ich sollte all diese Gespenster ein für alle Mal vergessen.

Ich beende das Gespräch, kehre ins Schlafzimmer zurück und finde Fable im Bett sitzend, gegen die Kissen gelehnt vor; die Nachttischlampe neben ihr verbreitet ein gedämpftes Licht. Sie hat die Decke um sich herum drapiert, ihre nackten Schultern schimmern in dem weichen Licht, und sie zwirbelt eine lange blonde Haarsträhne um ihren Finger, blickt nachdenklich auf die Spitzen.

Sie ist schön. Und so verständnisvoll, voller Akzeptanz für mich und meine Geheimnisse, ich weiß gar nicht, womit ich ihr Vertrauen und ihre Vergebung verdient habe. Es macht mich glücklich, dass sie in meinem Leben ist. Dass sie trotz allem mit mir zusammen sein will.

»Alles okay?«, fragt sie mit leicht belegter Stimme.

Ich gehe zu meiner Seite des Betts und setze mich neben sie. »Das war mein Dad.« Ich hole tief Luft, starre ins Leere. Obwohl Fable alles weiß, habe ich beinahe Angst, sie anzusehen. »Adele hat ihm erzählt, was geschehen ist.«

»Wie hat er reagiert?«

»Er hasst mich nicht dafür. Im Gegenteil, er fühlt sich schrecklich, weil er nichts davon gemerkt hat.«

»Siehst du?«, fragt sie leise. »Ich sagte doch, dass er auf deiner Seite sein wird.«

Das stimmt. Doch ich hatte ihr nicht geglaubt. »Tja, du hattest recht.« Erschöpft atme ich aus. »Ich fasse es nicht, wie viel Verständnis er für mich aufbringt.«

»Hat sie ihm auch etwas über … Vanessa erzählt?«

Stirnrunzelnd wende ich mich ihr zu. Wieso hatte ich daran nicht gedacht? »Er hat es nicht erwähnt. Also hat sie es wohl nicht angesprochen.«

Fable lässt die um ihren Finger gewickelte Haarsträhne los. »Meinst du, es stimmt? Dass sie deine Tochter war?«

Ich zucke die Achsel. Das ist für mich ein extrem unangenehmes Thema. Ich will es nicht glauben. Kann es einfach nicht akzeptieren, dass ich ihr Vater gewesen sein könnte. Es fällt mir schwer, darüber zu reden, selbst mit meiner Therapeutin. Am liebsten würde ich mich gar nicht damit befassen.

Zumal ich keine Ahnung habe, ob es wahr ist oder nicht. Es lässt sich auch nicht mehr überprüfen. Vanessa ist tot.

»Ich würde gern glauben, dass sie gelogen hat, weil

das leichter für mich ist.« Fable rückt näher, legt den Kopf auf meine Schulter, und ich schlinge den Arm um sie. Die Augen geschlossen, fasse ich in Worte, was ich nicht mehr aussprechen konnte, seit Adele diese Bombe hochgehen ließ. »An dem Tag, als wir aus Carmel zurückkamen und ich dich an deiner Wohnung abgesetzt hatte, rief ich Adele an. Ich forderte sie auf, mir die Wahrheit zu sagen. Sie sagte ... sie sagte, sie habe von meinem Dad nicht schwanger werden können, deshalb habe sie damals beschlossen, es mit mir zu versuchen. Sie habe Löcher ins Kondom gestochen und sei sofort schwanger geworden. Dieses eine Mal hätte genügt, meinte sie. Ein einziges verdammtes Mal. Ich hasse sie. Ich hasse es, wie sie mich und meinen Vater ausgetrickst hat. Ich hasse, was sie mir angetan hat. Ich hasse es, dass ich mich so lange von all dem beherrschen habe lassen.«

Es tut mir leid«, wispert Fable.

Die Augen nach wie vor geschlossen, streiche ich mit den Fingern über ihre Schulter, ihren Arm. Ich muss sie berühren. Ihre Nähe gibt mir Halt. Erinnert mich daran, wie weit ich in so kurzer Zeit gekommen bin. »Mir tut es auch leid. Aber ich darf nicht in der Vergangenheit verharren. Ich darf nicht zulassen, dass mich diese Geschichte für den Rest meines Lebens zu einem psychischen Krüppel macht. Ich muss die Vergangenheit loslassen. Adele loslassen.«

»Leichter gesagt als getan.« Fable hebt den Kopf, um mich anzusehen. »So etwas braucht seine Zeit, Drew. Aber ich bin da. Auch wenn ich mir eine eigene Wohnung nehme, worüber du, wie ich weiß, nicht begeistert bist, bin ich für dich da. Immer. Das schwöre ich.«

»Du musst nicht ausziehen –«, beginne ich, doch sie fällt mir ins Wort.

»Doch, das muss sein. Ich will nicht von dir abhängig sein. Nicht auf diese Weise.«

»Ich möchte für dich sorgen«, flüstere ich. »Das kann ich. Ich habe Geld. Wenn du mit Owen hier wohnen bleibst, würde es euch an nichts fehlen.«

Sie schenkt mir ein zittriges Lächeln. »Ich weiß. Und ich finde es wunderschön, dass du mir helfen und für mich sorgen willst. Doch erst einmal muss ich lernen, für mich selbst zu sorgen.« Sie hebt den Kopf, gleitet mit den Lippen über meinen Mund. »Ich muss Owen beweisen, dass ich das kann.«

Ich streiche über ihren Hals, und sie erbebt. Dann lege ich die Hand in ihren Nacken, ziehe ihr Gesicht näher, bis unsere Lippen sich berühren, unsere Zungen sich vereinen. Sie schmiegt sich an mich, schlingt die Arme um meinen Hals, und die Decke rutscht herunter, sodass ich nur noch weiche, nackte Haut fühle.

Nach derart erschütternden Ereignissen hätte ich früher automatisch mit meinem üblichen Verhaltensmuster reagiert – also wegzulaufen und mich irgendwo zu verkriechen. So zu tun, als existiere ich nicht. Mich auf alles zu konzentrieren, außer darauf, zu leben. Zu fühlen.

Und jetzt will ich nichts weiter, als zu fühlen. Fables Mund auf meinem Mund, ihre Hände auf meinem Körper, ihr warmer Körper an meinem. Ich möchte sie auf die Matratze drücken, sie mit Händen und Lippen erkunden, in sie eindringen und diese magische Verbindung mit dem einen Menschen herstellen, der mir mehr als alles andere auf der Welt bedeutet.

Und während ich tief in ihren bereitwilligen Körper eindringe, sehe ich ihr in die Augen und flüstere, dass ich sie liebe. Das Lächeln, das sie mir als Antwort schenkt, ist so zärtlich, so innig, dass ich bis ins Mark berührt bin.

Sie hält mein Herz in ihren Händen. Und zum ersten Mal in meinem Leben verschenke ich es ohne jedes Wenn und Aber.

Freiwillig.

Ich gehöre Fable Maguire. Und ich weiß, sie gehört mir.

Fable

Gestern war einer der verrücktesten Tage meines Lebens. Ein Tornado an Gefühlen erschütterte mich, voller Höhen und Tiefen und allem, was dazwischen liegt.

Ich habe meine Traumwohnung gefunden. Ich habe die Frau verprügelt, die den Mann, den ich liebe, beinahe zerstört hätte. Der Mann, den ich liebe, ist fast zusammengebrochen, als sein Vater sein dunkelstes Geheimnis entdeckte.

Nach diesem Tag waren wir beide emotional total ausgebrannt. Irgendwie landete ich dann doch in Drews Armen, zu erschöpft, um gegen die machtvolle Anziehung zu kämpfen, die in uns wirkt. Die uns magnetisch zueinander hinzieht, als hätten wir keine Möglichkeit, einander zu widerstehen.

Nein, das ist eine Tatsache. Wir können einander nicht widerstehen.

Wir liebten uns langsam, ruhig. Kein Necken, kein

gieriges Übereinanderherfallen. Nur eine geschmeidige, köstliche Verbindung zweier Körper, bis wir nicht mehr konnten und eng aneinandergeschmiegt einschliefen wie in einem Kitschfilm.

O Mann, ich bin das glücklichste Mädchen auf Erden. Die meisten Mädchen würden glauben, ich spinne. Drew Callahan ist definitiv nicht der, der er zu sein scheint. Unter seiner attraktiven Oberfläche brodelt es. Er hat Probleme, große Probleme, die noch nicht gelöst sind.

Das macht mir nichts aus. Er gehört zu mir.

Obwohl ich die halbe Nacht wach gelegen habe, stehe ich zeitig auf und rüttle Owen wach. Verwöhne ihn mit einem herzhaften Frühstück, bevor ich ihn mit Drews Wagen zur Schule fahre. Ich brauche ein Auto. Brauche es dringender als Möbel oder irgendwelchen anderen Kram. Ich will nicht ewig darauf angewiesen sein, dass Drew oder Jen mich fahren. Colin erwähnte vor einigen Tagen, er kenne einen Gebrauchtwagenhändler, bei dem ich einen günstigen Wagen erstehen könnte. Ich sollte ihn noch einmal darauf ansprechen.

Lächelnd stelle ich Drews Pick-up auf dem für ihn reservierten Parkplatz ab und schalte den Motor aus. Zum ersten Mal seit, ich weiß nicht, wie lange, bin ich von Menschen umgeben, die ich als Freunde bezeichnen kann. Jen, T, Colin … Drew. Die Liste ist nicht lang, aber immerhin. Sicher, mein Leben ist nicht perfekt, es wird noch viele Kämpfe geben. Das Problem mit meiner Mom ist noch völlig ungeklärt.

Trotzdem habe ich erstmals in meinem Leben das Gefühl, auf einem guten Weg zu sein.

Das Wetter hat sich über Nacht eingetrübt, doch die dunklen, regenschweren Wolken können meiner Stimmung nichts anhaben. Der Wind frischt auf, fegt durch die kleinen Bäume in der Anlage des Wohnblocks, und als ich aus dem Pick-up klettern will, bläst eine so kräftige Bö, dass ich mich gegen die Tür stemmen muss, um sie aufzubekommen. Ich verriegle den Wagen mit der Fernbedienung und gehe auf Drews Wohnhaus zu, als ich plötzlich eine Stimme vernehme, die direkt aus meinen Albträumen entsprungen ist.

»Sieh mal einer an! Da ist sie bei ihm eingezogen. Fährt seinen Pick-up. Du fühlst dich bestimmt pudelwohl in deiner kleinen kuscheligen Idylle, was?«

Ich drehe mich zu Adele um, die mich süffisant angrinst. Irgendwie sieht sie merkwürdig aus. Sie trägt immer noch die Kleidung vom Vortag, ihr Haar ist zerzaust, als hätte sie es seit gestern nicht gebürstet, und ihre Augen sind weit aufgerissen. Über der Schulter trägt sie eine große braune Ledertasche, die sie fest umklammert.

Verdächtig fest.

»Was tun Sie hier?« Ich bemühe mich um einen gelassenen Ton, aber Adele ist mir nicht ganz geheuer. Irgendetwas stimmt nicht mit ihr.

»Ich habe dich gesucht.« Sie lächelt.

Angesichts ihres seltsamen Lächelns läuft mir ein kalter Schauer den Rücken hinunter. »Ah, okay.«

»Nein, ernsthaft. Ich wollte mit dir reden. Vielleicht sollten wir irgendwohin gehen, wo wir ungestört sind.« Sie macht eine vage Handbewegung. »Mein Wagen steht um die Ecke. Komm, gehen wir.«

Als würde ich einfach mit ihr mitgehen, weil wir ja beste Freundinnen sind und so. Die Frau ist nicht ganz dicht.

Langsam schüttle ich den Kopf und gehe weiter auf das Haus zu. »Keine gute Idee.« Als sie sich mir in den Weg stellt, funkle ich sie wütend an. »Hören Sie zu, ich will keinen Ärger. Lassen Sie mich vorbei, okay?«

»Nein.« Ihr Lächeln wird breiter. Es macht mir wirklich eine Scheißangst. »Drew kann dich jetzt nicht retten. Du kommst mit mir mit.« Sie greift in ihre Tasche, holt eine Handfeuerwaffe heraus und richtet sie auf mich.

Verblüfft blinzle ich, hebe automatisch die Hände hoch, trete einen Schritt zurück. Die Frau ist völlig durchgeknallt. Heißt es nicht, bevor man stirbt, würde das ganze Leben noch einmal im Zeitraffer vor einem ablaufen?

Tja, genau das passiert mir gerade. Und geht einher mit der Erkenntnis, dass ich bisher noch kaum gelebt habe.

Auf keinen Fall werde ich zulassen, dass mir irgendein krankes, durchgedrehtes Miststück meine Zukunft raubt.

»Mach keine Szene.« Der Wind bläst ihr das Haar ins Gesicht, und sie streicht es mit der freien Hand ungeduldig zurück, während sie dabei automatisch die Waffe von mir wegbewegt. Ich gehe einen kleinen Schritt zurück, überlege, ob ich wegrennen soll, doch ich habe keine Ahnung, ob die Waffe geladen ist oder nicht. Oder ob Adele ein guter Schütze ist.

Ich lasse es lieber nicht auf einen Versuch ankommen.

»Ich mache keine Szene«, sage ich und versuche, einen beruhigenden Ton anzuschlagen. »Was wollen Sie von mir, Adele?«

Sie wirft den Kopf in den Nacken und bricht in schallendes Gelächter aus. Alles an ihrem Verhalten ist total übertrieben. Übersteigert. »Ich will alles, was du hast. Nun ja, nicht unbedingt alles. Du bist eine hässliche kleine Nutte, die auf nichts einen Anspruch hat, weißt du das?«

Ihre Worte sind so von Hass durchtränkt, dass ich beinahe zurückgewichen wäre. Doch ich halte die Stellung. »Lassen Sie mich vorbei. Wenn Sie mich gehen lassen, werde ich vergessen, dass all dies jemals geschehen ist.«

»Nein.« Sie hebt die Waffe wieder, zielt auf mich. »Weißt du, was ich wirklich will? Ich will, dass du einfach … verschwindest. Das würde mir das Leben sehr erleichtern. Keine Sorgen mehr, weil Andrew sich in eine Hure verliebt hat. Ich könnte ihn ganz für mich allein haben. Ich verdiene ihn, weißt du. Ich habe ihn geschaffen. Habe ihn zu dem Mann gemacht, der er heute ist.«

Ich diskutiere nicht mit ihr. Sie würde mir sowieso nicht zuhören.

»Mein Mann hasst mich«, fährt sie fort, offenbar von einem Redebedürfnis übermannt. »Wusstest du das? Natürlich, was für eine Frage. Ich habe versucht, ehrlich zu ihm zu sein, damit er mich besser versteht, und stattdessen sagt er, er wolle mich nie wiedersehen. Er meint, ich hätte sie beide, ihn und seinen Sohn, zerstört. Und meine Tochter.« Tränen laufen ihr über die Wangen, ein Schluchzer entweicht ihr. »Sieht er denn nicht, wie sehr er *mich* kaputt gemacht hat? Wie sie mich beide nach Vanessas Tod zugrunde gerichtet haben? Es ist ihre Schuld, dass sie gestorben ist.«

Beinahe fühle ich Mitleid mit ihr – aber nur beinahe. Der Tod eines Familienmitglieds ist schrecklich. Der Tod eines kleinen Kindes muss verheerend sein.

»Beide Callahans hassen mich wie die Pest, ich habe nichts, wofür es sich noch zu leben lohnt. Absolut nichts. Es ist alles deine Schuld, weißt du«, sagt Adele sachlich.

Mir bleibt die Spucke weg. Hatte ich soeben tatsächlich einen Funken Mitleid mit ihr verspürt? »Inwiefern?«

»Du hast dich in sein Leben gedrängt und alles ruiniert. Alles. Du hast Andrew dazu verleitet, die Wahrheit zu enthüllen. Ihn dazu verleitet, sich von mir fernzuhalten. Er hat mir gehört, du dumme Schlampe. Einzig und allein mir, bis du aufgetaucht bist und ihn mir gestohlen hast.«

Er hat ihr nie gehört. Aber mit Irren zu streiten ist sinnlos.

»Du hast mich vernichtet, deshalb werde ich jetzt dich vernichten.« Die Waffe ist immer noch auf mich gerichtet. »Nehmen wir Andrews Pick-up. Mir gefällt die Vorstellung, dass alles, was nun passieren wird, in seinem Wagen stattfindet. Auf diese Weise wird er es niemals vergessen.«

Alles, was nun passieren wird – o Gott, was meint sie damit? »Ich werde nirgendwo mit Ihnen hingehen.«

Sie streckt den Arm aus, die Mündung der Waffe kommt gefährlich nah. »Du entriegelst jetzt sofort diesen scheiß Pick-up.«

Ich folge ihrem Befehl, drücke auf die Fernbedienung,

aber auf die falsche Taste. Auf diejenige, die die Alarmanlage auslöst.

»Dumme Schlampe«, murmelt sie, als Drews Wohnungstür aufschwingt. Er steht in der Tür, lediglich mit einer Jogginghose bekleidet, die ihm tief auf den Hüften sitzt, und ich sehe das gierige, lüsterne Aufflackern in Adeles Augen, als sie ihn erblickt.

Mir wird kotzübel.

Seine Augen weiten sich, als er die Waffe in Adeles Hand entdeckt. Er sieht mich an, sein Blick ist panisch, seine Miene finster. »Was zum Teufel soll das werden?«

»Schalt dieses verfluchte Ding aus!«, kreischt Adele, und ich drücke die Taste, bringe die Alarmanlage zum Verstummen.

Ich sehe Drew in die Augen, versuche, ihm, so gut ich kann, alles mit diesem einen langen Blick zu übermitteln.

Und dann überfällt mich ein Geistesblitz. Ich weiß genau, was ich sagen muss, um ihm den Ernst der Situation zu verdeutlichen. Denn, heilige Scheiße, eine Waffe ist echt eine ernste Sache, und ich hasse es, wie Adele mit ihr herumfuchtelt, wie ihre Hand zittert. Sie ist komplett übergeschnappt. Dieses Miststück ist kurz davor abzudrücken – und sie will mich für ihr verpfuschtes Leben büßen lassen.

»Hey, Drew«, sage ich mit lauter Stimme und neige den Kopf in Adeles Richtung. »Marshmallow.«

KAPITEL 21

Ich werde für dich da sein.
Immer.

– Drew Callahan

Drew

Ich hatte die 911 angerufen, bevor ich die Tür öffnete. Keine Ahnung, was mich dazu bewogen hat, aus dem Vorderfenster zu spähen, aber ich bin so verdammt froh, dass ich es gemacht habe. Adele stand da und richtete eine Waffe auf Fable – Herrgott! Fast wäre ich sofort hinausgestürzt.

Aber ich wusste, ich musste einen kühlen Kopf bewahren. Fables Leben stand auf dem Spiel. Ich musste mich richtig verhalten. Also erzählte ich dem Notdienst, dass auf meinem Parkplatz eine Verrückte mit einer Waffe herumfuchtelt, und legte dann auf.

Und jetzt ist der Blick der Verrückten auf mich gerichtet. Ich kenne diesen Blick. Einen Moment lang habe ich das Gefühl, ich sei wieder fünfzehn Jahre alt. Sitze in der Falle, ohne irgendeinen Ausweg. Hasse mich wegen dem, was geschehen wird. Wünsche mir, ich wäre stark genug, Nein zu ihr zu sagen. Diese schreckliche Hilflosigkeit von damals nimmt von mir Besitz, lähmt mich für einen langen, qualvollen Moment.

Und dann sagt mein Mädchen das Zauberwort, das Wort, das mich sofort aufrüttelt und in Aktion versetzt.

»Adele. Leg die Waffe weg.« Meine Stimme ist fest. Ich will nicht mit ihr streiten.

»Nein.« Ihre Stimme ist ebenso zittrig wie das Lächeln, das sie mir zuwirft. »Sie hat mein Leben ruiniert, Andrew. Es ist alles ihre Schuld.«

»Nein, es ist nicht ihre Schuld. Es ist meine.« Langsam setze ich mich in Bewegung, gehe auf die beiden Frauen zu. »Es tut mir leid, was ich dir angetan habe.«

Sie runzelt die Stirn. Ihre Wangen sind feucht von Tränen, in ihrem Blick liegt tiefe Traurigkeit. Sie ist völlig gebrochen. Verloren.

Dennoch kann ich kein Mitgefühl für sie aufbringen. Alles, was geschehen ist, hat sie sich selbst zuzuschreiben.

»Es tut dir nicht leid.« Adele schüttelt den Kopf. »Weder dir noch deinem Vater tut irgendetwas leid. Euch ist es egal, was mit mir passiert. Dass ich alles verloren habe. Wohin soll ich jetzt gehen? Was soll ich tun?«

Ich konzentriere meine ganze Aufmerksamkeit auf Adele. Ich habe Angst um Fable, da Adele nach wie vor die Waffe auf sie richtet. Aber ich darf nicht zulassen, dass die Angst von mir Besitz ergreift. Ich muss Fable retten. »Eine Scheidung ist kein Weltuntergang.«

»Doch!«, heult Adele, die Waffe schwenkend. »Ich bin am Ende. Ich habe nichts. Nichts, wofür es sich zu leben lohnt.«

»Leg die Waffe weg«, sage ich leise. Adele ist mir unheimlich. Ich riskiere einen Blick zu Fable und sehe, dass sie hoch aufgerichtet und die Schultern gestrafft dasteht. Sie wirkt beinahe trotzig.

Doch ich registriere die Panik in ihrem Blick, das leichte Zittern ihrer Lippen. Sie hat eine Scheißangst.

Genau wie ich.

»Ich sollte sie jetzt einfach erschießen und aus ihrem Elend befreien«, murmelt Adele.

»Nein!« Sofort presse ich die Lippen zusammen, bin wütend auf mich, weil ich sie angeschrien habe. Ich habe Fable gerade mit der Hand ein Zeichen gegeben und hoffe inständig, dass Adele es nicht bemerkt hat. »Du wirst dafür ins Gefängnis kommen. Willst du das? Den Rest deines Lebens hinter Gittern verbringen?«

Adele zuckt die Achseln. »Das spielt keine Rolle mehr. Nichts ist mehr von Bedeutung.«

»Dann erschieß *mich«,* sage ich und stelle mich vor Fable. »Wenn du es unbedingt tun musst, dann erschieß mich. Du kannst Fable nicht die Schuld geben. Sie hat mit dem Ganzen nichts zu tun.«

»O doch, das hat sie wohl. Sie hat dich mir weggenommen, Andrew. Du hast mir gehört. Und dann hast du mich verlassen. Hast eine andere gefunden, die du mit nach Hause gebracht und stolz überall herumgezeigt hast. Sie ist jung und hübsch und kann mit dir zusammen sein, wann immer sie will.« Nun zielt Adele genau auf meine Brust. »Ich hasse sie!«

»Du hasst *mich*«, erinnere ich sie. »Ich bin derjenige, der dich zurückgewiesen hat, der dich weggestoßen hat. Es ist alles meine Schuld.«

Fable drückt die Finger in die Mitte meines Rückens. Diese kleine Berührung verleiht mir einen Energieschub, stärkt mich. Macht mir den Kopf klar, sodass ich mich wieder auf das konzentrieren kann, was ich zu tun habe.

Langsam strecke ich die Hand aus. »Gib mir die Waffe.«

Wild schüttelt sie den Kopf. »Nein.«

»Gib sie mir.«

»Fick dich!« Sie streckt die Arme aus, hält die Waffe mit beiden Händen fest, während ihr Zeigefinger sich langsam zum Abzug bewegt. »Geh mir aus dem Weg, Andrew.«

»Nein. Gib. Mir. Die. Waffe.«

»O Gott.« Adeles Stimme ist brüchig, ihre Arme zittern, die Waffe hüpft auf und ab. »Das funktioniert nicht, Andrew. Ich kann nicht auf dich schießen. Dazu liebe ich dich viel zu sehr.«

Genau darauf hatte ich gehofft, obwohl ich diese Worte aus ihrem Mund hasse. Sie liebt mich nicht, sondern ist auf irgendeine seltsame, kranke Art von mir besessen. »Dann gib mir die Waffe.«

»Ich kann nicht. Ich muss das tun.« Sie senkt die Arme, die Waffe baumelt in ihrer Hand. »Du lässt mir keine Wahl.«

Fable presst sich enger an mich, lehnt den Kopf an meinen Rücken. Mein einziger Gedanke ist es, Fable zu retten. Zum Teufel mit Adele, zum Teufel mit allem und jedem. Fable darf nichts passieren.

»Was soll das heißen?«, frage ich Adele.

»Ich habe keine Wahl, als zu tun, was ich nun tun werde. Daran bist einzig du schuld, Andrew. Vergiss das nie.« Adele schiebt sich den Waffenlauf in den Mund.

Und drückt ab.

Fable

Drew dreht sich zu mir um, vergräbt das Gesicht in meinen Haaren und drückt mich so fest an sich, dass ich kaum noch Luft bekomme. Kurz darauf höre ich einen Schuss. Er ist so laut, dass mir die Ohren klingen. Ich kann nichts mehr hören. Spüre nur Drew, das Heben und Senken seiner Brust und das Zittern seiner Arme, die mich fest umfangen halten.

»Scheiße, sie hat sich erschossen«, meine ich, ihn sagen zu hören, und versuche, mich aus seinen Armen zu lösen.

Doch er lässt mich nicht los.

Von dem lauten Knall aufgeschreckt, kommen Leute aus ihren Wohnungen. Das Klingen in meinen Ohren lässt langsam nach. Ich höre entsetzte Aufschreie, eine Frau kreischt, jemand solle die Polizei rufen.

Drew lässt mich immer noch nicht los.

»Sieh nicht hin«, flüstert er dicht an meinem Ohr. »Erspar dir den Anblick. Sieh nicht hin, Fable.«

Meine Brust schnürt sich vor Sorge zusammen. Hat Drew die Szene mit eigenen Augen gesehen? Das glaube ich eigentlich nicht. Kurz bevor der Schuss ertönte, hat er sich umgedreht und mich an sich gerissen. Aber ich weiß es nicht sicher. *O Gott,* ich hoffe, er hat es nicht mit ansehen müssen.

Ich glaube nicht, dass mein Drew noch mehr Unglück und Leid ertragen kann. Er hat bereits so unendlich viel durchgemacht.

Jemand kommt auf uns zu. Ich höre Schritte und blicke auf, sehe einen Typen, der ungefähr in unserem Alter ist. »Seid ihr okay?«, fragt er.

Drew hebt den Kopf, und ich sehe ihn an. Sein Gesicht ist von Angst und Schmerz gezeichnet. Auf seinen Schultern sind winzige Blutspritzer zu erkennen. O Gott! »Ja, wir sind okay. Hat jemand einen Rettungswagen gerufen?«

»O Mann.« Der Typ reckt den Hals, um an uns vorbeisehen zu können, und wendet den Blick sofort wieder ab. »Nicht nötig. Da gibt es keine Rettung mehr.«

Ich klammere mich noch fester an Drew. »Wurde die Polizei verständigt?«

»Ja, die müsste jeden Moment da sein«, sagt der Typ mit düsterer Miene.

Als wäre dies das Stichwort gewesen, ertönt Sirenengeheul, das immer näher und näher kommt. Die Polizei wird mit uns reden wollen. Und darauf habe ich so gar keine Lust. Ich muss heute die Kaution für die Wohnung abliefern. Ich muss arbeiten gehen. Normaler Alltagskram eben.

Doch mein Leben ist weit von jeder Normalität entfernt. Ich hätte getötet werden können. Ich hätte diejenige sein können, die jetzt blutüberströmt auf dem Boden liegt.

Drew hat mich gerettet. Er hat sich zwischen Adele und mich gestellt und zu Adele gesagt, sie solle ihn erschießen. Ich fasse es nicht, dass er das getan hat. Dass er sich für mich opfern würde … das haut mich einfach um.

Es macht mir bewusst, wie sehr er mich liebt.

Endlich lockert er seinen Griff, und ich weiche ein Stück zurück, damit ich sein Gesicht besser sehen kann. »Hast du es gesehen?«, frage ich. Ich muss es wissen.

Langsam schüttelt er den Kopf, ohne den Blick auch nur eine Sekunde von mir abzuwenden. »Ich habe gesehen, wie sie sich den Lauf in den Mund schob, aber in dem Moment, als sie abdrückte, habe ich mich umgedreht. Ich wollte das nicht sehen.« Er stößt einen zitternden Atemzug aus. »Ich habe sie gehasst, Fable. Trotzdem konnte ich nicht einfach dastehen und zuschauen, wie sie sich das Hirn wegpustet.«

Ich schließe die Augen, presse die Stirn an seine starke Brust. »Danke«, flüstere ich. »Du hast mich gerettet.«

»Ich werde dich immer retten. Darüber brauchst du dir niemals Sorgen zu machen.«

Und endlich, endlich glaube ich ihm.

KAPITEL 22

Sieben Monate später

Zwei Verliebte,
allein,
isoliert von der Welt,
das ist schön.

– Milan Kundera

Fable

Drew und ich haben nie an Märchen geglaubt. Wir hatten beide unsere eigenen Geschichten, unsere Probleme, unsere kaputten Familienverhältnisse, die alle Gedanken an Dann-lebten-sie-glücklich-und-zufrieden-bis-ans-Lebensende zunichtemachten. Es waren einmal zwei Zyniker, die sich den Widrigkeiten des Lebens allein stellten. Unsere Geschichte hat sich verändert: Jetzt sind wir zwei zynische Krieger, die sich den Widrigkeiten des Lebens gemeinsam stellen.

Jetzt gehört das Happy End uns, und wir weigern uns, es uns von diesem Miststück nehmen zu lassen.

Ich sitze am Rand des Footballfeldes und schaue Drew zu. Es ist heiß, die Sommersonne brennt herunter, obwohl es erst neun Uhr morgens ist. Ich bin schon hübsch braun geworden, weil ich stundenlang am Spielfeld sitze und Drew beim Footballtraining zusehe.

Er bewegt sich auf dem Platz mit träumerischer Sicherheit. Ich liebe es, ihn beim Spielen zu beobachten. Er ist so talentiert, dirigiert so mühelos seine Mitspieler und den Spielablauf. Man munkelt, dass seine Chancen auf einen NFL-Vertrag immer wahrscheinlicher werden.

Früher hätte ich bei der Vorstellung, er könnte woanders hingehen und mich zurücklassen, schreckliche Angst bekommen. Und hätte er mich gebeten, mit ihm zu kommen, wäre das genauso beängstigend gewesen.

Jetzt lebe ich in den Tag hinein, nehme alles so, wie es kommt. Kein Grund zur Panik. Wenn der Zeitpunkt naht, eine Entscheidung zu treffen, werden wir das Richtige tun.

Zusammen.

Ich liebe es, wenn mein Liebster beim Spielen nass geschwitzt ist. Macht mich das zu einer Perversen? Oh, ich veranstalte eine Riesenshow, wenn er mich nach dem Training packt und umarmt, beschwere mich lauthals darüber, wie eklig und feucht er ist, wie grässlich er nach Schweiß stinkt.

Aber das ist gelogen. Ich liebe es.

Jetzt ist Pause, und er kommt auf mich zu, ein breites Grinsen im Gesicht, und ich stehe auf und gebe ihm einen dicken Schmatz, ehe ich ihm eine neue Flasche Wasser reiche. Er nimmt sie entgegen, öffnet den Verschluss und trinkt das Wasser mit wenigen Schlucken aus.

Habe ich schon erwähnt, wie sexy er ist, wenn er trinkt? Nein? Tja. Mir wird beim Zusehen jedes Mal so heiß, dass ich versucht bin, mir Luft zuzufächeln.

»Hast du Sunblocker aufgetragen?« Er zerdrückt die leere Plastikflasche in der Hand und gibt sie mir zurück.

»Glaub schon«, sage ich.

Er tippt mit dem Zeigefinger auf meine Nasenspitze. »Deine Nase ist ganz rot. Du musst dich eincremen.«

Seine Sorge um mich ist etwas übertrieben. Seit das mit Adele passiert ist, ist er überfürsorglich. Ob er mich nun abholt, wenn meine Schicht im Restaurant zu Ende ist, oder sich darum kümmert, dass ich keinen Sonnenbrand bekomme, er will einfach sicherstellen, dass es mir gut geht. Wie sehr ich das genieße, wird er niemals erfahren. »Ich versuche, braun zu werden«, sage ich.

»Du bist schon ziemlich braun, Baby.« Er streicht mit dem Finger über meine nackte Schulter, und ich erbebe. »Weißt du, was im Moment meine Lieblingsvorstellung ist?«

Ich runzle die Stirn. Worauf will er hinaus? »Nein.«

Er beugt sich näher, legt die Lippen an mein Ohr. »Die weißen Stellen an deinem Körper«, flüstert er. »Und dass ich der Einzige bin, der sie zu sehen bekommt.«

Ich werde rot. Dass er das nach wie vor mit wenigen Worten, einem bloßen Blick bewirken kann, macht mich sprachlos. »Du böser Junge«, sage ich, als er sich wieder aufrichtet.

Er wirft mir ein hinreißendes Grinsen zu. »Das magst du doch.« Er sieht sich nach seinen Teamkollegen um.

»Du solltest nach Hause gehen. Es ist viel zu heiß, um noch länger hier herumzusitzen. Bei mir dauert es noch eine Weile, okay?«

Ich nicke, bin traurig, dass er mich wegschickt. Aber er hat recht.

Owen ist auch irgendwo hier, hilft beim Tragen der Ausrüstung, räumt auf, händigt Wasser aus und was sonst so benötigt wird. Drew hat ihm den Job verschafft, doch es ist eher eine Art Ehrenamt.

Owen kümmert das nicht. Er ist begeistert davon, mit einem Haufen cooler Footballspieler abzuhängen. Außerdem hat er so eine Beschäftigung.

Es bewahrt ihn davor, in Schwierigkeiten zu geraten.

»Sehen wir uns später?«, fragt Drew, nimmt meine Hand und zieht mich an sich, um mir einen Kuss zu geben.

»Klar.« Ich arbeite heute nicht. Mein Job im District macht immer noch viel Spaß. Colin ist ein klasse Chef. Ich glaube, er ist scharf auf Jen, aber sie ist entweder blind oder will es nicht sehen. Das Restaurant ist die reinste Brutstätte für kleine Sexskandale. Allerdings spiele ich darin keine Rolle.

Ich surfe mit Drew auf der Glücklich-und-zufrieden-bis-ans-Lebensende-Welle, erinnert ihr euch?

»Ich möchte dich heute Abend ausführen. Denk dran, okay?« Er lächelt mich an, und ich lächle zurück. In letzter Zeit hatten wir nicht viel Gelegenheit zum Ausgehen. Das macht uns jedoch nichts aus. Wie sind gern daheim und sehen uns Filme an. Machen auf dem Sofa ständig miteinander herum, wie Owen sich gern beschwert.

Schlussendlich bin ich mit Owen in die neue Wohnung gezogen … und mit Drew. Nach dem Vorfall mit Adele, der quasi vor seiner Wohnung stattgefunden hat, wollte er dort nicht mehr bleiben. Ich habe ihm angeboten, bei uns einzuziehen, nachdem ich eine lange Diskussion mit Owen hatte, um sicherzugehen, dass es für ihn okay ist. Und das war es.

Jetzt sind wir wie eine große, glückliche Familie.

»Wohin willst du mich ausführen?«

»Das ist eine Überraschung.« Seine Augen verdunkeln sich, seine Miene wird sehr ernst. »Ich liebe dich. Das weißt du, oder?«

Befremdet sehe ich ihn an. »Ja. Natürlich. Ich liebe dich auch. Ganz doll.«

»Ganz doll?«

»Mega-ultra-doll.«

»Klingt wie ein Discountladen.« Er grinst und küsst mich noch einmal, als könne er nicht anders.

»Mach schon, Callahan! Hör auf, dein Mädel abzuknutschen, und schwing deinen Arsch hierher!«, schreit einer seiner Teamkameraden, worauf wir beide in Gelächter ausbrechen.

Ich beobachte, wie er zu seinen Mitspielern zurückrennt, die alle in der Mitte des Spielfelds stehen. Er sieht so unfassbar gut aus. Obwohl er so viel mitgemacht hat, ist er so glücklich, wie ich ihn nie zuvor erlebt habe.

Ich habe ihn zu ein paar Therapiestunden bei Dr. Harris begleitet, und in der letzten Stunde hat sie mich beiseitegenommen, um mit mir unter vier Augen zu sprechen. Sie sagte, sie glaube, ich könnte Drew helfen, seine Vergangenheit zu bewältigen. Und er käme nur deshalb so gut mit den psychischen Folgen von Adeles Selbstmord und dem Beinahenervenzusammenbruch seines Vaters klar, weil ich ihm uneingeschränkte Unterstützung bieten würde.

Das ist nur gerecht, wenn man bedenkt, was er alles für mich tut. Meine Mom ist quasi abgetaucht. Ich komme damit einigermaßen zurecht, doch Owen hat an ihrem Verschwinden ganz schön zu knabbern. Er weiß nicht, wie er damit umgehen soll. Da Drew sich gut daran erinnert, wie es ist, ein zorniger, trauriger, verwirrter männlicher Teenager zu sein, verbringt er viel Zeit mit meinem Bruder. Was ihn offenbar so inspiriert, dass er mir eines Nachts kurz vor dem Einschlafen gestand, er überlege, falls diese Footballsache nicht funktioniert, am College zu bleiben und sich zum pädagogischen Berater ausbilden zu lassen, um Teenagern bei ihren Problemen zu helfen.

Ich schlang die Arme um ihn und sagte, das sei eine großartige Idee.

Er ist so freundlich und süß und großherzig. Außerdem ist er witzig und klug und weiß genau, wie er mich zum Lachen bringen kann. Natürlich hat er auch mal miese Laune, wenn es nicht so läuft, wie er sich das vorstellt. Oh, und wenn er Hunger hat. Er ist ein ziemlicher Ordnungsfreak, und ich bin eher schlampig, das sorgt gelegentlich für Zoff. Wenn ich an gewissen Tagen im Monat gereizt und zickig bin, hält er sich wohlweislich von mir fern. Mein Job stresst mich ganz schön, und ich habe Drew vorgeworfen, er könne das überhaupt nicht nachvollziehen, da er keinen richtigen Job hat.

Oh, da wurde er richtig sauer. Ich habe das nur einmal gesagt. Ich lerne aus meinen Fehlern.

Meistens.

Wir streiten uns. Doch wir versöhnen uns auch immer – und das bedeutet Versöhnungssex, was grandios ist. Vor einigen Monaten haben wir es endlich mal von hinten gemacht, nach Hundeart, und ich bin ein totaler Fan davon geworden. Aber die Nippel habe ich mir nicht piercen lassen. Das wollte Drew nicht. Dafür haben wir uns vor wenigen Wochen auf den Innenseiten unserer rechten Handgelenke Tattoos stechen lassen.

Unsere ineinander verschlungenen Initialen – D+F.

Wir lachen viel zusammen. Ein paarmal haben wir auch geweint. Er versucht, die Beziehung zu seinem Dad wieder aufzubauen. Ich versuche, mich damit abzufinden, dass meine Mom nie mehr zurückkommen wird.

Unsere Beziehung ist nicht perfekt. Drew Callahan ist nicht perfekt.

Aber ich wollte ihn gar nicht anders haben.

Drew

Ich bin wegen heute Abend unglaublich nervös und frage mich zum hundertmillionsten Mal, ob ich das Richtige tue. Ich versuche, die Zweifel zu ignorieren, die an mir nagen, während ich im Wohnzimmer auf und ab gehe und darauf warte, dass Fable aus dem Bad kommt und endlich bereit ist zu gehen.

Manchmal braucht sie endlos lange, um sich zurechtzumachen oder was immer es ist, was Mädchen so tun.

Ich habe ihr schon oft gesagt, dass ich sie so liebe, wie sie ist. Ob geschminkt oder ungeschminkt. In einem hübschen Kleid oder in alten, abgewetzten Shorts und T-Shirt – egal, wie sie gekleidet ist, mir gefällt es. Fable sieht immer umwerfend aus.

Aber wenn sie dann nach einer guten Stunde aus dem Bad kommt, bleibt mir jedes Mal die Spucke weg, und die ganze Warterei ist vergessen. Diesen Trick beherrscht sie wirklich gut.

Sie kennt eine Menge guter Tricks.

»Hey, komm runter.«

Ich drehe mich zu Owen um, der mich mit einem belustigten Funkeln in den grünen Augen beobachtet. »Wie meinst du das?«, frage ich.

»Du bist total nervös und hibbelig. Hör auf, dir Sorgen zu machen. Sie wird scheißglücklich sein.« Er schlägt sich mit der Hand auf den Mund. »Oh, das ist mir so rausgerutscht. Verrat es ihr ja nicht.«

»Keine Bange.« Ich schüttle den Kopf. Der Kleine hat ein loses Mundwerk, aber das trifft auch auf Fable und mich zu. Wie können wir ihm Vorhaltungen machen, wenn wir selbst nicht mit gutem Beispiel vorangehen?

»Ernsthaft, Alter. Sie wird deine Überraschung lieben. Lieben! Sie wird vor Rührung weinen.« Nachdenklich sieht Owen mich an. »Du musst ziemlich auf meine Schwester abfahren, wenn du schon jetzt einen auf ernst machst.«

»Ich kann ohne sie nicht leben.« Und das ist keine Lüge. »Wir gehören zusammen. Warum es dann nicht offiziell machen?«

Ich höre mich entschlossen an, bin aber in Wahrheit

ein Nervenbündel. Ich werde sie zum Dinner ins District einladen, weil Colin – mit dem ich mittlerweile befreundet bin, was total unglaublich ist – mir das Nebenzimmer angeboten hat. Ich habe sofort eingewilligt, denn ich möchte auf keinen Fall ein öffentliches Spektakel daraus machen und womöglich mitleidige Blicke ernten.

Denn was, wenn sie Nein sagt?

Sie wird nicht Nein sagen.

Ihr Duft schwebt ihr voraus, leicht und blumig, erweckt in mir Sehnsucht nach ihr. Und dann taucht sie auf, kommt über den Flur auf mich zu, ein kleines Lächeln im Gesicht und gekleidet in ein blassrosa ärmelloses Sommerkleid, das ihre Haut noch goldener erscheinen lässt. Ich sehe nur Beine und Arme, und der Stoff des Kleides ist so dünn …

Wenn das Licht in einem bestimmten Winkel auf sie fällt, kann man praktisch durch das Kleid hindurchsehen.

»Fable.« Ich räuspere mich. »Du willst doch nicht in diesem Kleid ausgehen, oder?«

Sie dreht eine kleine Pirouette, der ausgestellte Rock flattert auf, bietet mir einen quälend süßen Blick auf nackte, schlanke Oberschenkel. »Gefällt es dir nicht?«

»Scheiße noch mal, und ob es mir gefällt!« Erschrocken blicke ich mich um, stelle erleichtert fest, dass Owen sich verkrümelt hat. Ich höre, wie seine Tür mit einem Klicken ins Schloss fällt. »Das Kleid ist ziemlich durchsichtig.«

»Echt?« Stirnrunzelnd blickt sie an sich hinunter. »Aber ich will mich nicht umziehen.«

Ich schiebe die rechte Hand in die Hosentasche, befummle das kleine Etui, das darin steckt. Ich will gar nicht, dass sie sich umzieht. Sie sieht hinreißend aus.

Doch ich will nicht, dass andere sie in diesem Kleid sehen.

»Wo gehen wir hin?«, fragt sie, als ich nichts mehr sage.

»Ähm, ins District?«

Verständnislos sieht sie mich an. *Oje.* »Das soll wohl ein Witz sein. Ich arbeite dort fast jeden Tag und will nicht auch noch in meiner Freizeit dort abhängen.«

Ich werde es verbocken. Das spüre ich bereits jetzt. Den Blick auf den Teppich gesenkt, scharre ich mit den Füßen, zermartere mir das Hirn nach einem neuen Plan.

»Drew.« Ich blicke auf und stelle fest, dass sie mich aus schmalen Augen beobachtet. »Was ist los? Bist du okay?«

Scheiß drauf. Ich werde es jetzt hinter mich bringen, bevor ich total die Nerven verliere und alles vermassle. Wortlos gehe ich auf Fable zu, ergreife ihre Hand und falle vor ihr auf die Knie. »Was tust du da?«, flüstert sie, die Augen weit aufgerissen, ihre Hand eisig kalt in meiner.

»Fable. Ich liebe dich. Ich möchte das Leben mit dir teilen.« Ich räuspere mich, bemerke, wie ihre Finger zittern. »Wir sind noch nicht lange zusammen, aber wenn etwas sich so gut, so richtig anfühlt, weiß man einfach, dass man es nie wieder verlieren möchte.«

»O mein Gott.« Ihre Stimme senkt sich zu einem atemlosen Keuchen, als ich in meine Jeanstasche greife und das kleine Etui mit dem Ring heraushole, der Ring, der mir bleischwer im Magen liegt, seit ich ihn vor über einer Woche gekauft habe. »Was ist das?«

»Das wirst du gleich sehen.« Mit zitternden Fingern klappe ich das Etui auf, enthülle den darin steckenden schlichten Verlobungsring mit dem Diamantsolitär. »Ich will dich heiraten.«

Entgeistert betrachtet sie den Diamantring. Schließlich blickt sie zu mir auf, und in ihren Augen funkeln Tränen. »Du meinst es wirklich ernst.«

Dieses Mädchen treibt mich zum Wahnsinn. »Ich meine es total ernst. Ich liebe dich.«

»Ich liebe dich auch. Aber heiraten?«, krächzt sie, während sie die Hand ausstreckt und den Diamant zaghaft mit dem Zeigefinger antippt.

»Ja, heiraten. Ich will für immer mit dir zusammen sein.« Ich lasse ihre Hand kurz los, um den Ring aus dem Etui zu nehmen. Sie hält mir die Hand hin, und ihre Finger beben, als ich ihr den Ring überstreife. Er passt perfekt.

Er sieht perfekt an ihrer Hand aus. Und dieses Mädchen ist perfekt für mich.

Sie hebt die Hand vor das Gesicht, bewundert den Ring aus der Nähe. »O mein Gott, Drew, er ist wunderschön.«

»Du bist wunderschön«, sage ich. »Aber ich warte noch auf eine Antwort. Spann einen Mann nicht so auf die Folter.«

»Ja.« Sie grinst, als ich mich aufrichte und sie in die Arme nehme. »Ja, ja, ja. Ich will deine Frau werden. Bist du sicher, dass du es mit mir aushalten wirst?«

Ich beuge mich vor, küsse sie. »Zum Teufel, ja.«

»Ich weiß, ich treibe dich manchmal in den Wahnsinn«, murmelt sie weich.

Ich lege die Stirn an ihre Stirn, sehe ihr in die schönen grünen Augen, schlinge die Arme um ihre schmale Taille. »Du bist der Grund, warum ich noch nicht meinen Verstand verloren habe«, flüstere ich. »Du machst mein Leben lebenswert. Dank dir bin ich ein besserer Mensch. Und zusammen können wir die ganze Welt erobern, Baby. Nur du und ich.«

Sie seufzt, drückt mir einen zarten Kuss auf die Lippen. »Du bist so romantisch. Ist es sehr schlimm, wenn ich dir gestehe, dass ich eigentlich auf ein Gedicht von dir gehofft habe?«

»Verdammt!« Das hatte ich komplett vergessen. Ich löse mich von Fable, krame in der anderen Hosentasche und ziehe einen zerknitterten Zettel heraus. Bei diesem Gedicht habe ich mir große Mühe gegeben, nach den richtigen Worten gerungen. Eigentlich hatte ich geplant, ihr das Gedicht noch vor dem Ring zu geben. »Ich habe dir ein Gedicht geschrieben.«

»Nein, hast du nicht.« Sie nimmt mir den Zettel aus der Hand, streicht ihn glatt.

»Hab ich doch«, sage ich lächelnd und höre dann mit angstvoller Erwartung zu, wie sie es vorliest:

Meine Gedanken kreisen meistens um dich
Aber immer, immer liebe ich dich
Rufe mir die guten und die schlechten Zeiten ins Gedächtnis
So vieles ist geschehen
Himmel und Hölle haben wir durchwandert
Mag sein, dass ich zu schnell vorgehe, aber
Alles, was zählt, ist … Ich

Liebe dich. Und will mit dir
Leben
Ohne dich kann ich nicht sein
Willst du meine Frau werden?

»O Scheiße!« Sie weint, Tränen strömen über ihr schönes Gesicht, verschmieren ihre Wimperntusche, die in schwarzen Streifen zerfließt. »Verdammt, meine Schminke ist im Eimer.«

Ich lache, kann nicht anders. »Gefällt dir das Gedicht?«

»Ich liebe es.« Nun bricht sie vollends in Tränen aus, und ich nehme sie in die Arme, ziehe sie an mich. »Ich liebe dich«, schnieft sie an meinem Hals.

»Wir werden unseren Traum vom Glück wahrmachen, Fable. Du und ich.« Ich küsse sie auf die Stirn. »Gemeinsam.«

»Gemeinsam«, wispert sie.

Für immer.

DANKSAGUNG

Das wird eine ziemlich lange Liste, aber ich möchte mich bei allen bedanken, die dieses Buch möglich gemacht haben. Zuerst und vor allem bei meinen Lesern, die mir gemailt, mir Nachrichten auf Facebook, Twitter, Goodreads etc. geschickt haben. Ich liebe euch wirklich sehr. Eure Anteilnahme für Drew und Fable ist sagenhaft und verblüfft mich jeden Tag aufs Neue. Ein Hoch auf Marshmallows!

Ich danke allen Lesern, die *Total verliebt* eine Chance gaben, indem sie das Buch einer völlig unbekannten Autorin kauften und daran genug Gefallen fanden, um *Zweite Chancen* lesen zu wollen. Autoren sind nichts ohne ihre Leser, deshalb danke.

Die unglaubliche Unterstützung, die ich von *sooo* vielen Lesern und Rezensenten bei Goodreads erhalten habe, hat mir sehr viel bedeutet. Es berührt mich, wie viel Mühe ihr euch macht, die Rezensionen mit all den Bildern und witzigen Kommentaren zusammenzustellen (und die Marshmallow-Berichte erst! Wow, einfach großartig!). Echt, ich finde das so unfassbar toll, dass ich es kaum aushalten kann. Oh, und Amy Jennings – o mein Gott, du hast wirklich Starthilfe für den

Stapellauf von *Total verliebt* gegeben, dafür DANKE! Und danke, dass ich den Triple M'ers beitreten durfte. Ihr Triple M Damen (und Herren), ich liebe euch Schmutzfinken!;)

Ich danke den frühen Rezensenten, die sich bereit erklärten, ein kostenloses Leseexemplar anzunehmen: Christy bei Tyhada Reads, Becky bei Reality Bites (Becky, du bist eine meiner größten Befürworterinnen, dicke Umarmung!), Anna bei Anna Reads Romance, Lyra bei Defiantly Deviant, Momo bei Books Over Boys, Carole bei Life Over Fiction, Nerea bei Mostly YA Book Obsessed, Debbie bei the Talk Supe blog und Christine bei Shh Moms Reading, ich danke euch allen aus tiefstem Herzen. Ein besonderer Dank an Christine, weil sie sich Zeit nahm, meine Blog-Tour zu organisieren. Das hat mir sehr viel bedeutet. Wie mir die Unterstützung von jedem Einzelnen von euch total viel bedeutet.

Ein fettes Dankeschön an all die Literatur-Blogger, die mich rezensierten und/oder auf ihrer Site aufführten. Ich wünschte, ich könnte jeden Einzelnen von euch namentlich erwähnen, doch dann würde die Liste halb so dick wie das ganze Buch werden – also fühlt euch gedrückt! Danke an Becca the Bibliophile für die Herstellung des *Total verliebt*-Cover-Real-Buchtrailers – ich muss an dieser Stelle noch einmal sagen, wie sehr er mir gefällt. Du hast klasse Arbeit geleistet.

Danke an Sarah Hansen für die wunderbaren Cover für *Total verliebt* und *Zweite Chancen*. Und für das Herumfeilen und Verschönern, damit sie für Bantam noch hübscher aussehen – ich kann meine Bewunderung für dich und dein kreatives Design kaum in Worte fassen.

Danke an Lauren Blakely, die eine so großartige Freundin ist – wir haben extrem viele Gemeinsamkeiten, das ist fast schon unheimlich. Danke an Katy Evans, die beste Kritikerin, die eine Frau haben kann. Ohne dich wäre ich nichts. Danke an Nyrae Dawn für den fast täglichen E-Mail-Austausch – wir kennen uns schon lange, und ich schätze deine Unterstützung sehr. Danke an all die wunderbaren Autoren, die ihre Bücher in Eigenregie veröffentlichen – ihr habt es echt drauf und veröffentlicht tolle Bücher. Es ehrt mich, Teil einer so wunderbaren und unterstützenden Gemeinschaft zu sein. Danke an Kati R. für ihre unermüdliche Hilfe und für das konstruktive Feedback in Bezug auf dieses Buch. Ich mag dich von Herzen und brauche dich, also verlass mich nie.

Ein dickes Dankeschön an Kelly von Inkslinger PR – ich finde, wir ergänzen uns prima, und ich freue mich auf unsere weitere Zusammenarbeit.

Es hört sich vielleicht rührselig an, aber ich … ich fasse es einfach nicht, wie viel Unterstützung ich für dieses Buch erhalten habe. Dass Drew und Fable so viele Menschen berührt haben, dass ich euch, liebe Leserinnen, bei der Lektüre von *Total verliebt* zum Lachen, Weinen, Schimpfen gebracht habe und dazu, dass ihr eure eReader/Tablets/Handys am liebsten gegen die Wand gepfeffert hättet … Ich kann gar nicht ausdrücken, wie aufregend diese Reise mit euch allen war. Ich hoffe so sehr, dass ihr mit der Geschichte, die ich in *Zweite Chancen* erzählt habe, zufrieden seid. Dass ihr mit mir der Meinung seid, Adele habe bekommen, was sie verdient (wiewohl ich zum Ende hin irgendwie Mit-

leid mit ihr hatte – ging euch das auch so? Oder nur mir?). Dass ihr glaubt, Drew und Fable könnten glücklich miteinander werden.

Denn ich glaube, dass die beiden zusammen glücklich sein können. Sie verstehen einander blind. Zusammen sind sie vielleicht ein ziemlich chaotisches Pärchen (Wer sagte das? Ich glaube, es war Fable.), doch aus dem Chaos entwickelt sich manchmal etwas sehr Schönes. Und ich glaube, bei den beiden wird das so sein.

Es ist so verrückt, denn die beiden fühlen sich für mich real an. Als hätte ich keine Kontrolle mehr über sie, und sie hätten sich im Verlauf des Schreibens zu eigenständigen Wesen entwickelt. Ich war nur das Instrument, das ihre Geschichte erzählt hat. Und obwohl dieses Buch jetzt beendet, und in meinem Herzen auch die Geschichte der beiden beendet ist, flüstert Drew immer noch in meinem Kopf. Und Fable ebenfalls. Es fällt mir schwer, die beiden gehen zu lassen … und ich weiß gar nicht, ob ich sie jemals gehen lassen will.

Also, danke euch allen. Danke, dass ihr meine kleine Geschichte über einen gebrochenen jungen Mann und eine gebrochene junge Frau lest, die beide erst dann heil und ganz wurden, als sie einander fanden.

K. Bromberg

Driven

»K. Bromberg ist nichts weniger als eine Meisterin ihres Fachs.«
Romance Addiction

978-3-453-42025-0

Rylee & Colton
Verführt
978-3-453-43806-4

Begehrt
978-3-453-43807-1

Geliebt
978-3-453-43808-8

Verbunden
978-3-453-42025-0

Haddie & Beckett
Tiefe Leidenschaft
978-3-453-42026-7
(ET: 05/2017)

Quinlan & Hawking
Bittersüsser Schmerz
978-3-453-42027-4
(ET: 05/2017)

Beaux & Tanner
Starkes Verlangen
978-3-453-42028-1
(ET: 05/2017)